W9-AUX-899

# E L'ECO RISPOSE

KHALED HOSSEINI

# E L'ECO RISPOSE

*Traduzione di*
ISABELLA VAJ

PIEMME

Titolo originale: *And the Mountains Echoed*


ISBN 978-88-566-3355-9

I Edizione 2013


www.edizpiemme.it

Anno 2013-2014-2015 - Edizione 7 8 9 10 11 12 13 14 15

*Questo libro è dedicato a Harris e a Farah,*
nur *dei miei occhi, e a mio padre,*
*che ne sarebbe stato fiero.*

*A Elaine*

*Ben oltre le idee*
*di giusto e di sbagliato*
*c'è un campo.*

*Ti aspetterò laggiù.*

JALALUDDIN RUMI (XIII secolo)

*Uno*

# AUTUNNO 1952

Allora, se volete una storia ve la racconto. Ma una sola. Non chiedetemene poi un'altra, né tu né lui. È tardi e poi, Pari, noi due abbiamo davanti una lunga giornata di viaggio. Bisogna che tu faccia un buon sonno. E anche tu, Abdullah. Conto su di te, figliolo, mentre tua sorella e io siamo via. Anche tua madre fa affidamento su di te. Una storia sola, dunque. Ascoltate, voi due, ascoltate bene e non interrompete.

C'era una volta, quando i *div*, i *jinn* e i giganti vagavano per la terra, un contadino di nome Baba Ayub. Viveva con la sua famiglia in un piccolo villaggio che si chiamava Maidan Sabz. Poiché aveva una famiglia numerosa da sfamare, Baba Ayub passava le giornate consumandosi di duro lavoro. Ogni giorno faticava dall'alba al tramonto, arava il suo campo, vangava e curava i suoi stenti alberi di pistacchio. In ogni momento lo potevi scorgere nel campo, piegato in due, la schiena curva come la falce che maneggiava tutto il giorno. Le sue mani erano coperte di calli e spesso sanguinavano e la sera il sonno lo rapiva non appena la sua guancia toccava il cuscino.

Devo dire che non era il solo a faticare tanto. La vita, a Maidan Sabz, era dura per tutti gli abitanti. C'erano altri villaggi, su a nord, più fortunati, in vallate con alberi da frutto e fiori, clima dolce e ruscelli in cui scorreva acqua fresca e limpida. Invece Maidan Sabz era un luogo desolato che non assomigliava per niente all'immagine che il suo nome, Campo di Verzura, voleva evocare. Sorgeva in un'arida pianura uniforme, circondata da una catena di montagne scoscese. Vi soffiava un vento rovente che ti gettava la polvere negli occhi. Trovare acqua era una lotta quotidiana, perché i pozzi, anche quelli profondi, spesso erano quasi asciutti. Sì, c'era un fiume, ma gli abitanti del villaggio dovevano sobbarcarsi mezza giornata di cammino per raggiungerlo e poi le sue acque erano fangose in ogni stagione dell'anno. Ebbene, dopo dieci anni di siccità, anche il fiume aveva poca acqua. Diciamo che la gente di Maidan Sabz lavorava il doppio per ricavare metà del necessario.

Tuttavia, Baba Ayub si considerava fortunato, perché aveva una famiglia che gli era cara più di qualsiasi cosa al mondo. Amava sua moglie e non alzava mai la voce con lei, figuriamoci le mani. Apprezzava il suo parere e trovava un autentico piacere nella sua compagnia. Quanto alla prole, era felice che Dio l'avesse benedetto con tanti figli quante sono le dita di una mano, tre maschi e due femmine, che amava teneramente. Le figlie erano rispettose e gentili, di buon carattere e di buona reputazione. Ai figli aveva già insegnato il valore dell'onestà, del coraggio, dell'amicizia e del duro lavoro affrontato senza lamentele. Gli ubbidivano com'è dovere dei bravi figli e lo aiutavano a coltivare i campi.

Benché amasse tutti i suoi figli, Baba Ayub nutriva in segreto una tenerezza speciale per il più piccolo, Qais, che aveva tre anni. Qais era un bimbetto dagli occhi di un azzurro intenso. Incantava chiunque lo conoscesse con la sua risata irresistibile. Era anche uno di quei bambini dotati di un'energia così incontenibile da lasciare esausti gli altri. Quando imparò a camminare, provava un tale piacere nel muoversi che da sveglio camminava tutto il giorno, ma – ed era un guaio – camminava persino di notte nel sonno. Da sonnambulo, usciva dalla loro casa d'argilla e andava a zonzo nell'oscurità al chiaro di luna. Naturalmente i genitori erano preoccupati. E se fosse caduto in un pozzo, o si fosse perso, o, peggio ancora, fosse stato assalito da una di quelle creature che stanno in agguato nelle pianure di notte? Provarono molti rimedi, nessuno dei quali funzionò. Alla fine Baba Ayub trovò una soluzione semplice, come spesso sono le soluzioni migliori: tolse una campanella dal collo di una capra e la appese a quello di Qais. In questo modo, se il bambino si fosse alzato nel cuore della notte, la campanella avrebbe svegliato qualcuno. Dopo qualche tempo il sonnambulismo finì, ma Qais si era talmente affezionato alla campanella che si rifiutava di separarsene. E così, anche se non serviva al suo scopo originario, la campanella rimase appesa al collo del bambino. Quando Baba Ayub rientrava dopo una lunga giornata di lavoro, Qais gli correva incontro affondando il viso nel ventre del padre, con la campanella che tintinnava a ogni passo che faceva. Baba Ayub lo prendeva in braccio e lo portava in casa; Qais osservava con grande attenzione il padre che si lavava e poi, a cena, gli si sedeva accanto. Dopo aver mangiato, Baba Ayub, mentre sorseggiava il tè, guardava la famiglia, immaginando il giorno in cui tutti i figli si sarebbero sposati e gli avrebbero dato dei nipoti e lui sarebbe stato il patriarca orgoglioso di una discendenza ancora più numerosa.

Ahimè, bambini miei, i giorni felici di Baba Ayub giunsero alla fine.

Accadde che un giorno arrivò a Maidan Sabz un *div*. Scese dalle montagne e si avvicinò al villaggio facendo tremare la terra a ogni passo. Gli abitanti lasciarono cadere vanghe, zappe e asce e fuggirono in ogni direzione. Si rintanarono nelle loro case, stringendosi gli uni agli altri. Quando il fragore assordante dei passi del *div* cessò, la sua ombra oscurò il cielo sopra Maidan Sabz. Si diceva che dalla testa gli spuntassero corna ricurve e che le spalle e la poderosa coda fossero ricoperte di grosse setole nere. Si diceva che dai suoi occhi uscissero fiamme. Nessuno lo sapeva di sicuro, capite, almeno nessuno tra gli esseri viventi: il *div* sbranava all'istante chiunque osasse anche soltanto lanciargli un'occhiata furtiva. Consapevoli di questo, tutti saggiamente tenevano gli occhi incollati a terra.

Al villaggio si sapeva perché il *div* era venuto. Avevano sentito i racconti delle sue visite ad altri borghi e non potevano che stupirsi di come Maidan Sabz fosse riuscito a sfuggire alla sua attenzione così a lungo. Forse, concludevano, la vita di miseria e di stenti che conducevano li aveva favoriti, poiché i loro figli non erano ben nutriti e non avevano molta carne sulle ossa. Ma anche così, alla fine la loro fortuna si era esaurita.

Maidan Sabz tremava e tratteneva il respiro. Le famiglie pregavano che il *div* non si fermasse alla loro casa, poiché sapevano che, se avesse bussato al loro tetto, avrebbero dovuto dargli un bambino. Il *div* l'avrebbe buttato in un sacco, si sarebbe gettato il sacco sulle spalle e poi avrebbe ripreso la strada da cui era venuto. Nessuno avrebbe mai più visto il povero bambino. E se una famiglia si fosse rifiutata di consegnargli un piccolo, il *div* avrebbe portato via tutti i bambini di quella casa.

E dove li portava il *div*? Alla sua fortezza, che si trovava sulla sommità di una montagna scoscesa. La fortezza del *div* era molto lontana da Maidan Sabz. Per raggiungerla bisognava superare valli, parecchi deserti e due catene montuose: chi, se non un pazzo, avrebbe fatto una cosa simile solo per incontrare la morte? Dicevano che la fortezza era piena di prigioni segrete alle cui pareti erano appese mannaie. Dal soffitto pendevano ganci da macellaio. Dicevano che c'erano spiedi giganteschi e grandi focolari. Era noto che, quando il *div* sorprendeva un intruso, passava sopra il suo disgusto per la carne degli adulti.

Immagino che avrete già capito su quale tetto il *div* andò a bussare. Sentendo i temuti colpi, un grido di disperazione sfuggì dalle labbra di Baba Ayub, e sua moglie perse i sensi. I bambini piangevano di spavento, ma anche di dolore, perché sapevano con grande chiarezza che uno di loro era perduto. Prima dell'alba, la famiglia doveva decidere chi offrire.

Cosa posso dirvi dell'angoscia che quella notte sconvolse Baba Ayub e sua moglie? Nessun genitore dovrebbe trovarsi di fronte a una scelta del genere. Dopo essersi assicurati che i bambini non li sentissero, Baba Ayub e la moglie discussero sul da farsi. Parlarono e piansero, piansero e parlarono. Tutta la notte si arrovellarono e, quando ormai si avvicinava l'alba, non avevano ancora preso una decisione: forse era proprio quello che il *div* desiderava, poiché la loro indecisione gli avrebbe consentito di prendersi cinque bambini invece di uno solo. Alla fine Baba Ayub raccolse appena fuori di casa cinque pietre identiche per forma e grandezza. Su ciascuna scrisse in fretta il nome di un figlio e, quando ebbe finito, gettò le pietre in un sacco di iuta. Ma, quando passò il sacco alla moglie, lei si ritrasse come se dentro ci fosse stato un serpente velenoso.

«Non posso» disse al marito scuotendo la testa. «Non posso essere io a scegliere. Non lo sopporterei.»

«Neanch'io» cominciò a dire Baba Ayub, ma dalla finestra vide che di lì a poco il sole avrebbe fatto capolino dalle colline a oriente. Non c'era più tempo. Guardò infelice i suoi cinque figli. Bisognava tagliare un dito per salvare la mano. Chiuse gli occhi e tirò fuori una pietra dal sacco.

Immagino che avrete capito anche questa volta quale pietra la sorte fece scegliere a Baba Ayub. Quando lesse il nome, alzò il viso al cielo con un grido. Con il cuore spezzato, prese in braccio il piccolo Qais che, nutrendo una fiducia cieca nel padre, fu felice di gettargli le braccia al collo. Solo quando Baba Ayub lo mise in terra fuori dalla casa e richiuse l'uscio, il bimbo si rese conto che qualcosa non andava. Baba Ayub, gli occhi stretti e inondati di lacrime, rimase con la schiena contro la porta, mentre il suo adorato Qais batteva i piccoli pugni sul legno, supplicando il padre di lasciarlo rientrare, e Baba Ayub rimase lì a balbettare: «Perdonami, perdonami», mentre il suolo sussultava sotto i passi del *div* e suo figlio strillava e la terra continuava a tremare. Finché, finalmente, il *div* lasciò Maidan Sabz, e allora la terra tornò immobile e tutto fu silenzio. Si sentiva soltanto Baba Ayub che piangeva chiedendo a Qais di perdonarlo.

Abdullah, tua sorella si è addormentata. Coprile i piedini con la coperta. Ecco. Bravo. Forse è meglio che interrompa qui il racconto. No? Vuoi che continui? Sei sicuro, figliolo? Va bene.

Dov'ero rimasto? Ah, sì. Seguì un periodo di quaranta giorni di lutto. Ogni giorno i vicini cucinavano per la famiglia di Baba Ayub e vegliavano con loro. La gente portava le offerte che poteva permettersi, tè, dolci, pane, mandorle e portava anche condoglianze e solidarietà. Baba Ayub non riusciva neppure a spiccicare una parola di ringraziamento. Sedeva in un angolo, piangeva, fiumi di lacrime gli scendevano dagli occhi, come se volesse porre fine con le proprie lacrime alla siccità che aveva colpito il villaggio. Non augureresti il tormento che lo devastava neppure al più spregevole degli uomini.

Passarono diversi anni. La siccità continuava e Maidan Sabz cadde in una miseria ancora peggiore. Parecchi bambini morirono di sete nella culla. Nei pozzi c'era ancora meno acqua e il fiume si prosciugò; non così l'angoscia di Baba Ayub, un fiume che si gonfiava, si gonfiava sempre più ogni giorno che passava. Era diventato ormai inutile per la famiglia. Non lavorava, non pregava, mangiava pochissimo. La moglie e i figli lo supplicavano, ma senza risultato. I figli maschi dovettero accollarsi il suo lavoro, perché giorno dopo giorno Baba Ayub non faceva altro che starsene seduto al bordo del campo, una figura solitaria con lo sguardo fisso alle montagne. Smise di parlare con i suoi compaesani, perché pensava che mormorassero alle sue spalle. Che dicessero che era un codardo per aver acconsentito a dar via il proprio figlio. Che non era un bravo padre. Un vero padre avrebbe combattuto contro il *div*. Sarebbe morto in difesa della sua famiglia.

Una sera si confidò con la moglie.

«Non sparlano di te» gli rispose la moglie. «Nessuno pensa che tu sia un codardo.»

«Li sento» disse Baba Ayub.

«È la tua voce quella che senti, marito.» Però non gli disse che la gente del villaggio mormorava davvero alle sue spalle, e quel che andava sussurrando era che forse Baba Ayub era impazzito.

Finché, un giorno, Baba Ayub diede loro la dimostrazione della propria follia. Si alzò all'alba. Senza svegliare moglie e figli, infilò qualche tozzo di pane in una bisaccia, si mise le scarpe, assicurò alla vita la falce e partì.

Camminò per giorni e giorni. Camminava finché il sole non si riduceva a un pallido bagliore rosso in lontananza. Di notte dormiva nelle caverne mentre fuori il vento fischiava. Oppure sotto gli alberi sulla riva di qualche fiume o al riparo di un masso. Finito il pane, mangiò quello che trovava, bacche selvatiche, funghi, pesci che pescava a mani nude nei torrenti, e certi giorni gli capitava di non mangiare affatto, ma non smetteva di camminare. Quando incontrava qualcuno che gli chiedeva dove fosse diretto, lui glielo diceva, e c'era chi rideva, chi affrettava il passo temendo che fosse un pazzo, chi pregava per quel povero vecchio, perché anche a lui il *div* aveva rapito un bambino. Baba Ayub, a testa bassa, continuava a camminare. Quando le scarpe andarono in pezzi, le legò ai piedi con le stringhe, e quando le stringhe si strapparono proseguì a piedi nudi. Così attraversò deserti, vallate, montagne.

Infine raggiunse la montagna in cima alla quale sorgeva la fortezza del *div*. Era così smanioso di compiere la sua missione che non si riposò, bensì cominciò immediatamente la scalata, gli abiti a brandelli, i piedi insanguinati, i capelli impastati di polvere, ma fermo nel suo proposito. Le pietre aguzze gli laceravano le piante dei piedi. I falchi gli beccavano le guance quando, arrampicandosi, passava accanto ai loro nidi. Violente folate di vento rischiavano di strapparlo dal fianco della montagna. Ma lui continuava a salire, da una roccia all'altra, finché si trovò davanti all'imponente portone della fortezza del *div*.

«Chi osa?» tuonò la voce del *div*, quando Baba Ayub lanciò una pietra contro il portone.

Baba Ayub gridò il proprio nome: «Sono venuto dal villaggio di Maidan Sabz».

«Vuoi morire? Certo che sì, se vieni a disturbarmi a casa mia! Cosa vuoi?»

«Sono venuto per ucciderti.»

Ci fu un attimo di silenzio dall'altra parte del portone. E poi, con un cigolio, questo si aprì. Ed ecco il *div*, che con la sua mole dominava Baba Ayub, in tutto il suo splendore da incubo.

«È così dunque?» disse con voce simile al rombo del tuono.

«Proprio così» disse Baba Ayub. «In un modo o nell'altro uno di noi due oggi morirà.»

Per un attimo sembrò che il *div* volesse sollevare Baba Ayub da terra per poi finirlo in un boccone con i suoi denti affilati come pugnali. Ma qualcosa lo fece esitare. Socchiuse gli occhi. Forse furono le parole insensate del vecchio. Forse furono il suo aspetto, gli abiti a brandelli, la faccia insanguinata, lo strato di polvere che lo ricopriva dalla testa ai piedi, la pelle piena di piaghe. O forse fu il fatto che nei suoi occhi il *div* non vide neppure l'ombra della paura.

«Da dove hai detto che vieni?»

«Maidan Sabz» disse Baba Ayub.

«Da come sei conciato, deve essere lontano questo Maidan Sabz.»

«Non sono venuto qui per fare quattro chiacchiere. Sono venuto per...»

Il *div* alzò i grossi artigli della mano. «Sì. Sì. Sei venuto per uccidermi, lo so. Ma certamente mi si può concedere qualche parola prima di essere ammazzato.»

«Molto bene» disse Baba Ayub. «Ma sii breve.»

«Grazie.» Il *div* sogghignò. «Posso chiedere che male ti ho fatto per meritare la morte?»

«Mi hai preso il figlio più piccolo» rispose Baba Ayub. «Era la cosa più cara che avessi al mondo.»

Il *div* grugnì, dandosi dei colpetti sul mento. «Ho preso molti figli a molti padri» disse.

Baba Ayub estrasse con rabbia la falce. «Allora mi vendicherò anche a nome loro.»

«Devo dire che il tuo coraggio suscita la mia ammirazione.»

«Non sai niente di coraggio, tu» disse Baba Ayub. «Per poter parlare di coraggio, ci deve essere qualcosa in gioco. Io non ho niente da perdere.»

«Puoi perdere la vita» disse il *div*.

«Quella me l'hai già tolta.»

Il *div* grugnì ancora e studiò Baba Ayub con aria meditabonda. Dopo un po' disse: «Molto bene, allora. Ti concedo la sfida. Ma prima ti chiedo di seguirmi».

«Sbrigati» disse Baba Ayub. «Ho perso la pazienza.» Ma il *div* si era già avviato lungo un gigantesco corridoio e Baba Ayub non poté far altro che seguirlo. Gli tenne dietro attraverso un labirinto di corridoi il cui soffitto quasi toccava le nubi, sostenuto da enormi colonne. Passarono da molte scalinate e attraversarono sale che avrebbero potuto contenere l'intero villaggio di Maidan Sabz. Proseguirono in questo modo finché da ultimo il *div* condusse Baba Ayub in un'enorme stanza, in fondo alla quale c'era una tenda.

«Avvicinati» gli fece segno con la mano.

Baba Ayub si mise a fianco del *div*.

Il *div* aprì la tenda. Dietro c'era una vetrata. Baba Ayub vide sotto di sé un enorme giardino circondato da filari di cipressi, ai cui piedi crescevano fiori di tutti i colori. C'erano vasche rivestite di piastrelle azzurre, terrazze di marmo e prati di un verde smagliante. Vide siepi potate in modo da sembrare splendide sculture e fontane gorgoglianti all'ombra di melograni. Non avrebbe potuto immaginare un posto così meraviglioso neanche nell'arco di tre vite.

Ma ciò che fece cadere in ginocchio Baba Ayub fu la vista dei bambini che giocavano felici nel giardino. Si rincorrevano lungo i sentieri e attorno agli alberi. Si nascondevano accucciandosi dietro le siepi. Baba Ayub scrutò i bambini e alla fine vide chi cercava. Eccolo! Suo figlio, Qais, vivo e vegeto. Era cresciuto in altezza e i suoi capelli erano più lunghi di come Baba Ayub li ricordava. Indossava una meravigliosa camicia bianca sopra dei bei pantaloni. Rideva felice mentre inseguiva un paio di compagni.

«Qais» mormorò Baba Ayub, annebbiando il vetro con il suo respiro. Poi urlò il nome del figlio.

«Non ti può sentire» disse il *div*. «E neppure vedere.»

Baba Ayub si mise a saltare su e giù, agitando le braccia e battendo i pugni sul vetro, finché il *div* richiuse la tenda.

«Non capisco» disse. «Pensavo che...»

«Questo è il tuo premio» disse il *div*.

«Spiegati!» esclamò Baba Ayub.

«Ti ho messo alla prova.»

«Alla prova?»

«Ho messo alla prova il tuo amore. Era una sfida difficile, lo riconosco, e non mi sfugge quanto ti sia costata. Ma hai superato la prova. Questo è il tuo premio. E il suo.»

«E se non avessi scelto?» gridò Baba Ayub. «Se avessi rifiutato di affrontare la tua prova?»

«Allora tutti i tuoi figli sarebbero morti» disse il *div*, «perché sarebbero stati comunque maledetti, avendo per padre un uomo debole. Un codardo che li avrebbe visti morire tutti, piuttosto che sostenere un fardello sulla propria coscienza. Dici di non aver coraggio, ma io lo vedo in te. Quello che hai fatto, il fardello che hai accettato di metterti sulle spalle, ha richiesto coraggio. Per questa tua scelta, io ti onoro.»

Baba Ayub, senza forze, estrasse la falce, ma gli scivolò di mano e cadde sul pavimento di marmo con fragore. Gli tremavano le ginocchia e dovette mettersi a sedere.

«Tuo figlio non si ricorda di te» continuò il *div*. «Adesso è questa la sua vita, e hai visto da te che è felice. Qui gli vengono offerti cibo e abiti ottimi, amicizia e affetto. Viene istruito nelle arti, nelle lingue, nelle scienze e gli si insegna come essere saggio e misericordioso. Non gli manca nulla. Un giorno, quando sarà un uomo, potrà scegliere se lasciare questo luogo, e sarà libero di farlo. Ho la sensazione che con la sua bontà influenzerà la vita di molte persone e porterà felicità a coloro che sono prigionieri del dolore.»

«Voglio vederlo» disse Baba Ayub. «Voglio riportarlo a casa.»

«Davvero?»

Baba Ayub guardò il *div* dritto negli occhi.

Il demone si avvicinò a un mobile che era accanto alla tenda e prese da un cassetto una clessidra. «Sai cos'è una clessidra, Abdullah? Lo sai. Bravo.» Dunque il *div* prese la clessidra, la rovesciò e la pose ai piedi di Baba Ayub.

«Lascerò che venga a casa con te» disse il *div*. «Se questa sarà la tua scelta, lui non potrà mai più tornare qui. Se invece scegli di lasciarlo qui, *tu* non potrai mai più tornare qui. Quando tutta la sabbia sarà scesa, ti chiederò qual è la tua decisione.»

E con queste parole il *div* uscì dalla sala, lasciando ancora una volta Baba Ayub di fronte a una scelta dolorosa.

"Lo porterò a casa" pensò subito Baba Ayub. Questa era la cosa che desiderava più di ogni altra, con ogni fibra del suo essere. Non se l'era immaginato mille volte in sogno? Di tenere in braccio il piccolo Qais, di baciarlo sulle guance e sentire le sue manine morbide tra le sue? Eppure... Se l'avesse portato a casa, che vita aspettava il bambino a Maidan Sabz? La dura vita del contadino, nel migliore dei casi, come la sua, e poco altro. E questo se Qais non fosse morto per la siccità, come erano morti tanti bambini del villaggio. "In tal caso potresti mai perdonarti?" si chiese Baba Ayub. "Sapendo che l'hai strappato, per puro egoismo, a una vita di lusso, ricca di opportunità." D'altro canto, se avesse lasciato Qais dal *div*, come avrebbe potuto tollerarlo? Sapeva che il suo bambino era vivo, conosceva il luogo dove viveva e tuttavia gli era proibito vederlo. Come avrebbe potuto sopportarlo? Baba Ayub pianse. Fu preso da un tale sconforto che afferrò la clessidra e la scagliò contro il muro, dove si infranse in mille frammenti, disseminando la sua sabbia sottile per tutto il pavimento.

Tornato nella sala, il *div* trovò Baba Ayub, le spalle curve, in mezzo ai vetri rotti.

«Sei una bestia crudele» disse Baba Ayub.

«Quando avrai vissuto a lungo come me» rispose il *div*, «scoprirai che la crudeltà e la benevolenza non sono che sfumature del medesimo colore. Hai fatto la tua scelta?»

Baba Ayub si asciugò le lacrime, raccolse la falce e se la legò in vita. Lentamente si avviò verso la porta a testa china.

«Sei un bravo padre» disse il *div* mentre Baba Ayub gli passava accanto.

«Vorrei che arrostissi nelle fiamme dell'inferno per quello che mi hai fatto» disse con voce stanca Baba Ayub.

Uscì dalla sala. Si stava incamminando lungo il corridoio quando il *div* lo chiamò.

«Prendi» disse il *div*. Il demone gli diede una boccetta di vetro con un liquido scuro. «Bevilo durante il viaggio di ritorno. Addio.»

Baba Ayub prese la boccetta e se ne andò senza dire una parola.

Molti giorni dopo, sua moglie era seduta al margine del loro campo, in attesa di vedere ricomparire il marito, come aveva fatto Baba Ayub quando sperava di scorgere Qais che tornava. Ogni giorno che passava, le speranze della donna di rivedere il marito si assottigliavano. Ormai al villaggio la gente parlava di Baba Ayub al passato. Un giorno, mentre era seduta per terra come sempre con una preghiera che le aleggiava sulle labbra, vide una figura sottile che scendeva dalle montagne dirigendosi verso Maidan Sabz. In un primo momento lo scambiò per un derviscio che aveva smarrito la strada, un uomo magro con abiti ridotti a cenci consunti, gli occhi infossati, le tempie incavate, e solo quando le fu più vicino riconobbe in lui il marito. Sentì un tuffo di gioia al cuore e pianse di sollievo.

Dopo essersi lavato e dopo che gli ebbero dato acqua da bere e cibo da mangiare, Baba Ayub, finalmente a casa, circondato dai suoi compaesani, rispose alle loro innumerevoli domande.

«Dove sei andato, Baba Ayub?»

«Cosa hai visto?»

«Cosa ti è successo?»

Baba Ayub non poteva rispondere, perché non ricordava cosa gli fosse accaduto. Non ricordava nulla del viaggio, né la scalata della montagna del *div*. Non ricordava di aver parlato al *div*, né il suo immenso palazzo, né la grande sala con la tenda. Era come se si fosse svegliato da un sogno già dimenticato. Non ricordava il giardino segreto, i bambini, e soprattutto non ricordava d'aver visto suo figlio Qais che giocava tra gli alberi con i suoi amici. Addirittura, quando qualcuno faceva il nome di Qais, Baba Ayub lo guardava perplesso. Chi? Chiedeva. Non ricordava di aver mai avuto un figlio di nome Qais.

Capisci, Abdullah, che il *div* aveva compiuto un atto di misericordia? La pozione che cancellava i ricordi: questo era stato il premio che Baba Ayub aveva ricevuto per aver superato la seconda prova del *div*.

Quella primavera, finalmente, sopra Maidan Sabz si aprirono le cateratte del cielo. Non venne giù la solita pioggerellina degli anni passati, ma un vero nubifragio. Grosse gocce di pioggia cadevano a terra e il villaggio le accolse assetato. Tutto il giorno la pioggia tamburellava sui tetti di Maidan Sabz mettendo a tacere ogni altro suono. Le gocce, gonfie e pesanti, rotolavano dalla punta delle foglie. I pozzi si riempirono e il fiume si ingrossò. Le colline a oriente si coprirono di verde. Sbocciarono i fiori di campo e, per la prima volta in molti anni, i bambini giocarono sull'erba e le mucche la brucarono. Tutti erano contenti.

Quando la pioggia cessò, il villaggio ebbe il suo daffare. Parecchi muri di argilla si erano sgretolati, alcuni tetti si erano imbarcati e intere zone agricole si erano trasformate in acquitrini. Ma, dopo la disperazione provocata dalla devastante siccità, gli abitanti di Maidan Sabz non avevano nessuna intenzione di lamentarsi. I muri furono ricostruiti, i tetti riparati e i canali d'irrigazione drenati. Quell'autunno Baba Ayub produsse il raccolto di pistacchi più copioso della sua vita, e anche l'anno successivo e quello dopo ancora i suoi raccolti crebbero in quantità e in qualità. Nelle grandi città dove vendeva i suoi prodotti, Baba Ayub sedeva fiero dietro le piramidi dei suoi piccoli frutti, raggiante come l'uomo più felice della terra. E Maidan Sabz non fu più colpita dalla siccità.

Non c'è più molto da raccontare, Abdullah. Magari vorresti sapere se per il villaggio è mai passato un bel giovane in groppa a un cavallo in cerca di grandi avventure? Forse si è fermato a bere un sorso d'acqua, di cui ora Maidan Sabz abbondava, e si è fermato a spezzare il pane con i suoi abitanti, forse con lo stesso Baba Ayub? Non saprei dirtelo, figliolo. Quello che *posso* dirti è che Baba Ayub visse davvero sino a tarda età. Posso dirti che vide i suoi figli sposarsi, come aveva sempre desiderato, e posso dirti che i suoi figli gli diedero molti nipoti, ciascuno dei quali portò a Baba Ayub una grande felicità.

E posso anche dirti che ci furono notti in cui, senza una ragione particolare, Baba Ayub non riusciva a dormire. Benché fosse ormai molto vecchio, era ancora in grado di usare le gambe, appoggiandosi a un bastone. E così, durante quelle notti insonni, scivolava giù dal letto, attento a non svegliare la moglie, e usciva di casa.

Camminava al buio, battendo per terra il bastone davanti a sé, mentre la brezza notturna gli accarezzava il viso. Sul margine del campo c'era un masso piatto su cui si sedeva, spesso per un'ora o più, osservando le stelle e le nubi che navigavano davanti alla luna. Pensava alla sua lunga vita e rendeva grazie per tutti i doni e la gioia che la sorte gli aveva riservato. Desiderare di più, lo sapeva, sarebbe stato meschino. Sospirava felice, ascoltando il vento che scendeva dalle montagne, il cinguettio stridulo degli uccelli notturni.

Ma ogni tanto gli sembrava di distinguere un altro rumore. Era sempre lo stesso, il tintinnio argentino di una campanella. Non capiva perché dovesse sentire un simile suono, lì solo nell'oscurità, quando tutte le pecore e le capre dormivano. Talvolta si diceva che in realtà non aveva sentito niente, ma a volte era tanto convinto del contrario che gridava nel buio: «C'è qualcuno? Chi sei? Fatti vedere». Ma non riceveva nessuna risposta. Baba Ayub non capiva. Così come non capiva perché, quando udiva quel tintinnio, che ogni volta lo sorprendeva come un'improvvisa raffica di vento, si sentisse attraversare da una strana sensazione, qualcosa di simile alla coda di un sogno triste. Ma poi passava, come passa ogni cosa. Sì, passava.

Ecco, figliolo. Questa è la fine della storia. Non ho altro da aggiungere. E adesso è veramente tardi, sono stanco e dobbiamo svegliarci all'alba, tua sorella e io. Spegni la candela. Stenditi e chiudi gli occhi. Dormi bene, ragazzo mio. Rimandiamo a domani mattina i nostri saluti.

## *Due*

## AUTUNNO 1952

Papà non aveva mai picchiato Abdullah. Così, quando gli diede un ceffone, forte, improvviso, a mano aperta, giusto sopra l'orecchio, negli occhi del ragazzo spuntarono lacrime di sorpresa. Batté rapido le palpebre per inghiottirle.

«Torna a casa» disse papà a denti stretti.

Poco lontano Abdullah sentì Pari che scoppiava in singhiozzi.

Poi papà lo colpì ancora, più forte, questa volta sulla guancia sinistra, facendogli scattare di lato la testa. Nuove lacrime scorsero sul viso in fiamme di Abdullah. Sentiva un fischio nell'orecchio sinistro.

Papà si chinò, avvicinando la faccia scura, rugosa, tanto da eclissare completamente il deserto, le montagne e il cielo.

«Ti ho detto di tornare a casa, ragazzo» gli ordinò con uno sguardo triste.

Abdullah rimase muto. Inghiottì amaro e sbirciò suo padre da sotto la mano che gli proteggeva gli occhi dal sole.

Dal carretto rosso a qualche passo di distanza, Pari gridò forte il suo nome, con voce rotta dall'apprensione. «Abollah!»

Papà inchiodò il figlio con uno sguardo tagliente, poi, trascinando i piedi, tornò al carretto, dove Pari tendeva le mani verso Abdullah. Il ragazzo aspettò che si avviassero. Poi si asciugò gli occhi con il dorso della mano e si accodò.

Qualche minuto dopo, suo padre gli gettò un sasso, come facevano i bambini di Shadbagh con il cane di Pari, Shuja. Solo che loro volevano colpire Shuja, fargli del male mentre il sasso cadde innocuo a un passo da Abdullah. Questi si fermò, in attesa che suo padre e Pari riprendessero il loro cammino, e ancora una volta li seguì da presso.

Infine, quando il sole aveva appena superato il mezzogiorno, papà si fermò di nuovo. Si voltò nella direzione di Abdullah, sembrò riflettere, poi gli fece un cenno con la mano.

«So che non ti darai per vinto.»

Sul fondo del carretto Pari fece rapidamente scivolare la mano in quella del fratello. Gli occhi lucidi, lo guardava con quel suo sorriso dagli incisivi separati, come se niente di male potesse accaderle fintanto che lui era al suo fianco. Abdullah teneva nella sua la manina di Pari come faceva ogni sera quando dormivano sul loro materasso, teste incollate, gambe intrecciate.

«Tu dovevi rimanere a casa» disse papà. «Con tua madre e Iqbal. Come ti avevo ordinato.»

Abdullah pensò: *È tua moglie. Mia madre l'abbiamo sepolta.* Ma sapeva di dover soffocare quelle parole prima che prendessero forma e uscissero dalla sua bocca.

«D'accordo. Vieni allora. Ma niente piagnistei. Hai capito?»

«Sì.»

«Ti avverto. Non voglio pianti.»

Pari sorrise ad Abdullah e lui chinò lo sguardo su di lei, sui suoi occhi chiari, le guance rosee e paffute, e ricambiò il sorriso.

Da quel momento camminò a lato del carretto che traballava sul suolo accidentato del deserto, tenendo la mano di Pari nella sua. Si scambiavano sguardi furtivi e felici, fratello e sorella, ma parlavano poco, per timore di inasprire l'umore di papà e rovinare la loro buona sorte. Per lunghi tratti viaggiarono da soli, loro tre, senza nulla e nessuno in vista, se non le gole di un color rame intenso e le grandi pareti di arenaria. Davanti a loro si estendeva il deserto, immenso e vuoto, come se fosse stato creato per loro e per loro soltanto, l'aria immota, incandescente, il cielo profondo e azzurro. Sul suolo sconnesso le pietre mandavano il loro incerto luccichio. I soli rumori che Abdullah sentiva erano il suo stesso respiro e il ritmico cigolio delle ruote del carretto che papà trascinava dirigendosi verso nord.

Dopo qualche tempo si fermarono per riposare all'ombra di un masso. Con un gemito papà lasciò cadere a terra la barra del carretto. Inarcò la schiena e, socchiudendo le palpebre, alzò il viso al sole.

«Quanto manca a Kabul?» chiese Abdullah.

Suo padre abbassò gli occhi su di loro. Si chiamava Sabur. Aveva la pelle scura e una faccia dura, spigolosa e ossuta, il naso adunco come il becco di un falco, occhi molto infossati. Era magro come un chiodo, una vita di lavoro gli aveva dato muscoli potenti, tesi come le strisce di canna d'India attorno al bracciolo di una poltrona di vimini. «Domani pomeriggio» disse portando alle labbra l'otre di pelle di mucca. «Se ci sbrighiamo.» Bevve un lungo sorso, il pomo d'Adamo che gli andava su e giù.

«Perché non ci ha accompagnato zio Nabi?» chiese Abdullah. «Lui ha la macchina. Così non avremmo dovuto fare a piedi tutta questa strada.»

Papà si volse verso di lui, ma non rispose. Si tolse lo zucchetto sporco di fuliggine e si asciugò il sudore dalla fronte con la manica della camicia.

Dal carretto spuntò il dito di Pari. «Guarda Abollah!» gridò tutta eccitata. «Un'altra.»

Abdullah seguì il dito della sorellina che indicava il punto in cui, all'ombra del masso, s'era posata una piuma, lunga, grigia come carbonella spenta. Abdullah la raccolse prendendola per il calamo. Soffiò via i granelli di polvere. Un falco, pensò, rigirandola. Forse un colombo o un'allodola del deserto. Ne aveva già viste molte quel giorno. No, di un falco. Vi soffiò sopra ancora e la passò a Pari, che l'afferrò felice.

A casa, a Shadbagh, Pari teneva sotto il guanciale una vecchia scatola da tè di latta con la chiusura arrugginita. Gliel'aveva regalata Abdullah. Sul coperchio c'era un indiano barbuto con un turbante e una lunga tunica rossa, che teneva con entrambe le mani una tazza di tè fumante. Dentro la scatola c'erano tutte le piume che Pari collezionava. Erano il suo bene più prezioso. Penne di gallo verdi e rosso scuro; una penna bianca della coda di un colombo; piume di passero, brune, punteggiate di macchie scure; e quella di cui Pari andava più orgogliosa, una piuma verde iridescente di pavone con un grande occhio meraviglioso sulla punta.

Quest'ultima era un regalo che le aveva fatto Abdullah due mesi prima. Aveva sentito parlare di un ragazzo di un altro villaggio la cui famiglia possedeva un pavone. Un giorno, mentre papà era in una città a sud di Shadbagh a scavare fossati, Abdullah era andato in quel villaggio, aveva trovato il ragazzo e gli aveva chiesto una piuma del suo pavone. Era seguita una trattativa, alla fine della quale Abdullah aveva accettato di scambiare le sue scarpe con la piuma. Quando era tornato a Shadbagh, la piuma infilata in vita sotto la camicia, i suoi talloni erano pieni di tagli e lasciavano per terra macchie di sangue. Nella pianta dei piedi erano infilzate spine e schegge. A ogni passo il suo corpo era percorso da una fitta. Arrivato a casa, aveva trovato la sua matrigna, Parwana, fuori dalla casupola, accucciata davanti al *tandur* che cuoceva il *nan* quotidiano. Si era nascosto veloce dietro la gigantesca quercia vicino alla loro casa e aveva aspettato che finisse. Sbirciando da dietro il tronco, la osservava lavorare: una donna dalle grosse spalle, con braccia lunghe, mani dalla pelle ruvida e dita tozze, una donna dalla faccia tonda, paffuta, che non aveva niente della grazia di farfalla di cui portava il nome.

Abdullah avrebbe voluto amarla, come aveva amato sua madre. La mamma che era morta dissanguata partorendo Pari tre anni e mezzo prima, quando lui aveva sette anni. La mamma il cui viso ormai era quasi svanito dalla memoria, la mamma che gli prendeva la testa tra le mani e se la stringeva al petto e gli accarezzava le guance ogni sera prima di dormire e gli cantava una ninnananna.

*Ho incontrato una fatina triste*
*Seduta all'ombra di una betulla.*
*Conosco una fatina triste*
*Che una notte il vento ha portato via con sé.*

Avrebbe desiderato amare la sua nuova mamma nello stesso modo. E forse, pensava, anche Parwana in fondo al cuore desiderava la stessa cosa, poter amare *lui.* Come amava Iqbal, il suo bambino di un anno, che copriva sempre di baci e per il quale si angustiava a ogni colpo di tosse o a ogni starnuto. O come aveva amato il suo primo bambino, Omar. Lo adorava. Ma era morto di freddo l'inverno di due anni prima, a sole due settimane. Parwana e papà avevano avuto appena il tempo di dargli un nome. Era stato uno dei tre neonati di Shadbagh che quell'inverno brutale si era portato via. Abdullah ricordava Parwana che teneva stretto il piccolo cadavere di Omar avvolto nelle fasce, i suoi accessi di dolore. Ricordava il giorno in cui l'avevano sepolto sulla collina, un minuscolo tumulo sulla terra ghiacciata, sotto un cielo di peltro, il Mullah Shekib che recitava le preghiere, il vento che gettava il pulviscolo di neve ghiacciata negli occhi di tutti.

Abdullah pensava che Parwana si sarebbe infuriata quando avesse saputo che aveva scambiato il suo unico paio di scarpe con una piuma di pavone. Papà si era sfiancato sotto il sole per comprarle. Se l'avesse scoperto, la matrigna gliel'avrebbe fatta pagare. Poteva arrivare a picchiarlo, aveva pensato Abdullah. L'aveva già fatto qualche volta: aveva mani forti, pesanti, dopo tutti quegli anni passati a sollevare la sorella invalida, immaginava Abdullah, mani che sapevano come usare il manico della scopa e come fare arrivare a destinazione uno schiaffo ben piazzato.

Ma, va detto a suo merito, Parwana non sembrava trarre alcuna soddisfazione dal picchiarlo. Né era incapace di tenerezza nei confronti dei suoi figliastri. Una volta aveva confezionato per Pari un vestito verde con fili d'argento usando una stoffa che papà aveva portato da Kabul. Un'altra volta, con incredibile pazienza, gli aveva insegnato a rompere due uova contemporaneamente senza intaccare il tuorlo. E una volta aveva mostrato loro come trasformare pannocchie di granoturco in bamboline, come aveva fatto con sua sorella quando erano piccole. Aveva insegnato loro come confezionare abiti per le bambole con brandelli di stoffa.

Ma questi gesti, Abdullah lo sapeva, erano dettati dal dovere, attinti a un pozzo molto meno profondo di quello cui attingeva il suo amore per Iqbal. Se una notte fosse scoppiato un incendio nella loro casa, Abdullah sapeva senza ombra di dubbio quale dei bambini Parwana avrebbe messo in salvo. Non ci avrebbe pensato due volte. Alla fine, tutto si riduceva a una cosa molto semplice: loro non erano figli suoi, lui e Pari. La maggior parte delle persone ama i propri figli. Non c'era niente da fare: lui e sua sorella non le appartenevano. Erano gli avanzi di un'altra donna.

Aveva aspettato che Parwana portasse in casa il pane, poi l'aveva osservata riemergere dalla casupola, trasportando Iqbal con un braccio e un carico di biancheria con l'altro. L'aveva osservata mentre si dirigeva a passo lento verso il ruscello e aveva atteso che non fosse più in vista per sgattaiolare in casa, con i piedi che dolevano ogni volta che li posava per terra. In casa si era seduto infilandosi i vecchi sandali di plastica, le sole scarpe che gli rimanevano. Sapeva di non aver fatto una cosa sensata. Ma quando si era messo in ginocchio accanto a Pari, scuotendola dolcemente per svegliarla, e tirando fuori la piuma da dietro la schiena, come un prestigiatore, aveva pensato che ne era valsa la pena – prima perché Pari era rimasta a bocca aperta per la sorpresa, poi perché dalla gioia gli aveva stampato in faccia mille baci e infine per come aveva ridacchiato quando le aveva fatto il solletico sotto il mento con la punta morbida della piuma – e improvvisamente il dolore ai piedi era scomparso del tutto.

Papà si pulì di nuovo la faccia con la manica. A turno bevvero dall'otre. Poi papà disse: «Sei stanco, figliolo».

«No» rispose Abdullah, anche se era davvero stanco. Sfinito. E i piedi gli facevano male. Non era facile attraversare il deserto con i sandali.

Suo padre gli ordinò: «Monta su».

Sul carretto, Abdullah si sedette dietro Pari con la schiena appoggiata alle assicelle della sponda, le piccole bozze della spina dorsale della sorella che gli premevano sul ventre e sullo sterno. Mentre papà trascinava il carretto, Abdullah teneva gli occhi fissi al cielo, alle montagne, alle file di colline tondeggianti che si susseguivano, una a ridosso dell'altra, rese uniformi dalla distanza. Osservava la schiena di suo padre che li tirava, la testa china, i piedi che alzavano nugoli di sabbia rossastra. Accanto a loro passò una carovana di nomadi Kuchi, una processione polverosa di campanelle che tintinnavano e di cammelli che sbuffavano, e una donna con gli occhi orlati di *kohl* e i capelli color del grano gli sorrise.

I capelli della donna gli ricordarono quelli di sua madre, rinnovando il dolore per la sua morte, per la sua dolcezza, la sua allegria innata, il suo sbalordimento di fronte alla crudeltà degli uomini. Ricordò la sua risata a singhiozzo e il gesto timido con cui talvolta inclinava di lato la testa. Sua madre era stata una persona delicata, sia per carattere sia per costituzione, una donna minuta, dalla vita sottile, con una ciocca di capelli che sfuggiva sempre dal velo. Si chiedeva come un corpicino così fragile potesse contenere tanta gioia, tanta bontà. Infatti era incontenibile. Trasudava da tutto il suo essere, le sgorgava dagli occhi. Papà era diverso. C'era durezza in lui. I suoi occhi si aprivano sul medesimo mondo della mamma, ma vedevano solo indifferenza. Fatica infinita. Il suo mondo era spietato. Il bene non era gratuito. Neppure l'amore. Dovevi pagare per ogni cosa e, se eri povero, la tua moneta era la sofferenza. Abdullah posò lo sguardo sulla scriminatura coperta di croste della sorellina, sul suo polso sottile che pendeva dalla sponda del carretto, e capì che, alla morte della madre, qualcosa di lei era passato a Pari. Un po' della sua dedizione allegra, del suo candore, della sua indefettibile speranza. Pari era la sola persona al mondo che non gli avrebbe mai fatto del male. Non avrebbe potuto. A volte sentiva che la sorellina era la sola vera famiglia che avesse.

I colori del giorno lentamente si sciolsero nel grigio e le cime delle montagne lontane divennero sagome confuse di giganti accovacciati. Durante il giorno erano passati accanto a diversi villaggi, nella maggior parte isolati e polverosi proprio come Shadbagh.

Alcune delle piccole case quadrate in mattoni crudi erano costruite sui fianchi della montagna, altre no, nastri di fumo si alzavano dai tetti. Corde per il bucato, donne accucciate accanto ai fuochi dove cucinavano. Qualche pioppo, qualche gallina, una manciata di mucche e di capre e sempre una moschea. L'ultimo villaggio da cui erano passati si trovava vicino a un campo di papaveri, dove un vecchio che stava incidendo le capsule li aveva salutati con la mano. Aveva gridato qualcosa, che Abdullah non era riuscito a sentire. Papà aveva risposto al saluto.

Pari disse: «Abollah?».
«Sì.»
«Secondo te, Shuja è triste?»
«Secondo me sta benissimo.»
«Nessuno gli farà del male?»
«È grosso, Pari. Sa difendersi.»

Shuja era davvero un cane grosso. Papà diceva che a un certo punto doveva essere stato un cane da combattimento, perché qualcuno gli aveva tagliato orecchie e coda. Se potesse o volesse difendersi era un'altra questione. Quando il cane randagio aveva fatto la sua comparsa a Shadbagh, i ragazzini gli avevano tirato sassi, l'avevano colpito con rami o con raggi di bicicletta arrugginiti. Shuja non aveva mai risposto alle aggressioni. Con il tempo i ragazzi del villaggio si erano stancati di tormentarlo e l'avevano lasciato in pace, anche se Shuja aveva continuato a comportarsi in modo cauto, sospettoso, perché non aveva dimenticato quanto in passato fossero stati cattivi con lui.

Evitava tutti a Shadbagh, tranne Pari. Era per lei che Shuja perdeva ogni controllo. Il suo amore per la bambina era immenso e limpido. Lei era il suo universo. Il mattino, quando Shuja vedeva Pari uscire di casa, schizzava sulle zampe tremando in tutto il corpo. Dimenava furiosamente il moncherino della sua coda mutilata e si muoveva come ballasse il tip tap sui carboni ardenti. Le saltellava attorno felice. Per tutto il giorno la seguiva come un'ombra, senza allontanarsi dai suoi piedi, e la sera, quando le loro strade si dividevano, Shuja si sdraiava fuori dalla porta, avvilito, in attesa del mattino.

«Abollah?»
«Sì.»
«Quando sarò grande starò con te?»

Abdullah guardò il sole arancione che si abbassava premendo sull'orizzonte. «Se vorrai. Ma non lo vorrai.»
«Sì, invece, che lo vorrò.»
«Vorrai avere una casa tua.»
«Ma possiamo essere vicini di casa.»
«Forse.»
«Abiterai vicino.»
«E se ti stufi di me?»
Gli diede una gomitata nel fianco. «Mai!»
Abdullah rise tra sé. «D'accordo.»
«Staremo vicini.»
«Sì.»
«Finché saremo vecchi.»
«Molto vecchi.»
«Per sempre.»
«Sì, per sempre.»
Si voltò per guardarlo negli occhi. «Me lo prometti, Abollah?»
«Per sempre, per sempre.»
Qualche tempo dopo, papà si mise Pari sulla schiena, mentre Abdullah, dietro di lui, tirava il carretto vuoto. Camminando cadde in una sorta di trance, la mente vuota. Era consapevole soltanto dell'alzarsi e abbassarsi delle ginocchia, delle gocce di sudore che colavano dall'orlo dello zucchetto. Dei piedini di Pari che rimbalzavano sui fianchi di papà. Consapevole soltanto dell'ombra del padre e della sorella che andava allungandosi sul suolo grigio del deserto e che si allontanava se solo rallentava il passo.

Era stato zio Nabi a trovare l'ultimo lavoro di papà. Zio Nabi era il fratello maggiore di Parwana e quindi in realtà non era uno zio vero e proprio. Faceva il cuoco e l'autista a Kabul. Una volta al mese, andava a trovarli a Shadbagh in macchina e il suo arrivo era annunciato da uno staccato di colpi di clacson e dall'orda vociante dei ragazzini del villaggio che inseguivano la grossa automobile azzurra con il tettuccio apribile e i profili metallici. Davano manate sul parafango e sui finestrini, fin quando lo zio Nabi non spegneva il motore ed emergeva sorridente dalla macchina, bello, le lunghe basette e i neri capelli ondulati pettinati all'indietro, con il completo verde oliva troppo grande per lui, lo sparato bianco e i mocassini marrone. Tutti uscivano per vederlo: perché guidava una macchina, anche se apparteneva al suo datore di lavoro, e perché indossava pantaloni e giacca e lavorava nella grande città, Kabul.

Era stato durante la sua ultima visita che zio Nabi aveva parlato a papà di quel lavoro. I ricchi per cui lavorava avevano intenzione di costruire – nel cortile dietro la loro casa, ma separata dall'edificio principale – una casetta per gli ospiti con bagno privato, e zio Nabi aveva consigliato loro di rivolgersi a papà, che era un esperto in fatto di cantieri. Gli aveva detto che il lavoro era ben pagato e che poteva finirlo in un mese, giorno più giorno meno.

Papà era davvero un esperto in fatto di cantieri. Erano molti quelli in cui aveva lavorato. A quanto Abdullah ricordava, suo padre era sempre in cerca di un lavoro, bussava alla porta di questo e di quello per assicurarsi la giornata. Un giorno, per caso, lo aveva sentito mentre diceva all'anziano del villaggio, il Mullah Shekib: *Se fossi nato animale, Mullah Sahib, giuro che sarei stato un mulo.* Talvolta portava con sé Abdullah. Una volta avevano raccolto mele in una città a una giornata intera di cammino da Shadbagh. Ricordava suo padre arrampicato sulla scala sino al tramonto, le spalle ingobbite, la nuca bruciata dal sole, la pelle viva degli avambracci, le grosse dita che rigiravano e staccavano le mele, una alla volta. In un'altra città avevano fabbricato mattoni crudi per una moschea. Papà aveva mostrato ad Abdullah come raccogliere in profondità l'argilla buona, quella di colore chiaro. Insieme avevano setacciato la terra, avevano aggiunto la paglia e papà gli aveva insegnato pazientemente a dosare l'acqua in modo che il miscuglio non diventasse troppo liquido. Nell'ultimo anno, suo padre aveva trasportato pietre. Aveva spalato la terra, aveva provato ad arare i campi. Aveva lavorato con una squadra di stradini che stendevano l'asfalto.

Abdullah sapeva che papà si riteneva responsabile della morte di Omar. Se avesse trovato più lavoro, o un lavoro migliore, avrebbe potuto comprargli indumenti invernali più caldi, coperte più pesanti, forse persino una vera stufa per riscaldare la casa. Era questo che pensava. Non gli aveva detto una sola parola dopo che Omar era stato sepolto, ma Abdullah sapeva.

Ricordava di averlo visto, qualche giorno dopo la morte del fratellino, da solo, in piedi sotto la gigantesca quercia. La quercia svettava sopra tutto il resto, ed era la cosa viva più vecchia del villaggio. Papà diceva che non si sarebbe stupito se fosse stata testimone della marcia dell'esercito dell'imperatore Babur alla conquista di Kabul. Diceva che aveva passato metà dell'infanzia all'ombra della sua immensa chioma o arrampicandosi sui suoi rami frondosi. Suo padre, il nonno di Abdullah, aveva legato lunghe corde a uno dei rami più grossi e vi aveva attaccato un'altalena, un arnese che era sopravvissuto a innumerevoli stagioni inclementi e allo stesso vecchio. Papà raccontava che aveva fatto a turno con Parwana e sua sorella Masuma a salire sull'altalena quando tutti e tre erano bambini.

Ma ora era sempre troppo distrutto dal lavoro quando Pari lo tirava per la manica e gli chiedeva di farla volare sull'altalena.

*Forse domani, Pari.*

*Solo per poco, Baba. Ti prego, alzati.*

*Non ora. Un'altra volta.*

Alla fine Pari rinunciava, lasciava andare la manica del padre e se ne andava rassegnata. Talvolta era come se la faccia affilata di suo padre volesse nascondersi mentre guardava la figlia allontanarsi. Si girava e rigirava nel letto, poi tirava su la trapunta e chiudeva gli occhi stanchi.

Abdullah non riusciva a immaginarsi un tempo in cui suo padre era andato su quell'altalena. Non riusciva a figurarsi che una volta suo padre era stato un ragazzo, come lui. Un ragazzo spensierato, agile sulle gambe. Che correva a briglia sciolta per i campi con i suoi compagni di giochi. Papà con le mani coperte di cicatrici, la faccia solcata da profonde rughe di stanchezza. Suo padre che, per quanto ne sapeva Abdullah, poteva anche esser nato con la vanga in mano e il fango sotto le unghie.

Quella notte dovettero dormire nel deserto. Mangiarono il pane e le ultime patate bollite che Parwana aveva preparato per loro. Papà fece un fuoco e mise sulle fiamme il bollitore del tè.

Abdullah si sistemò accanto al fuoco, rannicchiato sotto la coperta di lana vicino a Pari, che premeva sul fratello la pianta dei suoi piedini freddi.

Papà si chinò sulle fiamme per accendersi una sigaretta.

Abdullah si voltò sulla schiena e Pari cambiò posizione, affondando come sempre la guancia nell'incavo sotto la clavicola del fratello. Abdullah inspirava l'odore di rame della polvere del deserto e fissava il cielo fitto di stelle tremolanti e sfavillanti come cristalli di ghiaccio. Una sottile falce di luna abbracciava il fioco fantasma del suo cerchio completo.

Pensò al penultimo inverno, quando tutto era affondato nell'oscurità, al vento che fischiava dalle fessure attorno alla porta con sibili ora deboli ora prolungati e assordanti e che fischiava da ogni minima crepa del soffitto. Fuori, le forme del villaggio cancellate dalla neve. Le notti lunghe e senza stelle, il giorno breve, tetro, il sole che compariva raramente, e solo per un attimo, prima di sparire. Ricordava i penosi pianti di Omar, poi il suo silenzio, poi papà che con aria lugubre aveva intagliato una falce di luna su una tavola di legno, proprio come quella che stava ora sopra di loro, e aveva infisso la lapide nel terreno duro, bruciato dal gelo, in testa alla piccola tomba.

E ora la fine dell'autunno era di nuovo in vista. L'inverno era già in agguato dietro l'angolo, anche se suo padre e Parwana non ne parlavano, come se il solo nominarlo potesse affrettarne l'arrivo.

«Papà?»

Dall'altro lato del fuoco, papà emise un leggero grugnito.

«Mi permetterai di aiutarti? A costruire la casa degli ospiti, voglio dire.»

Spirali di fumo salivano dalla sigaretta. Lo sguardo di suo padre fisso nel buio.

«Papà?»

L'uomo cambiò posizione sul masso dove sedeva. «Potresti aiutarmi a mescolare la malta» disse.

«Non lo so fare.»

«Te lo insegno io. Imparerai.»

«E io?» chiese Pari.

«Tu?» Senza fretta papà fece un tiro di sigaretta e attizzò il fuoco con un bastone. Si sprigionarono piccole scintille, che salirono danzando nell'oscurità. «Sarai responsabile dell'acqua. Dovrai fare in modo che non abbiamo mai sete: perché un uomo non può lavorare se ha sete.»

Pari rimase in silenzio.

«Papà ha ragione.» Abdullah intuiva che Pari voleva sporcarsi le mani, guazzare nella malta, e che era delusa del compito assegnatole. «Se tu non ci porti l'acqua, non riusciremo mai a costruire la casa degli ospiti.»

Papà infilò il bastone nel manico del bollitore, che tolse dal fuoco. Lo posò per terra a raffreddare.

«Sai cosa?» disse. «Tu mi dimostri che sei capace di occuparti dell'acqua e io ti troverò qualcos'altro da fare.»

Pari sollevò il mento guardando Abdullah, il viso illuminato dal sorriso con la finestrella.

Abdullah ricordava quando era una neonata, quando dormiva sul suo petto. A volte, nel cuore della notte, apriva gli occhi e la trovava a sorridergli in silenzio, con quella medesima espressione.

Era lui che da sempre si prendeva cura di lei. Proprio così. Anche se lui stesso era ancora un bambino. Di dieci anni. Quando Pari era piccolissima, era lui a essere svegliato di notte dai suoi gridolini e borbottii. Lui che al buio la prendeva in braccio facendola saltellare. Lui che le cambiava i pannolini sporchi. Lui che le faceva il bagnetto. Non era un compito da padre, da uomo, un uomo sempre distrutto dal lavoro, oltre tutto. E Parwana, già incinta di Omar, era restia ad alzarsi per Pari. Non ne aveva né la voglia né l'energia. Così, quel compito era toccato ad Abdullah, ma non gli dispiaceva affatto. Lo assolveva con gioia. Era felice di essere stato lui ad aiutarla a muovere i primi passi, lui a rimanere senza fiato quando aveva pronunciato la sua prima parola. Questo era lo scopo della sua esistenza, credeva: Dio l'aveva creato perché fosse pronto a prendersi cura di Pari quando aveva portato via la loro madre.

«Baba» lo supplicò Pari. «Raccontaci una storia.»

«Si fa tardi.»

«Per favore.»

Papà era un introverso. Raramente diceva più di due frasi di seguito. Ma talvolta, per ragioni sconosciute ad Abdullah, qualcosa si schiudeva dentro di lui e allora improvvisamente traboccavano le storie. A volte faceva sedere Abdullah e Pari davanti a sé, mentre Parwana sbatacchiava le pentole in cucina, e raccontava le storie che la nonna gli aveva tramandato quando lui stesso era bambino, trasportando i due figli estasiati in paesi popolati da sultani, da *jinn*, da perfidi *div* e da saggi dervisci. Altre volte, se le inventava lui. Se le inventava su due piedi, rivelando nei suoi racconti una fantasia e una capacità immaginativa che sempre stupivano Abdullah. Sentiva che suo padre non era mai così vicino, così vivo, indifeso, vero come quando gli raccontava le storie, come se le favole fossero piccoli pertugi che lasciavano intravedere il suo mondo buio, imperscrutabile.

Ma Abdullah sapeva, dall'espressione del viso di suo padre, che quella sera non avrebbe raccontato nessuna storia.

«È tardi» ripeté. Sollevò il bollitore con il bordo dello scialle che gli avvolgeva le spalle e si versò una tazza di tè. Vi soffiò sopra e poi ne bevve un sorso, il bagliore arancio delle fiamme riflesso sul suo viso.

«È ora di dormire. Ci aspetta una lunga giornata, domani.»

Abdullah si tirò la coperta sopra la testa. Là sotto, con la bocca sulla nuca di Pari, le cantò la ninnananna:

*Ho incontrato una fatina triste*
*All'ombra di una betulla.*

Pari, già mezza addormentata, cantò strascicando il suo verso:

*Conosco una fatina triste*
*Che una notte il vento ha portato via con sé.*

Un attimo dopo russava.

Quando, più tardi, Abdullah si svegliò, si accorse che papà se n'era andato. Terrorizzato, si mise a sedere. Il fuoco era quasi morto, non rimaneva che qualche tizzone ardente. Lanciò sguardi allarmati in ogni direzione, ma i suoi occhi non riuscivano a penetrare l'oscurità, divenuta all'improvviso immensa e opprimente. Si sentì sbiancare. Con il cuore in gola, drizzò le orecchie, trattenendo il respiro.

«Papà?» sussurrò.

Silenzio.

Il panico si impadronì di tutto il suo essere. Rimase seduto, perfettamente immobile, il busto eretto e teso, e restò a lungo in ascolto. Non sentì alcun rumore. Erano soli, lui e Pari, avvolti dal buio. Erano stati abbandonati. Papà li aveva abbandonati. Per la prima volta, Abdullah avvertì la reale vastità del deserto e del mondo. Com'era facile perdere la propria strada! Nessuno ad aiutarti, nessuno a indicarti la strada. Poi, come un tarlo, un pensiero s'insinuò nel suo cervello. Suo padre era morto. Qualcuno l'aveva sgozzato. Banditi. Dopo averlo ucciso, si stavano ora avvicinando a lui e a Pari, ma se la prendevano comoda, pregustando il piacere di ammazzarli, come fosse un gioco.

«Papà?» gridò di nuovo, questa volta con voce stridula.

Nessuna risposta.

«Papà?»

Continuò a chiamare suo padre, mentre un artiglio gli serrava la gola. Non avrebbe saputo dire per quanto tempo né quante volte lo avesse chiamato, ma nessuna risposta gli giunse dal buio. Si figurava facce nascoste tra le montagne che spuntavano dalla terra, osservavano lui e Pari, sghignazzando biecamente. Sentì le viscere contorcersi dal panico. Prese a tremare, piagnucolando sottovoce. Era sul punto di urlare.

Poi, dei passi. Una sagoma si materializzò nell'oscurità.

«Ho pensato che te ne fossi andato» balbettò Abdullah.

Papà si sedette accanto al fuoco che andava spegnendosi.

«Dove sei andato?»

«Torna a dormire, figliolo.»

«Giura che non ci abbandonerai. Non lo faresti mai, vero, papà?»

Suo padre volse lo sguardo su di lui, ma nel buio la sua faccia sfumava in un'espressione che Abdullah non riusciva a decifrare. «Sveglierai tua sorella.»

«Non abbandonarci.»

«Adesso basta.»

Con il cuore in gola, Abdullah si sdraiò, stringendo la sorella tra le braccia.

Abdullah non aveva mai visto Kabul. Della capitale sapeva solo le storie che gli aveva raccontato zio Nabi. Aveva visitato alcune piccole città seguendo papà nel suo lavoro, ma mai una città vera, e certamente nessuno dei racconti di zio Nabi poteva prepararlo al trambusto caotico della città più grande e più movimentata del paese. Vedeva ovunque semafori, sale da tè, ristoranti, negozi con vetrine illuminate e insegne colorate. Le automobili correvano rumorose per le strade affollate, suonando il clacson, sgusciando tra gli autobus, i pedoni e le biciclette. *Gari* trainati da cavalli scampanellavano su e giù per i viali con le ruote cerchiate di ferro che sobbalzavano sulla strada. I marciapiedi erano affollati di ambulanti che vendevano sigarette e gomme da masticare, bancarelle, fabbri che ferravano i cavalli. Agli incroci, vigili con uniformi sciatte soffiavano nei loro fischietti, e facevano gesti autoritari cui nessuno sembrava badare.

Abdullah, con Pari in grembo, era seduto su una panchina vicino a una macelleria e divideva con lei, in un piatto di stagnola, fagioli al forno e *chutney* al coriandolo fresco che papà aveva comprato a una bancarella.

«Guarda, Abollah» disse Pari, indicando un negozio sull'altro lato della strada. In vetrina c'era una ragazza con un bellissimo abito verde ornato di specchietti e perline. Indossava una sciarpa in tinta, gioielli d'argento e pantaloni rosso scuro. Era perfettamente immobile e fissava con indifferenza i passanti senza mai battere le palpebre. Non mosse neanche un dito per tutto il tempo che Abdullah e Pari mangiarono e rimase assolutamente ferma anche dopo. Più in su, Abdullah vide un manifesto enorme che copriva la facciata di un grande edificio. Rappresentava una giovane donna indiana, graziosa, in un campo di tulipani, sotto una pioggia torrenziale, che fingeva di nascondersi dietro una specie di bungalow. Sorrideva timidamente, il sari bagnato che le aderiva alle curve. Abdullah si chiedeva se era questo che zio Nabi aveva chiamato cinema, dove la gente andava a vedere i film, e sperava che, il mese successivo, zio Nabi vi avrebbe accompagnato anche lui e Pari. Sorrise al pensiero.

Fu poco dopo il richiamo alla preghiera, salmodiato dalla moschea di piastrelle azzurre poco più in là nella stessa via, che Abdullah vide zio Nabi accostarsi al marciapiede. Scese agilmente dal posto di guida, con addosso il suo completo verde oliva, schivando per un pelo un giovane ciclista avvolto nel suo *chapan*, che riuscì a deviare giusto in tempo.

Zio Nabi corse davanti alla macchina per abbracciare papà. Quando vide Abdullah e Pari, il suo viso si aprì in un grande sorriso. Si chinò per mettersi alla loro altezza.

«Allora, vi piace Kabul, ragazzi?»

«C'è molto rumore» osservò Pari, e zio Nabi scoppiò a ridere.

«Infatti. Su, saltate dentro. Dalla macchina vedrete molto meglio. Pulitevi i piedi prima di salire. Sabur, tu siediti davanti.»

Il sedile posteriore era fresco, duro, di un azzurro simile a quello della carrozzeria. Abdullah si mise al finestrino dietro l'autista e aiutò Pari a sistemarsi sulle sue ginocchia. Notò gli sguardi invidiosi dei passanti. Pari girò di scatto la testa verso il fratello e si scambiarono un sorriso.

Guardarono pieni di meraviglia la città che scorreva davanti a loro. Zio Nabi disse che avrebbe seguito un percorso più lungo perché potessero vedere qualcosa di Kabul. Indicò una catena montuosa chiamata Tapa Maranjan e, sulla sua sommità, un mausoleo coperto da una cupola che dominava tutta la città. Disse che era la tomba di Nadir Shah, il padre del re Zahir Shah. Mostrò loro la fortezza di Bala Hissar in cima al monte Kuh-e-Sherdawaza, che, a quanto si diceva, gli inglesi avevano occupato durante la seconda guerra contro l'Afghanistan.

«Cos'è, zio Nabi?» Abdullah batté sul finestrino indicando un grande edificio rettangolare dipinto di giallo.

«Quello è Silo. La nuova fabbrica di pane.» Zio Nabi, tenendo il volante con una mano, allungò il collo per fargli l'occhiolino. «Un regalo dei nostri amici russi.»

Una fabbrica per fare il pane! Abdullah era strabiliato: pensò a Parwana, rimasta a Shadbagh, che lanciava le focaccine di pasta contro le pareti d'argilla del *tandur*.

Alla fine zio Nabi svoltò in una strada ampia, pulita, fiancheggiata da cipressi disposti a distanze regolari. Le case erano molto eleganti, Abdullah non ne aveva mai viste di così grandi. Bianche, gialle, azzurre. La maggior parte aveva due piani, con alte mura intorno e cancelli di ferro a due battenti. Abdullah notò parecchie macchine come quella di zio Nabi parcheggiate lungo la strada.

Lo zio imboccò un vialetto ornato di cespugli ben

curati. In fondo apparve una casa di due piani, dai muri bianchi, che sembrava incredibilmente grande.

«Quant'è grande la tua casa!» esclamò Pari, sgranando gli occhi dallo stupore.

Zio Nabi si voltò ridendo. «Magari fosse mia. No, è la casa dei miei padroni. Adesso li conoscerete. Comportatevi come si deve.»

La casa si dimostrò ancor più stupefacente una volta che zio Nabi ebbe accompagnato all'interno Abdullah, Pari e papà. Secondo Abdullah era abbastanza grande da contenere almeno metà delle case di Shadbagh. Gli sembrava di essere entrato nel palazzo del *div*. Il giardino sul retro era disegnato in modo meraviglioso, con aiuole di fiori di tutti i colori, in perfetto ordine, cespugli che arrivavano al ginocchio e alberi da frutto qua e là: riconobbe ciliegi, meli, albicocchi e melograni. Dalla casa si scendeva nel giardino attraverso un portico – zio Nabi disse che si chiamava veranda, – circondato da una balaustra bassa, coperta da un intrico di rampicanti. Mentre andavano verso la sala dove i signori Wahdati li stavano aspettando, Abdullah intravide un bagno con la tazza in porcellana di cui gli aveva parlato zio Nabi, e un lavabo scintillante con i rubinetti color bronzo. Abdullah, che a Shadbagh ogni settimana passava ore a trasportare secchi d'acqua dal pozzo comune, non poteva credere esistesse un mondo dove l'acqua era raggiungibile con un semplice gesto della mano.

Ora erano seduti su un massiccio divano con nappine dorate, Abdullah, Pari e papà. I soffici cuscini alle loro spalle erano costellati di minuscoli specchietti ottagonali. Di fronte al divano, un solo dipinto occupava gran parte della parete. Rappresentava un vecchio tagliapietre, chino sul suo banco di lavoro, che batteva un blocco di pietra con un mazzuolo. Tendoni color vinaccia rivestivano le ampie finestre, che si aprivano su un terrazzo con una ringhiera di ferro alta sino alla cintola. Tutto nella stanza era lucido, privo di polvere.

Mai in vita sua Abdullah era stato così consapevole della propria sporcizia.

Il padrone di zio Nabi, il signor Wahdati, era seduto su una poltrona di pelle, le braccia incrociate sul petto. Li guardava con un'espressione non proprio ostile, ma distaccata, impenetrabile. Era più alto di papà: Abdullah l'aveva notato non appena si era alzato per salutarli. Aveva spalle strette, labbra sottili e una fronte alta e lucida. Indossava un completo bianco, attillato in vita, con una camicia verde, aperta al collo, i cui polsini erano chiusi da gemelli ovali di lapislazzuli. Per tutto il tempo non aveva pronunciato più di una decina di parole.

Pari adocchiava il vassoio con i biscotti sul tavolino di vetro davanti a loro. Abdullah non aveva mai immaginato che potesse esistere una tale varietà di dolci. Dita di dama al cioccolato, biscotti con riccioli di crema, piccole paste farcite d'arancia, biscotti verdi a forma di foglia e altri ancora.

«Prendete» disse la signora Wahdati. Era lei a tenere viva la conversazione. «Su. Tutti e due. Sono per voi.»

Abdullah si girò verso papà per avere il suo permesso e Pari lo imitò. Questo sembrò conquistare la signora Wahdati, che distese le sopracciglia, inchinando la testa con un sorriso.

Papà annuì con un piccolo cenno. «Uno ciascuno» disse con un fil di voce.

«No, così non va» disse la signora Wahdati. «Ho mandato apposta Nabi a comprarli alla pasticceria dall'altra parte di Kabul.»

Papà arrossì e distolse lo sguardo. Seduto sul bordo del divano, stringeva con tutte e due le mani il suo zucchetto sdrucito. Teneva le ginocchia distanti dalla signora Wahdati e gli occhi fissi su suo marito.

Abdullah prese due biscotti e ne diede uno a Pari.

«Oh, prendetene un altro. Non è bello che Nabi si sia disturbato per niente» disse la signora Wahdati rimproverandoli bonariamente. Poi rivolse un sorriso a zio Nabi.

«Non è stato un disturbo» si schermì lui arrossendo.

Zio Nabi stava in piedi vicino alla porta, accanto a un mobiletto alto con spesse ante di vetro. Su uno dei ripiani Abdullah scorse alcune foto in cornici d'argento. Ecco i signori Wahdati insieme a un'altra coppia, avvolti in cappotti pesanti e sciarpe calde, e alle loro spalle un fiume gonfio e spumeggiante. In un'altra foto la signora Wahdati rideva tenendo in mano un bicchiere, un braccio nudo attorno alla vita di un uomo che, cosa impensabile per Abdullah, non era il marito. C'era anche una foto del loro matrimonio, lui alto ed elegante nel suo abito nero, lei in un lungo vestito bianco, tutti e due con un sorriso a labbra strette.

Abdullah la guardò di sottecchi: la vita sottile, la bocca piccola e graziosa, l'arco perfetto delle sopracciglia, le unghie dei piedi dipinte di smalto rosa e il rossetto in tinta. La ricordava da un paio d'anni prima, quando Pari aveva poco meno di due anni. Zio Nabi l'aveva accompagnata a Shadbagh, perché lei aveva detto di voler conoscere la sua famiglia. Indossava un abito color pesca senza maniche – ricordava lo sguardo allibito di suo padre – e occhiali da sole scuri con una grossa montatura bianca. Aveva sorriso tutto il tempo, facendo domande sul villaggio, la loro vita, il nome e l'età dei bambini. Si era comportata come se fosse una del luogo, nella loro casa d'argilla con il soffitto basso, la schiena appoggiata alla parete nera di fuliggine, seduta accanto alla finestra macchiata dalle mosche e al telo di plastica sudicio che separava l'unica stanza dalla cucina dove dormivano Abdullah e Pari. Era stata una visita teatrale, lei aveva insistito per lasciare alla porta le scarpe con i tacchi alti, aveva voluto sedersi per terra dopo che papà, come dettava il buon senso, le aveva offerto una sedia. Quasi fosse una di loro. Allora Abdullah aveva solo otto anni, ma non si era lasciato ingannare.

Il suo ricordo più vivido di quella visita era il modo in cui Parwana, che allora era incinta di Iqbal, era rimasta appartata, seduta in un angolo, appallottolata in un silenzio ostinato. Sedeva con le spalle incassate, i piedi nascosti sotto il ventre gonfio, come avesse voluto sparire dentro il muro. Il suo viso era protetto da un velo sporco, ne teneva le estremità sotto il mento, chiuse in un groviglio. Ad Abdullah sembrava quasi di vedere la vergogna sprigionarsi da lei come un vapore, il suo imbarazzo, la sensazione di non contare nulla, e si era sorpreso di provare un improvviso sentimento di solidarietà verso la matrigna.

La signora Wahdati prese il pacchetto di sigarette accanto al vassoio dei biscotti e ne accese una.

«Venendo qui abbiamo fatto una lunga deviazione perché volevo mostrare loro un po' della città» disse zio Nabi.

«Bene, bene. Eri già stato a Kabul, Sabur?»

«Una o due volte, Bibi Sahib.»

«E che impressione ti ha fatto?»

Papà scrollò le spalle. «È piena di gente.»

«Sì.»

Il signor Wahdati tolse un granello di forfora dalla manica della giacca e fissò gli occhi sul tappeto.

«Piena di gente, sì, a volte anche sgradevole» disse sua moglie.

Papà annuì come se capisse.

«In realtà Kabul è un'isola. Alcuni dicono che rappresenta il progresso. Può darsi che sia vero. Anzi, immagino che sia proprio vero, ma è altrettanto vero che non è in sintonia con il resto del paese.»

Papà, imbarazzato, abbassò lo sguardo sullo zucchetto che teneva in mano.

«Non fraintendermi. Sosterrei a spada tratta qualunque iniziativa politica progressista che partisse dalla capitale. Dio sa quanto ne ha bisogno questo paese. Tuttavia, a volte la città è un po' troppo piena di sé per i miei gusti. Giuro» sospirò «l'ostentazione qui è veramente sgradevole. Personalmente ho sempre ammirato la campagna. Mi piace moltissimo. Le province lontane, i *qaria*, i piccoli villaggi. Il *vero* Afghanistan, per così dire.»

Papà annuì, non sapendo che altro fare.

«Non che io condivida tutte, o la maggior parte delle tradizioni tribali, ma mi sembra che laggiù la gente viva una vita più autentica. Ha determinazione. Un'umiltà ammirevole. E poi l'ospitalità. La fermezza. Un senso di fierezza. È la parola giusta, Suleiman? *Fierezza*?»

«Smettila, Nila» disse suo marito senza scomporsi.

Seguì un silenzio pesante. Abdullah guardava il signor Wahdati, che tamburellava con le dita sul bracciolo della poltrona, e sua moglie, che sorrideva in modo forzato, la sbavatura rosa di rossetto sul mozzicone della sigaretta, le gambe incrociate alle caviglie, il gomito appoggiato al bracciolo della poltrona.

«Probabilmente non è la parola giusta» disse, rompendo il silenzio. «*Dignità*, forse.» Sorrise, mettendo in mostra denti bianchi e regolari. Abdullah non aveva mai visto denti simili. «Ecco. Molto meglio. La gente di campagna è portatrice di un senso di dignità. La esibiscono come un distintivo, vero? Sono sincera. La vedo in te, Sabur.»

«Grazie, Bibi Sahib» balbettò papà, muovendosi a disagio sul divano, senza alzare gli occhi dal suo zucchetto.

La signora Wahdati annuì. Volse lo sguardo verso Pari. «E lasciamelo dire, sei così carina.» Pari si fece più vicina ad Abdullah.

Scandendo le parole, la signora Wahdati recitò: «Oggi ho visto il fascino, la bellezza, l'insondabile grazia del viso che cercavo». Sorrise. «Rumi. Hai mai sentito il suo nome? Sembra che abbia composto questo verso proprio per te, tesoro.»

«La signora Wahdati è una poetessa provetta» li informò zio Nabi.

Il signor Wahdati, dall'altro lato del tavolo, prese un biscotto, lo spezzò in due e ne sbocconcellò un piccolo morso.

«Nabi è troppo gentile» disse la signora Wahdati rivolgendogli uno sguardo affettuoso. Per la seconda volta, Abdullah colse il rossore che si diffondeva sulle guance di zio Nabi.

La signora Wahdati spense la sigaretta, battendo il mozzicone nel portacenere con una serie di colpetti decisi. «Potrei accompagnare i bambini da qualche parte, non credi?»

Il signor Wahdati emise un respiro stizzito, batté le mani sui braccioli della poltrona e fece per alzarsi, ma rimase seduto.

«Li porto al bazar» disse la signora Wahdati rivolgendosi a papà. «Se non hai niente in contrario, Sabur. Nabi ci accompagnerà in macchina. Suleiman ti farà vedere dove vogliamo costruire sul retro della casa. Così ti puoi fare un'idea.»

Papà annuì.

Il signor Wahdati chiuse lentamente gli occhi.

Si alzarono per uscire.

Abdullah sentì l'improvviso desiderio che papà ringraziasse gli ospiti per i biscotti e per il tè, prendesse per mano lui e Pari e lasciasse quella casa, i suoi dipinti, le grandi tende, le comodità e il lusso stucchevole. Avrebbero potuto riempire l'otre d'acqua, comprare del pane e qualche uovo sodo e tornare da dove erano venuti. Riattraversare il deserto con i suoi massi e le sue colline, mentre papà avrebbe raccontato le sue storie. Avrebbero potuto tirare a turno il carretto con dentro Pari. E in due, forse tre giorni avrebbero potuto essere di ritorno a Shadbagh, anche se con i polmoni pieni di polvere e le membra rotte dalla stanchezza. Shuja li avrebbe visti arrivare e sarebbe corso loro incontro saltando attorno a Pari. A casa.

Papà disse: «Andate, bambini».

Abdullah fece un passo avanti per dire qualcosa, ma lo zio Nabi gli posò una mano pesante sulla spalla, facendogli fare dietrofront, e lo condusse lungo il corridoio. «Aspettate di vedere i bazar di Kabul. Non avete mai visto niente del genere, voi due.»

La signora Wahdati prese posto sul sedile posteriore insieme ai bambini, l'aria piena della fragranza pesante del suo profumo e di qualcosa che Abdullah non riconobbe, qualcosa di dolciastro, vagamente pungente. Li tempestò di domande. Chi erano i loro amici? Andavano a scuola? Domande sui loro compiti, i loro giochi, i vicini di casa. Il sole le illuminava metà del viso. Abdullah notò la sottile peluria sulla guancia e la leggera linea, sotto la mascella, dove terminava il trucco.

«Io ho un cane» disse Pari.

«Davvero?»

«È unico nel suo genere» aggiunse zio Nabi dal suo posto di guida.

«Si chiama Shuja. Capisce quando sono triste.»

«Tipico dei cani» commentò la signora Wahdati. «Capiscono il tuo umore meglio di molte persone che ti stanno intorno.»

Superarono un gruppo di tre ragazze che saltellavano sul marciapiedi. Indossavano un'uniforme nera con il velo bianco annodato sotto il mento.

«So cosa ho detto prima, ma Kabul non è poi così male.» La signora Wahdati giocherellava distrattamente con la collana. Guardava fuori dal finestrino, i lineamenti del viso segnati dallo scontento. «Il periodo che preferisco è la fine della primavera, dopo le piogge. L'aria è così pulita. Il primo sbocciare dell'estate. Il modo in cui il sole illumina le montagne.» Fece un pallido sorriso. «Sarà bello avere una creatura per casa. Un po' di rumore, tanto per cambiare. Un po' di vita.»

Abdullah la guardò, avvertendo in lei qualcosa di pericoloso, come una frattura dentro di lei, sotto il trucco, il profumo e gli appelli alla solidarietà. Si ritrovò a pensare al fumo della cucina di Parwana, alle mensole ingombre dei suoi barattoli, ai piatti scompagnati e alle pentole sporche. Gli mancava il materasso che condivideva con Pari, anche se era sporco e le molle rotte minacciavano sempre di saltar fuori. Gli mancava tutto. Mai aveva sentito una nostalgia così acuta della propria casa.

La signora Wahdati si abbandonò sul sedile con un sospiro, abbracciando la borsa, come una donna incinta potrebbe proteggere il ventre gonfio.

Zio Nabi fermò la macchina vicino a un marciapiedi affollato. Al di là della strada, vicino a una moschea con alti minareti, c'era un bazar, formato da labirinti di vicoli congestionati all'inverosimile, sia coperti sia a cielo aperto. Gironzolarono nei passaggi tra le bancarelle che vendevano giacche di pelle, anelli con pietre colorate, spezie di tutti i tipi, la signora Wahdati con i due bambini in testa, zio Nabi in coda. Adesso che erano fuori casa, la signora portava un paio di occhiali scuri che la facevano assomigliare curiosamente a un gatto.

Dovunque echeggiavano le grida di compratori e venditori che contrattavano sul prezzo. In ogni bancarella suonavano musica a tutto volume. Passarono davanti a negozi senza vetrina e senza porta che vendevano libri, radio, lampade e pentole color argento. Abdullah vide un paio di soldati, con stivali impolverati e lunghi pastrani marrone scuro, che si passavano la sigaretta, adocchiando la gente con annoiata indifferenza.

Si fermarono a una bancarella di scarpe. La signora Wahdati frugò tra le file di calzature in mostra. Zio Nabi, le mani allacciate dietro la schiena, andò a curiosare alla bancarella successiva, dando un'occhiata di sufficienza ad alcune monete antiche.

«Queste ti piacciono?» chiese la signora Wahdati a Pari. Aveva in mano un paio di scarpe nuove, gialle.

«Sono carine» disse Pari, guardando le scarpe con aria incredula.

«Proviamole.»

Aiutò Pari a infilare le scarpe, allacciando lei stessa il cinturino e la fibbia. Guardò Abdullah al di sopra degli occhiali. «Penso che farebbe comodo anche a te un paio di scarpe nuove. Non posso credere che tu sia venuto a piedi dal tuo villaggio con quei sandali.»

Abdullah scosse la testa e guardò altrove. In fondo al vicolo, un vecchio dalla barba irsuta e i piedi equini chiedeva l'elemosina ai passanti.

«Guarda, Abollah!» Pari alzò un piede, poi l'altro. Batté i piedi per terra e prese a saltellare. La signora Wahdati chiamò lo zio Nabi e gli disse di accompagnare Pari sino in fondo alla stradina per vedere se le scarpe le andavano bene. Zio Nabi prese Pari per mano e insieme s'incamminarono lungo il vicolo.

La signora si rivolse ad Abdullah.

«Tu pensi che io non sia una brava persona, per quello che ho detto a casa.»

Abdullah seguì con gli occhi Pari e zio Nabi mentre passavano accanto al vecchio mendicante dai piedi equini. Il vecchio disse qualche parola a Pari, che a sua volta guardò lo zio sussurandogli qualcosa, e lui gettò una moneta al vecchio.

Abdullah incominciò a piangere silenziosamente.

«Oh, che amore di bambino» esclamò la signora Wahdati presa alla sprovvista. «Povero tesoro.» Prese il fazzoletto dalla borsa e glielo offrì.

Abdullah allontanò la sua mano. «La prego, non lo faccia» la supplicò con voce rotta.

Spingendo gli occhiali sopra i capelli, lei gli si accovacciò accanto. Anche i suoi occhi erano umidi e, quando li asciugò con il fazzoletto, lasciarono una chiazza nera. «Non ti faccio una colpa se mi odi. Ne hai il diritto. Non pretendo che tu capisca, non ora almeno, ma è la cosa giusta. Lo è davvero, Abdullah. La cosa giusta. Un giorno capirai.»

Abdullah alzò il viso verso il cielo e pianse, proprio mentre Pari tornava da lui saltellando, gli occhi stillanti gratitudine, il viso raggiante di felicità.

Una mattina di quell'inverno, papà prese l'ascia e abbatté la quercia gigante. Si fece aiutare dal figlio del Mullah Shekib, Baitullah, e da qualche altro uomo. Nessuno tentò di intervenire. Abdullah, insieme ad altri ragazzi, rimase in disparte a osservare gli uomini. La prima cosa che fece suo padre fu di staccare l'altalena. Si arrampicò sull'albero e tagliò le corde con un coltello. Poi, con gli altri uomini, si diede da fare attorno al grosso tronco fino al tardo pomeriggio, quando finalmente il vecchio albero cadde con un boato. Papà disse ad Abdullah che avevano bisogno di legna per l'inverno. Ma aveva alzato l'ascia contro la vecchia quercia con violenza, a denti stretti e con un'ombra sul viso, come se non potesse più guardarla.

Ora, sotto un cielo di piombo, gli uomini tagliavano a pezzi il tronco abbattuto, il naso e le guance arrossati dal gelo, mentre le lame delle loro asce, percuotendo il legno, mandavano un rumore cavo. Tra le fronde dell'albero, Abdullah staccava i rami piccoli separandoli da quelli più grossi. Due giorni prima era caduta la prima neve dell'inverno. Non era stata una nevicata fitta, non ancora, giusto una promessa di quanto c'era da aspettarsi. Ben presto l'inverno sarebbe calato su Shadbagh, con i suoi ghiaccioli, bufere di neve che duravano un'intera settimana e il vento che in meno di un minuto spaccava la pelle sul dorso delle mani. Per il momento, il suolo era coperto di bianco solo qua e là, butterato di chiazze di terra color ocra dal villaggio fino alle falde ripide delle colline.

Abdullah raccolse una bracciata di ramoscelli e li gettò sul mucchio comune che andava ingrossandosi. Portava i suoi nuovi scarponi da neve, i guanti e il giaccone invernale. Era di seconda mano, ma a parte la cerniera rotta, che però papà aveva aggiustato, era come nuovo, blu scuro, imbottito e foderato di pelliccia arancio. Aveva quattro tasche profonde che si aprivano e si chiudevano con un piccolo strappo, e un cappuccio ugualmente imbottito che gli si stringeva intorno alla faccia quando Abdullah tirava il cordoncino. Spinse indietro il cappuccio ed emise un lungo respiro che si trasformò in uno sbuffo di vapore.

Il sole stava calando all'orizzonte. Abdullah riusciva ancora a distinguere la sagoma grigia e nuda del vecchio mulino a vento che sovrastava le mura d'argilla del villaggio. Le sue pale emettevano un cigolio lamentoso quando dalle colline soffiava una raffica di vento gelido. In estate il mulino dava asilo soprattutto agli aironi cinerini, ma ora che si era insediato l'inverno, gli aironi erano partiti e al loro posto erano giunte le cornacchie. Ogni mattina erano i loro striduli gracidii a svegliare Abdullah.

Qualcosa colpì la sua attenzione, poco lontano, per terra. Si avvicinò e si piegò sulle ginocchia.

Una piuma. Piccola. Gialla.

Si tolse il guanto e la raccolse.

La sera sarebbero andati a una festa, lui, suo padre e il piccolo fratellastro Iqbal. Baitullah aveva appena avuto un nuovo figlio maschio. Un *moreb* avrebbe cantato per gli uomini e qualcuno avrebbe suonato il tamburello. Avrebbero offerto il tè, pane ancora caldo di forno e la *shorba*, la minestra di patate. Dopo, il Mullah Shekib avrebbe intinto il dito in una tazza di acqua zuccherata e l'avrebbe offerto al bambino da succhiare. Avrebbe estratto la sua pietra nera, lucente, e il rasoio a doppio taglio, poi avrebbe sollevato il telo che copriva le gambe del bimbo. Il solito rituale. La vita continuava a Shadbagh.

Abdullah rigirava la piuma tra le mani.

*Niente piagnistei.* Aveva detto papà. *Ti avverto. Non voglio pianti.*

E non c'erano state lacrime. Nessuno al villaggio chiese di Pari. Nessuno pronunciò neppure il suo nome. Abdullah si meravigliava di come fosse completamente sparita dalla loro vita.

Solo in Shuja Abdullah trovava un'eco al proprio dolore. Il cane si presentava ogni giorno davanti alla loro porta. Parwana gli tirava sassi. Papà lo inseguiva con un bastone. Ma lui tornava. Ogni sera lo si sentiva uggiolare disperato e il mattino lo trovavano sdraiato accanto all'uscio con il muso tra le zampe davanti, che guardava i suoi persecutori con un'accusa negli occhi malinconici. Così per settimane, finché, una mattina, Abdullah lo vide trascinarsi zoppicando a testa bassa verso le colline. Da allora nessuno l'aveva più visto a Shadbagh.

Abdullah infilò la piuma in tasca e si diresse verso il mulino.

A volte coglieva un'espressione angosciata sul viso di papà, come se in quei momenti di debolezza fosse dilaniato da emozioni contrastanti. Ora gli sembrava più fragile, quasi fosse stato privato di qualcosa di essenziale. Si aggirava pigramente per casa, oppure sedeva al calore della nuova grande stufa di ghisa, con il piccolo

Iqbal sulle ginocchia, fissando le fiamme senza vederle. Strascicava la voce in un modo che Abdullah non ricordava, come se qualcosa pesasse su ogni parola che pronunciava. Si isolava in lunghi silenzi con un'espressione impenetrabile. Non raccontava più storie, non ne aveva raccontata nessuna da quando erano tornati da Kabul senza Pari. Forse, pensava Abdullah, aveva venduto ai Wahdati anche la sua musa.

Partita.

Svanita.

Non era rimasto niente.

Non era stato detto niente.

Se non queste parole di Parwana: *Toccava a lei. Mi spiace, Abdullah. Doveva essere lei.*

Tagliare il dito per salvare la mano.

Si inginocchiò per terra dietro il mulino, ai piedi della torre cadente. Si tolse i guanti e scavò una buca nel terreno. Pensava alle folte sopracciglia di sua sorella, alla fronte ampia e bombata, al sorriso con la finestrella. Gli parve di sentire il suono della sua risata gorgogliante diffondersi per la casa come un tempo. Pensò alla discussione scoppiata quando erano tornati dal bazar. Pari in preda al panico, che urlava. Lo zio Nabi che subito l'aveva trascinata via. Abdullah scavò finché le dita incontrarono del metallo. Poi infilò le dita sotto la scatola da tè e la tirò fuori dal buco. Pulì il coperchio dalla terra gelata.

Negli ultimi tempi aveva pensato a lungo alla storia che papà gli aveva raccontato la notte prima del viaggio a Kabul, al vecchio contadino e al *div*. Abdullah si trovava in un luogo dove una volta veniva con Pari: la sua assenza era come una fragranza che emanava dalla terra sotto i suoi piedi, gli tremavano le gambe, sentiva il cuore venirgli meno e avrebbe desiderato bere un sorso della magica pozione che il *div* aveva dato a Baba Ayub, perché anche lui potesse dimenticare.

Ma non c'era modo di dimenticare. Dovunque andasse, senza evocarla, l'immagine di Pari si librava ai margini di tutto ciò che vedeva. Era come la polvere appiccicata alla sua camicia. Era nei silenzi ormai così frequenti in casa, silenzi che si insinuavano fra le parole, gonfiandosi, a volte freddi e sordi, a volte pregni di cose non dette, come una nube carica di pioggia che non cadeva mai. C'erano notti in cui sognava di essere di nuovo nel deserto, solo, in mezzo alle montagne, e di scorgere in lontananza un solo, piccolo barbaglio di luce, che si accendeva e si spegneva, si accendeva e si spegneva, come un messaggio in codice.

Aprì la scatola. C'erano tutte le piume di Pari, perse da galli, anatre, piccioni, anche quella del pavone. Infilò nella latta la piuma gialla. Un giorno, pensò.

Una speranza.

Il suo tempo a Shadbagh era contato, come quello di Shuja. Ora lo sapeva. Qui non c'era più niente per lui. Non una casa. Avrebbe aspettato che finisse l'inverno e che tornasse il tepore della primavera, e un giorno si sarebbe alzato prima dell'alba e sarebbe uscito di casa. Avrebbe scelto una direzione e si sarebbe messo in marcia. Si sarebbe allontanato dal villaggio quanto glielo avrebbero permesso le gambe. E se un giorno, attraversando una distesa immensa, fosse stato preso dalla disperazione, si sarebbe fermato, avrebbe chiuso gli occhi e avrebbe pensato alla piuma di falco che Pari aveva trovato nel deserto. Avrebbe immaginato il momento in cui la piuma si era staccata dall'uccello, in alto tra le nubi, mezzo miglio al di sopra della terra, piroettando e volteggiando, trascinata da violente correnti, scagliata per miglia e miglia di deserto e di montagne da furiose folate di vento per atterrare infine, a dispetto di tutto, in quell'unico posto, ai piedi di quel masso, perché sua sorella la raccogliesse. Allora si sarebbe meravigliato che cose simili potessero accadere e questo gli avrebbe dato speranza. E, pur non facendosi illusioni, si sarebbe rincuorato, avrebbe aperto gli occhi e avrebbe ripreso il suo cammino.

## *Tre*

## Primavera 1949

Parwana ne sente l'odore prima ancora di tirare indietro la trapunta e vedere. Masuma ha le natiche completamente impiastrate, giù sino alle cosce, ma ha insozzato anche le lenzuola, il materasso e la trapunta. Masuma la guarda, negli occhi una timida supplica di perdono mista a vergogna, una vergogna ancora viva dopo tutto questo tempo. Tutti questi anni.

«Mi spiace» bisbiglia Masuma.

Parwana vorrebbe gridare, ma si sforza di fare un debole sorriso. In queste occasioni ci vuole uno sforzo immane per ricordare, per non perdere di vista una verità innegabile: questo disastro è opera sua. Niente di quanto le è capitato è ingiusto o immeritato. Se l'è meritato. Sospira, esaminando la biancheria imbrattata, spaventata dalla fatica che l'aspetta. «Adesso ti pulisco» la rassicura.

Masuma piange silenziosamente, senza neppure cambiare espressione. Solo lacrime che sgorgano colando sulle guance.

Fuori, nel gelo del mattino, Parwana accende il focolare scavato nella terra. Quando le fiamme prendono, riempie un secchio d'acqua al pozzo comune di

Shadbagh e lo mette sul fuoco. Tiene le mani rivolte al calore. Da qui vede il mulino a vento e la moschea del villaggio, dove il Mullah Shekib ha insegnato a lei e a Masuma a leggere quando erano piccole, e anche la casa del mullah ai piedi di un lieve pendio. Più tardi, con il sole alto, sullo sfondo di un paesaggio polveroso, il tetto diventerà un quadrato perfetto di un rosso straordinario: i pomodori che la moglie del mullah ha steso al sole a seccare. Parwana guarda le stelle del mattino che stanno svanendo, pallide, indifferenti nel loro scintillio. Si riprende.

Rientrata in casa, distende Masuma bocconi. Immerge un panno nell'acqua e le lava le natiche, pulendo gli escrementi dalla schiena e dalla carne flaccida delle gambe.

«Perché fai scaldare l'acqua?» chiede Masuma con il viso affondato nel guanciale. «Perché ti dai tanto da fare? Non è necessario. Io non sento la differenza.»

«Forse. Ma lo faccio lo stesso» risponde Parwana facendo smorfie per la puzza. «Ora smettila di parlare e lasciami finire.»

Da questo momento in poi, la giornata di Parwana segue la solita routine, identica da quattro anni a questa parte, da quando sono morti i loro genitori. Dà da mangiare alle galline. Spacca la legna e trascina secchi d'acqua dal pozzo. Prepara la pasta e cuoce il pane nel *tandur* fuori dalla loro casa d'argilla. Spazza il pavimento. Il pomeriggio, insieme alle altre donne del villaggio, si inginocchia al torrente e lava la biancheria battendola sulle pietre. Dopo, poiché è venerdì, fa visita alle tombe dei suoi genitori al cimitero e recita una preghiera per ciascuno di loro. E nel corso della giornata, tra una faccenda e l'altra, trova il tempo di cambiare posizione a Masuma, da un fianco all'altro, infilando un cuscino prima sotto una natica poi sotto l'altra.

Due volte al giorno intravede Sabur.

Lo scorge accucciato fuori dalla sua casupola, che fa vento al fuoco strizzando gli occhi per il fumo, con accanto suo figlio, Abdullah. Più tardi lo trova a chiacchierare con altri uomini, uomini che ora, come Sabur, hanno famiglia, ma che una volta erano i ragazzi del villaggio con cui faceva a botte, lanciava gli aquiloni, inseguiva i cani, giocava a nascondino. C'è un peso che oggi grava sulle spalle di Sabur, una cappa di tragedia, una moglie morta e due bambini orfani, di cui una ancora piccola. Parla con voce stanca, che si sente appena. Va bighellonando per il villaggio, una versione usurata, rattrappita dell'uomo che è stato.

Parwana lo osserva da lontano, con un desiderio che è quasi paralizzante. Quando gli passa accanto cerca di allontanare lo sguardo. E se per caso i loro occhi si incontrano e lui le fa un cenno di saluto, sente il sangue infiammarle il viso.

Quella sera, quando Parwana va a dormire, quasi non riesce a sollevare le braccia. Le gira la testa per la spossatezza. Sdraiata sul materasso, aspetta il sonno.

Poi nel buio: «Parwana?».

«Sì.»

«Ti ricordi quando andavamo insieme in bicicletta?»

«Hmm.»

«Come andavamo forte! Giù per la collina. Con i cani che ci inseguivano.»

«Mi ricordo.»

«Strillavamo tutte e due. E quando siamo finite addosso a quel masso?» A Parwana sembra quasi di sentire sua sorella sorridere nel buio. «La mamma era furiosa con noi. E anche Nabi. Gli avevamo scassato la bici.»

Parwana chiude gli occhi.

«Parwana?»

«Sì.»

«Perché non vieni a dormire con me stasera?»

Parwana si libera della trapunta con un calcio, attraversa la casupola e s'infila sotto la coperta accanto alla sorella. Masuma appoggia la guancia sulla spalla di Parwana e le passa un braccio sul petto.

Masuma sussurra: «Meriti di meglio».

«Non ricominciare» le risponde a sua volta con un sussurro. Giocherella con i lunghi capelli di Masuma, accarezzandoli pazientemente, come sa che piace alla sorella.

Per un po' chiacchierano sottovoce, di piccole cose senza importanza, ciascuna sentendo sulla faccia il respiro caldo dell'altra. Per Parwana questi sono minuti relativamente felici. Le ricordano quando erano bambine, rannicchiate sotto la coperta, naso contro naso, e ridacchiavano senza far rumore, sussurrandosi segreti e pettegolezzi. Ben presto Masuma si addormenta e fa strani rumori con la lingua inseguendo qualche sogno, mentre Parwana, attraverso la finestra, fissa un cielo nero come il carbone. La sua mente salta disordinatamente da un pensiero all'altro e alla fine si arena su un'immagine che una volta ha visto su una rivista, un paio di fratelli siamesi dalla faccia triste uniti nel torso da una spessa fascia di carne. Due creature legate in maniera inestricabile, con il sangue che si forma nel midollo dell'uno e scorre nelle vene dell'altro, la loro unione definitiva. Parwana prova uno stringimento, una disperazione simile a una mano che le serra lo stomaco. Fa un respiro.

Cerca ancora di indirizzare i pensieri verso Sabur, invece la sua mente fluttua verso le voci che ha sentito girare per il villaggio: Sabur sta cercando una nuova moglie. Si sforza di togliersi il suo viso dalla mente. Scaccia quello stupido pensiero.

Parwana fu una sorpresa.

Masuma era già fuori che si dimenava silenziosa tra le braccia della levatrice, quando la madre diede un urlo e un'altra testa la squarciò una seconda volta. L'arrivo di Masuma fu senza storia. *Si partorì da sola, quell'angelo di bambina*, avrebbe detto in seguito la levatrice. La nascita di Parwana prese tempo, un'agonia per la madre, un'insidia per la neonata. La levatrice dovette liberare Parwana dal cordone ombelicale attorcigliato attorno al collo, come in un attacco omicida di ansia da separazione. Nei suoi momenti peggiori, quando non riesce a impedirsi di essere ingoiata da un torrente di disgusto per se stessa, Parwana pensa che forse il cordone la sapeva lunga. Forse sapeva qual era la metà migliore.

Masuma mangiava agli orari prescritti, dormiva quando era l'ora. Piangeva solo quando aveva fame o doveva essere cambiata. Da sveglia era allegra, di buon umore, si divertiva con niente, un fagotto di fasce pieno di sorrisi e gridolini. Le piaceva succhiare il sonaglino.

Che bambina assennata, diceva la gente.

Parwana era un tiranno. Si imponeva alla madre con tutta la forza della sua prepotenza. Il padre, infastidito dal comportamento teatrale della neonata, prendeva il figlio maggiore, Nabi, e scappava a dormire a casa del fratello. La notte era una tragedia di proporzioni epiche per la madre, interrotta soltanto da pochi momenti di riposo agitato. Doveva camminare con in braccio

Parwana, facendola saltellare tutta la notte, ogni notte. La cullava, le cantava ninnananne. Chiudeva gli occhi quando Parwana si gettava sui suoi seni gonfi e infiammati e mordicchiava i capezzoli con le gengive sdentate, come volesse succhiarle il latte anche dalle ossa. Ma allattarla non era un rimedio sufficiente. Anche a stomaco pieno, Parwana piangeva e strillava, sorda alle suppliche della madre.

Masuma osservava dal suo angolo della stanza con un'espressione pensosa, impotente, come se provasse compassione per la situazione in cui si trovava la madre.

*Nabi non è mai stato così*, disse un giorno la madre al marito.

*Ogni bambino è diverso.*

*Mi sta ammazzando, questa qui.*

*Passerà. Come prima o poi passa il brutto tempo.*

E infatti passò. Coliche, forse, o qualche altro piccolo disturbo. Ma era troppo tardi. Parwana si era già fatta un nome.

Un pomeriggio di fine estate, quando le gemelle avevano dieci mesi, gli abitanti di Shadbagh si radunarono dopo un matrimonio. Le donne lavoravano febbrilmente impilando sui vassoi piramidi di tenero riso bianco spruzzato di zafferano. Tagliavano il pane, grattavano la crosta del riso dal fondo delle pentole, facevano girare piatti di melanzane fritte, poi coperte di yogurt e menta secca. Nabi era fuori a giocare con gli altri ragazzi. La madre delle bambine era seduta su un tappeto, steso sotto la gigantesca quercia del villaggio, con le vicine. Ogni tanto dava un'occhiata alle figlie che dormivano fianco a fianco all'ombra.

Dopo il pranzo, mentre bevevano il tè, le due bimbe si svegliarono dal sonnellino e quasi subito qualcuno prese in braccio Masuma. Passò come per gioco di mano in mano, da una cugina a una zia, a uno zio. Saltava in grembo a questo, stava in equilibrio sulle ginocchia di quell'altro. Molte mani le solleticavano il pancino. Molti nasi si strofinavano contro il suo. Si sbellicarono dal ridere quando la piccola per gioco prese il Mullah Shekib per la barba. Si meravigliavano del suo comportamento tranquillo e socievole. La sollevavano in alto ammirandone il colorito roseo delle guance, l'azzurro intenso degli occhi, la dolce convessità della fronte, messaggeri di una bellezza fuori dall'ordinario che si sarebbe rivelata a distanza di qualche anno.

Parwana veniva dimenticata in grembo alla madre. Mentre Masuma si esibiva, la gemella osservava in silenzio, come un po' stupita, l'unica persona tra il pubblico adorante che non capiva la ragione di tutte quelle smancerie. Di tanto in tanto sua madre la guardava e le stringeva teneramente il piedino, quasi volesse chiederle scusa. Quando qualcuno notava che a Masuma stavano spuntando due nuovi dentini, la madre diceva timidamente che Parwana ne aveva già tre. Ma nessuno ci faceva caso.

Quando le bambine compirono nove anni, la famiglia si riunì a casa di Sabur per l'*iftar*, la rottura del digiuno dopo il Ramadan. Gli adulti, seduti su cuscini lungo il perimetro della stanza, chiacchieravano ad alta voce. Assieme al tè e agli auguri circolavano in egual misura i pettegolezzi. I vecchi sgranavano il rosario. Parwana sedeva tranquilla, felice di respirare la stessa aria di Sabur, di essere vicina ai suoi occhi neri da gufo. Nel corso della serata si avventurò a lanciare occhiate nella sua direzione. Lo colse a sgranocchiare una zolletta di zucchero o a strofinarsi la fronte bombata e liscia o a ridere di cuore di qualcosa che aveva detto un anziano zio. E se lui la sorprendeva a osservarlo, come era capitato un paio di volte, lei si affrettava a distogliere lo sguardo, irrigidita dall'imbarazzo. Le tremavano le ginocchia e le si seccava la bocca, al punto di non poter quasi parlare.

Parwana pensò allora al quadernetto che teneva nascosto a casa sotto una pila di cose sue. Sabur aveva sempre storie da raccontare, favole piene di *jinn*, di fate, di demoni e di *div*; spesso i bambini del villaggio si raccoglievano attorno a lui e l'ascoltavano in assoluto silenzio quando si metteva a raccontare fiabe. Circa sei mesi prima, Parwana aveva sentito Sabur dire a Nabi che un giorno gli sarebbe piaciuto mettere per iscritto le sue storie. Poco tempo dopo, Parwana si era trovata con sua madre nel bazar di un'altra città e, su una bancarella che vendeva libri, aveva notato un bellissimo quaderno, con belle pagine a righe e una spessa rilegatura in pelle marrone scuro con una decorazione incisa lungo i bordi. Mentre lo teneva in mano si era resa conto che sua madre non avrebbe potuto permetterselo. Così Parwana aveva colto un momento in cui il bottegaio non guardava per farlo scivolare velocemente sotto il maglione.

Ma erano passati sei mesi e Parwana non aveva ancora trovato il coraggio di dare il quaderno a Sabur. La terrorizzava l'idea che lui potesse riderne o che potesse vederlo per quello che era in realtà e glielo restituisse. Ogni notte, sdraiata nel suo lettuccio, sotto la coperta stringeva tra le mani il quaderno e passava la punta delle dita sulle incisioni della copertina. Era il suo segreto. *Domani*, si riprometteva ogni notte. *Domani vado da lui e glielo do.*

Quella sera, dopo la cena dell'*iftar*, tutti i ragazzi corsero fuori a giocare. Parwana, Masuma e Sabur fecero a turno a dondolarsi sull'altalena che il padre di Sabur aveva appeso a un grosso ramo della quercia gigante. Venne anche il turno di Parwana, ma Sabur continuava a dimenticarsi di spingerla, preso com'era a raccontare un'altra storia. Questa volta si trattava della quercia gigante che, narrava, aveva poteri magici. Se avevi un desiderio, raccontava, dovevi metterti in ginocchio davanti all'albero e confidarglielo in un bisbiglio. E se l'albero era disposto a concederlo, avrebbe fatto cadere sulla tua testa esattamente dieci foglie.

Quando l'altalena stava per fermarsi, Parwana si voltò per dire a Sabur di spingerla, ma le parole le morirono in gola. Sabur e Masuma si scambiavano sorrisi e Parwana notò che Sabur aveva in mano il quaderno. Il *suo* quaderno.

*L'ho trovato in casa*, si giustificò in seguito Masuma. *Era tuo? Te lo pagherò, non dubitare. Lo prometto. Non ti spiace, vero? Ho pensato che era la cosa perfetta per lui. Per le sue storie. Hai visto la sua espressione? L'hai vista, Parwana?*

Parwana disse di no, che non le dispiaceva, ma dentro era a pezzi. Non smetteva di pensare a come sua sorella e Sabur si erano scambiati quei sorrisi e quegli sguardi. Parwana avrebbe potuto dissolversi nell'aria, come un genio delle storie di Sabur, tanto la sua presenza era passata del tutto inosservata. Si sentì ferita nel profondo. Quella notte, a letto, pianse lacrime silenziose.

A undici anni, Parwana aveva ormai acquisito una precoce cognizione dello strano comportamento che assumevano i ragazzi verso le ragazze che piacevano loro in segreto. Lo vedeva soprattutto quando lei e Masuma tornavano da scuola. La scuola era una stanza sul retro della moschea del villaggio dove, oltre alla recita del Corano, il Mullah Shekib aveva insegnato a tutti i bambini del villaggio a leggere, a scrivere e a imparare a memoria le poesie. Il villaggio di Shadbagh era fortunato ad avere per *malik* un uomo così saggio, diceva il padre alle due ragazze. Tornando a casa da scuola, le gemelle spesso incontravano un gruppo di ragazzi seduti su un muretto. Quando passavano, i ragazzi a volte lanciavano frecciatine, a volte tiravano sassi. Parwana di solito rispondeva a tono, ricambiando i loro sassi con il lancio di pietre, mentre Masuma la tirava per il gomito e le diceva con voce assennata di affrettare il passo, di non dar loro la soddisfazione di arrabbiarsi. Ma aveva frainteso. Parwana era arrabbiata non perché i ragazzi tiravano sassi, ma perché li tiravano solo a Masuma. Lo sapeva: la presa in giro era una messa in scena e il loro desiderio era tanto più profondo, quanto più vistosa era la messa in scena. Notava i loro sguardi che la sfioravano appena per poi fissarsi su Masuma, smarriti dallo stupore, incapaci di lasciarla. Sapeva che dietro i loro scherzi pesanti e i sorrisi lascivi erano terrorizzati da Masuma.

Poi, un giorno, uno di loro lanciò una pietra invece di un ciottolo. Rotolò ai piedi delle sorelle. Quando Masuma la raccolse, i ragazzi ridacchiarono dandosi di gomito. Attorno alla pietra era avvolto un foglietto fissato da un elastico. Quando si trovarono a distanza di sicurezza, Masuma lo srotolò. Tutte e due lessero il biglietto.

*Giuro, da quando ho visto il tuo viso,*
*il mondo intero è inganno e illusione.*
*Il giardino non sa qual è la foglia e quale il fiore.*

*Gli uccelli confusi non sanno distinguere*
*il miglio dal laccio.*

Versi di Rumi, che aveva insegnato loro il Mullah Shekib.

*Sono diventati più sofisticati*, disse Masuma con un risolino.

Sotto i versi, il ragazzo aveva scritto *Voglio sposarti.* E sotto aveva scribacchiato un'appendice: *Ho un cugino per tua sorella. Sono una coppia perfetta. Possono brucare insieme nel campo di mio zio.*

Masuma stracciò il biglietto in due. *Ignorali, Parwana*, disse. *Sono degli imbecilli.*

*Dei cretini*, convenne Parwana.

Le costò un grande sforzo appiccicarsi sulla faccia un sorriso. Già il biglietto era un brutto colpo, ma ciò che veramente la ferì fu la reazione di Masuma. Il biglietto del ragazzo non era esplicitamente indirizzato all'una o all'altra, ma Masuma con disinvoltura aveva dato per scontato che i versi fossero destinati a lei e il cugino fosse per Parwana. Per la prima volta, Parwana si vide attraverso gli occhi della sorella. Vide come la valutava. Una valutazione non diversa da quella di tutti gli altri. Le parole di Masuma la lasciarono annichilita. Distrutta.

*E poi*, aggiunse Masuma con un sorriso e un'alzata di spalle, *sono già impegnata.*

Nabi è arrivato per la sua visita mensile. La sua storia incarna il successo della famiglia, forse di tutto il villaggio, per via del suo impiego a Kabul. Quando entra a Shadbagh a bordo della grossa automobile azzurra e lucida del suo padrone, con il marchio dell'aquila scintillante sul cofano, tutti si radunano per osservare il suo arrivo e i ragazzi inseguono la macchina schiamazzando.

«Come va?» chiede.

Sono dentro la casupola a bere tè e sgranocchiare mandorle. Nabi è molto bello, pensa Parwana, con i suoi stupendi zigomi cesellati, gli occhi nocciola, le basette e la massa folta dei capelli neri pettinati all'indietro. Indossa il suo solito completo verde oliva, che sembra di un paio di taglie troppo grande. Nabi è fiero del suo abito, Parwana lo sa, sempre lì a tirare giù le maniche, a stirare i risvolti, a pizzicare la riga dei pantaloni, anche se non è mai riuscito a eliminare un vago sentore di cipolle bruciate.

«Bene, ieri abbiamo avuto ospite per il tè la regina Homaira» dice Masuma. «Ci ha fatto i complimenti per il gusto squisito del nostro arredamento.» Sorride amabilmente al fratello, mettendo in mostra i denti giallognoli, e Nabi ride, abbassando gli occhi sulla sua tazza. Prima di trovare lavoro a Kabul, Nabi aveva dato una mano a Parwana nell'assistere la sorella. O, quanto meno, per un certo periodo ci aveva provato. Ma non ne era in grado. Era troppo per lui. Kabul era stata la sua via di fuga. Parwana invidia il fratello, ma non gliene fa una colpa, anche se lui in realtà si sente colpevole, sa che c'è più di un elemento riparatore nel denaro che le consegna mensilmente.

Masuma si è spazzolata i capelli e ha segnato il contorno degli occhi con una pennellata di *kohl*, come fa sempre quando Nabi viene in visita. Parwana sa che lo fa solo in parte per lui, ma soprattutto perché lui rappresenta il suo legame con Kabul. Nella testa di Masuma, il fratello la mette in relazione con la mondanità e il lusso, con la città delle automobili, delle luci, dei ristoranti esotici e dei palazzi reali, a dispetto dell'inconsistenza di questo legame. Parwana ricorda come, molto tempo prima, Masuma le diceva di essere una ragazza di città intrappolata in un villaggio di campagna.

«E tu? Ti sei trovato una moglie?» gli chiede Masuma scherzando.

Nabi fa un gesto con la mano e la liquida con una risata, come faceva quando i loro genitori gli rivolgevano la medesima domanda.

«Allora, fratello, quando mi porti ancora a fare un giro per Kabul?» chiede Masuma.

Nabi le aveva portate a Kabul una volta, l'anno precedente. Era andato a prenderle in macchina a Shadbagh e le aveva accompagnate a Kabul, su e giù per le strade della città. Aveva mostrato loro tutte le moschee, i quartieri commerciali, i cinema, i ristoranti. Aveva indicato a Masuma la cupola del palazzo Bagh-e-Bala in cima a una collina sovrastante la città. Ai giardini di Babur, aveva sollevato Masuma dal sedile anteriore della macchina e l'aveva portata in braccio sino alla tomba dell'imperatore moghul. Avevano pregato, tutti e tre, nella moschea di Shah Jahan, e poi, sul bordo di una vasca rivestita di piastrelle azzurre, avevano mangiato quello che Nabi aveva preparato. Forse era stata la giornata più felice di Masuma dopo l'incidente, e di questo Parwana era stata grata al fratello.

«Presto, *inshallah*» dice Nabi tamburellando un dito sulla tazza.

«Ti spiace sistemarmi il cuscino sotto le ginocchia, Nabi? Ah, così va meglio. Grazie.» Masuma sospira. «Kabul mi è piaciuta moltissimo. Se potessi, ci andrei a piedi senza aspettare domani.»

«Magari un giorno non troppo lontano» dice Nabi.

«Cosa? Io a piedi?»

«No» balbetta. «Volevo dire...» e poi sorride quando Masuma scoppia a ridere.

Fuori, Nabi passa a Parwana il denaro. Si appoggia con una spalla al muro e accende una sigaretta. Masuma è in casa che fa il suo pisolino pomeridiano.

«Ieri ho visto Sabur» dice mangiandosi le unghie. «Che cosa terribile. Mi ha detto come si chiama la bambina. Non ricordo più.»

«Pari» dice Parwana.

Annuisce. «Non gli ho fatto domande, ma mi ha detto che vorrebbe risposarsi.»

Parwana allontana lo sguardo, fingendo che a lei la cosa non interessi, ma sente il sangue pulsarle nelle orecchie. Sente la pelle coprirsi di un velo di sudore.

«Come ho detto, non ho fatto domande. È stato Sabur a sollevare l'argomento. Mi ha tirato da parte. Mi ha tirato da parte e me l'ha detto.»

Parwana sospetta che Nabi conosca il segreto che si è portata dentro per tutti quegli anni. Masuma è la sua gemella, ma è sempre stato Nabi a comprenderla come nessun altro. Ma non capisce perché si prenda la briga di raccontarle questa notizia. A che serve? Sabur ha bisogno di una donna senza zavorre, una donna che non abbia vincoli, che sia libera di dedicarsi a lui, al suo ragazzo e alla neonata. Il tempo di Parwana è ormai compiuto. È alle spalle. Come tutta la sua vita.

«Sono certa che troverà qualcuno» dice Parwana.

Nabi fa cenno di sì con la testa. «Torno il mese prossimo.» Schiaccia il mozzicone con il piede e si congeda.

Quando Parwana entra nella casupola, si meraviglia di trovare Masuma sveglia. «Pensavo stessi facendo un pisolino.»

Masuma alza a fatica lo sguardo verso la finestra, come se bastasse quel gesto lento a stancarla.

Quando le ragazze avevano tredici anni, a volte, su incarico della madre, andavano negli affollati bazar di qualche città vicina. Dalle strade non lastricate si alzava l'odore di terra appena bagnata. Bighellonavano per i vicoli passando davanti alle bancarelle che vendevano *hukah*, scialli di seta, pentole di ottone, vecchi orologi. Polli macellati appesi per le zampe dondolavano sopra grossi pezzi di agnello e di manzo.

Dovunque Parwana vedeva gli occhi degli uomini accendersi d'interesse quando passava Masuma. Vedeva i loro sforzi per comportarsi normalmente, ma i loro sguardi indugiavano, incapaci di strapparsi da lei. Se Masuma gettava un'occhiata nella loro direzione, stupidamente si sentivano dei privilegiati. Si immaginavano di aver condiviso un attimo con lei. Vedendola, interrompevano le conversazioni a metà frase, le sigarette a metà tiro. Masuma faceva tremare le ginocchia e rovesciare le tazze di tè.

C'erano giorni in cui tutto questo era troppo per lei, quasi se ne vergognasse; diceva a Parwana di voler rimanere in casa tutta la giornata, di non voler essere osservata. In quei giorni Parwana pensava che, nel profondo, sua sorella intuiva vagamente che la sua bellezza era un'arma. Una pistola carica, con la canna puntata alla sua testa. Tuttavia, molto spesso sembrava che tanta attenzione le facesse piacere. Molto spesso godeva di quel suo potere di deviare i pensieri maschili con un solo sorriso, fuggevole ma strategico, di far inceppare la lingua sulle parole.

Una bellezza come la sua bruciava gli occhi.

Ed ecco, accanto a lei si trascinava Parwana con il suo petto piatto e la carnagione giallognola. I capelli crespi, il viso pesante, amareggiato, i polsi grossi e le spalle come un uomo. Un'ombra patetica, lacerata tra l'invidia e il piacere di essere vista con Masuma, di condividere l'attenzione degli altri, come un'erbaccia che succhia l'acqua destinata al giglio più a monte.

Per tutta la vita Parwana aveva accuratamente evitato di trovarsi davanti a uno specchio al fianco di sua sorella. Vedere il proprio viso accanto a quello di Masuma le toglieva ogni speranza, vedere in modo così plateale quanto le era stato negato. Ma quando si trovavano in mezzo agli altri, gli occhi di ogni estraneo diventavano uno specchio. Non c'era via d'uscita.

Parwana porta Masuma fuori dalla casupola. Si siedono sul *charpoy* che ha preparato. Si premura di sistemare una pila di cuscini in modo che Masuma possa comodamente appoggiare la schiena alla parete. La sera è silenziosa, se si esclude il frinire dei grilli, e buia, illuminata giusto da qualche lanterna che ancora tremola alle finestre e dalla luce candida della luna nel suo terzo quarto.

Parwana riempie d'acqua la base della *hukah*. Prende due porzioni d'oppio delle dimensioni di una capocchia di spillo con un pizzico di tabacco e le mette nel vaso della *hukah*. Accende i carboni sul piattello forato e passa la *hukah* alla sorella. Masuma fa un tiro profondo, si abbandona sui cuscini e chiede di poter stendere la gambe in grembo a Parwana. Parwana si china, solleva le gambe inerti della sorella e le appoggia sulle proprie.

Quando Masuma fuma, il suo viso si distende e le

palpebre si chiudono. La testa ciondola e la voce assume un tono strascicato, distante. Agli angoli della bocca si forma l'ombra di un sorriso, capriccioso, indolente, compiacente piuttosto che appagato. Parlano poco quando Masuma è di questo umore. Parwana ascolta la brezza, il gorgoglio dell'acqua nella *hukah*. Osserva le stelle e il fumo sospeso sopra la sua testa. Il silenzio è piacevole e nessuna delle due sente il bisogno di riempirlo di parole inutili.

Alla fine Masuma dice: «Mi faresti un favore?».

Parwana la guarda.

«Voglio che mi porti a Kabul.» Masuma espira lentamente il fumo che si libra volteggiando, sale in spirali, cambia forma a ogni battito di ciglia.

«Dici sul serio?»

«Voglio vedere il palazzo Darulaman. L'ultima volta non ci è stato possibile. Magari torniamo a vedere la tomba di Babur.»

Parwana si china per decifrare l'espressione di Masuma. Vorrebbe scoprire una nota scherzosa, ma al chiaro di luna coglie soltanto lo scintillio degli occhi della sorella, calmi, serafici.

«Ci vogliono almeno due giorni a piedi. Forse tre.»

«Figurati la faccia di Nabi quando ci presentiamo a casa sua di sorpresa.»

«Non sappiamo neppure dove abita.»

Masuma la zittisce con un gesto della mano. «Ci ha detto in che quartiere abita. Bussiamo a qualche porta e chiediamo. Non è poi così difficile.»

«Come ci arriviamo, Masuma? Nelle tue condizioni?»

Masuma toglie dalle labbra il bocchino della *hukah*. «Mentre eri fuori a lavorare, oggi è passato il Mullah Shekib e gli ho parlato a lungo. Gli ho detto che saremmo andate a Kabul per qualche giorno. Solo tu e io. Alla fine mi ha dato la sua benedizione. E anche il suo mulo. Come vedi è tutto organizzato.»

«Sei pazza» dice Parwana.

«Be', è questo che voglio. Non desidero altro.»

Parwana si appoggia al muro scuotendo la testa. Alza lo sguardo, che vaga nell'oscurità venata di fumo.

«Mi annoio da morire, Parwana.»

Parwana emette un lungo sospiro e osserva la sorella.

Masuma porta il bocchino alle labbra. «Ti prego. Non dirmi di no.»

Una mattina presto, quando le due sorelle avevano diciassette anni, erano sedute su un ramo della quercia, su in alto, i piedi a penzoloni.

*Sabur sta per fare la proposta!* Masuma aveva pronunciato queste parole tutte d'un fiato, ma con voce acuta.

*La proposta?* chiese Parwana senza capire, almeno non subito.

*Be', non lui, naturalmente.* Masuma ridacchiò coprendosi la bocca con la mano. *No, naturalmente. Sarà suo padre a fare la proposta.*

Parwana capì. Il cuore le sprofondò nel petto. *Come fai a saperlo?* chiese con le labbra divenute insensibili.

Masuma prese a raccontare, le parole le sgorgavano di bocca a una velocità pazzesca, ma Parwana quasi non sentiva. Nella sua mente vedeva il matrimonio della sorella con Sabur. I bambini con gli abiti nuovi che portano cesti di henna traboccanti di fiori, seguiti dai suonatori di *shahnai* e di *dohol*. Sabur, che apre la mano di Masuma chiusa a pugno, e vi depone henna e la richiude legandola con un nastro bianco. Le preghiere, la benedizione dell'unione. L'offerta di doni. I due sposi che si guardano sotto il velo ricamato con fili d'oro e si scambiano una cucchiaiata di sorbetto dolce e di *malida*.

E lei, Parwana, in mezzo agli ospiti ad assistere alla cerimonia. Avrebbe dovuto sorridere, applaudire, essere felice, anche se ha il cuore infranto, a pezzi.

L'albero fu investito da una folata di vento, che squassò i rami facendo sbattere le fronde con un gran frastuono. Parwana dovette puntellarsi.

Masuma aveva smesso di parlare. Sorrideva, mordicchiandosi il labbro inferiore. *Chiedi come faccio a sapere che sta per chiedermi in sposa? Te lo dico. Anzi, te lo faccio vedere.*

Si voltò verso Parwana cercando qualcosa in tasca.

E poi la parte della storia di cui Masuma non sapeva niente. Mentre sua sorella guardava altrove, frugandosi nella tasca, Parwana puntò i palmi delle mani sul ramo, alzò il sedere e lo riappoggiò di schianto. Il ramo dondolò paurosamente. Con un grido soffocato, Masuma perse l'equilibrio. Agitando le braccia come impazzita, cadde in avanti. Parwana vide le proprie mani che si muovevano. Non si può dire che diedero una vera e propria *spinta*, ma ci fu un *contatto* fra la schiena di Masuma e i polpastrelli delle mani di Parwana, una breve, impercettibile, pressione. Ma durò solo un istante, prima che Parwana cercasse di afferrare la sorella per la falda della camicia, prima che Masuma nel panico gridasse il nome di Parwana e questa il suo. Parwana agguantò la camicia e per un attimo le parve di aver salvato la sorella. Ma poi il tessuto si strappò, sgusciandole dalla mano.

Masuma cadde dall'albero. Sembrò durare in eterno, la caduta. Il suo busto batteva contro i rami, spaventando uccelli e strappando foglie, il suo corpo si capovolgeva, rimbalzava, spezzando i rametti più sottili, finché giù in basso batté le reni su un grosso ramo, quello cui era appesa l'altalena, con un minaccioso rumore di ossa rotte. Si piegò indietro, quasi spezzata in due.

Pochi minuti dopo, intorno a lei si era formato un cerchio di persone. Nabi e il padre delle ragazze piangevano, scuotevano Masuma cercando di svegliarla. Visi chini su di lei. Qualcuno le prese una mano. Era ancora chiusa a pugno. Quando le aprirono le dita, trovarono nel suo palmo esattamente dieci foglioline sbriciolate.

Masuma dice con voce tremante: «Devi farlo adesso. Se aspetti il mattino, te ne mancherà il coraggio».

Intorno a loro, al di là del debole bagliore del fuoco di ramoscelli ed erbacce secche che Parwana ha raccolto, c'è la desolata, infinita distesa di sabbia e di montagne ingoiate dall'oscurità. Da quasi due giorni viaggiano su quel terreno accidentato, dirette a Kabul, Parwana cammina a fianco del mulo tenendo la mano di Masuma, che è legata alla sella. Si sono mosse per sentieri scoscesi, tortuosi, che scendevano a precipizio per poi risalire, su e giù attraverso catene rocciose, il terreno cosparso di erbacce rugginose color ocra, inciso da lunghe crepe sottili che si insinuavano in ogni direzione.

Parwana è in piedi accanto al fuoco e guarda Masuma, un monticello orizzontale protetto da una coperta, dall'altro lato del falò.

«E Kabul?» chiede Parwana.

«Oh, non sei tu quella intelligente?»

Parwana dice: «Non puoi chiedermi di fare una cosa simile».

«Sono stanca, Parwana. Non è vita la mia. La mia vita è una punizione per tutte e due.»

«Torniamo indietro» dice Parwana, cui sta per mancare il respiro. «Non posso. Non posso abbandonarti.»

«Non sei tu che mi abbandoni.» Masuma piange. «Sono io che lascio *te*. Che ti libero.»

Parwana pensa a una sera di tanto tempo fa, Masuma sull'altalena e lei che la spinge. L'aveva osservata mentre con le gambe tese gettava indietro la testa, raggiungendo a ogni spinta il punto più alto, la scia dei suoi lunghi capelli che sbattevano come lenzuola stese ad asciugare. Ricorda tutte le bamboline che insieme avevano ricavato dai cartocci del granoturco, vestendole da sposa con pezzetti di vecchio tessuto.

«Dimmi una cosa, sorella.»

Parwana batte le palpebre per respingere le lacrime che le offuscano la vista e si pulisce il naso con il dorso della mano.

«Suo figlio, Abdullah. E la piccolina, Pari. Pensi che saresti capace di amarli come se fossero figli tuoi?»

«Masuma.»

«Saresti capace?»

«Potrei provarci.»

«Bene. Allora sposa Sabur. Cura i suoi figli e fanne dei tuoi.»

«Lui amava te. Non ama me.»

«Ti amerà, dagli tempo.»

«Sono io la responsabile di tutto questo» dice Parwana. «È colpa mia. Tutto.»

«Non so cosa vuoi dire e non voglio saperlo. A questo punto è la sola cosa che voglio. La gente capirà, Parwana. Il Mullah Shekib glielo spiegherà. Dirà loro che l'ho fatto con la sua benedizione.»

Parwana alza il viso verso il cielo ormai buio.

«Sii felice, Parwana, ti prego, sii felice. Fallo per me.»

Parwana sente di essere sul punto di dire tutto, di dire a Masuma quanto si sbaglia, quanto poco conosce la sorella con cui ha condiviso il grembo materno, come ormai da anni la sua vita sia una lunga, muta richiesta di perdono. Ma a che scopo? Il proprio sollievo, ancora una volta a spese di Masuma? Ingoia le parole. Ha già fatto soffrire abbastanza la sorella.

«Adesso voglio fumare» dice Masuma.

Parwana sta per protestare, ma Masuma l'interrompe. «È ora» dice con durezza, senza ammettere replica.

Dalla borsa appesa all'arcione della sella, Parwana prende la *hukah*. Con mani tremanti incomincia a preparare la solita mistura nel fornelletto. «Di più. Mettine molto di più.»

Tirando su con il naso, le guance bagnate, Parwana aggiunge un altro pizzico, poi un altro e un altro ancora. Accende la carbonella e posa la *hukah* accanto a sua sorella.

«Ora» dice Masuma, mentre il bagliore arancio delle fiamme tremola sulle sue guance, nei suoi occhi. «Se mi vuoi bene, Parwana, se sei una sorella leale, allora lasciami. Niente baci. Niente addii. Non costringermi a supplicarti.»

Parwana sta per dire qualcosa, ma Masuma con un suono soffocato, doloroso, gira la testa dall'altra parte.

Parwana si alza lentamente in piedi. Si avvicina al mulo e stringe le cinghie della sella. Afferra le redini. Improvvisamente si rende conto che potrebbe non essere in grado di vivere senza Masuma. Non sa se ne è capace. Come sopporterà le giornate in cui l'assenza della sorella le sembrerà un fardello molto più pesante di quanto non sia mai stata la sua presenza? Come imparerà a camminare sull'orlo del grande baratro lasciato da Masuma?

Le sembra di sentire Masuma che le dice: *Fatti coraggio.*

Parwana tira le redini, gira il mulo e s'incammina.

Cammina, penetrando nell'oscurità con il vento freddo della notte che le sferza il viso. Tiene la testa china. Si gira solo una volta, dopo qualche tempo. Attraverso le lacrime, il falò le appare come una macchiolina indistinta, lontana, di un giallo spento. Si immagina la sua sorella gemella, sdraiata accanto al fuoco, sola nel buio. Il fuoco presto morirà e Masuma avrà freddo. Istintivamente vorrebbe tornare, stendere una coperta sulla sorella e infilarsi sotto accanto a lei.

Parwana si costringe a voltarsi e a riprendere ancora una volta il cammino.

Ed è a questo punto che sente qualcosa. Un suono lontano, soffocato, come un lamento. Parwana si ferma. China il capo di lato e lo sente ancora. Il cuore prende a martellarle in petto. Si chiede, atterrita, se sia Masuma che ha cambiato idea e la richiama. O forse non è altro che uno sciacallo o una volpe del deserto, che ulula da qualche parte nell'oscurità. Parwana non lo sa. Pensa possa essere il vento.

*Non lasciarmi, sorella, torna indietro.*

Il solo modo per sapere con sicurezza è tornare da dove è venuta ed è quanto Parwana sta per fare; si volta indietro e fa qualche passo nella direzione di Masuma. Poi si ferma. Masuma aveva ragione. Se ritorna ora, non avrà il coraggio di andarsene quando sorgerà il sole. Non avrà il cuore di lasciarla e finirà per rimanere. Per sempre. Ora o mai più.

Parwana chiude gli occhi. Il vento fa sbattere il velo attorno al suo viso.

Nessuno deve sapere. Nessuno saprà. Sarà il suo segreto, un segreto che condividerà soltanto con le montagne. Il punto è: sarà in grado di conviverci? Parwana crede di sapere la risposta. Ha passato tutta la vita a custodire segreti.

Sente di nuovo quel lamento in lontananza.

*Tutti amavano te, Masuma.*

*Nessuno amava me.*

*E perché mai, sorella? Cosa avevo fatto per meritarmelo?*

Parwana rimane a lungo immobile nell'oscurità.

Infine fa la sua scelta. Si volta, china la testa e riprende a camminare verso un orizzonte che non vede. Non guarderà mai più indietro. Sa che, se lo facesse, sarebbe un atto di debolezza. Perderebbe la sua determinazione, perché vedrebbe una vecchia bicicletta che corre giù dalla collina, ballonzolando su pietre e ciottoli, mentre il sedere batte sul metallo, e nugoli di polvere si sollevano quando slitta. Lei sta sulla canna e Masuma sulla sella, ed è lei che prende le curve a gomito a tutta velocità, inclinando paurosamente la bicicletta. Ma Parwana non ha paura. Sa che sua sorella non la farà volare oltre il manubrio, non la farà cadere. Tra sibili di vento, il mondo si dissolve in un confuso turbinio di eccitazione e Parwana si gira per guardare la sorella, che ricambia lo sguardo, e tutte e due ridono mentre i cani randagi le inseguono.

Parwana procede sicura verso la sua nuova vita. Non smette di camminare, immersa nell'oscurità come nell'utero materno, e quando le tenebre si diradano, quando alza lo sguardo nella foschia dell'alba e coglie una striscia di pallida luce che da oriente colpisce il fianco di un masso, ha la sensazione di assistere alla propria nascita.

# *Quattro*

Nel nome di Dio, clemente e misericordioso.

So che non ci sarò più quando lei leggerà questa lettera, signor Markos, perché quando gliela consegnai la pregai di non aprirla se non dopo la mia morte. Mi lasci dire che per me è stato un piacere conoscerla e frequentarla in questi ultimi sette anni, signor Markos. Mentre le scrivo, penso con affetto al nostro annuale rito di piantare pomodori nell'orto, alle sue visite mattutine al mio piccolo alloggio, dove, bevendo tè e scherzando, ci siamo scambiati lezioni di farsi e d'inglese. La ringrazio per la sua amicizia, la sua attenzione, e per il lavoro che ha intrapreso in questo paese e le chiedo di voler gentilmente estendere i miei ringraziamenti anche ai suoi generosi colleghi, soprattutto alla mia amica Amra Ademovic, così capace di compassione, e alla sua coraggiosa e amabile figlia Roshi.

Devo dire che questa lettera non è destinata solo a lei, signor Markos, ma anche a un'altra persona, alla quale spero lei vorrà inoltrarla, come le spiegherò più avanti. Mi perdoni se ripeterò cose che forse lei già conosce. Le ripeto, perché è necessario che questa persona le sappia. Come lei vedrà, questa lettera contiene più di una confessione, ma ci sono anche questioni pratiche a dettarmi questo scritto. Per queste, temo che dovrò chiedere il suo aiuto, amico mio.

Ho pensato a lungo da dove iniziare questa storia. Compito non facile per un uomo che deve avere già superato gli ottant'anni. La mia età esatta è un mistero per me, come lo è per molti afghani della mia generazione, ma ritengo corretta la mia approssimazione, perché ricordo benissimo una scazzottata con il mio amico Sabur, che sarebbe in seguito diventato mio cognato, il giorno in cui sentimmo che Nadir Shah era stato assassinato e che suo figlio, il giovane Zahir, era salito al trono. Era il 1933. Immagino che potrei partire da lì. O da qualche altra parte. Una storia è come un treno in corsa: in qualunque punto sali a bordo, prima o poi arrivi a destinazione. Ma l'inizio di questo mio racconto coincide in qualche modo con la fine. Sì, penso che sia logico dare inizio a questa mia nota presentando Nila Wahdati.

L'ho conosciuta nel 1949, l'anno in cui ha sposato il signor Wahdati. All'epoca lavoravo già da due anni per Suleiman Wahdati, essendomi trasferito a Kabul da Shadbagh, il villaggio dove sono nato, nel 1946. Avevo lavorato per un anno presso un'altra famiglia nello stesso quartiere. Le circostanze del mio trasferimento da Shadbagh non sono qualcosa di cui vado fiero, signor Markos. La consideri la mia prima confessione. Le dirò che la vita che conducevo al villaggio con le mie due sorelle, di cui una era invalida, era per me soffocante. Non che questo mi assolva, ma ero giovane, smanioso di affrontare il mondo, pieno di sogni, per quanto modesti e vaghi; e vedevo consumarsi la mia gioventù, mentre le mie aspettative erano sempre più mortificate.

Così partii. Per aiutare le mie sorelle, sì, questo è vero. Ma anche per fuggire.

Dal momento che lavoravo a tempo pieno per il signor Wahdati, vivevo anche a tempo pieno nella sua casa. A quel tempo la casa non era affatto nel deplorevole stato in cui lei l'ha trovata al suo arrivo a Kabul nel 2002, signor Markos. Era una casa bellissima, splendida. Allora era di un bianco scintillante, come fosse rivestita di diamanti. La porta d'ingresso si apriva su un ampio viale asfaltato. Si entrava in un atrio dall'alto soffitto, arredato con grandi vasi di ceramica e con uno specchio dalla cornice di noce scolpito, esattamente nel punto in cui lei per un certo tempo ha appeso la vecchia foto della sua amica d'infanzia, quella scattata sulla spiaggia di Tinos usando una rudimentale macchina fotografica fatta in casa. Il pavimento in marmo del soggiorno risplendeva, coperto in parte da un tappeto turkmeno rosso scuro. Il tappeto non c'è più, così come non ci sono più i divani di pelle, il tavolino inciso a mano, la scacchiera di lapislazzuli, l'alta vetrinetta di mogano. Non molto è sopravvissuto dei lussuosi mobili, e quanto è rimasto temo non sia nella sua forma migliore.

La prima volta che misi piede nella cucina rivestita di piastrelle, rimasi a bocca aperta. Era così grande che vi si poteva cucinare per l'intero villaggio di Shadbagh. Avevo a disposizione un fornello con sei fuochi, un frigorifero, un tostapane e una quantità di pentole, padelle, coltelli e ogni altro attrezzo casalingo. I bagni, tutti e quattro, avevano piastrelle di marmo con intagli elaborati e lavabo di porcellana. E quei buchi quadrati nel ripiano del suo bagno al primo piano, signor Markos, erano intarsi di lapislazzuli.

Poi c'era il cortile sul retro. Un giorno lei dovrà sedersi nel suo ufficio di sopra, signor Markos, guardare il giardino e immaginarsi com'era. Vi si entrava attraverso una veranda a mezzaluna, chiusa da una ringhiera rivestita di rampicanti. A quel tempo il prato era di un verde lussureggiante, costellato di aiuole di gelsomini, eglantina, gerani, tulipani, e delimitato da due filari di alberi da frutto. Ci si poteva sdraiare sotto un ciliegio, chiudere gli occhi, ascoltare la brezza che si insinuava tra le foglie e pensare che al mondo non ci fosse posto più bello.

Io vivevo in una casupola in fondo al giardino. Aveva una finestra, pareti imbiancate a calce e offriva spazio sufficiente a uno scapolo senza troppe pretese. Avevo un letto, un tavolo e una sedia e abbastanza spazio per stendere il mio tappeto da preghiera cinque volte al giorno. Allora mi andava a meraviglia e mi va a meraviglia anche ora.

Cucinavo per il signor Wahdati, un'abilità che avevo acquisito osservando prima la mia povera mamma e, in seguito, un anziano cuoco uzbeco che lavorava nella famiglia di Kabul dove per un anno gli avevo fatto da aiutante. Ero anche felicissimo di fare da autista al signor Wahdati. Aveva una Chevrolet dei primi anni Quaranta, azzurra con la capote marrone rossiccio, sedili di vinile anch'essi azzurri, ruote con i cerchioni cromati, una bella automobile che attirava a lungo gli sguardi dovunque andassimo. Mi permetteva di guidare perché avevo dimostrato di essere un autista abile e prudente, e inoltre era uno di quei rari esemplari di sesso maschile che non provano piacere al volante di una macchina.

La prego, non creda che mi stia dando delle arie, signor Markos, quando dico di essere stato un buon domestico. Osservando attentamente il signor Wahdati, i suoi gusti e i suoi capricci mi erano diventati familiari. Avevo finito per conoscere bene le sue abitudini e i suoi riti. Per esempio, ogni mattina dopo colazione gli piaceva andare a fare quattro passi. Però non gli piaceva passeggiare da solo e così si aspettava che io l'accompagnassi. Assecondavo il suo desiderio, naturalmente, anche se non vedevo la ragione della mia presenza. Durante quelle sue camminate, quasi non mi rivolgeva la parola e sembrava sempre assorto nei suoi pensieri. Camminava svelto, le mani allacciate dietro la schiena, salutando i passanti con un cenno, i tacchi delle sue scarpe di pelle, sempre lustre, che battevano sul marciapiedi. E poiché con le sue lunghe gambe faceva passi cui non potevo stare alla pari, rimanevo sempre indietro ed ero costretto a correre per raggiungerlo. Per il resto della giornata, si ritirava per lo più nel suo studio al piano di sopra, leggeva o giocava a scacchi contro se stesso. Amava disegnare – ma a quel tempo non potevo sapere se avesse talento, perché non mi faceva mai vedere le sue opere – e spesso lo sorprendevo alla finestra del suo studio oppure sulla veranda, con la fronte aggrottata per la concentrazione, che faceva schizzi a carboncino sul suo album.

Spesso lo accompagnavo in un giro in macchina per la città. Andava a far visita alla madre, una volta alla settimana. C'erano anche riunioni familiari. E benché il signor Wahdati cercasse per lo più di evitarle, a volte doveva essere presente e così lo accompagnavo a funerali, a feste di compleanno, a matrimoni. Ogni mese lo conducevo in un negozio che vendeva articoli per artisti, dove si riforniva di pastelli, carboncini, gomme, temperini e album da disegno. A volte gli piaceva mettersi sul sedile posteriore e fare semplicemente un giro in macchina. Chiedevo: *Dove, Sahib?* Lui scrollava le spalle e io dicevo: *Benissimo, Sahib*, innestavo la marcia e partivamo. Giravamo per ore, senza scopo e senza meta, da un quartiere all'altro, lungo il fiume Kabul, su a Bala Hissar, a volte sino al Palazzo di Darulaman. Talvolta andavamo fuori città e salivamo al lago Ghargha, dove parcheggiavo sulla riva. Spegnevo il motore, e il signor Wahdati stava seduto sul sedile posteriore perfettamente immobile, senza rivolgermi la parola, apparentemente soddisfatto di aprire il finestrino e guardare gli uccelli che sfrecciavano da un ramo all'altro, le strisce di sole che colpendo la superficie del lago si frantumavano in mille schegge di luce che danzavano sull'acqua. Lo osservavo nello specchietto retrovisore e mi sembrava la persona più sola al mondo.

Una volta al mese il signor Wahdati, con grande generosità, mi permetteva di usare la sua macchina per recarmi a Shadbagh, il mio villaggio natale, a far visita a mia sorella Parwana e a suo marito Sabur. Quando entravo nel villaggio, ero salutato da orde di ragazzini schiamazzanti che correvano a fianco della macchina, dando manate al parafango e battendo sul vetro del finestrino. Alcuni monelli cercavano persino di salire sul tettuccio e io dovevo scacciarli per paura che graffiassero la vernice o ammaccassero il paraurti.

*Guarda, Nabi*, mi diceva Sabur. *Sei una celebrità.*

Poiché i suoi figli, Abdullah e Pari, avevano perso la loro madre naturale (Parwana era la matrigna), cercavo sempre di occuparmi di loro, soprattutto del ragazzo più grande, che sembrava averne un bisogno particolare. Mi offrivo di fargli fare qualche giro in macchina, lui da solo, ma Abdullah insisteva sempre per portare anche la sorellina, e la teneva stretta in grembo mentre percorrevamo la strada attorno a Shadbagh. Gli permettevo di avviare il tergicristallo, suonare il clacson, gli facevo vedere come accendere le luci di posizione e gli abbaglianti.

Quando tutta l'eccitazione provocata dalla Chevrolet svaniva, prendevo il tè con mia sorella e Sabur e raccontavo della mia vita a Kabul. Stavo attento a non dire troppo del signor Wahdati. In realtà gli ero molto affezionato, perché mi trattava bene, e parlare di lui alle sue spalle mi sembrava un tradimento. Se fossi stato un dipendente meno discreto, avrei detto loro che Suleiman Wahdati era un essere per me incomprensibile, un uomo apparentemente soddisfatto di vivere il resto dei suoi giorni godendo della ricchezza che aveva ereditato, un uomo senza una professione, senza una passione manifesta e senza il desiderio di lasciare qualcosa di sé al mondo. Avrei detto loro che viveva una vita senza scopo né progetto. Come quei giri in macchina che facevamo assieme. Una vita vissuta dal sedile posteriore, osservata mentre passava avvolta nella nebbia. Una vita apatica.

Questo è ciò che avrei detto, ma non dissi niente. E ho fatto bene. Perché mi sarei sbagliato di grosso.

Un giorno, il signor Wahdati entrò in giardino indossando un abito gessato che non gli avevo mai visto e mi chiese di accompagnarlo in un ricco quartiere della città. Arrivati, mi ordinò di parcheggiare per strada, fuori da una bella casa circondata da alte mura; scese e lo vidi suonare il campanello ed entrare quando il domestico gli aprì la porta. La casa era immensa, più grande di quella del signor Wahdati e persino più bella. Il viale d'accesso era ornato da alti cipressi slanciati e da una quantità di cespugli di fiori che non riconobbi. Il giardino sul retro era almeno due volte quello del signor Wahdati e le mura di recinzione erano così alte che, anche se un uomo fosse salito sulle spalle di un altro, non avrebbe comunque potuto dare un'occhiata all'interno. Mi resi conto che qui si trattava di ricchezza di altre proporzioni.

Era una giornata luminosa di inizio estate e il cielo era inondato di sole. L'aria tiepida entrava dai finestrini che avevo abbassato. Sebbene il compito di un autista sia quello di guidare, in realtà passa la maggior parte del tempo ad aspettare. Aspettare fuori dai negozi, il motore in ozio, aspettare fuori dalle feste di nozze, ascoltando il suono smorzato della musica. Per passare il tempo, quel giorno giocai qualche partita a carte. Quando fui stanco delle carte, scesi dalla macchina e mossi qualche passo prima in una direzione, poi nell'altra. Mi sedetti ancora una volta in macchina, pensando che avrei potuto farmi un sonnellino prima che il signor Wahdati tornasse.

Fu in quel momento che il portone d'ingresso si aprì e ne uscì una giovane donna dai capelli neri. Portava occhiali da sole e un abito color mandarino con le maniche corte che non le arrivava alle ginocchia. Aveva le gambe e i piedi nudi. Non sapevo se mi avesse notato seduto in macchina, ma, se mi aveva notato, non lo diede a vedere. Appoggiò il tallone di un piede sul muro cui era appoggiata e, così facendo, l'orlo dell'abito si alzò leggermente mettendo in vista l'attacco della coscia. Sentii un gran fuoco diffondersi dalle guance al collo.

Mi permetta qui di fare un'altra confessione, signor Markos, una confessione forse di cattivo gusto, che poco si presta a eleganti giri di parole. All'epoca non avevo ancora trent'anni, ero un giovane nel pieno del suo desiderio sessuale. A differenza degli uomini con i quali ero cresciuto al villaggio – giovani che non avevano mai visto la coscia nuda di una donna adulta e che si sposavano in parte per poter finalmente posare lo sguardo su un tale spettacolo – io qualche esperienza l'avevo. Avevo trovato, e talvolta frequentato, luoghi dove un giovane poteva soddisfare i propri impulsi con discrezione e con decoro. Dico questo solo perché sento il dovere di affermare che nessuna delle puttane con cui ero stato a letto avrebbe potuto reggere il confronto con la bellissima, elegante creatura che era appena uscita dalla grande casa.

Appoggiata al muro, accese una sigaretta e la fumò senza fretta e con grazia ammaliante, tenendola tra la punta di due dita e mettendo la mano a coppa davanti alla bocca ogni volta che portava la sigaretta alle labbra. La guardavo rapito. Il modo in cui la sua mano si piegava all'altezza del polso sottile mi ricordava l'illustrazione che avevo visto in un libro di poesie su carta patinata, raffigurante una donna dalle lunghe ciglia e i capelli neri fluenti, sdraiata in un giardino con il suo innamorato, che gli offriva una coppa di vino con le sue dita pallide e delicate. A un certo punto qualcosa parve attirare l'attenzione della donna verso l'estremità opposta della strada e io approfittai di quella fuggevole occasione per passarmi rapidamente le dita tra i capelli che incominciavano ad appiccicarsi per il caldo. Quando tornò a voltarsi, mi impietrii di nuovo. Fece ancora qualche tiro, spense la sigaretta contro il muro e rientrò con calma.

Finalmente potevo respirare.

Quella sera, il signor Wahdati mi chiamò in soggiorno e disse: «Devo darti una notizia, Nabi. Mi sposo».

Forse avevo sopravvalutato il suo amore per la solitudine.

La notizia del fidanzamento si diffuse rapidamente. E così i pettegolezzi. Me li riferivano gli altri lavoratori che andavano e venivano dalla casa. Il più chiacchierone era Zahid, il giardiniere che veniva tre volte alla settimana per rasare il prato e potare alberi e cespugli, un individuo sgradevole con la disgustosa abitudine di far schioccare la lingua dopo ogni frase. Faceva parte di un gruppo di persone che, come me, da sempre lavoravano nel quartiere come cuochi, giardinieri e fattorini. Una o due sere alla settimana, dopo il lavoro, si accalcavano nella mia modesta dimora per il tè del dopo cena. Non ricordo come fosse iniziato questo rituale, ma, una volta che ebbe preso piede, non riuscii a interromperlo, temendo di sembrare scortese o inospitale o, ancora peggio, di far credere che mi ritenessi superiore ai miei pari.

Una sera, durante il tè, Zahid disse agli altri che la famiglia del signor Wahdati non approvava questo matrimonio, perché la futura sposa era una donna chiacchierata. Disse che era risaputo a Kabul che non aveva *nang* e *namus*, nessun onore, e che, nonostante avesse solo vent'anni, si faceva montare per tutta la città come l'asino di un hazara. La cosa peggiore, disse, era che non solo non faceva nessuno sforzo per smentire queste illazioni, ma le aveva elette argomento delle sue poesie. A queste parole corse per la stanza un mormorio di disapprovazione. Uno dei presenti osservò che nel suo villaggio a quest'ora le avrebbero già tagliato la gola.

Fu a questo punto che mi alzai e dissi loro che non volevo sentire altro. Li accusai di essere pettegoli come un gruppo di vecchie sarte e ricordai loro che, senza persone come il signor Wahdati, quelli come noi sarebbero rimasti al loro villaggio a spalare letame. *Dov'è la vostra lealtà, il vostro rispetto?* chiesi.

Ci fu un breve momento di silenzio, durante il quale pensai di aver fatto impressione su quegli zotici, ma poi scoppiò una risata. Zahid disse che ero un leccaculo e che forse la futura padrona di casa avrebbe scritto una poesia dal titolo *Ode a Nabi. Il leccaculo professionista.* Indignato, uscii lasciandomi alle spalle un tumulto di risa sarcastiche.

Ma non andai lontano. Il loro spettegolare mi disgustava e nello stesso tempo mi affascinava. E nonostante tutta la mia indignazione, la mia esibizione di correttezza, rimasi a portata d'orecchio. Non volevo perdere nessun particolare sconcio.

Il fidanzamento durò solo pochi giorni e culminò non in una grande cerimonia con cantanti dal vivo, ballerini e invitati in festa, ma con la breve visita di un mullah, un testimone e due firme scribacchiate su un foglio di carta. E con questo, meno di due settimane dopo che avevo posato gli occhi per la prima volta su di lei, la signora Wahdati venne a vivere nella casa.

Mi permetta di fare un breve inciso, signor Markos, per dire che da questo momento mi riferirò alla moglie del signor Wahdati con il nome di Nila. Inutile dire che questa è una libertà che allora non mi era permessa e che non avrei accettato neppure se mi fosse stata offerta. Mi riferivo a lei sempre come Bibi Sahib, con la deferenza che ci si aspettava da me. Ma per gli scopi di questa lettera, lascerò da parte l'etichetta e mi riferirò a lei nel modo in cui ho sempre *pensato* a lei.

Ebbene, capii sin dall'inizio che sarebbe stato un matrimonio infelice. Raramente ho visto la coppia scambiarsi uno sguardo tenero o rivolgersi una parola affettuosa. Erano due persone che occupavano la medesima casa, ma le cui strade sembravano incrociarsi molto raramente. Il mattino servivo al signor Wahdati la sua colazione abituale, una fetta di *nan* tostato, mezza tazza di noci, tè verde con una spruzzatina di cardamomo, senza zucchero e un solo uovo à la coque. Gli piaceva che il tuorlo fosse liquido nel momento in cui rompeva l'uovo, e i miei insuccessi iniziali nell'ottenere quella particolare consistenza si erano dimostrati fonte di notevole preoccupazione da parte mia. Mentre accompagnavo il signor Wahdati nella sua passeggiata mattutina quotidiana, Nila dormiva, spesso sino a mezzogiorno e anche oltre. Quando lei si alzava, io ero quasi pronto a servire il pranzo a suo marito.

Tutta la mattina, mentre mi occupavo delle mie faccende, aspettavo con trepidazione il momento in cui Nila avrebbe spinto la porta a vetri che dal soggiorno si apriva sulla veranda. Nella mia mente giocavo a indovinare come mi sarebbe apparsa quel giorno. I suoi capelli sarebbero stati raccolti in uno chignon sulla nuca, mi chiedevo, oppure li avrei visti ricadere sciolti sulle spalle? Avrebbe portato gli occhiali da sole? Avrebbe optato per i sandali? Avrebbe scelto la tunica di seta azzurra con la cintura o quella color magenta con i grandi bottoni tondi?

Quando finalmente Nila faceva la sua apparizione, io mi davo da fare in cortile, fingendo che il cofano della macchina avesse bisogno di essere spolverato, oppure trovavo un cespuglio di eglantina da bagnare, ma senza perderla di vista. La osservavo quando spingeva in su gli occhiali e si strofinava gli occhi, oppure quando toglieva l'elastico dai capelli e gettava indietro la testa perché i suoi lucidi riccioli neri cadessero sciolti, e la osservavo quando sedeva con il mento appoggiato alle ginocchia, fissando il cortile e fumando languidamente, o quando accavallava le gambe dondolando un piede su e giù, un gesto che mi faceva pensare alla noia o all'inquietudine o forse a qualche atto sconsiderato tenuto a stento sotto controllo.

Capitava che il signor Wahdati fosse al suo fianco, ma spesso non lo era. Passava la maggior parte della giornata come aveva sempre fatto, a leggere nel suo studio al primo piano, a fare schizzi: il matrimonio aveva lasciato più o meno inalterata la sua routine. Nila scriveva quasi quotidianamente, o in soggiorno o sulla veranda, matita in mano, fogli di carta che le scivolavano dal grembo, e la sigaretta sempre accesa. La sera servivo loro la cena e tutti e due mangiavano in ostinato mutismo, lo sguardo sui vassoi di riso, il silenzio rotto solo dal balbettio di un *Grazie* e dal ticchettio di forchette e cucchiai sulla porcellana.

Una o due volte alla settimana dovevo fare da autista a Nila, quando aveva bisogno di un pacchetto di sigarette, di una nuova serie di penne, di un quaderno, di cosmetici. Se sapevo in anticipo di doverla accompagnare, mi premuravo sempre di pettinarmi e di lavarmi i denti. Mi lavavo la faccia, strofinavo uno spicchio di limone sulle dita per togliere l'odore di cipolla, mi spolveravo l'abito dando colpetti con la mano e mi lustravo le scarpe. L'abito, che era color verde oliva, me l'aveva passato il signor Wahdati e speravo non l'avesse detto a Nila – anche se sospettavo che l'avesse fatto. Non per meschinità, ma perché le persone nella sua posizione spesso non si rendono conto di come piccole cose banali come questa possano provocare un sentimento di vergogna in un uomo come me. Talvolta mi mettevo il cappello di agnello che era stato di mio padre. Mi piazzavo davanti allo specchio inclinando il cappello di qua e di là sulla testa, così intento a rendermi presentabile agli occhi di Nila che, se una vespa mi si fosse posata sul naso, avrebbe dovuto pungermi perché mi accorgessi della sua presenza.

Una volta in strada, per raggiungere la nostra destinazione facevo piccole deviazioni, se possibile, deviazioni che avrebbero prolungato il viaggio di un minuto, o forse due – non di più, per paura che potesse insospettirsi – ma avrebbero dilatato anche il tempo che passavo con lei. Guidavo tenendo il volante con entrambe le mani e gli occhi fissi sulla strada. Esercitavo su me stesso un rigido controllo e non la guardavo nello specchietto retrovisore a meno che lei non mi rivolgesse la parola. Mi accontentavo della sua sola presenza sul sedile posteriore, di respirare i suoi molti aromi: saponetta costosa, lozione, profumo, gomma da masticare, fumo di sigaretta. Questo in generale era sufficiente a mettere le ali alla mia anima.

Fu in macchina che si svolse la nostra prima conversazione. La nostra prima vera conversazione, cioè, senza contare la miriade di volte che mi aveva chiesto di andare a prendere questo o a portare quello. La stavo accompagnando in farmacia a ritirare delle medicine quando mi chiese: «Com'è, Nabi, il tuo villaggio? Come hai detto che si chiama?».

«Shadbagh, Bibi Sahib.»

«Shadbagh, già. Com'è? Dimmi.»

«Non c'è molto da dire, Bibi Sahib. È un villaggio come un altro.»

«Oh, di certo deve esserci qualcosa che lo distingue dagli altri.»

Mantenni la calma, in apparenza, ma dentro ero in delirio, cercavo disperatamente qualcosa, qualche astrusità bizzarra che fosse per lei interessante, che potesse divertirla. Inutile. Cosa avrebbe potuto dire un uomo come me, un paesano, un piccolo uomo con una piccola vita, per catturare l'immaginazione di una donna come lei?

«L'uva è eccellente» dissi e, appena pronunciate quelle parole, avrei voluto schiaffeggiarmi. *Uva?*

«Ah sì» disse con indifferenza.

«Dolcissima, sul serio.»

«Ah.»

Dentro di me morivo di mille morti. Sentivo che le ascelle mi si stavano inumidendo.

«C'è un'uva in particolare» le spiegai con la bocca improvvisamente secca. «Dicono che cresca solo a Shadbagh. È un vitigno delicato, molto fragile. Se lo si vuol coltivare in qualsiasi altro posto, anche nel villaggio vicino, avvizzisce e muore. Muore di tristezza, dice la gente di Shadbagh, ma naturalmente non è vero. È una questione di terreno e di acqua. Ma è questo che dicono, Bibi Sahib.»

«È davvero una bella storia, Nabi.»

Mi avventurai a dare una rapida occhiata nello specchietto retrovisore e vidi che guardava fuori dal finestrino, ma scoprii anche, con mio grande sollievo, che aveva gli angoli della bocca piegati in su come in un'ombra di sorriso. Rinfrancato, mi sorpresi a dire: «Posso raccontarle un'altra storia, Bibi Sahib?».

«Ma certamente.» Sentii scattare l'accendino e dal sedile posteriore mi arrivò uno sbuffo di fumo.

«Dunque, a Shadbagh abbiamo un mullah. Tutti i villaggi hanno un mullah, naturalmente. Il nostro si chiama Mullah Shekib e conosce un mucchio di storie. Difficile dire quante. Ma la cosa che ci ha sempre detto è questa: che se guardi i palmi delle mani di un musulmano, in qualunque parte del mondo, vedrai una cosa stupefacente. Hanno tutti le medesime linee. Che significa? Significa che le linee della mano sinistra di un musulmano formano la cifra araba ottantuno, mentre quelle della destra formano la cifra diciotto. Se si sottrae diciotto da ottantuno, cosa si ottiene? Si ottiene sessantatré. L'età del Profeta quando è morto, la pace sia con lui.»

Sentii una risatina soffocata provenire dal sedile posteriore.

«Bene, un giorno un viaggiatore si trovava a passare da Shadbagh e naturalmente quella sera fu invitato a cena dal Mullah Shekib, come è consuetudine. Il viaggiatore sentì questa storia, ci rifletté e poi disse: "Ma Mullah Shekib, con il dovuto rispetto, una volta ho incontrato un ebreo e giuro che i suoi palmi avevano esattamente le stesse linee. Come lo spieghi?". E il Mullah disse: "Allora l'ebreo in cuor suo era musulmano".»

La sua improvvisa risata mi stregò per il resto della giornata. Era come se, Dio mi perdoni la bestemmia, fosse scesa direttamente dal Paradiso, dal giardino dei beati, come dice il Libro, dove scorrono i fiumi e perpetui sono i frutti e l'ombra.

Non creda che fosse soltanto la sua bellezza, signor Markos, che mi aveva così ammaliato, anche se sarebbe stata sufficiente. Non avevo mai incontrato in vita mia una donna come Nila. Tutto quello che faceva, il modo in cui parlava, il modo in cui camminava, vestiva, sorrideva, era una novità per me. Nila contraddiceva ogni singola idea che mi ero fatto di come una donna dovesse comportarsi, un dato che incontrava la ferma disapprovazione di persone come Zahid, certamente anche di Sabur e di tutti gli uomini e le donne del villaggio, ma per me aumentava soltanto il suo fascino e il suo mistero.

E così la sua risata continuò a risuonarmi nelle orecchie mentre sbrigavo il mio lavoro quel giorno, e dopo, quando gli altri lavoratori vennero a casa mia per il tè, continuai a sorridere e riuscii ad annullare il loro chiacchiericcio con il dolce suono squillante del suo riso, fiero di sapere che la mia storia divertente le avesse dato un attimo di tregua dall'infelicità del suo matrimonio. Era una donna straordinaria e quella sera andai a letto sentendo che forse persino io ero fuori dal comune. Questo è l'effetto che aveva su di me.

Ben presto ci trovammo ad avere conversazioni quotidiane, Nila e io, di solito la mattina tardi, quando si sedeva a sorseggiare il caffè sulla veranda. Mi presentavo con il pretesto di una commissione qualsiasi ed eccomi a chiacchierare con lei, appoggiato a una vanga o intento a versare una tazza di tè verde. Mi sentivo privilegiato per essere stato scelto. Dopo tutto, non ero il solo membro della servitù: ho già accennato a quel rospo senza scrupoli di Zahid, e c'era una donna hazara dalla faccia da scoiattolo che veniva due volte la settimana a fare il bucato. Ma ero io la persona cui Nila si rivolgeva. Soltanto io potevo mitigare la sua solitudine, almeno era quello che credevo, neppure suo marito ci riusciva. Di solito era lei a sostenere la conversazione, il che mi andava bene: ero felice di essere il recipiente in cui versava le sue storie. Mi raccontò, per esempio, di una battuta di caccia a Jalalabad in compagnia di suo padre e di come per settimane fosse stata vittima di incubi popolati da cervi morti con occhi vitrei. Mi disse che da bambina era andata in Francia con sua madre, prima della Seconda guerra mondiale: aveva preso sia il treno sia la nave. Mi descrisse come avesse sentito nelle costole lo sferragliare delle ruote del treno e come ricordasse nitidamente le tende appese ai ganci, gli scompartimenti separati, lo sbuffare ritmico e i fischi della locomotiva. Mi raccontò delle sei settimane che aveva trascorso con suo padre in India l'anno prima, quando si era gravemente ammalata.

Di tanto in tanto, quando si voltava per gettare la cenere nel piattino, lanciavo di nascosto una rapida occhiata allo smalto rosso sulle unghie dei suoi piedi arcuati, allo splendore dorato dei suoi polpacci depilati e, immancabilmente, ai suoi seni pieni, dalla forma perfetta. C'erano uomini sulla faccia di questa terra che avevano toccato quei seni, li avevano baciati mentre facevano l'amore con lei. Dove poteva andare un uomo dopo essere stato in vetta al mondo? Era solo con un grande sforzo di volontà che staccavo gli occhi per posarli su qualcosa di meno pericoloso, quando lei si voltava verso di me.

Man mano che prendeva confidenza, durante queste chiacchiere mattutine, iniziò a esprimere critiche nei confronti del signor Wahdati. Un giorno mi disse che lo sentiva distante e spesso arrogante.

«Con me è stato molto generoso» dissi.

Fece un gesto d'impazienza con la mano. «Ti prego, Nabi. Non è il caso che tu lo difenda.»

Educatamente abbassai lo sguardo. Quello che aveva detto non era del tutto falso. Il signor Wahdati, per esempio, aveva l'abitudine di correggere il mio modo di parlare con un'aria di superiorità che poteva essere interpretata, forse senza sbagliare, come arroganza. Talvolta entravo in una stanza, posavo un vassoio di dolci davanti a lui, gli facevo del tè, toglievo le briciole dal tavolo e lui non dava segno di accorgersi di me più di quanto avrebbe fatto se una mosca si fosse posata sulla porta a vetri, riducendomi a una nullità senza neppure alzare gli occhi. Alla fine, però, la questione non aveva importanza, dato che conoscevo persone che abitavano nel mio stesso quartiere, persone presso le quali avevo lavorato, che picchiavano il personale di servizio con bastoni e cinghie.

«Non ha senso dell'umorismo e dell'avventura» disse, rimestando distrattamente il caffè. «Suleiman è un vecchio musone ingabbiato nel corpo di un giovane.»

Ero un po' scosso dalla sua disinvolta franchezza. «È vero che il signor Wahdati è perfettamente a proprio agio in solitudine» dissi, scegliendo una cauta diplomazia.

«Forse dovrebbe vivere con sua madre. Cosa ne pensi, Nabi? Fanno una bella coppia, ti assicuro.»

La madre del signor Wahdati era una donna corpulenta, piuttosto ampollosa, che abitava in un altro quartiere della città con la consueta serie di servi e due amatissimi cani per cui stravedeva, tanto da trattarli non come pari ai suoi servi, ma come esseri a loro superiori, e di molti gradi perdipiù. Erano piccole bestiole senza pelo, repellenti, che si spaventavano con facilità, sempre agitate e inclini ad abbaiare nel modo più fastidioso e stridulo. Mi erano molto antipatici, perché, non appena entravo in casa, mi saltavano sulle gambe cercando stupidamente di arrampicarsi sui miei pantaloni.

A me *era* chiaro che, ogni volta che accompagnavo Nila e il marito a casa della vecchia madre, l'atmosfera sul sedile posteriore era carica di tensione e capivo dalla fronte dolorosamente aggrottata di Nila che avevano litigato. Ricordo che, quando i miei genitori litigavano, non la smettevano finché non fosse stato dichiarato un vincitore indiscusso. Era il loro modo di bloccare il disaccordo, di renderlo inoffensivo con un verdetto, di impedirgli di filtrare nella normalità del giorno dopo. Non era così per i Wahdati. I loro litigi non finivano, ma piuttosto si stemperavano, come una goccia d'inchiostro in una ciotola d'acqua, ma una traccia residua persisteva sempre.

Non fu necessario un atto di acrobazia intellettuale per dedurre che la vecchia non approvava quella unione e che Nila lo sapeva.

Mentre continuavamo queste nostre conversazioni, una domanda tornava ripetutamente ad affiorare alla mia mente. Perché aveva sposato il signor Wahdati? Mi mancava il coraggio di chiederglielo. Simili infrazioni alle buone maniere mi erano aliene per natura. Potevo solo concludere che per alcune persone, in particolare per le donne, il matrimonio, anche infelice come questo, può costituire una fuga da un'infelicità ancora più grande.

Un giorno, nell'autunno del 1950, Nila mi convocò. «Voglio che mi porti a Shadbagh.» Disse che voleva conoscere la mia famiglia, vedere da dove venivo. Disse che le servivo da mangiare e la scarrozzavo per Kabul ormai da un anno e lei non sapeva quasi niente di me. La sua richiesta mi sconcertò a dir poco, poiché era inconsueto che una persona della sua posizione chiedesse di fare un viaggio per conoscere la famiglia di un servitore. Ero anche gratificato dal fatto che Nila avesse un così spiccato interesse per me, ma nella stessa misura ero preoccupato, perché presentivo il disagio, e sì, la vergogna quando avrebbe visto la povertà in cui ero nato.

Partimmo una mattina in cui il cielo era coperto. Nila indossava tacchi alti, un abito senza maniche, ma non ritenni toccasse a me consigliarla di vestirsi diversamente. Durante il viaggio mi pose domande sul villaggio, le persone che conoscevo, mia sorella e Sabur, i loro figli.

«Come si chiamano?»

«Be', c'è Abdullah che ha quasi nove anni. La sua madre naturale è morta l'anno scorso, per cui è il figliastro di mia sorella Parwana. Sua sorella, Pari, ha quasi due anni. Parwana ha avuto un bambino l'inverno scorso, si chiamava Omar, ma è morto quando aveva due settimane.»

«Cosa è capitato?»

«L'inverno, Bibi Sahib. Cala su questi villaggi e si prende a caso uno o due bambini ogni anno. Puoi solo sperare che giri al largo da casa tua.»

«Dio» balbettò.

«Lasciamo stare le tristezze, mia sorella è di nuovo in attesa.»

Al villaggio fummo salutati dalla solita gazzarra di bambini scalzi che rincorrevano la macchina. Ma, quando Nila emerse dal sedile posteriore, i bambini si zittirono facendo un passo indietro, forse per paura di essere sgridati. Invece, Nila si dimostrò molto paziente e gentile. Si mise in ginocchio e, con un sorriso, parlò a ciascuno di loro, stringendo mani, accarezzando guance sporche, scompigliando capelli sudici. Con mio grande imbarazzo, intorno a lei si stava raccogliendo una folla. Tutti volevano vederla. C'era Baitullah, un mio amico d'infanzia, che l'adocchiava dal bordo di un tetto, dove stava appollaiato insieme ai fratelli, uno accanto all'altro come una fila di cornacchie, tutti a masticare tabacco *naswar*. E c'era suo padre, il Mullah Shekib in persona, e tre uomini barbuti seduti all'ombra di un muro, che sgranavano il rosario, i loro occhi senza età fissi su Nila e sulle sue braccia nude con uno sguardo di riprovazione.

Presentai Nila a Sabur e ci dirigemmo verso la sua casa d'argilla, seguiti da un codazzo di spettatori. Alla porta, Nila volle puntigliosamente togliersi le scarpe, anche se Sabur le disse che non era necessario. Quando entrammo, vidi Parwana seduta in silenzio in un angolo della stanza, raggomitolata e immobile. Salutò Nila con una voce che era poco più di un bisbiglio.

Sabur lanciò una rapida occhiata ad Abdullah. «Porta il tè, figliolo.»

«Oh, no. Vi prego» disse Nila mettendosi a sedere sul pavimento accanto a Parwana. «Non è necessario.» Ma Abdullah era già sparito nella stanza accanto che, sapevo, serviva sia da cucina sia da stanza da letto per lui e Pari. Una tenda di plastica sporca, inchiodata allo stipite, la separava dal locale dove ci eravamo riuniti tutti. Io stavo seduto e giocherellavo con le chiavi della macchina. Se solo avessi avuto modo di avvertire mia sorella della visita, e di darle il tempo di fare un po' di pulizia. Le pareti d'argilla piene di crepe erano nere di fuliggine, il materasso strappato su cui sedeva Nila era coperto da strati di polvere, l'unica finestra della stanza era costellata di mosche morte.

«Che magnifico tappeto» osservò Nila allegramente, facendo scorrere le sue dita sul tappeto. Era di un rosso brillante, con un disegno di orme di elefante. Era il solo oggetto di qualche valore che possedessero Sabur e Parwana e sarebbe stato venduto quello stesso inverno, come venni poi a sapere.

«Era di mio padre» disse Sabur.

«È turkmeno?»

«Sì.»

«Adoro il vello che usano. Hanno un'abilità artigianale incredibile.»

Sabur annuì. Non le rivolse mai lo sguardo, neppure quando parlava con lei.

Il divisorio di plastica sbatté quando Adbullah ritornò portando il vassoio con le tazze e lo pose sul pavimento davanti a Nila. Le versò il tè e si sedette a gambe incrociate di fronte a lei. Nila cercò di parlargli, rivolgendogli qualche semplice domanda, ma Abdullah si limitò ad annuire con la testa rasata, balbettò una o due parole di risposta e le restituì un'occhiata guardinga. Mi annotai mentalmente di parlare al ragazzo, di sgridarlo con dolcezza per i suoi modi. L'avrei fatto in maniera amichevole, perché il ragazzo mi piaceva, serio e capace com'era.

«Da quanto tempo aspetti?» chiese Nila a Parwana.

A testa bassa, mia sorella disse che il bambino doveva nascere in inverno.

«Sei fortunata ad aspettare un bambino. E ad avere un figliastro così ben educato.» Sorrise ad Abdullah, che rimase del tutto inespressivo.

Parwana balbettò qualcosa che avrebbe potuto essere un *Grazie*.

«E c'è anche una bambina, se ricordo bene» disse Nila. «Pari?»

«Dorme» disse Abdullah in tono deciso.

«Ah. Ho sentito dire che è una delizia.»

«Va' a prendere tua sorella» disse Sabur.

Abdullah esitò, guardando ora suo padre ora Nila, poi si alzò, palesemente riluttante a condurre la sorella.

Se volessi in qualche modo assolvermi, pur tardivamente, potrei dire che il legame tra Abdullah e la sorellina era del tutto normale. Ma non era così. Nessuno tranne Dio sa perché quei due si fossero reciprocamente scelti. Era un mistero. Non ho mai visto una tale affinità tra due esseri umani. In verità, Abdullah per Pari era tanto un padre quanto un fratello. Quando era ancora neonata e di notte piangeva, era lui che scattava dal materasso su cui dormiva per cullarla. Era lui che si faceva carico di cambiare i suoi pannolini sporchi, di fasciarla e di coccolarla perché si riaddormentasse. La pazienza che aveva con lei era senza limiti. La portava in giro per il villaggio, mostrandola con fierezza come se fosse il trofeo più ambito al mondo.

Quando portò nella stanza Pari ancora intontita dal sonno, Nila chiese di poterla tenere in braccio. Abdullah gliela consegnò con uno sguardo tagliente, sospettoso, come se dentro di lui fosse scattato un allarme istintivo.

«Oh, che amore» esclamò Nila facendola saltare in modo goffo, tradendo così la sua inesperienza con i bambini piccoli. Pari guardò confusa Nila, posò gli occhi su Abdullah e scoppiò a piangere. Lui la tolse subito dalle mani di Nila.

«Guardate questi occhi!» disse Nila. «Oh, e queste guance! Non è un amore, Nabi?»

«È proprio un amore, Bibi Sahib» dissi.

«E le è stato dato il nome perfetto. Pari. È davvero bella come una fata.»

Abdullah guardava Nila, cullando Pari tra le braccia, con il viso che andava oscurandosi.

Tornando a Kabul, Nila si accasciò sul sedile posteriore, con la testa appoggiata al finestrino. Per molto tempo non disse una sola parola. Poi, improvvisamente, scoppiò in pianto.

Accostai la macchina al bordo della strada.

Nila non parlò per molto tempo. Le sue spalle sussultavano tra i singhiozzi. Coprendosi il viso con le mani, alla fine soffiò il naso nel fazzoletto. «Grazie, Nabi» disse.

«Per cosa, Bibi Sahib?»

«Per avermi portata a Shadbagh. È stato un privilegio conoscere la tua famiglia.»

«Il privilegio è loro. E mio. È stato un onore.»

«I figli di tua sorella sono stupendi.» Si tolse gli occhiali da sole e si asciugò gli occhi.

Riflettei un momento su cosa fare e dapprima optai per il silenzio. Ma lei aveva pianto in mia presenza e l'intimità di quel momento richiedeva qualche parola gentile. Dolcemente dissi: «Presto anche lei avrà un bambino, Bibi Sahib. *Inshallah*, Dio provvederà. Aspetti».

«Non credo. Neppure Lui può provvedere.»

«Sì, naturalmente, Bibi Sahib. Lei è così giovane. Se Lui lo vuole, accadrà.»

«Non capisci» disse spossata. Non l'avevo mai vista così esausta, così stremata. «È finita. Mi hanno tolto tutto in India. Dentro sono vuota.»

A queste parole non riuscii a trovare niente da dire. Avrei desiderato sedermi sul sedile posteriore al suo fianco e prenderla tra le braccia, consolarla con i miei baci. Prima di rendermi conto di quello che facevo, mi ero voltato e avevo preso la sua mano tra le mie. Pensavo l'avrebbe ritirata, ma lei me la strinse con gratitudine e restammo così, seduti in macchina, senza guardarci, ma con gli occhi fissi sulla pianura gialla che andava inaridendo attorno a noi, da un orizzonte all'altro, solcata da canali d'irrigazione privi d'acqua, disseminati di arbusti, di pietre e, qua e là, di qualche traccia di vita. Con la mano di Nila nella mia, guardavo le colline e i pali della luce. I miei occhi individuarono in lontananza un autocarro che avanzava faticosamente, seguito da una nuvola di polvere. Sarei rimasto seduto felicemente in macchina in attesa del buio.

«Portami a casa» disse infine, lasciando la mia mano. «Andrò a letto presto stasera.»

«Sì, Bibi Sahib.» Mi schiarii la voce e innestai la prima con mano leggermente incerta.

Andò in camera sua e non ne uscì per più giorni. Non era la prima volta. Accadeva che avvicinasse una sedia alla finestra della sua camera da letto al primo piano e si piazzasse là, fumando, dondolando il piede, guardando fuori con espressione assente. Non parlava. Rimaneva in camicia da notte. Non si faceva il bagno, non si lavava i denti, non si pettinava. Questa volta non voleva neppure mangiare e questo ostinato rifiuto fece scattare nel signor Wahdati un allarme del tutto inconsueto.

Il quarto giorno sentii bussare alla porta d'ingresso. Aprii e mi trovai di fronte un uomo anziano, alto, con un abito perfettamente stirato e scarpe lustre. C'era in lui qualcosa di autoritario e piuttosto ostile. Non si limitava a stare dritto, ma incombeva sull'interlocutore, e mi trapassò con lo sguardo, tenendo il suo bastone da passeggio con entrambe le mani, come fosse uno scettro. Non aveva ancora detto una parola, ma avevo già intuito che era un uomo abituato a essere ubbidito.

«Mi dicono che mia figlia non sta bene» disse.

Dunque era il padre. Non l'avevo mai visto. «Sì, Sahib. Temo sia vero.»

«Allora scostati, giovanotto.» Mi passò davanti deciso.

In giardino mi diedi da fare a spaccare un ceppo per la stufa. Dal punto dove lavoravo avevo una buona visuale della finestra della camera da letto di Nila. Incorniciato dalla finestra, scorgevo il padre, chino su di lei, con una mano posata pesantemente sulla sua spalla. Sul viso di Nila si leggeva l'espressione che assumono le persone quando sono spaventate da un forte rumore inaspettato, come un fuoco d'artificio o una porta che sbatte per un improvviso colpo di vento.

Quella sera, mangiò.

Qualche giorno dopo, Nila mi chiamò in casa e mi annunciò che intendeva dare una festa. Quando il signor Wahdati era scapolo, raramente, forse mai, si davano feste in casa. Dopo il suo l'arrivo, Nila prese a organizzarne due o tre al mese. Il giorno prima della festa, mi diede istruzioni dettagliate su quali antipasti e quali piatti dovevo preparare e io andai al mercato per comprare le cose necessarie. La prima voce della lista era l'alcol, che non avevo mai procurato prima, perché il signor Wahdati non beveva, anche se per ragioni che non avevano niente a che vedere con la religione; semplicemente, non gli piacevano gli effetti dell'alcol. Nila, però, conosceva molto bene certe rivendite – "farmacie", come le chiamava per scherzo – dove una bottiglia di "medicina" poteva essere comprata clandestinamente, per l'equivalente del doppio del mio salario mensile. Avevo sentimenti contrastanti nello svolgere questa particolare commissione, nell'interpretare la parte di chi induce al peccato, ma, come sempre, compiacere Nila veniva prima di tutto il resto.

Lei deve capire, signor Markos, che quando c'era una festa a Shadbagh, fosse per un matrimonio o per una circoncisione, la celebrazione si svolgeva in due case separate, l'una per le donne, l'altra per gli uomini. Alle feste di Nila, gli uomini si mescolavano alle donne. La maggior parte delle donne era vestita come Nila, con abiti che lasciavano scoperte interamente le braccia e anche buona parte delle cosce. Fumavano e bevevano, il bicchiere mezzo pieno di un alcolico incolore, oppure rosso, oppure color rame, e raccontavano barzellette, ridevano e toccavano liberamente le braccia degli uomini nonostante fossero sposati con altre donne presenti. Portavo piatti di *bolani* e di *lola kebab* da una parte all'altra della sala piena di fumo, da un capannello di ospiti all'altro, mentre sul grammofono suonava un disco. La musica non era afghana, ma qualcosa che Nila chiamava jazz, un tipo di musica che, come ho saputo a distanza di decenni, anche lei apprezza, signor Markos. Alle mie orecchie, le note dissonanti del pianoforte e lo strano gemito dei fiati suonavano come un guazzabuglio disarmonico. Ma Nila amava il jazz e io non facevo che cogliere le sue parole che raccomandavano agli ospiti di ascoltare questo o quel disco. Per tutta la serata tenne in mano un bicchiere cui prestava maggior attenzione che non al cibo che le servivo.

Il signor Wahdati non si sforzava molto di intrattenere gli ospiti. Faceva mostra di mescolarsi agli altri, ma per lo più se ne stava in un angolo con un'espressione distante in viso, facendo roteare una bibita analcolica nel bicchiere, rivolgendo un educato sorriso a denti stretti a chi gli rivolgeva la parola. E, com'era sua abitudine, si ritirò quando gli ospiti chiesero a Nila di recitare le sue poesie.

Questa era di gran lunga la parte della serata che preferivo. Quando Nila iniziava a leggere, trovavo sempre qualche faccenda che mi tenesse vicino a lei. Me ne stavo impietrito, lo strofinaccio in mano, aguzzando l'orecchio. Le poesie di Nila non assomigliavano affatto a quelle che mi avevano insegnato. Come lei sa bene, noi afghani amiamo la poesia; anche i più ignoranti tra noi sanno recitare versi di Hafez, di Khayyam o di Saadi. Ricorda, signor Markos, di avermi detto l'anno scorso che lei ama gli afghani? E quando le chiesi perché, lei ridendo mi rispose: *Perché anche i vostri graffitari spruzzano Rumi sui muri.*

Ma le poesie di Nila erano una sfida alla tradizione. Non seguivano un metro né uno schema di rime prefissati. Né trattavano dei soggetti tradizionali: alberi, fiori primaverili e usignoli. Nila scriveva d'amore, e per amore non intendo il desiderio sufi di Rumi o di Hafez, ma l'amore fisico. Scriveva d'amanti che sussurravano tra loro sui cuscini e si toccavano. Scriveva del piacere. Non avevo mai sentito una donna usare un simile linguaggio. Me ne stavo impalato ad ascoltare la voce arrochita dal fumo di Nila che si sperdeva per il corridoio, gli occhi chiusi e le orecchie in fiamme, immaginando che stesse leggendo per me, che fossimo *noi* gli amanti dei versi, finché qualcuno spezzava l'incanto chiedendo tè o uova fritte: allora Nila mi chiamava e io correvo.

Quella sera, la poesia che scelse di leggere mi colse di sorpresa. Parlava di un marito e di sua moglie, in un villaggio, che piangevano la morte di un neonato strappato loro dal freddo invernale. Sembrava che agli ospiti la poesia piacesse, a giudicare dai cenni di assenso e dai mormorii di approvazione, seguiti da un applauso entusiasta quando Nila alzò gli occhi dalla pagina. Tuttavia, fui sorpreso e in parte deluso che la disgrazia di mia sorella fosse stata usata per intrattenere gli ospiti e non potei scuotermi di dosso la sensazione che fosse stato commesso qualcosa di simile a un tradimento.

Un paio di giorni dopo la festa, Nila disse che aveva bisogno di una nuova borsa. Il signor Wahdati leggeva il giornale al tavolo dove per pranzo gli avevo servito una zuppa di lenticchie e *nan*.

«Ti serve qualcosa, Suleiman?» chiese Nila.

«No, *aziz*. Grazie.» Raramente l'avevo sentito rivolgersi a Nila con un termine che non fosse *aziz*, che significa "tesoro", "cara", eppure non mi sembravano mai più distanti l'uno dall'altra di quando lui la chiamava *aziz*, e mai questa parola affettuosa suonava una pura formalità come quando veniva dalle labbra del signor Wahdati.

Mentre andavamo al negozio, Nila disse di voler passare a prendere un'amica e mi diede l'indirizzo. Parcheggiai nella strada e la osservai dirigersi verso una casa a due piani con muri di un rosa vistoso. In un primo momento lasciai il motore acceso, ma, poiché dopo cinque minuti Nila non era tornata, lo spensi. E feci bene, visto che solo due ore dopo vidi la sua snella figura procedere lungo il marciapiedi verso la macchina. Aprii la portiera posteriore di destra e, mentre sgusciava dentro, sentii su di lei, sotto il suo solito profumo, una seconda fragranza, qualcosa di vagamente simile al legno di cedro con una traccia di zenzero, un aroma che riconobbi, avendolo respirato nel corso della festa due giorni prima.

«Non ho trovato nemmeno una borsa che mi piacesse» disse Nila dal sedile posteriore, mentre si metteva il rossetto.

Colse la mia espressione allibita nello specchietto retrovisore. Abbassò il rossetto e mi fissò con gli occhi socchiusi. «Mi hai portato in due diversi negozi, ma io non ho trovato una borsa di mio gusto.»

I suoi occhi fissarono i miei nello specchietto e per un attimo non si staccarono, in attesa, e io capii che ero stato messo al corrente di un segreto. Stava valutando la mia lealtà. Mi chiedeva di fare una scelta.

«Mi pare che fossero tre, i negozi» dissi con un fil di voce.

Sorrise. «*Parfois je pense que tu es mon seul ami, Nabi.*»

Ero confuso.

«Significa: a volte penso che tu sia il mio unico amico, Nabi.»

Mi indirizzò un sorriso radioso, che non riuscì a sollevare il mio umore depresso.

Per il resto di quella giornata svolsi le mie faccende al rallentatore e con una frazione del mio entusiasmo abituale. Quando gli amici vennero per il tè quella sera, uno di loro cantò per noi, ma la sua canzone non riuscì a tirarmi su. Mi sentivo come se fossi io, il cornuto. Ed ero sicuro che la presa che Nila aveva su di me si fosse finalmente allentata.

Ma il mattino, quando mi alzai, il pensiero di lei riempì di nuovo il mio alloggio, dal pavimento al soffitto, penetrando nelle pareti, saturando l'aria che respiravo come un vapore. Non c'era niente da fare, signor Markos.

———

Non potrei dirle con precisione quando l'idea s'impadronì di me.

Forse fu il mattino ventoso d'autunno in cui, mentre servivo il tè a Nila e mi chinavo per tagliarle una fetta di torta *roat*, dalla radio posata sul davanzale della sua finestra giunse la notizia che l'inverno in arrivo, quello del 1952, avrebbe potuto essere ancora più crudo del precedente. Forse il giorno in cui la accompagnai alla casa dai muri rosa sgargiante, o forse ancora prima, nei minuti in cui in macchina le tenevo la mano e lei singhiozzava.

Qualunque fosse stato il momento, una volta che l'idea mi entrò in testa non ci fu modo di scacciarla.

Mi permetta di dire, signor Markos, che portai avanti la questione tutto sommato con la coscienza limpida, e con la convinzione che la mia proposta fosse dettata da buona volontà e da intenzioni oneste. Qualcosa che, benché doloroso nel breve periodo, avrebbe portato a un bene maggiore e duraturo per tutte le persone coinvolte. Ma avevo anche dei motivi meno onorevoli, più egoistici. Il principale era questo: volevo dare a Nila qualcosa che nessun altro uomo poteva darle, né suo marito, né il proprietario della grande casa rosa.

Come prima cosa parlai a Sabur. A mia difesa devo dire che, se avessi pensato che Sabur avrebbe accettato denaro da me, glielo avrei dato volentieri, invece di fargli questa proposta. Sapevo che aveva bisogno di soldi perché mi aveva parlato della sua lotta per trovare lavoro. Avrei chiesto al signor Wahdati un anticipo sul mio salario, perché Sabur e la sua famiglia potessero superare l'inverno. Ma mio cognato, come molti miei concittadini, aveva la fissa dell'onore, una fissa tanto strampalata quanto incrollabile. Non avrebbe mai accettato denaro da me. Quando aveva sposato Parwana, io avevo posto fine alle piccole rimesse di denaro che le passavo. Era un uomo e quindi avrebbe provveduto a mantenere la sua famiglia. E morì appunto facendo il suo dovere, quando non aveva ancora quarant'anni, crollando durante il raccolto in un campo di barbabietole da zucchero vicino a Baglam. Mi hanno detto che è morto stringendo il falcetto nelle mani sanguinanti, piene di vesciche.

Non ero padre, perciò non fingerò di comprendere le ragioni angosciose che portarono Sabur a quella decisione. Né ero stato messo a parte delle discussioni tra i Wahdati. Una volta che ebbi comunicato l'idea a Nila, le chiesi soltanto che nelle sue discussioni con il marito dicesse che l'idea era stata sua, non mia. Sapevo che il signor Wahdati avrebbe posto resistenza. Non avevo mai scorto in lui un briciolo d'istinto paterno. Infatti mi ero chiesto se l'impossibilità di Nila di avere figli avesse influenzato la sua decisione di sposarla. In ogni caso, mi tenni lontano dall'atmosfera tesa che c'era tra loro. Quando la sera andavo a letto, vedevo solo le lacrime improvvise che erano scese dagli occhi di Nila quando le avevo parlato della mia idea, e come mi aveva afferrato le mani, guardandomi con gratitudine e, ne ero certo, con qualcosa di molto simile all'amore. Pensavo solo al fatto che le offrivo un dono che uomini con ben altre prospettive non avrebbero potuto farle. Pensavo solo a come mi fossi consegnato interamente a lei, e come questo mi rendesse felice. E pensavo, speravo, da sciocco naturalmente, che potesse vedermi come qualcosa di più di un domestico fedele.

Quando il signor Wahdati infine cedette – il che non mi sorprese, dato che Nila era una donna dalla volontà eccezionale – informai Sabur e gli offrii di accompagnarlo a Kabul con Pari. Non capirò mai del tutto perché decise di portare sua figlia a piedi da Shadbagh. O perché permise ad Abdullah di accompagnarlo. Forse si aggrappava al poco tempo che gli era rimasto con la bambina. Forse cercava una qualche espiazione nella durezza del viaggio. O forse era orgoglio: Sabur non voleva viaggiare sulla macchina dell'uomo che stava comprando sua figlia. Ma alla fine eccoli, tutti e tre, coperti di polvere, che aspettavano come d'accordo davanti alla moschea. Mentre li accompagnavo a casa dei Wahdati, feci del mio meglio per apparire allegro, per i bambini ignari del loro destino e della terribile scena che presto si sarebbe scatenata.

Non c'è ragione, signor Markos, di riferire nel dettaglio quella scena che di fatto si svolse come avevo temuto. Ma dopo tutti questi anni ancora mi si stringe il cuore quando il ricordo lotta per emergere dal profondo. Come sarebbe possibile altrimenti? Presi quei due bambini indifesi, nei quali aveva trovato espressione l'amore nella sua forma più semplice e pura, e li strappai l'uno all'altra. Non dimenticherò mai l'inferno che si scatenò all'improvviso. Pari sulla mia spalla, in preda al panico, che scalciava, strillando *Abollah, Abollah*, mentre io la trascinavo via. Abdullah che urlava il nome della sorella mentre lottava con il padre che gli sbarrava la strada. Nila con gli occhi spalancati che si copriva la bocca con entrambe le mani, forse per soffocare le sue stesse grida. Mi pesa sulla coscienza. Dopo tutto questo tempo, signor Markos, ancora mi pesa sulla coscienza.

---

A quel tempo Pari aveva quasi quattro anni, ma, per quanto piccola, aveva impulsi che bisognava correggere. Le fu insegnato a non chiamarmi più Kaka Nabi, per esempio, ma semplicemente Nabi. E i suoi errori erano corretti con garbo, anche da me, ripetutamente, finché arrivò a credere che tra noi non ci fosse alcun legame di parentela. Per lei divenni Nabi il cuoco e Nabi l'autista. Nila divenne "Maman" e il signor Wahdati "Papà". Nila incominciò a insegnarle il francese, che era stata la lingua di sua madre.

L'accoglienza gelida che il signor Wahdati aveva riservato a Pari durò poco prima che, forse meravigliandosi di se stesso, si sentisse disarmato di fronte alle lacrime d'angoscia e alla nostalgia della piccola Pari. Ben presto Pari partecipò alle nostre passeggiate mattutine. Il signor Wahdati la metteva a sedere nel passeggino e lo spingeva mentre camminavamo per le strade del quartiere. Oppure se la metteva in grembo dietro il volante della macchina, sorridendole pazientemente mentre lei suonava il clacson. Chiamò un falegname e gli commissionò per Pari un lettino con tre cassetti, una cassa di acero per i suoi giocattoli e un piccolo armadio basso. Fece dipingere di giallo tutti i mobili della cameretta, dopo aver scoperto che quello era il suo colore preferito. E un giorno lo trovai, seduto a gambe incrociate davanti all'armadio, con Pari al suo fianco, che dipingeva sulle ante, con notevole abilità, giraffe e scimmie dalla lunga coda. Potrei parlare per ore del suo carattere riservato, signor Markos; le dirò solo che, in tutti gli anni in cui l'avevo osservato disegnare, quella fu la prima volta che posai effettivamente gli occhi su una sua creazione artistica.

Uno degli effetti dell'arrivo di Pari fu che per la prima volta la casa dei Wahdati sembrava quella di una vera famiglia. Legati dall'affetto per la bimba, Nila e il marito ora mangiavano insieme. Portavano Pari al parco vicino a casa e si sedevano su una panchina l'uno a fianco all'altra, felici di vederla giocare. Quando la sera, dopo aver sparecchiato, servivo loro il tè, spesso li trovavo con Pari in grembo intenti a leggere un libro per bambini. Con il passare dei giorni, il ricordo della vita a Shadbagh e delle persone che vi erano rimaste si faceva sempre più remoto.

Ci fu un'altra conseguenza dell'arrivo di Pari, che non avevo previsto: io passai in secondo piano. Mi giudichi con benevolenza, signor Markos, e non dimentichi che ero giovane, ma ammetto di aver alimentato dentro di me delle speranze, per quanto pazzesche. In fondo ero stato lo strumento grazie al quale Nila era diventata madre. Avevo scoperto la fonte della sua infelicità e le avevo offerto un antidoto. Pensavo che saremmo diventati amanti? Ci tengo a dire che non ero così sciocco, signor Markos, ma non sarebbe del tutto vero. Come sospetto, la verità è che, malgrado le difficoltà insormontabili, tutti noi aspettiamo sempre che ci succeda qualcosa di straordinario.

Ciò che non avevo previsto fu che io diventassi irrilevante. Pari ora occupava tutto il tempo di Nila. Lezioni, giochi, sonnellini, passeggiate, e ancora giochi. Non c'era più spazio per le nostre chiacchierate quotidiane. Se loro due stavano giocando con i mattoncini del Lego o erano impegnate con un puzzle, Nila quasi non si accorgeva che le avevo servito il caffè, che ero ancora nella stanza, in disparte. Quando parlavamo, sembrava distratta, sempre ansiosa di porre fine alla conversazione. In macchina aveva un'espressione distante. Per questo, anche se me ne vergogno, ammetto di aver provato un'ombra di risentimento nei confronti di mia nipote.

L'accordo con i Wahdati prevedeva che alla famiglia di Pari non fosse permesso farle visita. Non era loro concesso alcun contatto con la bambina. Un giorno, poco dopo che Pari era entrata nella casa dei Wahdati, mi recai a Shadbagh. Portavo un piccolo regalo per ciascuno, per Abdullah e per il bambino di mia sorella, Iqbal, che allora muoveva i primi passi.

Sabur disse con durezza: «Ora che hai dato i regali, te ne puoi andare».

Gli dissi che non capivo la ragione della sua accoglienza fredda, dei suoi modi scortesi.

«Capisci, eccome» disse. «E non è il caso che tu venga ancora a trovarci.»

Aveva ragione. Certo che capivo. Tra di noi era calato il gelo. La mia visita era stata goffa, tesa, e si era svolta in un'atmosfera ostile. Sentivo che era innaturale ora ritrovarci assieme, sorseggiare il tè e chiacchierare del tempo o della vendemmia. Fingevamo una normalità, Sabur e io, che non esisteva più. Quali che fossero state le motivazioni, in fondo fui io lo strumento della rottura della famiglia. Sabur non volle più vedermi e io capii. Interruppi le mie visite mensili e non ebbi più contatti con loro.

Fu un giorno all'inizio della primavera del 1955, signor Markos, che la vita di tutti noi cambiò per sempre. Ricordo che pioveva. Non quel tipo di pioggia esasperante che fa uscire le rane a gracchiare, ma una pioggerellina incerta che era caduta a intervalli tutta la mattina. Lo ricordo perché c'era il giardiniere, Zahid, pigro come al solito, appoggiato al rastrello, che diceva di volersene tornare a casa per via del brutto tempo. Stavo per ritirarmi nella mia casupola, non fosse che per evitare le sue ciance, quando sentii Nila gridare il mio nome da dentro la casa padronale.

Attraversai a precipizio il giardino. La sua voce veniva dal primo piano, dalla camera del padrone.

La trovai in un angolo, appoggiata alla parete, una mano sulla bocca. «Gli è successo qualcosa» disse, continuando a coprirsi la bocca.

Il signor Wahdati era seduto sul letto, in maglietta. Faceva degli strani versi gutturali. La sua faccia era pallida e tirata, i capelli scarmigliati. Provava e riprovava, senza riuscirci, a fare un gesto con il braccio destro e notai con orrore un filo di saliva che gli colava dall'angolo della bocca.

«Nabi! Fa' qualcosa!»

Pari, che allora aveva sei anni, era entrata nella camera ed era corsa dal signor Wahdati e gli tirava la maglietta. «Papà? Papà?» Lui la guardava, con gli occhi sbarrati, la bocca che si apriva e chiudeva. La bambina si mise a strillare.

La presi subito in braccio e la portai da Nila, pregandola di condurla in un'altra stanza, perché non doveva vedere suo padre in quelle condizioni. Nila batté le palpebre come fosse stata in trance, i suoi occhi passarono da me a Pari, prima che si decidesse a occuparsene. Continuava a chiedermi cosa fosse successo a suo marito. Continuava a ripetermi che dovevo fare qualcosa.

Chiamai Zahid dalla finestra, e per la prima volta quello stupido buono a nulla si dimostrò utile. Mi aiutò a infilare al signor Wahdati i calzoni del pigiama. Lo sollevò dal letto, lo portò al piano terra e lo stese sul sedile posteriore della macchina. Nila gli si sedette accanto. Ordinai a Zahid di rimanere in casa e di occuparsi di Pari. Incominciò a protestare, e io gli diedi uno scapaccione a mano aperta sulla tempia, più forte che potei. Gli dissi che era un idiota e che doveva fare quello che gli avevo ordinato.

E, detto questo, uscii in retromarcia dal viale e partii sgommando.

Passarono due settimane prima che riportassimo a casa il signor Wahdati e a quel punto scoppiò il caos. La casa fu invasa da orde di familiari. Preparavo il tè e cucinavo quasi ventiquattr'ore su ventiquattro per dar da mangiare a questo zio, a quel cugino, a un'anziana zia. Il campanello all'ingresso suonava tutto il giorno e la gente invadeva la casa, battendo i tacchi sul pavimento di marmo del soggiorno, mentre l'atrio si riempiva dei loro mormorii. La maggior parte si era fatta vedere raramente sino a quel momento e io capii che si sentivano in dovere di far visita più per rispetto verso l'autorevole madre del signor Wahdati che per vedere il solitario malato, con il quale non avevano che un fragile legame. Anche lei arrivò, naturalmente, senza i cani grazie al cielo. Irruppe nella casa con un fazzoletto in ciascuna mano per tamponare gli occhi arrossati e il naso colante. Si piazzò a lato del letto e pianse. Inoltre era vestita di nero, il che mi impressionò non poco, come se suo figlio fosse già morto.

E in qualche modo lo era. Almeno nella sua versione precedente. Metà della faccia era una maschera rigida. Le gambe erano quasi inservibili. Poteva muovere il braccio sinistro, ma il destro era solo ossa e carne flaccida. Emetteva suoni rauchi e gemiti che nessuno riusciva a decifrare.

Il dottore ci disse che il signor Wahdati provava emozioni come prima dell'ictus e che capiva tutto, ma ciò che non poteva fare, almeno per il momento, era reagire a ciò che sentiva e capiva.

Questo, però, non era del tutto vero. Infatti, dopo la prima settimana, fece capire in modo chiaro i propri sentimenti nei riguardi dei visitatori, compresa la madre. Era, anche in questo suo stato di malattia estrema, un uomo fondamentalmente solitario. Non sapeva che farsene della loro compassione, dei loro sguardi desolati, del loro sconsolato scuotere la testa di fronte al miserevole spettacolo che ora dava di sé. Quando entravano nella stanza, li scacciava con un gesto irritato della mano sinistra che ancora funzionava. Quando gli parlavano, voltava la testa dall'altra parte. Se si sedevano al suo fianco, stringeva in mano il lenzuolo, mugolava e si picchiava il pugno sul fianco finché non se ne andavano. Scacciava anche Pari con la stessa insistenza, anche se in modo di gran lunga più garbato. La bambina si metteva a fianco del letto e giocava con le sue bambole e lui alzava su di me uno sguardo supplichevole, gli occhi umidi, il mento che tremava, finché la conducevo fuori dalla camera. Non cercava neppure di parlarle, perché sapeva che le sue difficoltà di parola la turbavano.

Il grande esodo dei visitatori fu un sollievo per Nila. Quando la gente occupava la casa riempiendola da un lato all'altro, Nila si ritirava di sopra nella stanza di Pari, portando con sé la bambina, con grande fastidio della suocera, la quale – e come darle torto? – si aspettava che rimanesse a fianco di suo figlio, almeno per rispetto della forma. Naturalmente Nila non si curava affatto delle apparenze, né di quello che gli altri potevano dire di lei. E non era poco. «Che moglie è mai questa?» sentii la madre dire più di una volta. Si lamentava con chiunque fosse disposto ad ascoltarla, dicendo che Nila era senza cuore, che aveva un vuoto incolmabile nell'anima. Dov'era, ora che suo marito aveva bisogno di lei? Che razza di donna era questa che abbandonava il suo fedele, amorevole marito?

Ciò che diceva la vecchia era in parte vero, naturalmente. Infatti ero io la persona più affidabile rimasta al capezzale del signor Wahdati, ero io che gli davo le pillole e salutavo gli ospiti. Ero io la persona con la quale parlava il dottore il più delle volte, e perciò ero io, e non Nila, quello a cui la gente si rivolgeva per avere notizie delle condizioni del malato.

Il fatto che il signor Wahdati avesse allontanato i visitatori liberò Nila di una seccatura, ma gliene procurò un'altra. Rintanandosi nella camera di Pari, si era tenuta lontana non solo dalla sua sgradevole suocera, ma anche da quel disastro che era diventato il marito. Ora che la casa era vuota doveva affrontare i suoi doveri di sposa, per i quali era sommamente inadatta.

Non ne era in grado.

E non li affrontò.

Non voglio dire che fosse crudele o insensibile. Ho vissuto a lungo, signor Markos, e se c'è una cosa che ho imparato è che si deve fare appello a un certo grado di umiltà e di indulgenza quando si giudicano i meccanismi del cuore di un'altra persona. Quello che *voglio* dire è che un giorno sono entrato nella camera del signor Wahdati e ho trovato Nila che singhiozzava con la testa sul ventre di lui, con un cucchiaio in mano, mentre il *dal*, la purea di lenticchie, gli gocciolava dal mento sul tovagliolo legato attorno al collo.

«Lasci fare a me, Bibi Sahib» le dissi con dolcezza. Presi il cucchiaio che Nila teneva in mano, gli pulii la bocca e lo imboccai, ma lui con un lamento serrò gli occhi e girò la testa dall'altra parte.

Non molto tempo dopo, portai un paio di valigie giù dalle scale e le passai all'autista, che le sistemò nel bagagliaio del taxi che aspettava con il motore acceso. Aiutai Pari, che indossava il suo cappotto giallo preferito, a sistemarsi sul sedile posteriore.

«Nabi, porterai Papà a trovarci a Parigi, come ha detto Maman?» chiese, con quel suo sorriso con la finestrella.

Le dissi che certamente l'avrei accompagnato non appena suo padre si fosse rimesso. Baciai il dorso di tutte e due le sue manine. «Bibi Pari, buona fortuna e tanta felicità» dissi.

Incontrai Nila mentre scendeva i gradini d'ingresso, con gli occhi gonfi e l'eyeliner sbavato. Veniva dalla camera del signor Wahdati, dove si erano scambiati gli addii.

Le chiesi come stava lui.

«Si sente sollevato, credo» disse, poi aggiunse: «O forse mi piace pensarlo». Chiuse la cerniera della borsa e si buttò la tracolla sulla spalla.

«Non dire a nessuno dove vado. È la cosa migliore.»

Glielo promisi.

Mi disse che avrebbe scritto presto. Poi mi guardò a lungo negli occhi e credo di aver visto nei suoi dell'affetto autentico. Mi toccò il viso con il palmo della mano.

«Sono felice, Nabi, che tu gli stia vicino.»

Poi mi attirò a sé abbracciandomi, la sua guancia

contro la mia. Il mio naso si riempì della fragranza dei suoi capelli, del suo profumo.

«Eri tu, Nabi» mi disse all'orecchio. «Sei sempre stato tu. Non lo sapevi?»

Non capii. E si staccò da me prima che potessi chiedere una spiegazione. La testa china, i tacchi degli stivali che ticchettavano sull'asfalto, si mise a correre lungo il viale. Scivolò sul sedile posteriore del taxi accanto a Pari, guardò verso di me una volta, con la mano contro il finestrino. Il suo palmo fu l'ultima cosa che vidi di lei, mentre l'automobile si allontanava.

Guardai Nila che se ne andava e aspettai che il taxi svoltasse in fondo alla strada prima di richiudere i battenti. Poi, mi appoggiai al portone e piansi come un bambino.

Contrariamente ai desideri del signor Wahdati, i visitatori continuarono a presentarsi alla spicciolata, almeno per qualche tempo ancora. Alla fine, rimase solo sua madre. Veniva una volta alla settimana, più o meno. Richiamava la mia attenzione facendo schioccare le dita, io le avvicinavo una sedia e, non appena crollava seduta vicino al letto del figlio, si lanciava in un soliloquio di furibondi attacchi alla nuora ormai lontana. Era una sgualdrina. Una bugiarda. Un'ubriacona. Una vigliacca che era scappata Dio sa dove nel momento in cui suo marito aveva più bisogno di lei. Tutto questo, il signor Wahdati lo sopportava in silenzio, guardando impassibile la finestra alle spalle della madre. Poi arrivava un inarrestabile flusso di notizie e di aggiornamenti, di una banalità che procurava quasi un dolore fisico. Una cugina che aveva litigato con la sorella perché questa aveva avuto l'ardire di comprare esattamente il suo stesso tavolino da salotto. Qualcuno aveva forato una gomma tornando a casa da Paghman il venerdì precedente. Qualcun altro aveva un nuovo taglio di capelli. E così via. Talvolta il signor Wahdati faceva un mugugno e la madre si rivolgeva a me.

«Ehi, tu. Cosa dice?» Mi apostrofava sempre in questo modo, con parole taglienti e sgarbate.

Poiché gli stavo al fianco praticamente tutto il giorno, a poco a poco ero arrivato a penetrare l'enigma delle sue parole. Mi chinavo su di lui e in quello che agli altri suonava come una serie di borbotti inintelligibili, io riconoscevo delle richieste precise, che andavano dall'acqua, alla padella, al bisogno di cambiare posizione. Ero diventato di fatto il suo interprete.

«Suo figlio dice che vorrebbe dormire.»

La vecchia sospirava e rispondeva che non c'erano problemi, doveva comunque andar via. Si chinava a baciargli la fronte, promettendogli che sarebbe tornata presto. Dopo averla accompagnata al portone d'ingresso, dove l'aspettava il suo autista, ritornavo nella camera del signor Wahdati, mi sedevo su uno sgabello vicino al letto e insieme ci godevamo il silenzio. Talvolta, quando i suoi occhi incontravano i miei, scuoteva la testa con un sorriso della bocca storta.

Poiché il lavoro per cui ero stato assunto ora si era molto ridotto – usavo la macchina solo per andare a comprare da mangiare una o due volte alla settimana, e dovevo cucinare solo per due persone – non aveva molto senso pagare altra servitù per quello che potevo fare io. Lo dissi al signor Wahdati, che mi fece cenno con la mano. Mi chinai.

«Ti sfinirai.»

«No, Sahib. Sono felice di farlo.»

Mi chiese se ne ero certo e io lo rassicurai.

I suoi occhi si riempirono di lacrime e le sue dita cercarono di stringere il mio polso. Era l'uomo più stoico che io abbia mai conosciuto, ma dopo l'ictus le cose più banali lo agitavano, lo angustiavano, lo rendevano lamentoso.

«Nabi, ascoltami.»

«Sì, Sahib.»

«Pagati lo stipendio che vuoi.»

Gli dissi che non era il caso di parlarne.

«Sai dove tengo il denaro.»

«Si riposi adesso, Sahib.»

«Non mi importa quanto.»

Dissi che avevo intenzione di preparare la *shorba* per pranzo: «Cosa le pare della *shorba*? Ora che ci penso, piacerebbe anche a me».

Misi fine agli incontri serali con il resto del personale. Non mi interessava più cosa pensavano di me; non volevo che entrassero nella casa del signor Wahdati e si divertissero a sue spese. Mi fece molto piacere licenziare Zahid. Feci anche a meno della lavandaia hazara. Da allora lavai io la biancheria, che appendevo ad asciugare sulla corda del bucato; curavo gli alberi, potavo i cespugli, tagliavo l'erba del prato, piantavo nuovi fiori e verdure. Mi occupavo della manutenzione della casa, spazzavo i tappeti, lucidavo i pavimenti, spolveravo le tende, lavavo i vetri, aggiustavo i rubinetti che perdevano, sostituivo i tubi arrugginiti.

Un giorno stavo togliendo le ragnatele dalle modanature nella camera del signor Wahdati mentre lui dormiva. Era estate e il caldo secco era atroce. Avevo tolto tutte le coperte e le lenzuola dal suo letto e gli avevo arrotolato i calzoni del pigiama. Avevo aperto le finestre e il ventilatore sul soffitto girava cigolando, ma serviva a poco: il caldo premeva da ogni direzione.

Nella camera c'era un mobile piuttosto grande che da tempo avrei voluto pulire. Quel giorno finalmente decisi di farlo. Aprii le ante a scorrimento e iniziai dagli abiti, spolverandoli uno per uno, anche se pensavo che con ogni probabilità il signor Wahdati non li avrebbe mai più indossati. C'erano pile di libri coperti di polvere, spolverai anche quelli. Pulii le scarpe con un cencio e le sistemai tutte in una fila ordinata. Poi trovai una grande scatola di cartone, seminascosta dalle falde dei lunghi cappotti invernali. La tirai verso di me e la aprii. Era piena di vecchi album da disegno, impilati l'uno sull'altro, ciascuno un triste cimelio della sua vita passata.

Presi dalla scatola il primo album e lo aprii a caso. Quasi mi si piegarono le ginocchia. Sfogliai l'album da cima a fondo. Lo riposi e ne presi un altro, poi un altro, e un altro ancora. I fogli mi passavano davanti agli occhi, sfiorandomi il viso con un lieve sospiro. Ognuno mostrava lo stesso soggetto, disegnato a carboncino. Ero io, che lucidavo il parafango anteriore della Chevrolet, visto dalla camera da letto al primo piano. E di nuovo io, appoggiato alla vanga vicino alla veranda. Su quei fogli mi si poteva trovare mentre mi allacciavo le stringhe, spaccavo la legna, bagnavo i cespugli, versavo il tè, pregavo, facevo un pisolino. Ecco la macchina, parcheggiata sulle rive del lago Ghargha, con me al volante, il finestrino aperto, il braccio appoggiato fuori dalla portiera, una figura disegnata per sommi capi sul sedile posteriore, gli uccelli che volteggiano in cielo.

*Eri tu, Nabi.*
*Sei sempre stato tu.*
*Non lo sapevi?*

Guardai il signor Wahdati. Dormiva profondamente sul fianco. Rimisi con cura gli album nella scatola di cartone, chiusi il coperchio e la spinsi nell'angolo sotto i cappotti invernali. Poi lasciai la camera, chiudendo la porta senza far rumore per non svegliarlo. Attraversai il corridoio buio e scesi le scale. Era come se mi guardassi dall'esterno: camminavo, uscivo nel caldo della giornata estiva, percorrevo il viale, aprivo il cancello, procedevo a lunghi passi sulla strada, giravo all'angolo e continuavo a camminare, senza voltarmi indietro.

Come potevo fermarmi in quella casa, mi chiesi. Non ero né disgustato né lusingato dalla scoperta che avevo fatto, signor Markos, semplicemente disorientato. Cercai di immaginare come sarei potuto rimanere, sapendo quello che ora sapevo. Ciò che avevo trovato nella scatola gettava un'ombra su tutto. Una cosa come questa non poteva essere elusa, messa da parte. Tuttavia, come potevo andarmene, mentre lui si trovava in quella condizione di bisogno? Non avrei potuto, non senza aver prima trovato qualcuno in grado di farsi carico dei miei compiti. Almeno questo lo dovevo al signor Wahdati, perché era sempre stato buono con me, mentre io, dal canto mio, avevo tramato alle sue spalle per ottenere i favori di sua moglie.

Entrai in sala da pranzo, mi sedetti al tavolo di vetro e chiusi gli occhi. Non saprei dirle quanto tempo rimasi seduto immobile, signor Markos, solo che a un certo punto sentii dei rumori provenire dal piano di sopra. Mi riscossi, aprii gli occhi e vidi che la luce era cambiata, poi mi alzai e misi a bollire l'acqua per il tè.

Un giorno salii in camera sua e gli dissi che avevo una sorpresa. Doveva essere la fine degli anni Cinquanta, molto prima che la televisione arrivasse a Kabul. Allora passavamo il tempo giocando a carte e, solo recentemente, a scacchi, gioco che lui mi aveva insegnato e per il quale mostravo una certa predisposizione. Passavamo anche parecchio tempo facendo lezione di lettura. Si dimostrò un insegnante paziente. Chiudeva gli occhi mentre mi ascoltava leggere e scuoteva leggermente la testa quando sbagliavo. *Ripeti*, diceva. Nel corso del tempo, il suo uso della parola era molto migliorato. *Rileggi, Nabi.* Quando il signor Wahdati mi aveva assunto nel lontano 1947, sapevo più o meno leggere e scrivere, grazie al Mullah Shekib, ma fu l'insegnamento di Suleiman che mi fece progredire nella lettura e, di conseguenza, anche nella scrittura. Lo faceva per aiutarmi, ovvio, ma c'era anche qualcosa di egoistico in quelle lezioni. Ora potevo infatti leggergli i libri che gli piacevano. Poteva leggerli anche da sé, naturalmente, ma solo per breve tempo, perché si stancava con facilità.

Se ero impegnato in qualche faccenda e non potevo tenergli compagnia, non aveva molto con cui tenersi occupato. Ascoltava musica. Spesso doveva accontentarsi di guardare dalla finestra, gli uccelli appollaiati sui rami, il cielo e le nubi, o di ascoltare i bambini che giocavano per strada, i fruttivendoli ambulanti che tiravano i loro asini gridando *Ciliegie! Ciliegie fresche!*

Quando gli parlai di questa sorpresa, mi chiese di cosa si trattava. Gli passai il braccio sotto il collo e gli dissi che come prima cosa dovevamo scendere al piano di sotto. Allora non facevo fatica a portarlo in braccio, perché ero ancora giovane e forte. Lo sollevai facilmente e lo portai in soggiorno, dove con delicatezza lo feci stendere sul divano.

«Allora?» chiese.

Entrai spingendo la sedia a rotelle che avevo lasciato nell'atrio. Da più di un anno ne caldeggiavo l'acquisto, ma lui si era opposto con ostinazione. Ora avevo preso io l'iniziativa e l'avevo comprata. Scosse subito la testa.

«È per i vicini?» chiesi. «È imbarazzato per quello che dirà la gente?»

Mi ordinò di riportarlo di sopra.

«Non me ne importa un accidente di quello che diranno o penseranno i vicini» dissi. «Quindi oggi andremo a fare una passeggiata. È una bella giornata e noi andiamo a fare una passeggiata, lei e io, e questo è quanto. Perché se non usciamo da questa casa, io impazzisco. E se divento matto, che ne sarà di lei? E, sinceramente, Suleiman, la smetta di piangere. Si comporta come una vecchia brontolona.»

Piangeva *e* rideva, continuando a dire *no*, *no*, anche mentre lo sollevavo per metterlo poi a sedere sulla sedia a rotelle, mentre gli stendevo sopra una coperta e lo spingevo fuori dal portone d'ingresso.

A questo punto vale la pena accennare al fatto che, in un primo momento, avevo cercato un sostituto. Non lo comunicai a Suleiman; pensavo fosse meglio trovare la persona giusta e poi dargli la notizia. Molte persone vennero a chiedere informazioni. Le incontravo fuori dalla casa, in modo che lui non si insospettisse. Ma la ricerca si dimostrò molto più problematica di come mi sarei aspettato. Molti candidati erano chiaramente fatti della stessa stoffa di Zahid, e quelli li liquidai rapidamente: per me era facile individuarli a fiuto, dopo aver avuto a che fare con quel tipo di persone per tutta la vita. Altri non erano cuochi provetti e, come ho lasciato intendere prima, Suleiman era piuttosto schizzinoso a tavola. Oppure non sapevano guidare. Molti non sapevano leggere, il che era un serio ostacolo ora che avevo preso l'abitudine di leggere ad alta voce nel tardo pomeriggio. Altri ancora, a mio giudizio, non avevano pazienza, un altro serio difetto quando si trattava di prendersi cura di Suleiman, che poteva risultare esasperante e a volte petulante come un bambino. E c'erano persone che, a intuito, non avevano il temperamento adatto ad assolvere un compito tanto arduo.

E così, dopo tre anni, ero ancora in quella casa, nonostante mi dicessi che era mia intenzione andarmene se fossi stato sicuro che la sorte di Suleiman era in mani affidabili. Dopo tre anni ero ancora io che, un giorno sì e uno no, lavavo il suo corpo con un panno umido, lo sbarbavo, gli tagliavo le unghie, gli regolavo i capelli. Lo imboccavo e lo aiutavo con la padella, lo lavavo come si fa con un neonato e lavavo i pannolini che gli mettevo. A quel tempo si era creato tra di noi un linguaggio senza parole, fatto di intimità e di routine e, nel nostro rapporto, inevitabilmente, si era insinuato un grado di informalità impensabile in passato.

E così, una volta che l'ebbi convinto a usare la sedia a rotelle, ricominciò l'antico rituale delle passeggiate quotidiane. Lo spingevo fuori di casa e scendevamo per la strada salutando i vicini che incontravamo. Fra questi c'era il signor Bashiri, un giovane neolaureato all'Università di Kabul che lavorava al ministero degli Esteri. Con il fratello e le rispettive mogli si era trasferito in una casa a due piani a un centinaio di metri da noi, sull'altro lato della strada. A volte il mattino ci imbattevamo in questo nostro vicino mentre riscaldava il motore dell'auto prima di andare al lavoro e ci fermavamo sempre a fare due chiacchiere.

Spesso spingevo Suleiman sino al parco Shar-e-Nau,

ci sedevamo all'ombra degli olmi e guardavamo il traffico, i tassisti che davano pugni sul clacson, lo scampanellare delle biciclette, i ragli degli asini, i pedoni suicidi che tagliavano la strada agli autobus. Diventammo uno spettacolo familiare, Suleiman e io, per le strade del quartiere e nel parco, spesso ci fermavamo a scambiare qualche battuta con i giornalai e i macellai, o a buttare lì qualche frase amichevole con i giovani vigili che dirigevano il traffico. Chiacchieravamo con i tassisti appoggiati al parafango delle loro auto in attesa di una corsa.

Talvolta stendevo Suleiman sul sedile posteriore della vecchia Chevrolet, infilavo la sedia a rotelle nel bagagliaio e raggiungevamo Paghman, dove trovavo sempre un bel campo verde e un ruscello gorgogliante all'ombra degli alberi. Dopo pranzo Suleiman provava faticosamente a disegnare, ma era una lotta, perché l'ictus aveva menomato la mano destra. Tuttavia, usando la sinistra, riusciva a ricreare alberi e colline, mazzi di fiori selvatici con maggiore abilità di quanto non avrei saputo fare io con le mie facoltà intatte. Alla fine si stancava e, lasciando scivolare la matita di mano, si appisolava. Gli coprivo le gambe con un plaid e mi sdraiavo sull'erba accanto alla sua sedia. Ascoltavo il venticello frusciare tra gli alberi, fissavo il cielo, i nastri di nuvole che scorrevano in alto.

Prima o poi i miei pensieri alla deriva finivano per fermarsi su Nila, che ora era separata da me da un intero continente. Rivedevo la morbida lucentezza dei suoi capelli, il modo in cui dondolava il piede, il sandalo che batteva contro il tallone, il crepitio della sigaretta accesa. Pensavo alla curva della sua schiena e al turgore del suo seno. Morivo dalla voglia di esserle di nuovo accanto, di essere inondato dal suo profumo, di sentire il vecchio tuffo al cuore quando lei mi toccava la mano. Aveva promesso di scrivermi, ma con tutta probabilità mi aveva dimenticato; benché fossero trascorsi anni, non posso mentire ora e sostenere di non aver continuato a provare un sussulto di speranza ogni volta che a casa ricevevamo corrispondenza.

Un giorno a Paghman ero seduto sull'erba, intento a studiare la scacchiera. Era il 1968, l'anno dopo la morte della madre di Suleiman e l'anno in cui il signor Bashiri e suo fratello erano diventati padri di due maschietti che avevano chiamato rispettivamente Idris e Timur. Nel quartiere avevo spesso incontrato le loro madri, mentre portavano a spasso i due cuginetti nei passeggini. Quel giorno, prima che Suleiman si appisolasse, avevamo iniziato una partita a scacchi e stavo cercando di trovare il modo di riequilibrare la mia posizione dopo le sue aggressive mosse iniziali, quando mi disse: «Quanti anni hai, Nabi?».

«Be', ho passato la quarantina» risposi. «Non so altro.»

«Penso che dovresti sposarti» continuò. «Prima di perdere la tua bellezza. Hai già qualche capello bianco.»

Ci scambiammo un sorriso. Gli dissi che anche mia sorella Masuma me lo diceva sempre.

Mi chiese se ricordavo il giorno in cui mi aveva assunto, nel lontano 1947, ventun anni prima.

Certo che me lo ricordavo. Lavoravo come aiuto cuoco in una casa dove non mi trovavo affatto bene, a pochi isolati dalla dimora dei Wahdati. Quando avevo sentito che lui cercava un cuoco – il suo si era sposato e aveva lasciato il servizio – un pomeriggio mi ero incamminato dritto verso la sua casa e avevo suonato il campanello.

«Eri un cuoco di rara incapacità» disse Suleiman. «Adesso fai meraviglie, Nabi, ma quel primo pranzo? Dio mio. E la prima volta che mi hai accompagnato in macchina, pensavo che mi sarebbe venuto un colpo.» Si interruppe, ridacchiò, stupito della sua involontaria battuta.

Questa fu per me una rivelazione, signor Markos, un trauma, davvero, perché Suleiman in tutti quegli anni non si era mai lamentato di me, neppure una volta, né come cuoco né come autista. «Perché mi ha assunto, allora?» chiesi.

Si voltò verso di me. «Perché quando sei entrato ho pensato che non avevo mai visto nessuno più bello di te.»

Abbassai gli occhi sulla scacchiera.

«Sapevo, quando ci siamo conosciuti, che non eravamo uguali, tu e io, che era una cosa impossibile ciò che volevo. Tuttavia, avevamo le nostre camminate mattutine, le nostre passeggiate in macchina, non dico che questo mi bastasse, ma era meglio che stare lontano da te. Imparai ad accontentarmi della tua vicinanza.» Tacque, poi continuò: «E penso che tu possa capire in qualche modo quello che sto dicendo, Nabi. So che lo capisci».

Non me la sentii di alzare gli occhi e incrociare il suo sguardo.

«Devo dirti, ma sarà l'unica volta, che ti amo da tanto, tanto tempo, Nabi. Ti prego, non arrabbiarti.»

Feci di no con la testa. Per qualche minuto nessuno di noi disse una parola. Tra di noi aleggiava la sua confessione, il dolore di una vita negata, di una felicità impossibile.

«E ti dico questo» riprese «in modo che tu capisca perché ti chiedo di andar via. Va' e trovati una moglie.

Fatti la tua famiglia, Nabi, come fanno tutti. Sei ancora in tempo.»

«Bene» dissi infine, cercando di allentare la tensione facendo dello spirito, «magari uno dei prossimi giorni mi sposerò. E allora si pentirà. E si pentirà anche quel povero disgraziato che dovrà lavarle i pannolini.»

«Scherzi sempre.»

Osservai una coccinella che zampettava veloce lungo una foglia grigio-verde.

«Non restare con me. Dammi retta, Nabi. Non restare con me.»

«Non creda che lo faccia per lei.»

«Un'altra battuta» disse con stanchezza.

Non risposi, anche se mi aveva frainteso. Non scherzavo. Il mio rimanere non riguardava più lui. Un tempo era stato così. All'inizio mi ero fermato perché Suleiman aveva bisogno, perché dipendeva completamente da me. Ero già fuggito da qualcuno a cui sarei stato necessario e il rimorso che sento ancora lo porterò con me nella tomba. Non potevo farlo una seconda volta. Ma lentamente, impercettibilmente, i miei motivi per rimanere erano cambiati. Non posso dirle quando e come si fosse verificato questo cambiamento, signor Markos, solo che adesso rimanevo per me stesso. Suleiman diceva che avrei dovuto sposarmi. Ma il fatto è che, guardando la mia vita, mi ero reso conto che avevo già quello che la gente cerca nel matrimonio. Vivevo nel benessere, avevo compagnia e una casa dove ero sempre accolto con amore e dove c'era qualcuno che non poteva fare a meno di me. I desideri sessuali che provavo come uomo – li sentivo ancora, naturalmente, anche se meno frequenti e meno urgenti di un tempo – potevano esser tenuti a bada. Quanto ai bambini, benché mi fossero sempre piaciuti, non avevo mai sentito nessun particolare istinto paterno.

«Se sei così ostinato a non volerti sposare» disse Suleiman «allora devo farti una richiesta. Ma a condizione che tu dica di sì prima di sapere di cosa si tratta.»

Gli dissi che non poteva chiedermi una cosa simile.

«Invece te la chiedo.»

Lo guardai negli occhi.

«Puoi sempre dire di no.»

Mi conosceva bene. Sorrise con la sua bocca storta. Io promisi e lui fece la sua richiesta.

Cosa posso dire degli anni che seguirono, signor Markos? Lei conosce bene la storia recente di questo paese sotto assedio. Non c'è bisogno che rievochi quei giorni infelici. Mi sfinisce il solo pensiero di scriverne, e inoltre le sofferenze dell'Afghanistan sono già state sufficientemente narrate, e da penne molto più dotte ed eloquenti della mia.

Posso riassumere tutto in una parola: *guerra*. O meglio, guerre. Non una, non due, ma molte guerre, grandi e piccole, giuste e ingiuste, guerre con un cast instabile di presunti eroi e di canaglie, ogni nuovo eroe capace di far rimpiangere la vecchia canaglia. Cambiavano i nomi, cambiavano le facce, e io ci sputo sopra, su tutti, per le faide miserabili, i cecchini, le mine antiuomo, i bombardamenti, i razzi, i saccheggi, gli stupri e gli ammazzamenti. Ah, basta! È un compito troppo grande e troppo sgradevole. Ho già vissuto quei tempi e in queste pagine voglio riviverli il più brevemente possibile. Il solo bene che ne ho ricavato è stata una piccola rivalsa per la piccola Pari, che ora deve essere diventata una giovane donna. Mi alleggeriva la coscienza sapere che era al sicuro, lontano da tutta questa carneficina.

Come lei sa, signor Markos, gli anni Ottanta in realtà non furono particolarmente terribili a Kabul, perché gran parte delle azioni belliche avveniva fuori dalla capitale. Tuttavia in quel periodo si verificò un grande esodo e molte famiglie del nostro quartiere fecero i bagagli e lasciarono il paese, dirette in Pakistan o in Iran, nella speranza di trovare poi asilo in Occidente. Ho un vivo ricordo del giorno in cui il signor Bashiri venne a dirmi addio. Gli strinsi la mano augurandogli ogni bene. Salutai anche suo figlio Idris, un quattordicenne alto e smilzo, con i capelli lunghi e una leggera peluria sul labbro superiore. Gli dissi che avrei sentito la mancanza dello spettacolo che offrivano lui e suo cugino Timur quando lanciavano gli aquiloni e giocavano a calcio nella strada. Forse lei ricorda, signor Markos, che abbiamo incontrato questi due cugini, ormai uomini fatti, alla festa che lei diede qui a casa nella primavera del 2003.

Fu negli anni Novanta che i combattimenti scoppiarono all'interno della città. Kabul cadde preda di uomini che sembrava fossero stati partoriti con il kalashnikov in mano, vandali dal primo all'ultimo, ladri dalla pistola facile che si erano attribuiti titoli altisonanti. Quando incominciarono a volare i razzi, Suleiman rimase in casa, rifiutandosi di uscire. Caparbiamente, non voleva essere informato di ciò che stava accadendo fuori dalle pareti domestiche. Staccò la spina del televisore. Fece portare via la radio. Non voleva giornali. Mi chiese di non riferirgli nessuna notizia dei combattimenti. Quasi non sapeva chi combatteva contro chi, chi vinceva, chi perdeva, come se sperasse che, ignorando ostinatamente la guerra, questa gli avrebbe restituito il favore.

Naturalmente, ciò non accadde. La strada dove abitavamo, una volta così tranquilla, ben tenuta, splendente, divenne zona di guerra. I proiettili crivellavano le case. I razzi passavano sibilando sopra la nostra testa. Gli RPG colpivano la strada per tutta la sua lunghezza, aprendo crateri nell'asfalto. La notte, proiettili traccianti solcavano il cielo in ogni direzione sino all'alba. C'erano giorni in cui avevamo un po' di pace, qualche ora di silenzio, rotto da improvvise sparatorie, scariche che esplodevano in ogni direzione, la gente che gridava per strada.

Fu durante quegli anni, signor Markos, che la casa subì i danni più gravi, quelli che lei ha potuto constatare quando l'ha vista per la prima volta nel 2002. D'accordo, in parte erano da imputare al passare del tempo e all'abbandono: io ero diventato ormai vecchio e non avevo più l'energia di un tempo per prendermi cura della casa. Gli alberi erano morti, ma anche prima non davano più frutti. Il prato ingiallì e i fiori si seccarono. Ma la guerra fu spietata con questo edificio un tempo così bello. Le esplosioni dei razzi anticarro distrussero i vetri delle finestre. Un razzo polverizzò il muro orientale della recinzione del giardino e metà della veranda dove Nila e io ci eravamo intrattenuti in tante conversazioni. Una granata danneggiò il tetto. I proiettili butterarono i muri.

E poi il saccheggio, signor Markos. I miliziani entravano a loro piacimento portandosi via qualunque cosa colpisse la loro fantasia. Sottrassero gran parte dei mobili, i quadri, i tappeti turkmeni, le statue, i candelieri d'argento, i vasi di cristallo. Rubarono le piastrelle di lapislazzuli che si stavano staccando dai ripiani dei bagni. Una mattina mi svegliò un suono di voci nell'atrio. Trovai una banda di miliziani uzbeki che stavano strappando la passatoia delle scale con delle roncole. Rimasi in disparte a guardarli. Cosa potevo fare? Cos'era per loro un altro vecchio con un proiettile in testa?

Come la casa, anche Suleiman e io ci stavamo deteriorando. La mia vista si era indebolita e quasi tutti i giorni mi dolevano le ginocchia. Mi perdoni la volgarità, signor Markos, ma l'atto stesso di urinare mi sottoponeva a una prova di resistenza. Com'era prevedibile, la vecchiaia colpì Suleiman più duramente di me. Si rattrappì, diventando scarno e incredibilmente fragile. In due occasioni fu lì lì per morire, una volta durante i giorni peggiori degli scontri tra il gruppo di Ahmad Shah Massud e quello di Gulbuddin Hekmatyar, quando i cadaveri rimanevano più giorni per strada senza che nessuno dei parenti venisse a recuperarli. Quella volta aveva la polmonite, presa, secondo il dottore, aspirando la sua stessa saliva. Nonostante ci fosse scarsità sia di medici sia di medicine, riuscii a curare Suleiman, strappandolo da quello che senza dubbio era l'orlo della morte.

Forse a causa della reclusione quotidiana e della stretta vicinanza, a quel tempo litigavamo spesso, Suleiman e io. Litigavamo come fanno due coniugi, in modo ostinato, accalorato, su cose banali.

*Hai già cucinato i fagioli questa settimana.*

*Non è vero.*

*È vero. Li hai cucinati lunedì.*

Discussioni accese su quante partite a scacchi avevamo giocato il giorno prima. Perché posavo sempre sul davanzale della finestra il bicchiere con l'acqua, ben sapendo che al sole sarebbe diventata calda?

*Perché non mi hai chiesto di portarti la padella, Suleiman?*

*Te l'ho chiesto cento volte!*

*Vuoi dire che sono sordo o sono un lavativo?*

*Non c'è bisogno di scegliere, sei l'uno e l'altro!*

*Hai un bel coraggio a darmi del lavativo, proprio tu che passi tutta la giornata a letto.*

E così via.

Quando cercavo di dargli da mangiare scuoteva la testa con violenza. Lo lasciavo stare e uscivo sbattendo la porta. A volte, lo ammetto, lo mettevo in apprensione di proposito. Uscivo di casa. Lui urlava, *dove vai?* E io non rispondevo. Fingevo di andarmene sul serio. Naturalmente facevo solo due passi in strada e mi fermavo a fumare, un'abitudine nuova, il fumo, adottata tardivamente, ma lo facevo solo quando ero arrabbiato. A volte stavo fuori per ore. E, se mi aveva fatto imbestialire davvero, stavo fuori sinché scendeva il buio. Ma tornavo sempre. Entravo in camera sua senza dire una parola, gli cambiavo posizione, sprimacciavo il guanciale, entrambi attenti a non incrociare lo sguardo, entrambi con le labbra sigillate, ciascuno in attesa di un'offerta di pace da parte dell'altro.

I litigi finirono con l'arrivo dei talebani, quei giovani con la faccia dura, le barbe scure, gli occhi segnati dal *kohl*, e la frusta. Anche la loro crudeltà e i loro eccessi sono stati ben documentati e ancora una volta non c'è ragione che debba elencarli a lei, signor Markos. Dovrei dire che gli anni in cui rimasero a Kabul furono per me un periodo di tregua. Riservarono la maggior parte del loro disprezzo e del loro fanatismo ai giovani, in particolare alle donne povere. E io ero un vecchio. La concessione più grande che feci al loro regime fu di farmi crescere la barba, il che, francamente, mi risparmiava il noioso compito di radermi ogni giorno.

«La notizia è ufficiale, Nabi» mormorò Suleiman dal letto. «Hai perso la tua bellezza. Sembri un profeta.»

In strada, per i talebani, avrei potuto essere una mucca al pascolo. Li aiutavo assumendo apposta un'espressione di mutismo bovino. Tremo al pensiero di quello che avrebbero fatto a Nila. Talvolta, quando la rievocavo nella mia mente, mentre rideva a una festa con il bicchiere di champagne in mano, le braccia nude, le lunghe gambe affusolate, era come se me la fossi inventata. Come se in realtà non fosse mai esistita. Come se niente di quel periodo fosse reale, non solo lei, ma anch'io, Pari, e il giovane, sano Suleiman, neppure il tempo e la casa che avevamo abitato tutti assieme.

Poi una mattina, nell'estate del 2000, entrai in camera di Suleiman portando su un vassoio il tè e il pane appena sfornato. Capii immediatamente che era successo qualcosa. Respirava con difficoltà. La sua mascella inferiore pendeva in modo molto più accentuato e poi, quando cercò di parlare, emise dei suoni rochi, poco più di un sussurro. Misi giù il vassoio e corsi da lui.

«Chiamo il dottore, Suleiman» dissi. «Aspetta. Vedrai che passerà, come sempre.»

Mi voltai per uscire, ma lui scosse la testa violentemente. Mi chiamò muovendo le dita della mano sinistra.

Mi chinai con l'orecchio sulla sua bocca.

Fece una serie di tentativi per dire qualcosa, ma non riuscii a capire niente.

«Mi spiace, Suleiman. Lascia che vada a chiamare il dottore. Non ci vorrà molto.»

Scosse di nuovo la testa, lentamente questa volta, e le lacrime sgorgarono dai suoi occhi annebbiati dalla cataratta. Aprì e chiuse la bocca. Con la testa mi indicò il comodino. Gli chiesi se aveva bisogno di qualcosa. Chiuse gli occhi e annuì.

Aprii il primo cassetto. Non vidi niente se non le sue pillole, un paio d'occhiali da lettura, una vecchia boccetta di colonia, un taccuino, dei carboncini che non usava da anni. Stavo per chiedergli che cosa avrei dovuto cercare, quando la trovai infilata sotto il taccuino. Una busta su cui c'era scritto il mio nome con la goffa calligrafia di Suleiman. Dentro c'era un foglio su cui spiccava un solo capoverso. Lo lessi.

Abbassai lo sguardo su di lui, le tempie incavate, le guance scarne, gli occhi infossati.

Mi fece di nuovo segno di chinarmi. Sentii sulla guancia il suo respiro freddo, faticoso, irregolare. Sentii il biascicare della lingua che lottava nella bocca secca, mentre si sforzava di dire qualcosa. In qualche modo, forse per pura forza di volontà, per l'ultima volta, riuscì a mormorare qualcosa al mio orecchio.

Rimasi senza fiato. Mi sforzai di fare in modo che le parole superassero il groppo che mi si era formato in gola.

«No, ti prego, Suleiman.»

*Hai promesso.*

«Non ancora. Ti curerò perché ti riprenda. Vedrai. Ce la faremo, come sempre.»

*Hai promesso.*

Quanto tempo rimasi là, seduto accanto a lui? Per quanto tempo ho cercato di negoziare? Non saprei dirglielo, signor Markos. Ricordo invece che infine mi alzai, andai dall'altra parte del letto e mi stesi accanto a lui. Lo feci girare sul fianco perché mi guardasse in faccia. Era leggero come un sogno. Deposi un bacio sulle sue labbra secche, screpolate. Sistemai il guanciale tra il suo viso e il mio petto e posai la mano sulla sua nuca. Lo tenni stretto contro di me in un lungo abbraccio.

Tutto quello che ricordo, dopo, fu il modo in cui le sue pupille si dilatarono.

Andai alla finestra e mi sedetti, la tazza di tè di Suleiman ancora sul vassoio ai miei piedi. Era un mattino di sole, ricordo. Presto i negozi avrebbero aperto, se non erano già aperti. I ragazzini si stavano dirigendo a scuola. Già si alzava la polvere. Un cane trotterellava pigro per strada, scortato da un nugolo scuro di zanzare che turbinavano attorno al suo muso. Osservai due giovani che passavano in motocicletta. Quello che stava dietro, a cavalcioni del portapacchi, aveva il monitor di un computer issato su una spalla e un'anguria sull'altra.

Appoggiai la fronte sul vetro caldo.

Il foglio nel cassetto di Suleiman era il suo testamento, in cui mi lasciava tutto. La casa, il denaro, i suoi effetti personali, persino la macchina, benché fosse ormai sfasciata da tempo. La sua carcassa era ancora nel cortile sul retro, con le gomme forate, un catorcio sfondato di metallo arrugginito.

Per qualche tempo, non seppi letteralmente cosa fare di me stesso. Per più di mezzo secolo mi ero occupato di Suleiman. La mia esistenza quotidiana era stata plasmata dai suoi bisogni, dalla sua presenza. Ora ero libero di fare ciò che volevo, ma scoprii che era una libertà illusoria, perché ciò che più desideravo mi era stato tolto. Dicono: trovati uno scopo nella vita e perseguilo. Ma talvolta è solo dopo aver vissuto che si riconosce che la vita aveva uno scopo, e probabilmente uno scopo architettato dal caso. E ora che avevo assolto il mio, mi sentivo senza una meta, alla deriva.

Scoprii che non potevo più dormire nella casa. A malapena riuscivo a entrarci. Ora che Suleiman non c'era più, la sentivo di gran lunga troppo grande. E ogni angolo, ogni cantuccio, ogni nicchia evocavano immediati ricordi. Mi trasferii nella mia vecchia casupola in fondo al cortile. Pagai degli operai perché installassero l'elettricità, in modo da avere una lampada per leggere e un ventilatore per rinfrescare l'aria d'estate. Quanto allo spazio, non me ne serviva molto. I miei beni ammontavano a poco più del letto, qualche vestito e la scatola con i disegni di Suleiman. So che le sembrerà strano, signor Markos. Legalmente la casa e il suo contenuto mi appartenevano, ma non sentivo un vero senso di proprietà, e sapevo che non l'avrei mai sentito.

Leggevo molto. I libri, li prendevo dallo studio di Suleiman. Li restituivo dopo averli finiti. Piantai dei pomodori e qualche ramoscello di menta. Andavo a fare passeggiate per il quartiere, ma spesso le ginocchia mi facevano già male prima di aver percorso due isolati, costringendomi a tornare indietro. A volte portavo una sedia in giardino e me ne stavo pigramente seduto. Non ero come Suleiman. La solitudine non era per me.

Poi, un giorno nel 2002, lei suonò il campanello dell'ingresso.

I talebani erano stati scacciati dall'Alleanza del Nord e in Afghanistan erano arrivati gli americani. Migliaia di operatori umanitari da tutto il mondo invasero Kabul per costruire cliniche e scuole, per riparare le strade e i canali d'irrigazione, per offrire cibo, lavoro e sicurezza.

Il traduttore che la accompagnava era un giovane locale che indossava una giacca di uno smagliante color porpora e occhiali da sole. Chiese del proprietario della casa. Quando gli dissi che stava appunto parlando con il proprietario, ci fu uno scambio di occhiate tra voi due. Con un sorriso sprezzante, il traduttore disse: «No, Kaka, il proprietario». Vi invitai a prendere un tè.

La conversazione che seguì tra una tazza di tè e l'altra, nella parte sopravvissuta della veranda, si svolse in farsi; come lei sa, signor Markos, ho imparato un po' d'inglese nei sei anni che seguirono il nostro incontro, soprattutto grazie al suo aiuto e alla sua generosità. Attraverso il traduttore lei mi disse di essere originario di Tinos, un'isola greca, e di far parte, in qualità di chirurgo, di una équipe medica venuta a Kabul per operare i bambini che avevano subìto lesioni al viso. Mi disse che con i suoi colleghi cercava un alloggio, una *guesthouse*, come viene chiamata ora.

Lei mi chiese quanto era l'affitto.

Risposi: «Niente».

Ricordo ancora la sua espressione dopo che il giovane con la giacca porpora ebbe tradotto. Lei ripeté la sua domanda, forse pensando che avessi frainteso.

Il traduttore si spinse in avanti sul bordo della sedia e si chinò verso di me. Parlandomi in tono confidenziale, mi chiese se mi fosse marcito il cervello, se avessi idea di quanto la sua équipe era disposta a pagare, se fossi a conoscenza del prezzo al quale attualmente si affittavano le case a Kabul. Aggiunse che mi ritrovavo in possesso di una miniera d'oro.

Gli chiesi di togliersi gli occhiali da sole quando parlava a un anziano. Poi gli ingiunsi di attenersi al suo compito, che era di tradurre, non di dare consigli, e, rivolgendomi a lei, delle molte ragioni offrii la sola che non era di natura privata. «Ha lasciato il suo paese, gli amici, la famiglia ed è venuto qui, in questa città dimenticata da Dio, per aiutare la mia patria e i miei concittadini. Come potrei approfittare di lei?»

Il giovane traduttore, che non ho mai più visto in sua compagnia, agitando le mani con nervosismo ridacchiò costernato. Questo paese è cambiato. Non è stato sempre così, signor Markos.

Talvolta la notte, sdraiato nell'intimità della mia casupola, vedo le luci accese nella casa padronale. Osservo lei e i suoi amici – soprattutto la coraggiosa signorina Amra Ademovic, che ammiro infinitamente per il suo grande cuore – sulla veranda o nel cortile, che mangiate, ciascuno dal suo piatto, fumate sigarette e bevete il vostro vino. Sento anche la musica, che a volte è jazz e mi ricorda Nila.

È morta, questo lo so. L'ho saputo dalla signorina Amra. Le avevo parlato dei Wahdati, confidandole che Nila era stata una poetessa. L'anno scorso, cercando in internet, ha trovato una rivista francese. Avevano pubblicato un'antologia dei loro migliori articoli degli ultimi quarant'anni. Ce n'era uno su Nila. Il pezzo diceva che era morta nel 1974. Pensai alla futilità di tutti quegli anni passati nella speranza di ricevere una lettera da una donna ormai morta da tempo. Non mi stupii molto di venire a sapere che si era tolta la vita. Ora so che ci sono persone che sentono l'infelicità con la stessa inevitabilità con cui altre amano: in segreto, con intensità e senza rimedio.

Ora chiudo, signor Markos.

La mia fine è vicina. Sono ogni giorno più debole. Non ci sarò ancora per molto, grazie a Dio. E grazie anche a lei, signor Markos, non solo per la sua amicizia, per aver trovato il tempo di venirmi a trovare ogni giorno, di prendere il tè con me e di farmi partecipe delle notizie di sua madre a Tinos e di Thalia, la sua amica d'infanzia, ma anche per la sua dedizione alla mia gente e per l'impagabile assistenza che offre ai nostri bambini.

Grazie anche per i lavori di riparazione alla casa. Vi ho passato la maggior parte della vita, è la mia casa, e sono certo che presto esalerò il mio ultimo respiro sotto il suo tetto. Ho assistito al suo declino con sgomento e crepacuore. Ma mi ha procurato una grande gioia vedere che è stata ridipinta, che il muro del giardino è stato riparato, le finestre sostituite, e che la veranda dove ho trascorso infinite ore felici è stata ricostruita. Grazie, amico mio, per gli alberi che ha piantato e per i fiori che ancora una volta fioriscono in giardino. Se in qualche modo ho dato un contributo all'assistenza che lei prodiga agli abitanti di questa città, allora quello che ha fatto per questa casa è un risarcimento più che sufficiente.

Ma, a rischio di sembrare incontentabile, mi prendo la libertà di chiederle due cose, una per me e una per un'altra persona. La prima è di seppellirmi nel cimitero di Ashuqan-Arefan, qui a Kabul. Dall'entrata principale si diriga verso l'estremità nord: se si guarda attorno per un momento, troverà la tomba di Suleiman Wahdati. Mi trovi un posto vicino a lui e là mi seppellisca. Questo è tutto ciò che chiedo per me stesso.

La seconda cosa è che lei tenti di trovare mia nipote Pari, dopo che me ne sarò andato. Se è ancora viva, forse non sarà troppo difficile: internet è uno strumento meraviglioso. Come vede, insieme a questa lettera nella busta c'è il mio testamento, nel quale lascio la casa, il denaro e le mie cose a Pari. Chiedo a lei di consegnarle sia la lettera sia il testamento. E, la prego, le dica... le dica che non conosco le mille conseguenze di ciò che ho messo in moto. Le dica che la speranza è stata il mio solo conforto. La speranza che forse, dovunque sia, abbia trovato tanta pace, benevolenza, amore e felicità quanta è concessa in questo mondo.

La ringrazio, signor Markos. Che Dio la protegga.

Con eterna amicizia,

Nabi

## *Cinque*

# PRIMAVERA 2003

L'infermiera, che si chiama Amra Ademovic, aveva messo in guardia Idris e Timur. Li aveva presi in disparte e aveva detto: «Se mostrate reazione, anche piccola, lei si agita e io butto fuori voi a calci».

Sono in fondo a un lungo corridoio mal illuminato, nell'ala maschile dell'ospedale Wazir Akbar Khan. Amra aveva detto loro che il solo parente che fosse rimasto alla ragazzina, o il solo che le facesse visita, era lo zio, e che, se fosse stata ricoverata nel reparto femminile, lui non avrebbe avuto il permesso di vederla. Così il personale l'aveva sistemata nell'ala maschile, non in una camera – sarebbe stato indecente che una ragazza condividesse la camera con uomini che non erano suoi parenti – ma qui, in fondo al corridoio, una terra di nessuno, né di uomini, né di donne.

«Ecco, pensavo che i talebani se ne fossero andati dalla città» dice Timur.

«È pazzesco, no?» dice Amra, poi fa un risolino d'indignazione. Idris è tornato a Kabul da una settimana e ha notato che questo tono di divertita esasperazione è diffuso tra gli operatori umanitari stranieri, che devono fare i conti con gli inconvenienti e le idiosincrasie della cultura afghana. Si sente vagamente offeso da questo loro ritenersi in diritto di deridere con leggerezza, da questa licenza di mostrarsi condiscendenti, anche se i locali non sembrano né farci caso, né prendere questo comportamento come uno sgarbo, perciò pensa che forse anche lui non dovrebbe offendersi.

«Però a *te* permettono di stare qui. Tu vai e vieni a piacimento» osserva Timur.

Amra inarca le sopracciglia. «Io non conto. Non sono afghana. Così non sono vera donna. Non lo sai?»

Timur, imperturbabile, sorride. «Amra. Un nome polacco?»

«Bosniaco. Nessuna reazione. Questo è ospedale, non zoo. Tu fai promessa.»

Timur dice: «Faccio promessa».

Idris guarda l'infermiera, preoccupato che questa canzonatura, un po' sfacciata e inutile, possa averla offesa, ma sembra che Timur l'abbia fatta franca. Idris invidia al cugino questa sua abilità, ma ne è anche irritato. Da sempre pensa che Timur sia grossolano, che manchi di immaginazione e di finezza. Sa che bara sia con la moglie sia con il fisco. Negli Stati Uniti possiede un'agenzia di investimenti e mutui immobiliari, e Idris è quasi certo che sia dentro sino al collo in qualche forma di frode ipotecaria. Ma Timur sa stare in compagnia come nessun altro, i difetti gli sono sempre perdonati grazie al suo buonumore, alla sua indefettibile cordialità e a un'ingannevole aria d'innocenza che lo rende simpatico a chi incontra. Anche il bell'aspetto non guasta, il corpo muscoloso, gli occhi verdi, il sorriso con le fossette. Timur, pensa Idris, è un adulto che gode dei privilegi di un bambino.

«Allora» dice Amra. «Siamo d'accordo.» Scosta il

lenzuolo che è stato inchiodato al soffitto come tenda improvvisata e li fa entrare.

La ragazzina, Roshi, come la chiama Amra, vezzeggiativo di Roshana, sembra avere nove anni, forse dieci. È seduta su un letto d'acciaio, le spalle alla parete, le gambe piegate contro il petto. Idris abbassa immediatamente gli occhi. Soffoca un'esclamazione d'orrore, prima che gli sfugga. Com'era facile prevedere, un simile autocontrollo si dimostra impossibile per Timur. Fa schioccare la lingua e ripete *oh, oh, oh*, un sussurro addolorato, ben udibile. Idris lo guarda e non si sorprende di vedere i suoi occhi gonfi e lucidi di lacrime teatrali.

La ragazzina ha uno scatto e fa un verso gutturale.

«Ok, finito, adesso andiamo» taglia corto Amra.

Fuori, sui fatiscenti gradini dell'ingresso, l'infermiera tira fuori un pacchetto di Marlboro dal taschino del camice celeste. Timur, le cui lacrime sono svanite con la stessa prontezza con cui si erano materializzate, prende una sigaretta e accende quella di Amra e la propria. Idris, stordito, ha la nausea. La bocca secca. Teme di essere sul punto di vomitare, di fare una pessima figura, confermando l'immagine che Amra ha di lui, di loro, i ricchi, gli esiliati dallo sguardo stupefatto, tornati in patria per guardare increduli la carneficina, ora che i cattivi se ne sono andati.

Idris si aspettava che Amra li rimproverasse, almeno Timur, ma i modi dell'infermiera sono più seduttivi che severi. Questo è l'effetto che fa Timur alle donne.

«Allora, Timur» dice con civetteria. «Cosa mi dici?»

Negli Stati Uniti, Timur si fa chiamare Tim. Ha cambiato il proprio nome dopo l'11 settembre e sostiene che da allora i suoi affari sono quasi raddoppiati. La perdita di quelle due lettere, ha detto a Idris, ha fruttato alla sua carriera più di una laurea, se avesse frequentato l'università, cosa che non ha fatto: è Idris il laureato di famiglia. Ma da quando sono a Kabul, il cugino si presenta solo come Timur. È una doppiezza relativamente innocua, anzi, necessaria. Ma è irritante.

«Mi scuso per quanto è successo prima» dice Timur.

«Forse ti punisco.»

«Senza esagerare, tesoro.»

Amra si rivolge a Idris. «Dunque. Lui è cowboy e tu, tu sei tipo taciturno, sensibile. Sei un, come si dice? introverso.»

«È un dottore» dice Timur.

«Davvero? Deve essere scioccante per te, allora. Questo ospedale.»

«Cosa le è successo?» chiede Idris. «A Roshi. Chi le ha fatto una cosa simile?»

Il viso di Amra si irrigidisce. Quando riprende a parlare, nella sua voce c'è un tono di risolutezza materna. «Lotto per lei. Lotto contro governo, burocrazia ospedaliera, neurochirurgo bastardo. Ogni momento lotto per lei. E non mi fermo. Non ha nessuno.»

Idris dice: «Pensavo avesse uno zio».

«È bastardo anche lui.» Dà un colpetto alla sigaretta per far cadere la cenere. «Dunque, perché venite qui, ragazzi?»

Timur si butta. Lo schema di quello che dice è più o meno vero. Che sono cugini, che le loro famiglie sono fuggite dopo l'invasione sovietica, che sono rimasti un anno in Pakistan prima di stabilirsi in California all'inizio degli anni Ottanta. Che per tutti e due questa è la prima volta che tornano dopo quasi vent'anni. Ma poi aggiunge che sono tornati per «riprendere i contatti» per «informarsi,» per «essere testimoni» della situazione dopo tutti quegli anni di guerra e distruzione. Vogliono tornare negli Stati Uniti, dice, per sensibilizzare, per raccogliere fondi e «restituire».

«Vogliamo restituire» dice, pronunciando questa frase trita con tale serietà da mettere Idris in imbarazzo.

Naturalmente Timur non confessa che in realtà sono venuti per recuperare la proprietà di Shar-e-Nau che era appartenuta ai loro padri e dove loro hanno vissuto per quattordici anni; una proprietà il cui valore è andato alle stelle ora che migliaia di operatori umanitari stranieri hanno invaso Kabul e hanno bisogno di un posto dove vivere. Ci sono stati prima, alla casa, che ora ospita un gruppo di soldatacci dell'Alleanza del Nord dall'aria sfinita. Mentre si allontanavano, hanno incontrato un uomo di mezza età che vive tre fabbricati più in là, lungo la strada, un certo Markos Varvaris, un chirurgo plastico. Era stato lui a invitarli a pranzo e a proporre una visita all'ospedale Wazir Akbar Khan, dove l'ONG per cui lavora ha un ufficio. Li ha anche invitati a una festa, quella sera. Hanno saputo della ragazzina solo quando sono arrivati all'ospedale, sentendone parlare da due assistenti, sugli scalini d'ingresso. Timur ha dato una piccola gomitata a Idris dicendogli: *Faremmo meglio a dare un'occhiata, fratello.*

Amra sembra annoiata del racconto di Timur. Getta la sigaretta e stringe l'elastico che raccoglie in uno chignon i suoi capelli biondi, ondulati. «Allora, ragazzi. Volete venire a festa stasera?»

È stato il padre di Timur, lo zio di Idris, a spedirli a Kabul. La casa della famiglia Bashiri è passata di mano parecchie volte negli ultimi vent'anni di guerra. Riaffermarne la proprietà avrebbe richiesto tempo e denaro. Ormai i tribunali del paese erano intasati da migliaia di cause relative a proprietà contestate. Il padre di Timur li aveva avvertiti che avrebbero dovuto "manovrare" nell'affrontare l'elefantiaca burocrazia afghana, notoriamente indolente: un eufemismo per dire "trovare i funzionari giusti da ungere".

«Questo è di mia competenza» aveva detto Timur, come se ce ne fosse stato bisogno.

Il padre di Idris era morto nove anni prima, dopo una lunga lotta contro il cancro. Era morto in casa, con la moglie, due figlie e Idris al suo capezzale. Il giorno in cui era mancato, un'infinità di persone aveva invaso la casa: zii, zie, cugini, amici e conoscenti, seduti sui divani, sulle sedie della sala da pranzo e, quando anche queste erano state tutte occupate, sul pavimento, sulle scale. Le donne si erano raccolte in sala da pranzo e in cucina. Avevano preparato innumerevoli thermos di tè. Idris, come unico figlio maschio, aveva dovuto firmare tutti i documenti, carte per il medico legale che era venuto a certificare la morte di suo padre, documenti per i garbati giovanotti dell'impresa di pompe funebri che erano venuti con la barella a prendere il corpo di suo padre.

Timur non si era staccato mai dal suo fianco. Aveva aiutato Idris a rispondere al telefono. Aveva salutato le persone che in massa venivano a porgere le condoglianze. Aveva ordinato riso e agnello dalla Abe's Kabob House, un ristorante afghano gestito dal suo amico, Abdullah, che Timur per scherzo chiamava *zio Abe*. Quando aveva cominciato a piovere, aveva dato una mano a parcheggiare le macchine degli ospiti anziani. Aveva chiamato un suo amico che lavorava per un canale tv locale. A differenza di Idris, Timur aveva molte conoscenze nella comunità afghana: una volta gli aveva detto di avere oltre trecento contatti, con relativi numeri, sul suo cellulare. Aveva preso accordi perché quella sera stessa l'evento venisse annunciato sulla tv afghana.

Nel primo pomeriggio Timur aveva accompagnato Idris all'impresa di pompe funebri di Hayward. Diluviava e il traffico era lento sulle corsie della 680 dirette a nord.

«Tuo padre era un uomo di gran classe, fratello. Apparteneva alla vecchia scuola» aveva dichiarato Timur, lasciando l'autostrada all'uscita di Mission. Con la mano libera continuava ad asciugarsi le lacrime.

Idris annuiva malinconicamente. Per tutta la vita non era mai riuscito a piangere in presenza di altri, nemmeno quando sarebbe stato opportuno, come ai funerali. Lo riteneva un difetto non grave, come essere daltonici. Tuttavia, provava un vago risentimento nei confronti di Timur – irrazionale, lo sapeva – per avergli usurpato la scena a casa, con tutto quel suo correre di qua e di là singhiozzando in modo melodrammatico. Come se il morto fosse stato *suo* padre.

Erano stati accompagnati in una stanza silenziosa, scarsamente illuminata, con mobili pesanti, scuri. Li aveva accolti un uomo in giacca nera, pettinato con la riga in mezzo. Emanava un odore di caffè costoso. In tono professionale, aveva porto a Idris le condoglianze e gli aveva fatto firmare i moduli per l'autorizzazione alla sepoltura. Aveva chiesto quante copie del certificato di morte desiderava la famiglia. Quando tutte le carte erano state firmate, con tatto aveva posato davanti a Idris un opuscolo dal titolo «Listino prezzi».

Il direttore dell'impresa di pompe funebri si era schiarito la voce. «Naturalmente non sono questi i prezzi se suo padre era membro della moschea afghana di Mission Boulevard. Con loro abbiamo un accordo. Pagheranno tutto loro, quindi lei sarebbe coperto.»

«Non ho idea se fosse o meno membro della moschea» aveva detto Idris, sfogliando l'opuscolo. Suo padre era stato un uomo di fede, lo sapeva, ma in privato. Aveva partecipato raramente alla preghiera del venerdì.

«Non c'è fretta. Può chiamare la moschea.»

«No, amico. Non c'è bisogno» aveva annunciato Timur. «Non era membro della moschea.»

«È sicuro?»

«Sì. Ricordo che me l'ha detto.»

«Capisco» aveva detto il direttore.

Fuori, avevano fumato una sigaretta vicino al SUV. Aveva smesso di piovere.

«Banditi» aveva sbottato Idris.

Timur aveva sputato in una pozzanghera scura di acqua piovana. «Un'impresa sicura, però, la morte. Devi ammetterlo. C'è molta domanda. Merda, meglio che vendere macchine.»

A quel tempo Timur era comproprietario di una concessionaria di macchine usate. Quando era subentrato, con un suo amico, l'azienda stava fallendo in modo disastroso. In meno di due anni, Timur l'aveva trasformata in un'attività lucrosa. Il padre di Idris amava definire il nipote un uomo che si era fatto da sé. Idris, nel frattempo, guadagnava uno stipendio da fame mentre terminava il suo secondo anno di internato alla facoltà di Medicina a Davis, Università della California. Nahil, sua moglie da un anno, lavorava trenta ore alla settimana come segretaria in uno studio legale mentre studiava per gli esami d'ammissione alla facoltà di giurisprudenza.

«È un prestito» aveva detto Idris. «Sia chiaro, Timur. Te lo restituirò.»

«Non preoccuparti, fratello. Non parliamone.»

Non era stata né la prima né l'ultima volta che Timur era intervenuto in favore del cugino. Quando Idris si era sposato, Timur gli aveva offerto come regalo di nozze una Ford Explorer nuova. Aveva controfirmato il mutuo quando Idris e Nahil avevano comprato un piccolo appartamento a Davis. In famiglia era di gran lunga lo zio preferito di tutti i ragazzi. Se a Idris dovesse mai capitare di trovarsi in una situazione in cui gli fosse possibile fare una sola telefonata, quasi certamente chiamerebbe Timur.

Eppure.

Idris aveva scoperto, per esempio, che tutti in famiglia sapevano della controfirma del mutuo. Timur l'aveva detto a tutti. E al matrimonio, Timur aveva chiesto al cantante di interrompere la musica per fare un annuncio e la chiave dell'Explorer era stata offerta a Idris e a Nahil su un vassoio con una grande messinscena di fronte a un pubblico attento, tra i flash delle macchine fotografiche. Era questo che Idris temeva, la fanfara, l'ostentazione, il presenzialismo impenitente, le smargiassate. Gli dispiaceva essersi formato questo giudizio sul cugino, ma gli sembrava che Timur fosse il tipo che si scrive la cartella stampa da sé, e la sua generosità, Idris sospettava, era un aspetto calcolato di una personalità non lineare.

Una sera, mentre Idris e Nahil stavano cambiando le lenzuola del letto, avevano avuto un piccolo battibecco a proposito di Timur.

*Tutti vogliono piacere*, aveva detto Nahil. *Tu no?*

*Va bene, ma non sono disposto a pagare per il favore.*

Nahil gli aveva detto che era ingiusto e per di più ingrato, dopo tutto quello che Timur aveva fatto per loro.

*Il punto è un altro, Nahil. Dico solo che è volgare andare in giro a sbandierare le proprie buone azioni. Il bene deve essere fatto in silenzio, con dignità. Per essere buoni non basta firmare assegni davanti a un pubblico.*

*Be'*, aveva concluso Nahil stendendo il lenzuolo, *è un modo di fare che porta lontano, tesoro.*

«Ricordo questo posto, sai» dice Timur guardando la casa. «Come hai detto che si chiamava il proprietario?»

«Qualcosa Wahdati. Non ricordo il nome» risponde Idris, pensando alle innumerevoli volte che da ragazzi hanno giocato in questa strada, fuori da questo cancello e solo ora, a distanza di decenni, stanno varcando questa soglia per la prima volta.

«Le vie del Signore» commenta Timur.

È una comune casa a due piani che, nel quartiere di San José, dove abita Idris, attirerebbe le ire dei membri dell'Associazione Proprietari Immobiliari. Ma, secondo gli standard di Kabul, è una dimora lussuosa, con porta d'ingresso di ferro, alti muri e ampio viale d'accesso. Mentre sono accompagnati all'interno da una guardia armata, Idris nota che, come per tante cose che ha visto a Kabul, la casa conserva un tocco del suo antico splendore sotto lo sfacelo che l'ha colpita, di cui sono evidenti i segni: fori di proiettili e crepe zigzaganti sulle pareti fuligginose, mattoni messi a nudo dalla caduta di ampie zone di intonaco, cespugli morti lungo il viale, alberi spogli in giardino, prato ingiallito. Manca più della metà della veranda che si affaccia sul cortile dietro la casa. Ma, come per molte cose a Kabul, ci sono anche segni di una lenta, incerta rinascita. Qualcuno ha iniziato a ridipingere la casa, ha piantato cespugli di rose in giardino, un tratto del muro orientale della recinzione è stato ricostruito, anche se in modo un po' approssimativo. Sul lato verso la strada è appoggiata una scala, il che porta Idris a pensare che stiano riparando il tetto. Sembra che sia iniziata anche la ricostruzione della metà distrutta della veranda.

Incontrano Markos nell'atrio. Ha gli occhi azzurro chiaro e i capelli grigi che si stanno diradando. Indossa l'abito grigio tradizionale afghano e una *keffiyah* a scacchi bianchi e neri elegantemente avvolta attorno al collo. Li accompagna in una sala rumorosa piena di fumo.

«Posso offrire tè, vino e birra. O forse preferite qualcosa di più forte?»

«Dimmi dove tieni la roba e faccio da me» dice Timur.

«Oh, così mi piace. Laggiù, vicino allo stereo. In ogni caso il ghiaccio è sicuro. Fatto con acqua in bottiglia.»

«Grazie al cielo!»

Timur è nel suo elemento in ritrovi come questo e Idris non può che ammirare i suoi modi disinvolti, le battute spontanee, l'affascinante padronanza di sé. Lo segue al bar, dove Timur versa loro da bere da una bottiglia color rosso rubino.

Gli ospiti, una ventina, sono seduti in cerchio su cuscini. Il pavimento è coperto da un tappeto afghano rosso scuro. L'arredamento è discreto, di buon gusto, uno stile che Idris è arrivato a definire "chic da espatriati". In sottofondo, un cd di Nina Simone. Tutti bevono, quasi tutti fumano, parlando della nuova guerra in Iraq e di quello che significherà per l'Afghanistan. In un angolo il televisore è sintonizzato sulla CNN International, l'audio spento. Baghdad di notte, negli spasimi della campagna denominata *Shock and Awe*, continua a illuminarsi di lampi verdi.

Con un bicchiere di vodka ghiacciata in mano, Markos e un paio di giovani tedeschi dall'aria seria, che lavorano per il Programma Alimentare Mondiale, si uniscono a loro. Idris trova che, come molti degli operatori umanitari conosciuti a Kabul, mettano leggermente in soggezione con la loro esperienza del mondo. Impossibile impressionarli.

Dice a Markos: «È una bella casa».

«Devi dirlo al proprietario.» Markos attraversa la sala e torna con un uomo anziano, smilzo. Ha una criniera di capelli sale e pepe pettinati all'indietro in modo da lasciare libera la fronte, una barba molto corta, le guance incavate di chi è quasi del tutto privo di denti. Indossa un abito verde oliva logoro, di taglia troppo grande per lui e che forse andava di moda negli anni Quaranta. Markos sorride al vecchio con palese affetto.

«Questo è Nabi, amico e padrone di casa» dice. Il vecchio ricambia timidamente il sorriso.

«Nabi jan?» esclama Timur e subito anche Idris ricorda.

Il vecchio chiede con un sorriso timido: «Scusate, ci conosciamo?».

«Sono Timur Bashiri» dice Timur in farsi. «La mia famiglia viveva in questa stessa strada a pochi passi da qui.»

«Oh, buon Dio» sospira il vecchio. «Timur jan? E tu devi essere Idris jan.»

Idris accenna di sì con la testa, ricambiando il sorriso.

Nabi li abbraccia entrambi. Li bacia sulle guance, senza smettere di sorridere e li osserva con aria incredula. A Idris torna in mente Nabi che spingeva la sedia a rotelle del suo padrone, il signor Wahdati, su e giù per la strada. A volte parcheggiava la sedia sul marciapiedi e i due uomini rimanevano a guardare lui e Timur che giocavano a calcio con i ragazzini del quartiere. «Nabi abita in questa casa dal 1947» dice Markos con un braccio attorno alle spalle del vecchio.

«Dunque sei tu il *padrone* di questa casa adesso?» chiede Timur.

Nabi sorride allo sguardo sorpreso di Timur. «Ho servito il signor Wahdati dal 1947 al 2000 quando è mancato. È stato tanto generoso da lasciare in eredità la casa a me, sì.»

«Ti ha *lasciato* la casa» ripete Timur incredulo.

«Sì.»

«Devi essere stato un cuoco straordinario!»

«E tu, se posso dire, da ragazzo eri un discolo mica male.»

Timur ridacchia. «Non mi è mai piaciuto stare alle regole, Nabi jan. In questo lascio l'iniziativa a mio cugino Idris.»

Markos, facendo roteare il vino nel bicchiere, si rivolge a Idris. «Nila Wahdati, la moglie del precedente proprietario, era una poetessa. Di una certa fama, a quanto sembra. Ne hai mai sentito parlare?»

Idris scuote la testa. «Tutto quello che so è che, quando sono nato, lei aveva già lasciato il paese.»

«Ha vissuto a Parigi con la figlia» interviene Thomas, uno dei tedeschi. «È morta nel 1974. Suicida, credo. Aveva problemi di alcol, o, almeno questo è quanto ho letto. Un paio d'anni fa, qualcuno mi ha regalato la traduzione tedesca di una delle sue prime raccolte: devo dire che non erano niente male, le sue poesie. Incredibilmente erotiche, ricordo.»

Idris annuisce, sentendosi un po' inadeguato, questa volta perché uno straniero gli ha dato lezione su un'artista afghana. A mezzo metro di distanza sente Timur impegnato in un'animata conversazione con Nabi, sul prezzo degli affitti. In farsi, naturalmente.

«Hai idea di quanto potresti chiedere per un posto così, Nabi jan?» sta chiedendo al vecchio.

«Sì» risponde Nabi ridendo. «Conosco il prezzo degli affitti a Kabul.»

«Potresti spennare questi tizi!»

«Be'...»

«E lasci che abitino in casa tua gratis?»

«Sono venuti a dare una mano al nostro paese, Timur jan. Hanno lasciato la loro casa e sono venuti qui. Non mi sembrerebbe giusto "spennarli", come dici tu.»

Con un lamento, Timur ingolla quanto rimane nel bicchiere. «Be', o ti fanno schifo i soldi, vecchio amico, o sei un uomo molto migliore di me.»

Entra Amra. Indossa una tunica afghana color zaffiro su dei jeans sbiaditi. «Nabi jan!» esclama. Lui sembra un po' spaventato quando lo bacia sulla guancia e lo prende sottobraccio. «Amo quest'uomo» annuncia al gruppo. «E mi piace metterlo in imbarazzo.» Poi lo ripete in farsi a Nabi. Lui scuote la testa e ride, arrossendo un po'.

«Perché non provi a imbarazzare anche me?» interviene Timur.

Amra gli dà dei colpetti sul petto. «Quest'uomo è grosso guaio.» Lei e Markos si baciano alla maniera afghana, tre volte sulle guance, la stessa cosa con i tedeschi.

Markos le passa un braccio attorno alla vita. «Amra Ademovic. La donna che lavora di più in tutta Kabul. Meglio non far arrabbiare questa ragazza. E poi, è capace di farti finire sotto il tavolo in una gara a chi beve di più.»

«Facciamo una prova» propone Timur, cercando un bicchiere nel bar alle sue spalle.

Il vecchio Nabi si ritira.

Per un'ora o giù di lì, Idris partecipa alla festa, o per lo meno ci prova. Man mano che il livello delle bottiglie si abbassa, il volume della conversazione si alza. Sente parlare tedesco, francese e una lingua che deve essere greco. Beve un'altra vodka, cui segue una birra tiepida. In un gruppo si fa coraggio e racconta una barzelletta sul Mullah Omar che ha sentito raccontare in farsi in California. Tradotta in inglese, non funziona e Idris fatica a raccontarla. Non fa ridere. Passa a un altro capannello e ascolta una conversazione su un pub irlandese che stanno per aprire a Kabul. Tutti sono d'accordo che non avrà futuro.

Passeggia per la sala con in mano una lattina di birra calda. Non si è mai sentito a suo agio in questo genere di feste. Cerca di tenersi occupato esaminando l'arredamento. Ci sono poster dei Buddha di Bamiyan, di una partita di *buzkashi*, ce n'è uno con il porto di un'isola greca che si chiama Tinos. Idris non ne ha mai sentito parlare. Nell'atrio lo sguardo gli cade su una foto incorniciata, in bianco e nero, un po' sfocata, come se fosse stata scattata con una macchina fotografica fatta in casa. Mostra una ragazzina dai lunghi capelli neri, che volge le spalle alla macchina. È sulla spiaggia, seduta su uno scoglio, e fissa il mare. L'angolo della foto, in basso a sinistra, sembra bruciacchiato.

Per cena c'è stinco d'agnello al rosmarino, steccato di piccoli spicchi d'aglio. C'è un'insalata con formaggio di capra e pasta al pesto. Idris si serve un po' d'insalata ma si limita a cincischiarla in un angolo della sala. Scorge Timur seduto in compagnia di due belle ragazze olandesi. Tiene banco, pensa Idris. Scoppia una risata e una delle giovani posa una mano sul ginocchio di Timur.

Idris esce sulla veranda con il bicchiere di vino e si siede su una panca di legno. Ora si è fatto buio, e la veranda è illuminata solo da un paio di lampadine che pendono nude dal soffitto. Da qui vede la sagoma indistinta di una specie di alloggio all'estremità del giardino, e lontano, sul lato destro, la silhouette di un'automobile lunga, antiquata, probabilmente americana, dalla carrozzeria tutta curve. Un modello degli anni Quaranta, forse dei primi anni Cinquanta; difficile dirlo e comunque Idris non è mai stato un appassionato di automobili. È sicuro che Timur sarebbe in grado di riconoscerla. Snocciolerebbe il modello, l'anno, la cilindrata, tutti i particolari. Sembra che la macchina abbia tutte e quattro le gomme a terra. Un cane del vicinato si lancia in una serie di latrati. In casa qualcuno ha messo un cd di Leonard Cohen.

«Taciturno e sensibile.»

Amra si siede accanto a lui, il ghiaccio che tintinna nel bicchiere. È scalza.

«Tuo cugino, cowboy, è anima di festa.»

«Non mi stupisce.»

«È molto bello. È sposato?»

«Con tre figli.»

«Peccato. Allora mi do regolata.»

«Sono sicuro che ne sarebbe deluso.»

«Ho princìpi. A te lui non piace molto.»

Idris le dice, in tutta sincerità, che se c'è una persona che considera un fratello, quella è Timur.

«Ma lui imbarazza te.»

È vero. Timur *l'ha* messo in imbarazzo. Si è comportato come il tipico americano-afghano odioso, pensa Idris. Scorazza per la città devastata dalla guerra come se non se ne fosse mai andato, dà pacche sulle spalle ai locali in modo paternalistico, chiamandoli *fratello*, *sorella*, *zio*, esibisce la sua offerta di denaro ai mendicanti estraendola da quello che lui definisce il gruzzolo del *bakshish*, scherza con le donne anziane che chiama *madre*, riuscendo a farsi raccontare la loro storia, mentre le riprende con il suo videoregistratore portatile, ascoltandole con un'espressione desolata come se fosse uno di loro, come se non fosse stato nella palestra di Gold a San José a farsi i pettorali e gli addominali, quando queste donne erano sotto le bombe, venivano ammazzate o stuprate. È un atteggiamento ipocrita e disgustoso. E Idris si stupisce che nessuno sembri cogliere il senso di questo comportamento.

«Non è vero quello che ti ha detto» dice Idris. «Siamo venuti qui per reclamare la casa che apparteneva ai nostri padri. Questo è quanto. Nient'altro.»

Amra sbuffa ridacchiando. «Ovvio che so. Pensi che ho abboccato? Ho avuto a che fare con signori della guerra e talebani in questo paese. Ho visto tutto. Niente può darmi shock. Niente, nessuno può prendermi in giro.»

«Immagino sia vero.»

«Tu sei sincero. Almeno sei sincero.»

«Penso che noi dovremmo portare rispetto a questa gente dopo tutto quello che ha passato. Noi, voglio dire gente come Timur e me. I fortunati, quelli che non erano qui quando questa città era un inferno di bombe. Noi non siamo come questa gente. Non dovremmo fingere di essere come loro. Le storie che questa gente ha da raccontare, noi non abbiamo il *diritto* di farle nostre. Scusami, sto farneticando.»

«Farneticando?»

«Dico cose insensate.»

«No, io capisco. Tu dici, loro storie, è dono che ti fanno.»

«Un dono, sì.»

Continuano a sorseggiare vino. Chiacchierano per un po', per Idris è la prima conversazione franca da quando è arrivato a Kabul, senza quella sottile irrisione, quel vago rimprovero che ha sentito da parte dei locali, dei funzionari governativi, degli operatori delle organizzazioni umanitarie. Le chiede del suo lavoro e Amra gli racconta che è stata in Kosovo con le Nazioni Unite, in Ruanda dopo il genocidio, in Colombia, e anche in Burundi. Ha lavorato con le prostitute-bambine in Cambogia. Ora è a Kabul da un anno, il suo terzo incarico, questa volta con una piccola ONG che lavora all'ospedale e che il lunedì gestisce una clinica ambulante. Sposata due volte, divorziata due volte, niente figli. Idris ha difficoltà a indovinare l'età di Amra, anche se probabilmente è più giovane di quanto dimostri. C'è un ultimo barlume di bellezza, una sensualità spudorata, nonostante i denti giallognoli, le occhiaie dovute alla stanchezza sotto gli occhi. Fra quattro o cinque anni, pensa Idris, anche questo non ci sarà più.

Poi Amra dice: «Vuoi sapere cosa successo a Roshi?».

«Non sei tenuta a dirmelo.»

«Pensi che sono ubriaca?»

«Lo sei?»

«Un po'. Ma tu sei tipo sincero.» Gli dà dei leggeri colpetti sulla spalla quasi per gioco. «Tu chiedi di sapere ragioni vere. Per altri afghani come te, afghani che vengono da Occidente, è un po', come si dice? allungare il naso.»

«Ficcare il naso.»

«Sì.»

«Come guardare una rivista pornografica.»

«Ma forse tu sei uomo buono.»

«Se mi racconti la sua storia, la prenderò come un dono.»

Così gliela racconta.

Roshi viveva con i genitori, due sorelle e un fratellino in un villaggio a un terzo di strada tra Kabul e Bagram. Un venerdì del mese prima, suo zio, il fratello maggiore di suo padre, era andato a trovarli. Da quasi un anno il padre di Roshi e lo zio portavano avanti una faida a proposito della casa dove la bambina viveva con la famiglia, una casa che lo zio riteneva appartenesse di diritto a lui, essendo il fratello maggiore, ma che il padre aveva lasciato al fratello minore, il preferito. Il giorno in cui era andato a far visita, però, tutto si era svolto normalmente.

«Dice che vuole finire litigio.»

La madre di Roshi aveva tirato il collo a un paio di polli, aveva preparato una grande zuppiera di riso con l'uva sultanina, e aveva comprato melagrane fresche al mercato. Quando lo zio era arrivato, i due fratelli si erano scambiati baci e abbracci. Il padre di Roshi aveva abbracciato il fratello così forte da sollevarlo dal tappeto. La madre aveva pianto di sollievo. La famiglia si era seduta a tavola. Tutti si erano serviti una seconda e una terza volta. Avevano mangiato le melagrane, dopo di che era stato servito tè verde con dolcetti. Lo zio aveva chiesto di usare la latrina fuori dalla casa.

Era tornato con un'ascia in mano.

«Quella per abbattere alberi» precisa Amra.

Il primo a essere colpito era stato il padre di Roshi. «Roshi ha detto che suo padre non ha nemmeno capito cosa succedeva. Non ha visto niente.»

Un solo colpo al collo, da dietro. Quasi lo decapita. Poi era toccato alla madre di Roshi. La bambina aveva visto sua madre che tentava di lottare, ma, dopo diversi fendenti alla faccia e al petto, era stata ridotta al silenzio. A quel punto i bambini erano scappati urlando. Lo zio li aveva inseguiti. Roshi aveva visto una delle sorelle correre verso il corridoio, ma lo zio l'aveva afferrata per i capelli buttandola a terra. L'altra sorella era riuscita a infilare il corridoio. Lo zio l'aveva inseguita e Roshi l'aveva sentito sfondare a calci la porta della camera da letto, gli urli, poi il silenzio.

«Così Roshi decide scappare con fratellino piccolo. Corrono fuori dalla casa, corrono verso porta d'ingresso, ma è chiusa a chiave. Lo zio, l'aveva chiusa lui, naturalmente.»

Erano corsi in cortile, presi dal panico e dalla disperazione, forse dimenticando che non c'era una porta, non c'era via d'uscita, i muri troppo alti per essere scavalcati. Quando lo zio si era precipitato fuori dalla casa e li aveva raggiunti, Roshi aveva visto il fratellino, che aveva cinque anni, gettarsi nel *tandur*, dove solo un'ora prima sua madre aveva cotto il pane. Roshi lo sentiva gridare tra le fiamme quando era inciampata ed era caduta. Si era girata sulla schiena in tempo per vedere il cielo turchino e l'ascia che si abbatteva su di lei. E poi più niente.

Amra si ferma. In casa Leonard Cohen canta una versione live di *Who by Fire.*

Anche se Idris potesse parlare, cosa che al momento non gli riesce, non saprebbe quali sono le parole giuste da dire. Avrebbe potuto dire qualcosa, offrire la propria impotente indignazione, se questo fosse stato opera di un talebano, o di Al-Qaeda, o di qualche comandante mujaheddin megalomane. Ma questo non può essere imputato a Hekmatyar, o al Mullah Omar, o a Bin Laden, o a Bush e alla sua guerra al terrore. Il motivo ordinario, assolutamente banale dietro al massacro, lo rende in qualche modo ancora più terribile, e molto più deprimente. Gli corre alla mente la parola "insensato", ma Idris la respinge. È ciò che la gente dice sempre. *Un insensato atto di violenza. Un assassinio insensato.* Come se fosse possibile compiere un assassinio sensato.

Pensa alla ragazzina, Roshi, che ha visto all'ospedale, rannicchiata contro la parete, un piede sopra l'altro, l'espressione infantile sul viso. La spaccatura in cima al cranio rasato, la massa luccicante di materia cerebrale, grossa come un pugno, che ne fuoriusciva, coronando la testa come il nodo del turbante di un Sikh.

«Ti ha raccontato questa storia lei stessa?» chiede infine.

Amra annuisce con gravità. «Ricorda molto chiaramente. Ogni dettaglio. Sa dire a te ogni dettaglio. Vorrei che può dimenticare, a causa dei brutti sogni.»

«Del fratello, che ne è stato?»

«Troppe ustioni.»

«E lo zio?»

Amra dà un'alzata di spalle.

«Dicono, stai attenta. Nel mio lavoro dicono, stai attenta, sii professionale. Non è buona idea affezionarsi. Ma Roshi e io...»

La musica improvvisamente tace. Un'altra interruzione dell'elettricità. Per qualche minuto è buio totale, non fosse per la luce della luna. Idris sente la gente che brontola dentro casa. Si accendono prontamente delle torce alogene.

«Lotto per lei» dice Amra senza mai alzare lo sguardo. «Non smetto.»

Il giorno dopo, Timur e i tedeschi fanno una gita in macchina alla città di Istalif, famosa per le sue ceramiche. «Dovresti venire anche tu.»

«Rimango qui a leggere» dice Idris.

«Puoi leggere a San José, fratello.»

«Ho bisogno di riprendermi. Forse ho bevuto troppo ieri sera.»

Dopo che i tedeschi sono passati a prendere Timur, Idris si sdraia sul letto e fissa sulla parete un manifesto pubblicitario sbiadito che risale agli anni Sessanta, un quartetto sorridente di turisti biondi che camminano lungo il lago Band-e-Amir, una reminiscenza della sua infanzia qui a Kabul, prima delle guerre, prima della disgregazione.

Nel primo pomeriggio fa una passeggiata. In un piccolo ristorante, mangia kebab per pranzo. È difficile godersi il cibo con tutti quei ragazzini dalle facce sporche che lo osservano mangiare da fuori. È troppo. È pronto ad ammettere a se stesso che Timur in questo se la cava meglio di lui. Ne fa un gioco. Come un sergente alle esercitazioni, fa un fischio e mette in fila i piccoli mendicanti, poi sfila un paio di biglietti dal gruzzolo del *bakshish*. Mentre distribuisce i biglietti, a uno a uno, batte i tacchi e fa il saluto militare. I bambini si divertono. Ricambiano il saluto. Lo chiamano Kaka. A volte gli si arrampicano sulle gambe.

Dopo pranzo Idris prende un taxi e si fa portare all'ospedale.

«Ma prima fermati al bazar» dice all'autista.

Percorre il corridoio con il pacco in mano, passando davanti a muri coperti di graffiti, camere con un foglio di plastica al posto della porta, un vecchio con una pezza su un occhio che si trascina scalzo, pazienti stesi sul letto in camerate senza lampadine, in un caldo soffocante. Dovunque un odore acre di corpi. In fondo al corridoio si ferma prima di scostare la tenda. Si sente mancare quando vede la ragazzina seduta sul bordo del letto. Amra, in ginocchio davanti a lei, le sta lavando i dentini.

C'è un uomo seduto sull'altro lato del letto, scarno, bruciato dal sole, con una barba cespugliosa e capelli scuri ispidi. Quando Idris entra, l'uomo si alza prontamente, porta la destra al petto e fa un inchino. Dice a Idris di essere lo zio di Roshi da parte della madre.

«Sei tornato» dice Amra intingendo lo spazzolino in una tazza d'acqua.

«Spero che non ci sia niente in contrario.»

«No.»

Idris si schiarisce la voce. «Salam, Roshi.»

La bambina con lo sguardo chiede ad Amra il permesso di rispondere. La sua voce è un sussurro incerto, stridulo. «Salam.»

«Ti ho portato un regalo.» Idris posa la scatola e la apre. Gli occhi di Roshi si animano quando Idris estrae un piccolo televisore e delle videocassette. Le mostra i quattro film che le ha portato. La maggior parte dei nastri disponibili al negozio erano di film indiani, o di pellicole d'azione, di arti marziali con Jet Li, Jean-Claude Van Damme, tutti i film di Steven Seagal. Ma era riuscito a trovare *E.T.*, *Babe, il maialino coraggioso*, *Toy Story* e *Il gigante di ferro*. Li ha visti tutti con i suoi figli, a San José.

In farsi, Amra chiede a Roshi quale film desideri vedere. La bambina sceglie *Il gigante di ferro*.

«Ti piacerà moltissimo» dice Idris. Ha qualche difficoltà a guardarla in faccia. Il suo sguardo continua a essere attratto dal disastro che ha sulla testa, il grumo lucente di tessuto cerebrale, l'intricato reticolo di vene e di capillari.

Non c'è una presa di corrente in fondo a questo corridoio e ci vuole qualche tempo prima che Amra trovi una prolunga, ma quando Idris infila la spina e appare l'immagine, la bocca di Roshi si apre in un sorriso. Da quel sorriso, Idris capisce quanto poco – nei suoi trentacinque anni di età – abbia visto del mondo, della sua ferocia, crudeltà e sconfinata brutalità.

Quando Amra li lascia perché deve visitare altri pazienti, Idris si siede accanto al letto di Roshi e guarda il film con lei. Lo zio tace, una presenza imperscrutabile. A metà del film salta la corrente. Roshi si mette a piangere, lo zio si china senza alzarsi dalla sedia e le afferra con malagrazia la mano. Le sussurra qualche breve, rapida parola in pashto, che Idris non capisce. Roshi con un sobbalzo cerca di tirarsi indietro. Idris guarda la sua manina persa nel pugno forte, con le nocche bianche dello zio.

Idris si mette la giacca. «Torno domani, Roshi, e se vuoi guarderemo un'altra cassetta. Ti va?»

Roshi si raggomitola sotto le coperte. Idris guarda lo zio, si immagina cosa farebbe Timur con quest'uomo, Timur che, a differenza di lui, non ha alcuna capacità di resistere alle facili emozioni. *Lasciami stare dieci minuti da solo con lui*, direbbe.

Lo zio lo segue. Sui gradini all'esterno, sbalordisce Idris dicendo: «Qui la vera vittima sono io, Sahib». Deve aver notato l'espressione del viso di Idris, perché si corregge subito: «Naturalmente la vittima è lei. Ma voglio dire che anch'io sono una vittima. Lei lo capisce, lei è afghano. Ma questi stranieri, loro non capiscono».

«Devo andare» dice Idris.

«Sono un *mazdur*, un semplice manovale. Guadagno un dollaro, forse due se la giornata è buona, Sahib. E ho già cinque figli miei. Uno è cieco. Ora questa.» Sospira. «A volte penso, che Dio mi perdoni, mi dico che Allah avrebbe dovuto lasciare che Roshi... be', lei capisce. Sarebbe stato meglio. Perché le chiedo, Sahib, quale ragazzo la vorrà sposare adesso? Non troverà mai marito. E allora chi si occuperà di lei? Dovrò farlo io. Lo dovrò fare per sempre.»

Idris sa che è stato messo con le spalle al muro. Prende il portafoglio.

«Mi dia quello che può. Non per me. Per Roshi.»

Idris gli passa un paio di banconote. Lo zio sbarra gli occhi, poi lo guarda. Inizia a dire: «Due...» poi si chiude la bocca con la mano, come se fosse preoccupato di non rivelare a Idris l'errore che ha commesso.

«Comprale delle scarpe decenti» dice Idris scendendo i gradini.

«Che Allah la benedica, Sahib» gli grida lo zio alle spalle. «Lei è un uomo buono. Lei è un uomo gentile e buono.»

Idris fa visita a Roshi il giorno dopo e quello dopo ancora. Ben presto diventa una routine e si ritrova al capezzale di Roshi ogni giorno. Finisce per conoscere gli assistenti per nome, gli infermieri che lavorano al pianterreno, il custode, le guardie denutrite e stanche all'ingresso dell'ospedale. Tiene queste visite il più possibile segrete. Nelle telefonate a casa, non ha parlato di Roshi a Nahil. Non dice neanche a Timur dove va, non gli spiega perché non l'accompagna in gita a Paghman o perché non partecipa all'incontro con il funzionario del ministero degli Interni. Ma Timur lo scopre lo stesso.

«Buon per te» dice. «È una bella cosa quella che stai facendo.» Si interrompe e poi aggiunge: «Vacci con i piedi di piombo, però».

«Vuoi dire che devo smettere di farle visita?»

«Partiamo tra una settimana, fratello. Mica vorrai che ti si affezioni troppo.»

Idris annuisce. Si chiede se Timur non sia un po' geloso di questo suo rapporto con Roshi, forse persino un po' risentito che lui, Idris, gli abbia sottratto un'occasione fantastica di recitare la parte dell'eroe. Timur che emerge al rallentatore da un edificio in fiamme con una bambina in braccio. La folla che esplode in un applauso. Idris è determinato a non permettere che Timur si pavoneggi in questo modo con Roshi.

Tuttavia, Timur ha ragione. Tra una settimana torneranno a casa e Roshi ha incominciato a chiamarlo Kaka Idris. Quando arriva in ritardo, la trova agitata. Gli serra le braccia attorno alla vita e un'onda di sollievo le si dipinge in viso. Le sue visite sono la cosa che aspetta con maggiore impazienza, gli ha detto. Talvolta, mentre guardano una cassetta, lei gli afferra la mano e la tiene tra le sue. Quando non è con lei, Idris pensa spesso alla peluria biondo chiaro delle sue braccia, ai suoi occhi nocciola, vicini, ai suoi graziosi piedini, alle guance tonde, al modo in cui appoggia il mento sulla mano quando lui le legge uno dei libri per bambini che ha comprato alla libreria vicino al liceo francese. Qualche volta si è concesso di immaginare per un attimo come sarebbe se la portasse negli Stati Uniti, come si troverebbe con i suoi ragazzi, Zabi e Lemar. Nell'ultimo anno, lui e Nahil hanno parlato della possibilità di avere un terzo figlio.

«E adesso?» chiede Amra il giorno prima della partenza.

Il mattino, Roshi gli ha regalato un disegno a matita, su una pagina della cartella clinica dell'ospedale, con due figurine stilizzate che guardano la televisione. Lui ha indicato quella con i capelli lunghi. *Sei tu?*

*E quello sei tu, Kaka Idris.*

*Allora avevi i capelli lunghi? Prima?*

*Mia sorella me li spazzolava ogni sera. Sapeva come fare per non farmi male.*

*Doveva essere una brava sorella.*

*Quando cresceranno, potrai farlo tu.*

*Penso che mi piacerebbe.*

*Non andare via, Kaka. Non partire.*

«È un tesoro di bambina» dice ad Amra. Ed è vero. Beneducata, e anche senza pretese. Con un vago senso di colpa, Idris pensa a Zabi e a Lemar a casa a San José, che da tempo ormai dicono di non amare i loro nomi afghani, che si stanno rapidamente trasformando in piccoli tiranni, in bambini americani prepotenti quali lui e Nahil si erano ripromessi di non volere mai.

«Lei è bambina sopravvissuta» dice Amra.

«Sì.»

Amra si appoggia alla parete. Un paio di assistenti passano di corsa spingendo una barella. Sopra c'è un ragazzo con bende intrise di sangue attorno alla testa e una ferita aperta sulla coscia.

«Altri afghani vengono da America o da Europa,» dice Amra «e fanno foto di lei. Fanno film. Fanno promesse. Poi vanno a casa e mostrano a famiglia. Come se lei animale in zoo. Lo permetto perché penso forse aiuteranno. Ma loro dimenticano. Non li sento più. Allora ti chiedo ancora: e adesso?»

«L'operazione di cui ha bisogno?» chiede Idris. «Voglio che sia operata.»

Lei lo guarda incerta.

«Abbiamo un reparto di neurochirurgia nell'ospedale dove lavoro. Parlerò al mio capo. Prenderemo accordi per portarla in California e sottoporla all'operazione.»

«Sì, ma i soldi?»

«Troverò i fondi. Nel peggiore dei casi, pagherò io.»

«Di portafoglio tuo.»

Lui ride. «Noi diciamo "di tasca tua", ma sì.»

«Dobbiamo avere il permesso di zio.»

«Se mai si farà vedere.» Lo zio non si è più visto né sentito dal giorno in cui Idris gli ha dato i duecento dollari.

Amra gli sorride. Idris non ha mai fatto niente del genere. C'è qualcosa di esaltante, di inebriante, persino di euforico nel gettarsi a capofitto in questo progetto. Si sente pieno di energia. Quasi gli manca il respiro. Si meraviglia di sentire le lacrime che gli pungono gli occhi.

«*Hvala*» dice Amra. «Grazie.» Si alza in punta di piedi e gli dà un bacio sulla guancia.

«Mi sono fatto una delle ragazze olandesi» annuncia Timur. «Quelle che erano alla festa.»

Idris alza la testa dal finestrino. Stava guardando affascinato, giù in basso, a grande distanza, la massa compatta delle cime color ocra dell'Hindu Kush. Si volta e fissa Timur seduto nel posto sul corridoio.

«La bruna. Ho preso mezza pillola blu e me la sono scopata tutta la notte fino al richiamo per la preghiera dell'alba.»

«Cristo! Ma quando crescerai?» sbotta Idris, infastidito di essere stato caricato ancora una volta del peso di questa nuova infedeltà del cugino, del suo comportamento riprovevole, di questa grottesca buffonata da adolescente.

Timur ridacchia. «Ricorda, cugino, che quello che è successo a Kabul...»

«Per favore, non finire la frase.»

Timur ride. Nella parte posteriore dell'aereo si sta svolgendo una festicciola. Qualcuno canta in pashto, qualcun altro sta battendo su un piatto di polistirolo come su una *tambura*.

«Non ci posso credere, che abbiamo incontrato il vecchio Nabi» borbotta Timur. «Cristo.»

Idris pesca la pillola per dormire che aveva messo nel taschino e la ingoia senz'acqua.

«Devo tornare il mese prossimo» dice Timur incrociando le braccia e chiudendo gli occhi. «Probabilmente ci vorranno altri due viaggi, ma dovremmo spuntarla.»

«Ti fidi di questo Faruq?»

«No, cazzo. È per questo che tornerò.»

Faruq è l'avvocato a cui si è rivolto Timur. La sua specialità è aiutare gli afghani in esilio a recuperare le loro proprietà a Kabul. Timur si dilunga sui documenti che Faruq dovrà registrare, sul giudice che si occuperà della causa, un secondo cugino della moglie di Faruq.

Idris appoggia di nuovo la testa al finestrino aspettando che la pillola faccia effetto.

«Idris?» lo chiama Timur a voce bassa.

«Sì.»

«Fa tristezza tutta la merda che abbiamo visto laggiù, eh?»

*Sei una miniera di straordinario intuito, fratello.* «Già» borbotta Idris.

«Mille tragedie per chilometro quadrato, caro mio.»

Ben presto Idris sente la testa che incomincia a ronzare e gli occhi si annebbiano. Mentre scivola nel sonno pensa al suo addio a Roshi, lui che le tiene le mani, dicendole che si rivedranno presto, lei che singhiozza piano, quasi in silenzio, con la testa appoggiata al suo ventre.

Tornando a casa dall'aeroporto internazionale di San Francisco, Idris ricorda con tenerezza il caos pazzesco del traffico di Kabul. È strano guidare la Lexus lungo le corsie della 101 dirette a sud, ordinate, prive di buche, i segnali stradali sempre affidabili, gli automobilisti così educati, che mettono le frecce e danno la precedenza. Sorride al ricordo di tutti i taxi guidati da adolescenti spericolati cui lui e Timur hanno affidato la loro vita a Kabul.

Sul sedile del passeggero, Nahil è tutta domande. Kabul era sicura? Com'era il cibo? È stato male? Ha scattato fotografie e ripreso video di tutto? Idris fa del suo meglio. Le descrive le scuole colpite dalle schegge, gli occupanti abusivi che vivono in edifici scoperchiati, il fango, i mendicanti, l'elettricità inaffidabile, ma è come descrivere la musica. Non riesce a dar vita ai suoi racconti. I dettagli vividi, sbalorditivi di Kabul: la palestra di body-building in mezzo alle macerie, per esempio, l'immagine di Schwarzenegger sulla finestra: simili dettagli gli sfuggono ora e le sue descrizioni suonano generiche, insipide, come quelle di un qualsiasi articolo dell'*Associated Press*.

Sul sedile posteriore i ragazzi, per fargli piacere, per un po' si degnano di ascoltarlo, o almeno fingono. Sente che i suoi racconti li annoiano. Poi Zabi, che ha otto anni, chiede a Nahil di mettere il film. Lemar, che è maggiore di due anni, cerca di ascoltare ancora un po', ma ben presto Idris sente il ronzio delle macchine da corsa del suo Nintendo DS.

«Allora, ragazzi» li sgrida Nahil. «Vostro padre è tornato da Kabul. Non siete curiosi? Non avete nessuna domanda da fargli?»

«Non preoccuparti» dice Idris. «Lasciali stare.» Ma di fatto *è* infastidito dalla loro mancanza di interesse, dalla spensierata ignoranza dell'arbitraria lotteria genetica che ha garantito loro una vita privilegiata. Sente un'improvvisa frattura tra sé e la sua famiglia, persino tra sé e Nahil, le cui domande sul suo viaggio riguardano soprattutto i ristoranti e la mancanza di acqua corrente nelle case. Ora li guarda con occhi accusatori, come i locali devono aver guardato lui al suo arrivo a Kabul.

«Muoio di fame.»

«Cosa ti piacerebbe?» chiede Nahil. «Sushi, qualcosa di italiano? C'è una nuova gastronomia vicino a Oakridge.»

«Mangiamo afghano.»

Si dirigono alla Abe's Kabob House, nella zona orientale di San José, vicino al vecchio mercato delle pulci di Berryessa. Il proprietario, Abdullah, è un uomo dai capelli grigi, poco più che sessantenne, con baffi a manubrio e mani forti. Lui e sua moglie sono pazienti di Idris. Quando Idris entra con la famiglia, Abe li saluta con la mano da dietro la cassa. L'Abe's Kabob House è un piccolo ristorante a conduzione familiare. Ci sono solo otto tavoli, coperti da tovaglie di plastica appiccicose, menu plastificati, manifesti dell'Afghanistan sulle pareti, un vecchio distributore di acqua tonica in un angolo. Abdullah saluta gli ospiti, batte alla cassa, pulisce. Sua moglie, Sultana, è nel retro; è lei la responsabile della magia. Idris la scorge in cucina, china sopra qualcosa, i capelli raccolti in una retina, gli occhi socchiusi per il vapore. Lei e Abdullah si sono sposati in Pakistan alla fine degli anni Settanta, hanno raccontato a Idris, dopo che i comunisti avevano occupato il loro paese. Nel 1982 hanno ottenuto asilo politico negli USA, l'anno in cui è nata la loro figlia Pari.

È lei che ora prende le ordinazioni. Pari è affabile e cortese, ha la carnagione chiara della madre e la stessa luce di risolutezza negli occhi. Ha un corpo stranamente sproporzionato, il busto sottile e grazioso, ma fianchi larghi, cosce grosse e caviglie robuste. Indossa come al solito una gonna ampia.

Idris e Nahil ordinano agnello con riso integrale e *bolani*. I ragazzi scelgono *chapli kebab*, la cosa più vicina all'hamburger di carne che trovano sul menu. Mentre aspettano, Zabi racconta a Idris che la sua squadra di calcio è riuscita ad arrivare in finale. Gioca come ala destra. Domenica ci sarà la partita. Lemar dice che suonerà in un recital di chitarra sabato.

«Cosa suonerai?» chiede Idris svogliatamente, appesantito dalla fatica del viaggio.

«*Paint It Black*.»

«Magnifico.»

«Secondo me non ti sei esercitato abbastanza» lo rimprovera con cautela Nahil.

Lemar lascia cadere il tovagliolo di carta che stava arrotolando. «Mamma, per favore! Non vedi cosa mi tocca fare ogni giorno? Ho un sacco di compiti!»

A metà del pranzo arriva Abdullah per salutarli, pulendosi le mani nel grembiule legato in vita. Chiede se il cibo è di loro gusto, se desiderano qualcos'altro.

Idris dice che lui e Timur sono appena tornati da Kabul.

«Cosa mi combina Timur jan?» chiede Abdullah.

«Niente di buono, come al solito.»

Abdullah sorride. Idris sa che è molto affezionato a Timur.

«E come vanno gli affari?»

Abdullah sospira. «Dottor Bashiri, se volessi maledire qualcuno, gli direi: che Dio ti conceda un ristorante.»

Tutti e due scoppiano a ridere.

Poi, lasciato il locale, mentre stanno per salire sul SUV, Lemar chiede: «Papà, dà da mangiare gratis a tutti?».

«No, naturalmente» risponde Idris.

«Allora perché non ha preso i soldi da te?»

«Perché siamo afghani, e io sono il suo dottore» risponde, ma è vero solo in parte. La ragione vera, sospetta Idris, è che è cugino di Timur il quale, anni addietro, gli aveva prestato il denaro per aprire il ristorante.

A casa, in un primo momento, Idris si stupisce di trovare l'atrio e il soggiorno privi di moquette, e le assi sulle scale senza passatoia. Poi ricorda che avevano deciso di sostituire la moquette con il parquet, grandi assi di ciliegio che il posatore ha definito color rame. Le porte del mobile in cucina sono state sabbiate e c'è uno spazio vuoto al posto del microonde. Nahil gli dice che lunedì lavorerà mezza giornata in modo da poter parlare il mattino con i posatori del parquet e con Jason.

«Jason?» Poi ricorda. Jason Speer è il tizio dell'home theatre.

«Verrà a prendere le misure. Ci ha già comprato con lo sconto l'altoparlante subwoofer e il proiettore. Mercoledì manderà tre uomini a iniziare il lavoro.»

Idris annuisce. L'home theatre era stato un'idea sua, una cosa che aveva sempre desiderato. Ma ora il solo pensiero lo mette in imbarazzo. Si sente lontano da tutto questo: Jason Speer, i nuovi armadietti, i pavimenti color rame, le scarpe high-top da 160 dollari dei suoi ragazzi, il copriletto in ciniglia in camera da letto, l'energia con cui lui e Nahil hanno perseguito queste cose. Ora i frutti della sua ambizione gli sembrano frivoli. Gli ricordano soltanto la brutale disuguaglianza tra la sua vita e ciò che ha trovato a Kabul.

«Che c'è, tesoro?»

«Jet lag. Ho bisogno di dormire.»

Il sabato ce la fa a resistere per tutto il tempo del recital di chitarra e il giorno dopo per quasi tutta la partita di calcio di Zabi. Durante il secondo tempo, deve sgattaiolare sino al parcheggio e dormire per una mezz'ora. Fortunatamente Zabi non se ne accorge. Domenica sera, alcuni vicini vengono a cena. Si passano le foto del viaggio e se ne stanno educatamente seduti per un'ora ad assistere al video di Kabul che Nahil, contro ogni desiderio di Idris, si ostina a voler proiettare. Durante la cena gli chiedono del viaggio, la sua opinione sulla situazione in Afghanistan. Sorseggia il suo mojito e risponde a monosillabi.

«Non riesco a immaginare come possa essere laggiù»

dice Cynthia. È l'istruttrice di pilates della palestra frequentata da Nahil.

«Kabul è...» Idris cerca le parole giuste. «Mille tragedie per chilometro quadrato.»

«Deve essere stato uno shock culturale, andare laggiù.»

«Sì.» Idris non dice che il vero shock culturale l'ha provato tornando.

Alla fine il discorso cade sulla recente epidemia di furti che ha colpito la posta del quartiere.

Quella sera, a letto, Idris dice: «Credi che sia necessario avere tutto questo?».

«Tutto questo?» chiede Nahil. La vede riflessa nello specchio del bagno. Si sta lavando i denti.

«Tutto questo. Tutte queste cose.»

«No, non sono *indispensabili*, se è questo che vuoi dire.» Sputa nel lavandino, fa dei gargarismi.

«Non pensi che sia troppo?»

«Abbiamo lavorato sodo, Idris. Ti ricordi gli esami d'ammissione che abbiamo sostenuto, io alla facoltà di giurisprudenza e tu a quella di medicina, e tutti gli anni di internato? Nessuno ci ha *regalato* niente. Non abbiamo nulla di cui scusarci.»

«Con il costo dell'home theatre avremmo potuto costruire una scuola in Afghanistan.»

Nahil entra in camera e si siede sul letto per togliersi le lenti a contatto. Ha un profilo stupendo. Idris è affascinato dalla leggera rientranza della fronte nel punto dove inizia il naso, dagli zigomi pronunciati, dal collo sottile.

«Puoi fare entrambe le cose» dice voltandosi verso Idris e battendo le palpebre dopo essersi messa il collirio. «Non vedo dove sia la difficoltà.»

Alcuni anni prima, Idris aveva scoperto che Nahil aiutava un bambino colombiano di nome Miguel. Non gliene aveva parlato e, poiché era lei che si occupava della corrispondenza e della contabilità, per anni Idris non ne aveva saputo niente, finché un giorno l'aveva sorpresa a leggere una lettera di Miguel che una monaca aveva tradotto dallo spagnolo. C'era anche la foto di un ragazzino alto, segaligno, con un pallone in braccio, all'esterno di una capanna di paglia e dietro di lui nient'altro che mucche dall'aspetto macilento e colline verdi. Nahil aveva iniziato ad aiutare Miguel sin da quando frequentava la facoltà di giurisprudenza. Da undici anni gli assegni di Nahil si incrociavano silenziosamente con le foto di Miguel e le sue lettere di gratitudine tradotte dalla monaca.

Si toglie gli anelli. «Che significa tutto questo? Sei stato contagiato dal senso di colpa del sopravvissuto?»

«Semplicemente vedo le cose in modo diverso adesso.»

«Bene. Fanne buon uso, allora. Ma piantala di rimirarti l'ombelico.»

Quella notte il jet lag impedisce a Idris di dormire. Scende di sotto e per un po' legge, guarda parte di una replica di *Tutti gli uomini del Presidente*, finisce di fronte al computer nella camera degli ospiti che Nahil ha trasformato in studio. Trova una mail di Amra. Spera che il suo viaggio di ritorno sia stato buono e che la sua famiglia stia bene. A Kabul ha piovuto "istericamente", scrive, e le strade sono invase dal fango che arriva alla caviglia. La pioggia ha causato allagamenti e circa duecento famiglie hanno dovuto essere evacuate in elicottero da Shomali, a nord della capitale. Sono state prese misure di sicurezza più rigide a causa del sostegno di Kabul alla guerra di Bush in Iraq e delle possibili ritorsioni di Al-Qaeda. Nell'ultima riga scrive: *Hai già parlato al tuo capo?*

Sotto la mail di Amra è stata aggiunta una breve nota di Roshi, che Amra ha tradotto. Dice:

*Salam, Kaka Idris,*

*Spero che tu sia arrivato sano e salvo in America, inshallah. Sono sicura che la tua famiglia è molto felice di vederti. Ti penso ogni giorno. Ogni giorno guardo i film che mi hai comprato. Mi piacciono tutti. Mi rattrista che tu non sia qui a vederli con me. Io sto bene e Amra jan si prende cura di me. Per favore, di' salam alla tua famiglia da parte mia. Presto ci vedremo in California, inshallah.*

*Saluti,*

*Roshana.*

Risponde ad Amra, la ringrazia, le dice che gli spiace di sentire le notizie degli allagamenti. Spera che le piogge cessino presto. Aggiunge che in settimana parlerà al suo capo di Roshi. Sotto scrive:

*Salam, Roshi jan:*

*Grazie del tuo gentile messaggio. Sono molto felice di aver avuto tue notizie. Anch'io ti penso moltissimo. Ho raccontato alla mia famiglia di te e tutti desiderano conoscerti, specialmente i miei ragazzi, Zabi jan e Lemar jan, che mi hanno fatto molte domande su di te. Non vediamo l'ora che tu venga qui. Con tutto il mio affetto,*

*Kaka Idris.*

Invia e va a letto.

Il lunedì, quando arriva in ufficio, viene accolto da un mucchio di messaggi sulla segreteria telefonica. Dal cestino traboccano le richieste di rinnovo delle prescrizioni che attendono la sua approvazione. Trova oltre centosessanta mail da scorrere e la sua casella vocale è piena. Studia il proprio orario sul computer ed è costernato nel constatare che la settimana è tutta un accavallarsi di appuntamenti alle stesse ore: le cosiddette «spremute», come le chiamano i medici. Peggio ancora, quel pomeriggio dovrà visitare la temuta signora Rasmussen, una donna litigiosa, particolarmente sgradevole, affetta da vaghi sintomi che non rispondono a nessuna cura. Il pensiero di affrontare il suo ostile bisogno di attenzioni gli fa ribollire il sangue. E infine, uno dei messaggi vocali è del suo capo, Joan Schaeffer: gli comunica che un paziente cui, prima del suo viaggio a Kabul, aveva diagnosticato una polmonite, in realtà è risultato affetto da scompenso cardiaco. Il caso sarà studiato la settimana successiva durante la videoconferenza mensile seguita da tutti i reparti, nella quale sono utilizzati a scopo didattico gli errori commessi da medici, che rimangono anonimi. L'anonimato non dura a lungo, Idris lo sa: almeno metà delle persone presenti saprà chi è il medico che fa da capro espiatorio.

Sente che gli sta montando il mal di testa.

Quel mattino è spaventosamente in ritardo sulla tabella di marcia. Un paziente asmatico si presenta senza appuntamento e ha bisogno di cure inalatorie e di un attento monitoraggio del picco di flusso e della saturazione di ossigeno. Un dirigente di mezza età, che Idris ha visitato tre anni prima, entra con un infarto miocardico anteriore in atto. Quando riesce a pranzare, è già passata metà della pausa. Nella sala conferenze dove i medici consumano i loro pasti, Idris butta giù qualche boccone di un rinsecchito panino al tacchino, mentre cerca di mettersi in pari con gli appunti. Risponde alle domande dei colleghi, sempre le stesse. Kabul era sicura? Cosa pensano gli afghani della presenza americana? Dà risposte concise, stringate, pensando alla signora Rasmussen, ai messaggi cui deve rispondere, alle ricette che deve firmare, alle tre «spremute» che deve infilare nel proprio orario quel pomeriggio, all'imminente videoconferenza, agli operai che segano, trapanano e battono chiodi in casa sua. Parlando dell'Afghanistan all'improvviso ha l'impressione di discutere di un film visto da poco, molto coinvolgente sul piano emotivo, ma i cui effetti si stanno volatilizzando. È stupefacente che sia avvenuto così in fretta.

Trascorre una delle settimane più dure della sua carriera professionale. Nonostante avesse intenzione di parlare di Roshi a Joan Schaeffer, non ne ha trovato il tempo. Per tutta la settimana è vittima di un umore schifoso. A casa è sgarbato con i ragazzi, infastidito da tutto quel rumore e dagli operai che entrano ed escono in continuazione. Il sonno non è ancora tornato al suo ritmo abituale. Riceve altre due mail da Amra con altri aggiornamenti su Kabul. Rabia Balkhi, l'ospedale femminile, ha riaperto. Il gabinetto Karzai permetterà alle reti televisive via cavo di trasmettere, sfidando gli islamisti più intransigenti che si erano opposti. In un post scriptum alla fine della seconda mail, Amra chiede ancora se ha parlato al suo capo e dice che, da quando lui è partito, Roshi si è chiusa in se stessa. Idris si allontana dal computer. Poi vi ritorna, vergognandosi dell'irritazione che gli ha provocato il messaggio di Amra, di come per un attimo sia stato tentato di risponderle in maiuscolo. *LO FARÒ. DAMMI TEMPO.*

---

«Spero che sia andato tutto bene.»

Joan Schaeffer è seduta alla scrivania, le mani intrecciate in grembo. È una donna energica, di carattere allegro, con un viso pieno e capelli bianchi incolti. Lo adocchia da sopra i mezzi occhiali da lettura. «Capisci che il punto non era mettere in discussione te, sì?»

«Sì, ovvio» dice Idris. «Capisco.»

«E non avertene a male. Potrebbe capitare a chiunque. Lo scompenso cardiaco e la polmonite sono difficili da diagnosticare ai raggi X.»

«Grazie, Joan.» Si alza per andarsene, ma alla porta si ferma. «Oh. C'è una cosa di cui volevo discutere con te.»

«Certo, certo. Accomodati.»

Torna a sedersi. Le parla di Roshi, descrive le sue lesioni, la mancanza di risorse dell'ospedale Wazir Akbar Khan. Le confida l'impegno che si è assunto con Amra e Roshi. Parlandone ad alta voce, si sente schiacciato dalla sua promessa come non gli era accaduto a Kabul, nel corridoio, quando Amra gli aveva dato un bacio sulla guancia. Scopre di aver fatto i conti senza l'oste, come dice il proverbio.

«Dio mio, Idris» dice Joan scuotendo la testa. «Apprezzo il tuo impegno. Ma è spaventoso. Povera bambina. Non riesco a immaginare.»

«Lo so.» Chiede se l'ospedale è disposto a finanziare l'intervento. «O gli interventi. La mia sensazione è che uno non basterà.»

Joan sospira. «Mi piacerebbe. Ma francamente dubito che il consiglio d'amministrazione possa approvare questo finanziamento, Idris. Lo dubito davvero. Sai che siamo in rosso da cinque anni. Inoltre ci sarebbero questioni legali piuttosto complicate.»

Joan aspetta, forse pronta alle sue rimostranze, ma Idris non replica.

«Capisco» dice.

«Dovresti trovare un'associazione umanitaria che fa questo tipo di cose, no? Dovrai darti da fare, ma...»

«Ci proverò. Grazie, Joan.» Si alza di nuovo, sorpreso di sentirsi leggero, quasi sollevato dalla sua risposta.

L'home theatre richiede un altro mese di lavoro, ma è una meraviglia. Le immagini provenienti dal proiettore montato sul soffitto sono nitide, i movimenti straordinariamente fluidi sullo schermo da 102 pollici. Il dolby surround a 7.1 canali, gli equalizzatori e gli assorbitori di bassi che hanno collocato nei quattro angoli hanno fatto miracoli con l'acustica. Seduti al suo fianco, i ragazzi guardano i *Pirati dei Caraibi*, entusiasti della tecnologia, e mangiano i popcorn dalla ciotola comune sulle ginocchia di Idris. Si addormentano prima dell'interminabile scena della battaglia finale.

«Li metto a letto io» dice Idris a Nahil.

Prende in braccio prima l'uno, poi l'altro. I suoi figli stanno crescendo, il loro corpo snello si sta allungando a una velocità impressionante. Nel momento in cui rimbocca le coperte a ciascuno di loro, lo coglie la consapevolezza della sofferenza che lo aspetta. Fra un anno, o al massimo due, lui verrà sostituito. I ragazzi si appassioneranno ad altre cose, ad altre persone, e si sentiranno imbarazzati da lui e da Nahil. Pensa con nostalgia a quando erano piccoli e indifesi, interamente dipendenti da lui. Ricorda che Zabi da piccolo era terrorizzato dai tombini e ci girava goffamente attorno facendo ampi cerchi. Una volta, guardando un vecchio film, Lemar aveva chiesto al padre se lui c'era quando il mondo era in bianco e nero. Il ricordo gli suscita un sorriso. Li bacia sulle guance.

Seduto al buio, osserva Lemar che dorme. Ora si rende conto di essere stato sbrigativo e ingiusto nel giudicare i ragazzi. Ed è stato fin troppo severo anche con se stesso. Non è un criminale. Tutto quello che possiede, se l'è guadagnato. Negli anni Novanta, quando metà dei suoi compagni si ritrovavano al club o corteggiavano le ragazze, lui era immerso nello studio, si trascinava per i corridoi dell'ospedale alle due del mattino, rinunciando al sonno, allo svago, all'agiatezza. Aveva regalato i suoi vent'anni alla medicina. Ne aveva pagato lo scotto. Perché dovrebbe sentirsi scontento? Questa è la sua famiglia. Questa è la sua vita.

Nel corso dell'ultimo mese, Roshi è diventata qualcosa di astratto per lui, come un personaggio letterario. Il loro legame si è sfilacciato. L'inaspettata intimità che si era creata all'ospedale, così urgente e acuta, si è usurata, diventando qualcosa di insignificante. Quell'esperienza ha perso il suo fascino. Riconosce la caparbia determinazione che l'aveva assalito allora per ciò che realmente era: un'illusione, un miraggio. Era caduto sotto l'influenza di qualcosa di simile a una droga. Adesso la distanza tra lui e la ragazza sembra immensa. Infinita, insormontabile, e la promessa che le ha fatto gli sembra un errore incauto, avventato, un'interpretazione terribilmente sbagliata dei suoi poteri, della sua volontà e del suo carattere. Un episodio che è meglio dimenticare. Lui non è all'altezza. Molto semplice. Nelle ultime due settimane ha ricevuto altre tre mail di Amra. Ha letto la prima ma non ha risposto. Ha eliminato le altre due senza leggerle.

---

La coda nella libreria conta dodici, tredici persone. Si snoda dal palco improvvisato sino allo scaffale delle riviste. Una donna alta, dalla faccia larga, distribuisce piccoli post-it gialli su cui scrivere il nome ed eventualmente un messaggio personale. Una commessa in cima alla fila aiuta le persone ad aprire il libro al frontespizio.

Idris, quasi in testa alla coda, tiene in mano una copia del libro. La donna davanti a lui, sulla cinquantina, i capelli biondi tagliati corti, gli chiede: «L'ha letto?».

«No.»

«Lo leggeremo nel nostro gruppo di lettura il mese prossimo. Tocca a me scegliere.»

«Ah.»

La donna aggrotta le sopracciglia e si posa una mano sul petto. «Spero davvero che la gente lo legga. Una storia così commovente. Così illuminante. Scommetto che ne faranno un film.»

È vero quello che Idris le ha detto. Non ha letto il libro e dubita che lo leggerà mai. Non crede di avere la forza di rivedersi in quelle pagine. Ma altri lo leggeranno. E quando leggeranno, lui verrà messo a nudo. Tutti sapranno: Nahil, i suoi figli, i suoi colleghi. Gli viene nausea al solo pensiero.

Riapre il libro, salta i ringraziamenti, la biografia del co-autore che ha raccontato la storia. Guarda di nuovo la fotografia sul risvolto di copertina. Non si vedono segni della lesione. Se è rimasta una cicatrice, che deve pur esserci, i lunghi capelli neri ondulati la nascondono. Roshi indossa una camicetta con perline dorate, una collana con il nome di Allah, orecchini di lapislazzuli. È appoggiata a un albero, sorride, guarda nell'obbiettivo. Idris pensa alle figure stilizzate che aveva disegnato per lui. *Non andare via. Non partire, Kaka.* In questa giovane donna non scorge un briciolo della creaturina tremebonda che aveva incontrato dietro una tenda sei anni prima.

Guarda la pagina con la dedica.

*Ai due angeli della mia vita: mia madre Amra e il mio Kaka Timur. Siete i miei salvatori. A voi devo tutto.*

Le parole ondeggiano. La donna con i corti capelli biondi si fa firmare la sua copia. Si scosta e Idris, con il cuore che gli martella in petto, fa un passo avanti. Roshi alza lo sguardo. Porta uno scialle afghano sopra una camicetta a maniche lunghe giallo zucca e piccoli orecchini ovali d'argento. Gli occhi della ragazza sono più scuri di come Idris li ricordava e il suo corpo sta acquisendo morbide curve femminili. Roshi lo guarda senza batter ciglio e, benché non dia segni evidenti di averlo riconosciuto e il suo sorriso sia cortese, c'è qualcosa di divertito e distante nella sua espressione, qualcosa di ironico, malizioso, che non si lascia intimidire. Idris ne è sopraffatto. Improvvisamente tutte le parole che aveva preparato, che aveva persino messo per iscritto, che aveva mentalmente ripetuto andando alla libreria, gli muoiono in gola. Non riesce a spiccicare parola. Rimane là impalato con un'aria un po' stupida.

La commessa si schiarisce la voce: «Signore, dia a me il suo libro e Roshi glielo firmerà sul frontespizio».

Il libro. Idris abbassa lo sguardo e vede che lo sta tenendo stretto in mano. Non è venuto qui per farselo firmare, naturalmente. Sarebbe autolesionistico, grottescamente autolesionistico, dopo tutto. Ma si ritrova a passare il libro alla commessa che da esperta lo apre alla pagina giusta, mentre la mano di Roshi scrive qualcosa sotto il titolo. Gli rimane qualche secondo per parlare, non per mitigare ciò che è indifendibile, ma perché pensa di doverglielo. Tuttavia, quando la commessa gli restituisce il libro, Idris non riesce a mettere assieme le parole. In questo momento vorrebbe avere almeno una punta del coraggio di Timur. Torna a guardare Roshi che ha già rivolto la sua attenzione alla persona dietro di lui nella coda.

«Sono...»

«Dobbiamo far scorrere la fila, signore» dice la commessa.

China la testa e si scosta.

Ha lasciato la macchina nel parcheggio dietro la libreria. Il tratto di strada che deve percorrere per raggiungerla gli sembra il più lungo della sua vita. Apre la portiera, ma non sale subito. Con le mani che non hanno smesso di tremare, sfoglia il libro. Non è una firma. Sono due frasi che Roshi ha scritto in inglese.

Chiude il libro e anche gli occhi. Dovrebbe sentirsi sollevato. Ma una parte di lui desidererebbe qualcos'altro. Forse che lei gli avesse fatto le boccacce, gli avesse detto qualcosa di infantile, parole cariche di odio e di ribrezzo. Un'esplosione di rancore. Forse per lui sarebbe stato meglio. Invece è un congedo diplomatico, pulito, sintetizzato in una breve nota: *Non preoccuparti. Non si parla di te.* Un atto di cortesia. Forse, per essere più precisi, un atto di misericordia. Dovrebbe sentirsi sollevato. Ma fa male. Ne accusa il colpo, come quello di un'ascia che gli fende la testa.

Non lontano c'è una panchina, sotto un olmo. Idris si avvicina e vi lascia il libro. Ritorna alla macchina, si siede al volante e gli ci vuole un po' prima di trovare la forza per girare la chiave e partire.

# *Sei*

# FEBBRAIO 1974

*Lettera del direttore, «Parallaxe» numero 84, pag. 5, inverno 1974.*

Cari lettori,
cinque anni fa, quando la nostra rivista trimestrale iniziò la rubrica di interviste a poeti poco noti, non potevamo immaginare che avrebbero avuto tanto successo. Molti lettori ne hanno richieste altre e le vostre lettere entusiastiche ci hanno indotto a far sì che questi numeri speciali di «Parallaxe» uscissero a scadenza annuale. Inoltre scrivere il profilo degli autori è diventato per i nostri redattori un lavoro di grande interesse. La rubrica ha portato alla scoperta, o alla riscoperta, di alcuni pregevoli poeti e a una rivalutazione, per quanto tardiva, della loro opera.

Purtroppo, però, un'ombra triste oscura questo numero. L'autrice che presentiamo è Nila Wahdati, una poetessa afghana intervistata da Étienne Boustouler l'inverno scorso a Courbevoie, non lontano da Parigi. Mme Wahdati, come siamo certi converrete, ha rilasciato a M. Boustouler una delle interviste più significative ed eccezionalmente sincere da noi pubblicate. È con grande tristezza che abbiamo appreso della sua prematura morte, avvenuta non molto tempo dopo l'intervista. La comunità dei poeti sentirà la sua mancanza. Lascia una figlia.

È strana la coincidenza dei tempi. Il segnale acustico della porta dell'ascensore suona esattamente nello stesso istante in cui squilla il telefono. Pari sente lo squillo, perché viene dall'appartamento di Julien, che si trova all'inizio dello stretto corridoio buio, ed è perciò il più vicino all'ascensore. Per intuito, sa chi chiama. Dalla sua espressione, lo sa anche Julien.

Julien, che è già entrato nell'ascensore, dice: «Lascialo suonare».

Dietro di lui c'è la signora del piano di sopra, una donna scostante dalla faccia rubiconda. Guarda Pari con impazienza. Julien la chiama *la chèvre*, per via del ciuffo di peli sul mento che la rende simile a una capra.

«Andiamo, Pari. Siamo già in ritardo.»

Ha prenotato un tavolo per le sette al nuovo ristorante del XVI arrondissement, di cui parlano tutti per via del suo *poulet braisé*, della *sole cardinale* e del fegato di vitello con aceto allo sherry. Hanno appuntamento con Christian e Aurelie, vecchi amici d'università di Julien, del periodo in cui ancora studiava, non di quando era già diventato professore. L'aperitivo è fissato per le sei e mezza e sono già le sei e un quarto. Devono ancora raggiungere la stazione del métro, scendere a Muette e percorrere a piedi sei isolati prima di arrivare al ristorante.

Il telefono continua a suonare.

La signora dalla faccia caprina tossicchia.

Julien chiama, in modo più deciso di prima: «Pari?».

«Probabilmente è Maman.»

«Sì, lo so.»

Pari pensa, in modo del tutto irrazionale, che Maman, che ha una predilezione insopprimibile per il dramma, abbia scelto questo preciso momento per chiamare, come volesse porla inesorabilmente di fronte alla scelta se entrare in ascensore con Julien o rispondere alla telefonata.

«Potrebbe essere importante.»

Julien sospira.

Mentre la porta dell'ascensore si chiude alle sue spalle, si appoggia alla parete del corridoio. Affonda le mani nelle tasche dell'impermeabile assumendo per un momento l'aria del personaggio di un *policier*.

«Ci impiego un minuto.»

Julien le lancia un'occhiata scettica.

L'appartamento di Julien è piccolo. Con pochi rapidi passi Pari attraversa l'atrio, va oltre la cucina, si siede sul bordo del letto e prende il telefono sul comodino, l'unico per cui c'è spazio nella stanza. La vista, comunque, è spettacolare. Ora piove, ma in una giornata limpida, dalla finestra a oriente, si può vedere gran parte del XIX e XX arrondissement.

«*Oui, allô?*» dice nel ricevitore.

Una voce maschile risponde. «*Bonsoir.* Parlo con mademoiselle Pari Wahdati?»

«Sì. E io con chi parlo?»

«Lei è la figlia di Madame Nila Wahdati?»

«Sì.»

«Sono il dottor Delaunay. Chiamo per sua madre.»

Pari chiude gli occhi. Per un breve istante si sente attraversare dal senso di colpa, subito sostituito dalla solita paura. Non è la prima volta che riceve una telefonata del genere. Troppe, ne ha perso il conto, da quando era un'adolescente, ma anche prima; una volta, in quinta elementare, nel mezzo dell'esame di geografia, l'insegnante dovette interrompersi, accompagnarla in corridoio e spiegarle a bassa voce cosa era successo. È abituata a queste telefonate, ma la loro ripetitività non l'ha portata all'indifferenza. A ogni telefonata pensa "questa è la volta buona", e ogni volta riaggancia e si precipita da Maman. Nel suo linguaggio da economista, Julien le dice che se tagliasse l'offerta d'attenzione, forse anche la domanda cesserebbe di conseguenza.

«Ha avuto un incidente» dice il dott. Delaunay.

Pari, vicino alla finestra, ascolta le spiegazioni del dottore. Arrotola e srotola il cavo del telefono attorno al dito, mentre il dottore le riferisce il ricovero in ospedale della madre, la lacerazione sulla fronte, le suture, l'antitetanica di prevenzione, la successiva terapia disinfettante, gli antibiotici topici, le fasciature. La mente di Pari torna in un lampo a quando aveva dieci anni, al giorno in cui, tornata da scuola, aveva trovato sul tavolo di cucina venticinque franchi e un biglietto scritto a mano. *Sono andata in Alsazia con Marc. Sono sicura che ti ricordi chi è. Torno tra un paio di giorni. Fai la brava e soprattutto non rimanere alzata sino a tardi! Je t'aime. Maman.* Pari era rimasta in cucina, tremando come una foglia, gli occhi pieni di lacrime, dicendo a se stessa che due giorni non erano la fine del mondo, in fondo erano pochi.

Il dottore le sta rivolgendo una domanda.

«Scusi?»

«Le chiedevo se viene per riportarla a casa, *mademoiselle*. La ferita non è grave, ma probabilmente è meglio se non torna a casa da sola. Altrimenti le chiamiamo un taxi.»

«No, non è necessario. Sarò lì tra una mezz'ora.»

Si siede sul letto. Julien si scoccerà, forse si sentirà in imbarazzo con Christian e Aurelie, la cui opinione sembra rivestire grande importanza per lui. Pari vorrebbe non dover uscire in corridoio per affrontarlo. Però non vorrebbe neppure andare a Courbevoie ad affrontare sua madre. Quello che vorrebbe è stendersi sul letto, ascoltare la pioggia che sferza il vetro, sino ad addormentarsi.

Accende una sigaretta e quando Julien entra nella camera e, alle sue spalle, chiede: «Non vieni, vero?», Pari non risponde.

*Estratto da* L'usignolo afghano, *intervista di Étienne Boustouler a Nila Wahdati, «Parallaxe», numero 84, pag. 33, inverno 1974.*

*E.B.*: Dunque lei è metà afghana e metà francese.

*N.W.*: Mia madre era francese. Sì, era parigina.

*E.B.*: Ma ha conosciuto suo padre a Kabul. Lei è nata a Kabul.

*N.W.*: Sì, si sono conosciuti a Kabul nel 1927. A una cena ufficiale a Palazzo Reale. Mia madre aveva accompagnato suo padre, mio nonno, che era stato inviato a Kabul come consulente del re Amanullah per elaborare le riforme. Ha sentito parlare di re Amanullah?»

Ci troviamo nel soggiorno del piccolo appartamento di Nila Wahdati al 30° piano di un palazzo residenziale nella città di Courbevoie, a nord-est di Parigi. La stanza è piccola, male illuminata, con pochi mobili: un divano color zafferano, un tavolino, due alte librerie. È seduta con le spalle alla finestra, che ha aperto per liberare la stanza dal fumo delle sigarette che accende in continuazione.

Nila Wahdati dice di avere quarantaquattro anni. È una donna straordinariamente attraente, che forse ha superato il culmine della sua bellezza, ma non da molto. Zigomi alti, regali, bella carnagione, vita sottile. Ha occhi intelligenti, civettuoli e uno sguardo penetrante sotto il quale uno si sente allo stesso tempo esaminato, giudicato, affascinato, un oggetto di cui prendersi gioco. Ho l'impressione che siano ancora un formidabile strumento di seduzione. Non ha trucco se non il rossetto, una piccola sbavatura è finita oltre il margine della bocca. Porta una bandana sulla fronte, una camicetta di un viola sbiadito sopra i jeans, e non ha né calze né scarpe. Nonostante siano soltanto le undici di mattina, si versa un bicchiere di Chardonnay da una bottiglia che non è stata messa in frigorifero. Gentilmente mi offre di farle compagnia, ma io declino.

*N.W.*: Era il re migliore che gli afghani abbiano mai avuto.

Trovo questa osservazione interessante per la scelta del soggetto.

*E.B.*: Perché, lei non si considera afghana?

*N.W.*: Diciamo che ho divorziato dalla mia metà più scomoda.

*E.B.*: Questo fatto mi incuriosisce.

*N.W.*: Se ci fosse riuscito, voglio dire re Amanullah, forse avrei risposto alla sua domanda in modo diverso.

Le chiedo di spiegarsi.

*N.W.*: Vede, una mattina il re si sveglia, e dichiara che ha intenzione di riplasmare il paese, se necessario con le maniere forti, per trasformarlo in una nazione nuova e più illuminata. Dio mio! Niente più velo, disse come prima cosa. Si immagini, Monsieur Boustouler, una donna che in Afghanistan viene arrestata perché indossa il *burqa*! E quando sua moglie, la regina Soraya, apparve a volto scoperto in pubblico? *Oh là là*. I mullah trattennero il respiro e i loro polmoni si gonfiarono a tal punto che avrebbero potuto far volare mille dirigibili. E basta con la poligamia, disse! Questo, capisce, in un paese dove i re hanno legioni di concubine e non posano mai gli occhi su molti dei figli che generano con tanta leggerezza. D'ora in poi, dichiarò, nessun uomo può costringere una donna a un matrimonio indesiderato. E niente più spose vendute, coraggiose donne dell'Afghanistan, e niente più spose bambine. E, come se non bastasse, andrete tutte a scuola.

*E.B.*: Era un visionario, allora.

*N.W.*: O un pazzo. Io stessa ho sempre trovato la linea di demarcazione pericolosamente sottile.

*E.B.*: Che fine ha fatto?

*N.W.*: La risposta è dolorosa quanto prevedibile, Monsieur Boustouler. Jihad, naturalmente. Hanno indetto il jihad contro di lui, i mullah, i capi tribali. Si immagini mille pugni chiusi alzati al cielo! Il re aveva messo in moto la terra, capisce, ma era circondato da un oceano di zeloti, e lei sa bene cosa succede quando il fondo dell'oceano si scuote, Monsieur Boustouler. Uno tsunami di ribelli barbuti si abbatté sul povero re, che cercò inutilmente di mantenersi a galla agitando le braccia. Lo travolse per sputarlo sulle coste indiane, poi in Italia e infine in Svizzera dove si trascinò fuori dal fango e morì, vecchio e deluso, in esilio.

*E.B.*: E il paese che ne è uscito? Mi pare di capire che non le andasse molto bene.

*N.W.*: È altrettanto vero il contrario.

*E.B.*: Per questa ragione si è trasferita in Francia nel 1955.

*N.W.*: Mi sono trasferita in Francia perché volevo salvare mia figlia da un certo tipo di vita.

*E.B.*: Quale tipo di vita?

*N.W.*: Non volevo che fosse trasformata, contro la sua volontà e la sua natura, in una di quelle donne tristi, ubbidienti, costrette ad accettare un'intera vita di silenzioso servaggio, sempre timorose di fare, dire, o mostrare la cosa sbagliata. Donne che alcuni in Occidente ammirano, qui in Francia, per esempio, trasformate in eroine per la vita dura che conducono, esaltate a distanza da coloro che non sopporterebbero di vivere un solo giorno nei loro panni. Donne che soffocano i loro desideri e rinunciano ai loro sogni e tuttavia, e questo è il peggio, quando le si incontra, sorridono e fingono di non avere assolutamente nulla da temere. Come se conducessero una vita invidiabile. Ma se lei guarda con attenzione noterà lo sguardo impotente, la disperazione, cose che smentiscono il loro apparente buon umore. Tutto questo è patetico, Monsieur Boustouler, e non è certo quello che desideravo per mia figlia.

*E.B.*: Immagino che sua figlia abbia capito.

Nila Wahdati si accende un'altra sigaretta.

*N.W.*: Be', i figli non corrispondono mai esattamente a come li avremmo voluti, Monsieur Boustouler.

Al pronto soccorso un'infermiera di cattivo umore ordina a Pari di aspettare accanto al banco dell'accettazione, vicino a un carrello pieno di blocchi per appunti e cartelle cliniche. Pari si stupisce che ci siano persone che decidono di passare la loro giovinezza a formarsi per una professione che le confina in un posto come quello. Non lo capisce proprio. Detesta gli ospedali. Odia vedere gente che sta male, non sopporta gli odori nauseabondi, le barelle cigolanti, i corridoi con quadri squallidi alle pareti, l'incessante vociare dell'altoparlante.

Il dottor Delaunay in realtà è più giovane di quanto Pari si aspettasse. Ha il naso sottile, la bocca stretta e folti riccioli biondi. La conduce fuori dal pronto soccorso fin nel corridoio principale, attraverso doppie porte a spinta.

«Quando sua madre è arrivata» dice in tono confidenziale «era piuttosto alticcia. La cosa non sembra sorprenderla.»

«No.»

«Non ha sorpreso neanche parecchie infermiere. Dicono che sia una cliente abituale. Io sono nuovo, perciò non ho mai avuto il piacere, naturalmente.»

«Era una cosa grave?»

«Sua madre è stata molto testarda, e direi piuttosto teatrale.»

Si scambiano un sorriso.

«Si riprenderà presto?»

«Sì» dice il dottor Delaunay. «Ma devo raccomandarmi con insistenza che riduca l'alcol. Questa volta le è andata bene, ma, chi può dirlo, la prossima volta...»

Pari annuisce. «Dov'è adesso?»

La riaccompagna al pronto soccorso. «Letto 3. Torno tra poco con la pratica per le dimissioni.»

Pari lo ringrazia e si avvicina al letto della madre.
«*Salut*, Maman.»
Maman sorride con aria stanca. Ha i capelli scarmigliati e i calzini scompagnati. Le hanno bendato la fronte e una flebo le lascia gocciolare un liquido incolore nel braccio. Indossa una camicia dell'ospedale, ma la porta al contrario e non l'ha allacciata bene. La camicia si è leggermente aperta sul davanti e Pari scorge un breve tratto della linea verticale, spessa e scura della vecchia cicatrice del cesareo di sua madre. Alcuni anni prima, aveva chiesto a sua madre perché non avesse la solita cicatrice orizzontale, e Maman le aveva spiegato che a suo tempo i dottori le avevano fornito delle ragioni tecniche che non ricordava più. *La cosa importante*, aveva detto, *è che ti abbiano tirato fuori.*
«Ti ho rovinato la serata» balbetta Maman.
«Gli incidenti capitano. Sono venuta per riportarti a casa.»
«Potrei dormire per una settimana.»
Le si chiudono gli occhi, benché continui a chiacchierare in modo strascicato, intermittente. «Ero seduta a guardare la televisione. Mi è venuta fame. Sono andata in cucina a prendere pane e marmellata e sono scivolata. Non so bene come, o su cosa, ma cadendo ho battuto la testa sulla maniglia del forno. Penso di aver perso i sensi per un minuto o due. Siediti, Pari. Così ti sento incombere in modo minaccioso.»
Pari si siede. «Il dottore ha detto che avevi bevuto.»
Maman apre un occhio per metà, a fatica. Frequenta i medici con un'assiduità superata solo dall'avversione che prova per loro. «È questo che ti ha detto quel ragazzo? *Le petit salaud.* Cosa ne sa lui? Ha l'alito che sa ancora della tetta di sua madre.»

«La butti sempre in scherzo. Ogni volta che sollevo l'argomento.»

«Sono stanca, Pari. Puoi sgridarmi un'altra volta? Tanto il palo della flagellazione non si sposta.»

Adesso si addormenta davvero. Russa in modo sgradevole, come le succede solo dopo una sbronza.

Pari è seduta su uno sgabello accanto al letto, in attesa del dottor Delaunay, e si immagina Julien a un tavolo dalle luci basse, menu in mano, che spiega il contrattempo a Christian e Aurelie, mentre bevono bordeaux in calici dal lungo stelo. Si era offerto di accompagnarla all'ospedale, ma in modo poco convinto, una pura formalità. Comunque non sarebbe stata una buona idea. Se il dottor Delaunay pensava di aver già assistito a una recita teatrale... Tuttavia, anche se era meglio che non fosse venuto, Pari avrebbe preferito che non fosse andato neppure fuori a cena senza di lei. È ancora un po' stupita che non abbia rinunciato. Avrebbe potuto spiegare la situazione a Christian e Aurelie, avrebbero potuto rimandare, spostare la prenotazione a un'altra sera. Ma Julien era andato. Non era stato solo un gesto irriguardoso. No. C'era qualcosa di perverso in questa sua mossa, di volutamente cattivo. Da tempo Pari sa che Julien è capace di gesti simili e di recente si è chiesta se non ci provi anche gusto.

Era stato in un pronto soccorso non dissimile da questo che Maman aveva incontrato Julien per la prima volta. Era successo dieci anni prima, nel 1963, quando Pari aveva quattordici anni. Julien aveva accompagnato un collega che soffriva di emicrania. Maman aveva portato Pari, in quell'occasione la paziente, che si era malamente slogata una caviglia durante la lezione di ginnastica a scuola. Pari era sdraiata su una barella quando Julien era entrato nella stanza spingendo la sedia a rotelle e aveva attaccato bottone con Maman. Pari non ricorda cosa si fossero detti. Ricorda però che Julien aveva chiesto: «Si chiama Paris, come la città?». E da Maman era venuta la consueta risposta: «No, senza la *s*. Significa fata, in farsi».

Una sera di pioggia di quella stessa settimana erano andate a cena con lui in un piccolo bistrot non lontano dal Boulevard Saint-Germain. A casa, Maman era stata indecisa a lungo su cosa indossare, scegliendo infine un abito azzurro pastello stretto in vita, guanti da sera e scarpe con tacchi a spillo. Poi, già in ascensore, aveva chiesto a Pari: «Non fa troppo Jackie, vero? Cosa ne pensi?».

Prima di cena, avevano fumato tutti e tre, e Maman e Julien avevano bevuto birra in immensi boccali bordati di ghiaccio. Finito un giro, Julien ne aveva ordinato un altro, a cui era seguito un terzo. Julien in camicia bianca, cravatta e giacca da sera a scacchi, esibiva i modi controllati e cortesi di un uomo ben educato. Sorrideva con disinvoltura e rideva in modo spontaneo. Aveva un pizzico di grigio alle tempie, che Pari non aveva notato nella luce incerta del pronto soccorso, e questo le aveva fatto pensare che dovesse avere più o meno l'età di Maman. Era ben informato sull'attualità politica e per un po' aveva parlato del veto di De Gaulle all'entrata dell'Inghilterra nel Mercato Comune e, con sorpresa di Pari, era quasi riuscito a rendere l'argomento interessante. Solo in risposta a una domanda di Maman, aveva rivelato che aveva appena iniziato a insegnare economia alla Sorbona.

«Un professore? Molto affascinante!»

«Oh, non direi. Dovresti assistere a una mia lezione prima o poi. Ti farebbe cambiare idea rapidamente.»

«Forse lo farò.»

Pari aveva notato che Maman era già un po' alticcia.

«Forse un giorno o l'altro entrerò in aula di soppiatto per vederti in azione.»

«Azione? Non avrai dimenticato che insegno teoria economica, Nila. Se davvero verrai, scoprirai che i miei studenti mi considerano un perfetto idiota.»

«Non ci credo.»

Anche Pari ne dubitava. Immaginava che molte delle studentesse di Julien avrebbero voluto andare a letto con lui. Per tutta la cena era stata attenta a non farsi sorprendere a osservarlo. Aveva una faccia da film in bianco e nero, da attore di noir, attraversata da lame d'ombra parallele, proiettate dalle veneziane, con un pennacchio di fumo di sigaretta che saliva a spirale a lato di una guancia. Sulla fronte gli cadeva una ciocca di capelli simile a una parentesi, molto aggraziata, forse troppo aggraziata. Se quel ciuffo ciondolava lì casuale, era altrettanto vero che Julien non si era mai dato la pena di sistemarlo.

Aveva chiesto a Maman della piccola libreria che gestiva personalmente. Era situata al di là della Senna, dall'altra parte del Pont d'Arcole.

«Tieni anche libri sul jazz?»

«*Mais oui*» aveva risposto Maman.

Fuori la pioggia scrosciava rumorosamente e il bistrot si era fatto più chiassoso. Mentre il cameriere serviva sfogliatelle di formaggio e spiedini di prosciutto, Maman e Julien si erano immersi in una prolissa analisi della musica di Bud Powell, Sonny Stitt, Dizzy Gillespie e Charlie Parker, il preferito di Julien. Maman gli aveva detto di preferire gli stili della West Coast, tipo Chet Baker e Miles Davis. Conosceva per caso *Kind of Blue*? Pari si era stupita di scoprire che Maman amasse il jazz sino a quel punto, e che avesse una tale conoscenza di musicisti così diversi tra loro. Si era meravigliata, non per la prima volta, sia della propria infantile ammirazione per Maman, sia della inquietante sensazione che in realtà non conoscesse sua madre fino in fondo. Ciò che invece non l'aveva sorpresa era l'atteggiamento spontaneamente seduttivo di Maman nei confronti di Julien. Era nel suo elemento. Non aveva mai avuto problemi a galvanizzare l'attenzione degli uomini. Li fagocitava.

Pari aveva osservato Maman che chiacchierava scherzosamente, rideva alle battute di Julien, piegava la testa di lato rigirando distrattamente una ciocca di capelli. Ancora una volta si era meravigliata di quanto Maman fosse giovane e bella, in fondo aveva soltanto vent'anni più di lei. I suoi lunghi capelli scuri, il petto colmo, gli occhi straordinari e il viso splendente dai tratti classici, regali, che intimidiva. Pari si era stupita anche di come non assomigliava a Maman, con quei suoi occhi sbiaditi, solenni, il naso lungo, il sorriso con la finestrella e i seni piccoli. I suoi lati più belli erano di una qualità più modesta, priva di fulgore. La presenza di sua madre le ricordava sempre che il suo aspetto era stato tessuto con un filato più ordinario. A volte era Maman stessa che glielo ricordava, benché le sue critiche fossero sempre nascoste dentro un cavallo di Troia di complimenti.

Diceva: *Sei fortunata, Pari. Non dovrai sforzarti tanto perché gli uomini ti prendano sul serio. Ti ascolteranno con attenzione. Troppa bellezza guasta.* Rideva. *Dammi retta. Non dico di parlare per esperienza. No, naturalmente. È una semplice osservazione.*

*Stai dicendo che non sono bella.*

*Sto dicendo che non vuoi esserlo. E poi sei graziosa e questo è più che sufficiente, je t'assure, ma chérie. È persino meglio.*

Non assomigliava molto neppure a suo padre, pensava Pari. Era un uomo alto, dalla faccia seria, labbra sottili, mento piccolo e fronte alta. Pari conservava qualche sua fotografia di quando era bambina nella casa di Kabul. Si era ammalato nel 1955, l'anno in cui lei e Maman si erano trasferite a Parigi, ed era morto poco dopo. Talvolta Pari si sorprendeva a osservare in particolare una di quelle vecchie foto in bianco e nero che ritraevano loro due, lei e suo padre, davanti a una vecchia macchina americana. Lui appoggiato al parafango, lei in braccio, entrambi sorridenti. Ricordava di essersi seduta accanto a suo padre una volta, mentre lui dipingeva per lei giraffe e scimmie dalla lunga coda sulle ante di un armadio. Le aveva permesso di dipingere una delle scimmie, tenendole la mano e guidando le sue pennellate.

Guardare suo padre in quelle fotografie suscitava in Pari un sentimento che provava, sempre uguale, da quando aveva ricordi. La sensazione di un'assenza, della mancanza di qualcosa o di qualcuno, che intaccava la sua stessa esistenza. A volte era un'impressione vaga, come un messaggio spedito da grandi distanze attraverso oscure vie secondarie, un segnale radio debole, remoto, confuso. Altre volte la percepiva in modo netto, questa assenza, così intimamente vicina da farle sobbalzare il cuore. Era capitato in Provenza, due anni prima, quando aveva visto un'immensa quercia accanto a una fattoria. Un'altra volta era successo nel Giardino delle Tuileries, quando aveva notato una giovane madre posare il figlio in un carretto rosso. Pari non capiva. Una volta aveva letto la storia di un turco di mezza età che era caduto improvvisamente in una grave depressione quando il fratello gemello, di cui ignorava l'esistenza, era stato vittima di un attacco cardiaco che gli era stato fatale, durante un'escursione in canoa nella foresta pluviale amazzonica. Era stata la descrizione più vicina a ciò che provava lei.

Una volta ne aveva parlato a Maman.

*Be', non lo si può chiamare mistero, mon amour*, aveva detto Maman. *Senti la mancanza di tuo padre. È uscito dalla tua vita. È naturale che tu debba sentirti così. Ecco che cos'è, ovvio. Vieni qui. Da' un bacio a Maman.*

La risposta di sua madre era stata perfettamente sensata, ma anche insoddisfacente. Pari infatti era convinta che si sarebbe sentita più completa se suo padre fosse stato ancora in vita, se fosse stato lì con lei. Ma ricordava di aver provato quella sensazione anche da bambina, quando viveva con tutti e due i genitori nella grande casa di Kabul.

Finita la cena, Maman si era scusata, dicendo di dover andare in bagno, e Pari era rimasta qualche minuto sola con Julien. Avevano parlato di un film che lei aveva visto la settimana prima, un film con Jeanne Moreau nella parte di una giocatrice d'azzardo, e avevano conversato anche di scuola e di musica. Mentre Pari parlava, Julien ascoltava con grande interesse, il gomito puntato sul tavolo, leggermente chino in avanti, sorridendo e guardandola fissa con la fronte aggrottata. È una messinscena, si era detta Pari, finge soltanto. Un atto d'educazione, un suo modo di comportarsi con le donne che aveva sfoderato lì per lì, per prendersi gioco di lei e divertirsi a sue spese. E tuttavia, sotto il suo sguardo implacabile, Pari non aveva potuto impedire al suo cuore di accelerare i battiti, né a se stessa di sentire una stretta al ventre. Si accorse di parlare in un falso tono sofisticato, artificioso, ridicolo, un tono che non aveva niente da spartire con quello che usava normalmente. Ne era consapevole, ma non riusciva a smettere.

Le aveva detto che era stato sposato per breve tempo.

«Davvero?»

«Qualche anno fa. Quando avevo trent'anni. Allora vivevo a Lione.»

Aveva sposato una donna più anziana, ma il matrimonio non era durato, perché lei era troppo possessiva. Questo Julien non l'aveva confidato quando Maman era ancora al tavolo. «In realtà è stato un rapporto fisico» aveva aggiunto. «*C'était complètement sexuel.* Voleva possedermi.» Mentre diceva questo, la guardava con un sorrisino impertinente, valutando cautamente la sua reazione. Pari aveva acceso una sigaretta, cercando di assumere un'aria disinvolta alla Bardot, come se fosse abituata a ricevere confidenze di quel genere. Ma dentro tremava. Sapeva che a quel tavolo era stato commesso un piccolo tradimento. Qualcosa di vagamente illecito, non del tutto innocente, ma decisamente stuzzicante. Maman era tornata con i capelli ben pettinati e il rossetto fresco, il loro momento furtivo si era spezzato e per un attimo Pari si era risentita dell'intrusione, cosa per cui era stata subito sopraffatta dal rimorso.

L'aveva rivisto una settimana dopo, più o meno. Era mattina e lei stava andando nella camera di Maman con una tazza di caffè. L'aveva trovato seduto sul bordo del letto, che caricava l'orologio. Pari non sapeva che fosse lì dalla sera precedente. L'aveva scorto dal corridoio attraverso uno spiraglio della porta. Si era immobilizzata, come se avesse messo radici, la tazza in mano, la bocca che sapeva di fango come avesse succhiato una zolla di terra secca. Era rimasta a fissarlo, la pelle perfetta della schiena, il piccolo gonfiore del ventre, lo spazio scuro tra le gambe in parte coperto dalle lenzuola spiegazzate. Julien aveva allacciato l'orologio, aveva preso una sigaretta dal comodino, l'aveva accesa, lanciandole un'occhiata come per caso. Sembrava che sapesse che lei era lì. Le aveva sorriso a labbra strette. Poi Maman aveva detto qualcosa dalla doccia e Pari si era girata di scatto. Era stato un miracolo che non si fosse ustionata con il caffè.

Maman e Julien erano stati amanti per circa sei mesi. Andavano spesso al cinema, ai musei, alle piccole gallerie d'arte che esponevano opere di oscuri pittori con nomi stranieri, che lottavano per affermarsi. Un fine settimana erano andati al mare ad Arcachon, vicino a Bordeaux, ed erano tornati con la faccia abbronzata e una cassa di vino rosso. Julien la portava con sé agli eventi organizzati dall'università e Maman lo invitava alle letture d'autore nella sua libreria. Pari dapprima li aveva seguiti – Julien glielo aveva chiesto, il che era sembrato far piacere a Maman – ma ben presto aveva trovato pretesti per rimanere a casa. Accompagnarli le risultava insopportabile. Era troppo stanca, diceva, oppure non si sentiva bene. Doveva andare a studiare a casa della sua amica Colette, si giustificava. Colette, che era sua amica dalla seconda elementare, era una ragazza sottile dall'aspetto fragile, con lunghi capelli lisci e un naso simile al becco di una cornacchia. Provava gusto a scioccare la gente dicendo cose audaci senza alcuna vergogna.

«Scommetto che è deluso che non esci con loro» aveva detto Colette.

«Be', se lo è, non lo dà a vedere.»

«Be', mi sembra ovvio. Cosa ne penserebbe tua madre?»

«Di cosa?» aveva chiesto Pari, benché lo sapesse, naturalmente. Lo sapeva, ma voleva sentirselo dire.

«E me lo chiedi?» Colette aveva un tono malizioso, eccitato. «Che sta con lei per arrivare a te. Che sei tu che lui vuole.»

«Non dire sciocchezze» aveva replicato Pari confusa.

«O forse vi vuole tutte e due. Forse gli piace avere una folla nel letto. Nel qual caso ti chiederei di mettere una buona parola per me.»

«Mi fai schifo, Colette.»

A volte, quando Maman e Julien erano fuori, Pari si spogliava e si guardava nel lungo specchio del corridoio. Trovava che il suo corpo era pieno di difetti. Troppo lungo, pensava, troppo asciutto, troppo... funzionale. Non aveva ereditato nessuna delle ammalianti curve di sua madre. A volte, nuda come si trovava, andava nella camera di sua madre, si stendeva sul letto dove sapeva che Maman e Julien facevano l'amore. Si sdraiava a occhi chiusi, con il cuore in tumulto, crogiolandosi nell'avvilimento, mentre qualcosa di simile a un ronzio le si diffondeva nel petto, nel ventre, e ancora più giù.

Tra Maman e Julien era finita, naturalmente. Pari si era sentita sollevata, ma non stupita. Gli uomini finivano per lasciare Maman. Si rivelavano sempre disastrosamente inferiori a quello che lei si aspettava da loro. Ciò che iniziava con entusiasmo e passione finiva sempre con dure accuse e parole odiose, con rabbia, scoppi di pianto e utensili di cucina che volavano. Tutto diventava melodrammatico. Maman era incapace sia di iniziare che di finire una relazione senza eccessi.

Poi seguiva un periodo prevedibile in cui Maman

provava un improvviso desiderio di solitudine. Restava a letto con addosso un vecchio cappotto invernale sopra il pigiama, prostrata, dolente, senza un sorriso. Pari sapeva di doverla lasciare in pace. I suoi tentativi di consolarla o di farle compagnia non erano graditi. Questo suo umore cupo durava settimane. Nel caso di Julien si protrasse ancora più a lungo.

«*Ah merde!*» dice ora Maman.

È a letto, seduta, con addosso ancora la camicia dell'ospedale. Il dottor Delaunay ha dato a Pari i documenti di dimissione e l'infermiera sta staccando la flebo dal braccio di Maman.

«Che c'è?»

«Mi è tornato in mente che ho un'intervista tra un paio di giorni.»

«Un'intervista?»

«La pubblicheranno su una rivista di poesia.»

«È fantastico, Maman.»

«Nel pezzo ci sarà una foto.» Indica le suture sulla fronte.

«Sono certa che troverai un modo elegante per nasconderle» dice Pari.

Maman sospira, distoglie lo sguardo. Quando l'infermiera toglie l'ago, Maman ha uno scatto e investe la donna con parole immeritatamente sgarbate.

*Da* L'usignolo afghano, *intervista di Étienne Boustouler a Nila Wahdati, «Parallaxe», numero 84, pag. 36, inverno 1974.*

Mi guardo attorno di nuovo e sono attratto da una fotografia incorniciata su uno scaffale. Raffigura una bambina accovacciata in un campo di arbusti selvatici, intenta a raccogliere qualcosa, forse una bacca. Indossa un cappotto di un giallo brillante, abbottonato sino al collo, in contrasto con il cielo grigio, coperto. Sullo sfondo c'è una fattoria di pietra con le persiane chiuse e il tetto malandato. Le chiedo di parlarmi della foto.

*N.W.*: Questa è mia figlia Pari. Come la città, ma senza la *s*. Significa fata. La foto è stata scattata durante un viaggio in Normandia, nel 1957, credo. Doveva avere otto anni.

*E.B.*: Vive a Parigi?

*N.W.*: Studia matematica alla Sorbona.

*E.B.*: Ne sarà orgogliosa.

Lei sorride con un'alzata di spalle.

*E.B.*: Mi colpisce la scelta della materia, dato che lei si occupa di letteratura.

*N.W.*: Non so da chi abbia preso. Tutte quelle formule e teorie incomprensibili. Immagino che lei le capisca. Per quanto mi riguarda, so fare a malapena le moltiplicazioni.

*E.B.*: Forse è il suo modo di ribellarsi. Lei di ribellione se ne intende, penso.

*N.W.*: Sì, ma io mi ribellavo nel modo giusto. Bevevo, fumavo e avevo amanti. Chi si ribella studiando matematica?

Ride.

*N.W.*: Inoltre sarebbe la tipica ribellione senza un motivo. Le ho concesso ogni libertà immaginabile. Non ha bisogno di niente, mia figlia. Non le manca nulla. Vive con un uomo, un bel po' più vecchio. Fin troppo affascinante, colto, divertente. Un narcisista sfrenato, naturalmente. Un ego grande come la Polonia.

*E.B.*: Lei non approva.

*N.W.*: Che io approvi o meno è irrilevante. Siamo in Francia, Monsieur Boustouler, non in Afghanistan. I giovani non vivono o muoiono in base all'approvazione dei genitori.

*E.B.*: Sua figlia quindi non ha legami con l'Afghanistan?

*N.W.*: Abbiamo lasciato il paese quando aveva sei anni. Ha pochi ricordi della sua vita a Kabul.

*E.B.*: Diversamente da lei, è ovvio.

Le chiedo di parlarmi della sua giovinezza.
Si scusa ed esce dalla stanza per un attimo. Quando torna mi passa una vecchia fotografia in bianco e nero, sgualcita. Un uomo dall'aspetto severo, imponente, con gli occhiali, i capelli lucidi, pettinati con una riga impeccabile. È seduto a una scrivania, e sta leggendo un libro. Indossa un completo con i risvolti a punta, panciotto a doppio petto, camicia bianca dal collo alto e farfallino.

*N.W.*: È mio padre, nel 1929. L'anno in cui sono nata.

*E.B.*: Ha un'aria distinta.

*N.W.*: Faceva parte dell'aristocrazia pashtun di Kabul. Coltissimo. Modi irreprensibili, socievole nella giusta misura. Un grande raconteur. Almeno in pubblico.

*E.B.*: E in privato?

*N.W.*: Provi a indovinare, Monsieur Boustouler.

Prendo la foto e torno a osservarla.

*E.B.*: Distante, direi. Grave, imperscrutabile, intransigente.

*N.W.*: Insisto, beva un bicchiere con me. Non mi piace, anzi, detesto bere da sola.

Mi versa un bicchiere di Chardonnay. Per pura cortesia ne bevo un sorso.

*N.W.*: Aveva le mani fredde, mio padre. Indipendentemente dal clima. Le sue mani erano sempre fredde. E indossava immancabilmente un completo, ancora una volta, indipendentemente dal clima. Taglio perfetto, riga dei pantaloni impeccabile. E il cappello. E scarpe allacciate bicolori, naturalmente. Era bello, suppongo, benché in una maniera solenne. Ma viveva, e l'ho capito molto più tardi, in modo artefatto, leggermente ridicolo, pseudo-europeo, comprese le partite settimanali di bowling su prato e di polo e l'ambita moglie francese, tutto questo con l'augusta approvazione del giovane re progressista.

Si mordicchia un'unghia e tace per qualche istante. Giro la cassetta nel registratore.

*N.W.*: Mio padre dormiva nella sua camera e io e mia madre nella nostra. Era spesso fuori casa, a pranzo con ministri e consiglieri del re. Oppure andava a cavallo, giocava a polo o andava a caccia. Era un appassionato di caccia.

*E.B.*: Dunque lei non lo vedeva molto. Era una figura assente.

*N.W.*: Non del tutto. Si faceva un dovere, ogni due giorni, di passare qualche minuto con me. Entrava nella mia camera, si sedeva sul letto, il segnale che potevo arrampicarmi sulle sue ginocchia. Mi faceva saltellare per un po' senza che né io né lui parlassimo molto, e infine diceva, bene e ora cosa facciamo, Nila? A volte mi permetteva di togliergli il fazzoletto dal taschino della giacca e lasciava che lo piegassi. Naturalmente io lo appallottolavo e lo ficcavo di nuovo nel taschino e lui simulava un'espressione di sorpresa, che io trovavo estremamente comica. E continuavamo a ripetere il gioco finché lui si stancava, il che avveniva piuttosto presto. Poi mi accarezzava i capelli con le sue mani fredde e diceva «Papà deve andare adesso, cerbiatto mio. Su, corri via».

Riporta la fotografia nell'altra stanza e torna, prende dal cassetto un nuovo pacchetto di sigarette e se ne accende una.

*N.W.*: Era così che mi chiamava e a me piaceva moltissimo. Galoppavo in giardino, avevamo un giardino molto grande, canticchiando: io sono il cerbiatto di papà! Io sono il cerbiatto di papà! Solo molto tempo dopo mi sono resa conto di quanto fosse sinistro quel soprannome.

*E.B.*: Scusi?

Sorride.

*N.W.*: Mio padre i cervi li ammazzava, Monsieur Boustouler.

Avrebbero potuto raggiungere a piedi la casa, che si trova a pochi isolati di distanza, ma la pioggia scroscia con maggior forza ora. Nel taxi Maman si rannicchia sul sedile posteriore, avvolta nell'impermeabile di Pari, fissando fuori dal finestrino, muta. In quel momento Pari la vede vecchia, molto più vecchia dei suoi quarantaquattro anni. Vecchia, esile e fragile.

Da tempo Pari non va a casa di Maman. Quando apre la porta ed entra, trova il piano di lavoro della cucina ingombro di bicchieri sporchi di vino, sacchetti di patatine aperti, pasta cruda, piatti con grumi fossilizzati di cibo irriconoscibile. Sul tavolo c'è un contenitore di carta traboccante di bottiglie di vino vuote, in equilibrio precario, sul punto di rovesciarsi. Sul pavimento vede dei giornali, uno intriso del sangue della ferita di qualche ora prima, con sopra un solo calzino rosa. La spaventa vedere l'appartamento di Maman in questo stato. E per di più si sente in colpa. Il che, conoscendo Maman, può essere stato l'obiettivo che si era prefissa. Poi si rammarica di aver avuto quel pensiero. È quello che penserebbe Julien. *Vuole farti star male.* Glielo ha detto diverse volte nell'ultimo anno. *Vuole che tu soffra.* Quando glielo aveva detto la prima volta, Pari si era sentita sollevata, compresa. Gli era grata per aver verbalizzato ciò che lei non poteva, o non voleva dire a se stessa. Aveva pensato di aver trovato un alleato. Ma ora non ne è più così sicura. Coglie nelle sue parole una punta di cattiveria. Un'inquietante assenza di benevolenza.

Il pavimento della camera da letto è ricoperto di capi di vestiario, dischi, libri, altri giornali. Sul davanzale della finestra c'è un bicchiere mezzo pieno di acqua ingiallita dai mozziconi di sigaretta che vi galleggiano. Libera il letto dai libri e dalle vecchie riviste e aiuta Maman a infilarsi sotto le coperte.

Maman alza lo sguardo su di lei, con il dorso della mano posato sulla fronte fasciata. In quella posa sembra un'attrice del cinema muto sul punto di svenire.

«Tutto a posto, Maman?»

«Non credo» ma nel suo tono non c'è una richiesta d'attenzione. Maman lo dice con voce annoiata, piatta. Sono parole stanche, sincere, definitive.

«Mi spaventi, Maman.»

«Stai per andare?»

«Vuoi che rimanga?»

«Sì.»

«Allora resto.»

«Spegni la luce.»

«Maman?»

«Sì.»

«Stai prendendo le tue pillole o hai smesso? Penso che tu abbia smesso e questo mi preoccupa.»

«Non cominciare a tormentarmi. Spegni la luce.»

Pari ubbidisce. Si siede sul bordo del letto e osserva sua madre che si addormenta. Poi va in cucina per affrontare lo spaventoso compito di fare pulizia. Trova un paio di guanti e inizia dai piatti. Lava bicchieri che puzzano di latte inacidito da tempo, ciotole incrostate di vecchi cereali, piatti con cibo coperto di chiazze di una muffa lanuginosa e verdastra. Ricorda quando aveva lavato i piatti in casa di Julien, il mattino dopo che avevano dormito assieme per la prima volta. Julien aveva preparato delle omelette. Quanto le era piaciuto quel semplice compito domestico, lavare i piatti al lavandino, mentre lui metteva sul giradischi una canzone di Jane Birkin.

L'aveva rivisto l'anno prima, il 1973, per la prima volta dopo quasi dieci anni. Si era imbattuta in lui durante una dimostrazione, fuori dall'ambasciata canadese, una protesta studentesca contro la caccia alle foche. Pari non voleva andarci, anche perché doveva finire un saggio sulle funzioni meromorfe, ma Colette aveva insistito. In quel periodo abitavano assieme, una soluzione che si stava rivelando infelice per entrambe. Colette ora fumava erba. Portava una bandana e indossava tuniche larghe color magenta con ricami di uccelli e margherite. Si tirava a casa ragazzi trasandati, con i capelli lunghi, che mangiavano il cibo di Pari e suonavano male la chitarra. Colette era sempre in giro a gridare, a denunciare la crudeltà verso gli animali, il razzismo, la schiavitù, gli esperimenti nucleari francesi nel Pacifico. In casa si udiva di continuo un parlottare concitato, frotte di persone che Pari non conosceva, un andirivieni senza tregua dentro e fuori l'appartamento. Quando erano sole, Pari sentiva tra loro una tensione inedita, e le pareva che Colette la guardasse con aria di superiorità e una sorta di muta disapprovazione.

«Mentono» aveva detto Colette con foga. «Dicono che i loro metodi sono umani. Umani! Hai visto cosa usano per pestarle sulla testa? Dei picconi! Una buona metà di quei poveri animali non è neanche morta quando quei bastardi li infilzano con i loro arpioni e li trascinano sulla nave. Li spellano vivi, Pari. Vivi!» Il modo in cui Colette aveva proferito le ultime parole, il modo in cui le aveva caricate di significato, aveva fatto sì che Pari si sentisse in dovere di chiedere perdono. Per che cosa non era certa, ma sapeva che ora le mancava il respiro, quando si trovava Colette attorno con i suoi rimproveri e le sue infinite scortesie.

Alla manifestazione era arrivata solo una trentina di persone. Era corsa voce che sarebbe venuta Brigitte Bardot, ma si era trattato di una voce, nient'altro. Colette era delusa al massimo. Aveva intavolato una animata discussione con un giovane magro, pallido, occhialuto, di nome Eric, il quale, a quanto Pari aveva capito, era stato incaricato di organizzare la dimostrazione. Povero Eric. Pari lo aveva compatito. Ancora furente, Colette aveva preso la testa del corteo. Pari si era trascinata verso la coda, accanto a una ragazza dal seno piatto che gridava slogan con una sorta di euforia nervosa. Tenendo gli occhi fissi sul marciapiedi, aveva fatto del suo meglio per passare inosservata.

All'angolo della strada un uomo le aveva posato la mano sulla spalla.

«Hai l'aria di una che sta morendo dalla voglia di essere salvata.»

Indossava una giacca di tweed sopra il maglione, jeans e una sciarpa di lana. Aveva i capelli più lunghi ed era un po' invecchiato, ma con eleganza, in un modo che qualche donna della sua età avrebbe potuto trovare ingiusto e irritante. Ancora snello e in forma, un paio di zampe di gallina, qualche capello grigio in più sulle tempie, sul viso solo un lieve tocco di stanchezza.

«Hai indovinato» aveva ammesso Pari.

Si erano scambiati un bacio sulla guancia, e quando lui le aveva chiesto se avrebbe gradito un caffè, lei aveva detto di sì.

«La tua amica è arrabbiata. Arrabbiata a morte.»

Pari, guardandosi alle spalle, aveva visto Colette, ancora in compagnia di Eric, che continuava a gridare slogan alzando il pugno chiuso, squadrandoli allo stesso tempo in modo assurdo. Pari aveva ingoiato una risata che avrebbe provocato un danno irreparabile. Scrollò le spalle con aria di scusa e se la svignò.

Erano andati in un piccolo caffè e si erano seduti a un tavolo vicino alla vetrina. Lui aveva ordinato caffè e torta millefoglie per tutti e due. Pari lo aveva osservato mentre parlava al cameriere con quel suo tono di gioviale autorevolezza che ricordava bene e aveva sentito lo stesso tremore nelle viscere che aveva provato da ragazzina, quando Julien veniva a prendere Maman. Di colpo si era resa conto delle unghie rosicchiate, del viso senza cipria, dei capelli flosci: a quel punto si era pentita di non averli asciugati dopo la doccia, ma era in ritardo e Colette camminava avanti e indietro come un leone in gabbia.

«Non ti avevo etichettato come il tipo da dimostrazione» aveva osservato Julien accendendole la sigaretta.

«Infatti non lo sono. Ci sono andata più per senso di colpa che per convinzione.»

«Ti senti in colpa per la caccia alle foche?»

«No, per Colette.»

«Ah, già. Lo sai che mi fa un po' paura.»

«Fa paura a tutti.»

Avevano riso. Julien aveva allungato il braccio e le aveva toccato il foulard, poi aveva lasciato cadere la mano. «Sarebbe banale dire che siete tutte cresciute, per cui non lo dirò. Ma tu sei incantevole, Pari.»

Pari aveva afferrato il bavero dell'impermeabile. «Come, con questa tenuta da ispettore Clouseau?» Colette le aveva detto che era un'abitudine stupida, quel suo andare in giro come un clown autolesionista per mascherare il proprio disagio in presenza di uomini che le piacevano. Soprattutto quando le rivolgevano complimenti. Non era la prima volta né sarebbe stata l'ultima che Pari invidiava a Maman il suo atteggiamento così sicuro di sé.

«Tra un po' dirai che sono all'altezza del mio nome.»

«*Ah, non*. Per favore. Troppo ovvio. Fare i complimenti a una donna è un'arte, sai.»

«No, non lo so, ma tu sicuramente sì.»

Il cameriere aveva portato i dolci e il caffè. Pari si era concentrata sulle mani dell'uomo mentre posava le tazze e i piatti sul tavolo, sentendo che le proprie si stavano bagnando di sudore. In vita sua aveva avuto solo quattro amanti, un numero modesto, lo sapeva, soprattutto se paragonato a quelli che aveva avuto Maman alla sua età, e persino Colette. Era troppo guardinga, troppo sensata, adattabile e disposta al compromesso, nel complesso più equilibrata e meno snervante sia di Maman che di Colette. Ma non erano queste le qualità che attiravano gli uomini. Senza contare che non aveva amato nessuno dei suoi amanti, anche se a uno di loro aveva mentito, facendogli credere il contrario. Ma, mentre era inchiodata sotto di loro, il suo pensiero era sempre corso a Julien, al suo bel viso che le appariva illuminato da una sua intima luce.

Mentre mangiavano, lui le aveva parlato del suo lavoro. Qualche tempo prima aveva abbandonato l'insegnamento. Aveva lavorato per il Fondo Monetario Internazionale per alcuni anni, occupandosi della sostenibilità del debito. L'aspetto più interessante erano stati i viaggi.

«Dove?»

«Giordania, Iraq. Poi mi sono preso un paio d'anni per scrivere un libro sulle economie informali.»

«È stato pubblicato?»

«Così dicono.» Con un sorriso aveva aggiunto: «Ora lavoro per un'agenzia di consulenza privata, qui a Parigi».

«Anch'io vorrei viaggiare. Colette continua a dire che dovremmo andare in Afghanistan.»

«Credo di sapere perché *lei* ci voglia andare.»

«Be', ci ho pensato anch'io. Di tornare là, voglio dire. Non mi interessa l'hashish, ma vorrei viaggiare per il paese, vedere dove sono nata. Forse trovare la vecchia casa dove ho vissuto con i miei genitori.»

«Non pensavo che ti interessasse.»

«Sono curiosa. Il fatto è che ricordo così poco.»

«Una volta, mi pare, hai accennato a un cuoco di famiglia.»

Pari si era sentita lusingata che Julien ricordasse una cosa che gli aveva detto tanti anni prima. Quindi, almeno qualche volta, doveva aver pensato a lei; nel corso di tutto quel tempo Pari doveva essere stata presente nella sua mente.

«Sì, si chiamava Nabi. Era anche l'autista. Guidava la macchina di mio padre, una grossa vettura americana, azzurra con la capote rossiccia. Ricordo che aveva una testa d'aquila sul cofano.»

Poi Julien le aveva chiesto dei suoi studi e lei gli aveva parlato del suo interesse per le variabili complesse. Lui ascoltava in modo molto diverso da Maman, che sembrava annoiata dall'argomento e disorientata dalla passione di Pari per la matematica. Maman non riusciva neppure a fingersi interessata. Faceva battute divertenti che in superficie sembravano mettere in ridicolo la propria ignoranza. *Oh là là*, diceva, sorridendo, *la mia povera testa! La mia povera testa! Gira come una trottola! Facciamo un patto, Pari, io verso il tè e tu ritorni sulla terra, d'accord?* Ridacchiava e Pari la assecondava, ma sentiva che c'era una nota caustica nelle sue battute, una sorta di rimprovero obliquo, l'indicazione che il suo sapere era stato giudicato astruso e la sua ricerca futile. Il che era spassoso, detto da una poetessa, anche se Pari non aveva mai osato rivolgere questa osservazione a sua madre.

Julien le aveva chiesto cosa l'aveva spinta verso la matematica e lei aveva risposto che la trovava rassicurante.

«Io la definirei piuttosto come qualcosa che intimidisce, mi sembra più pertinente.»

«È anche questo.»

Pari aveva detto che trovava consolazione nella stabilità delle verità matematiche, nella mancanza di arbitrarietà e nell'assenza di ambiguità. Nel sapere che le risposte potevano essere elusive, ma che si potevano trovare. Erano lì che aspettavano sulla lavagna, qualche passaggio più sotto.

«In altre parole, niente di simile alla vita» aveva commentato Julien. «Dove le domande o non hanno alcuna risposta o ne trovano una ingarbugliata.»

«Sono così trasparente?» Aveva riso, nascondendo la faccia nel tovagliolo. «Devo sembrarti un'idiota.»

«Niente affatto.» Le aveva tolto il tovagliolo dal viso. «Niente affatto.»

«Probabilmente ti ricordo una delle tue studentesse.»

Le aveva rivolto altre domande, dalle quali Pari aveva capito che possedeva una conoscenza operativa della teoria analitica dei numeri e che non ignorava, almeno a grandi linee, Carl Gauss e Bernhard Riemann. Avevano chiacchierato finché il cielo si era fatto buio. Avevano bevuto caffè e birra e infine vino. E poi, quando la domanda non poteva più essere rimandata, Julien si era chinato in avanti e aveva chiesto in tono educato, rispettoso: «E dimmi, come sta Nila?».

Pari aveva gonfiato le gote, sbuffando lentamente.

Julien aveva annuito con l'aria di chi sa.
«Potrebbe perdere la libreria.»
«Mi spiace.»
«Sono anni che gli affari non vanno bene. Forse dovrà chiudere definitivamente. Non lo ammetterebbe mai, ma sarebbe un brutto colpo per lei. Ne uscirebbe devastata.»
«Scrive?»
«No, è un pezzo che non scrive più niente.»
Lui aveva cambiato subito argomento. Pari si era sentita sollevata. Non voleva parlare di Maman, del bere, della lotta per farle assumere regolarmente le sue pillole. Ricordava tutte le strane occhiate che si erano scambiati lei e Julien, quando si trovavano soli, mentre Maman si vestiva nell'altra stanza. Julien che la guardava e lei che cercava qualcosa da dire. Maman doveva averne avuto sentore. Era forse quello il motivo per cui aveva rotto con lui? Se le cose stavano così, Maman si era comportata più come un'amante gelosa che come una madre protettiva.

Alcune settimane dopo, Julien aveva chiesto a Pari di andare ad abitare da lui. Viveva in un piccolo appartamento sulla *rive gauche*, nel VII arrondissement. Pari aveva accettato: l'ostilità pungente di Colette rendeva l'atmosfera di casa insostenibile.

Pari ricorda la prima domenica a casa di Julien. Erano sdraiati sul divano, vicinissimi. Pari era immersa in una sorta di piacevole dormiveglia e Julien beveva tè con le lunghe gambe appoggiate sul tavolino. Stava leggendo un editoriale sull'ultima pagina del quotidiano. Sul giradischi Jacques Brel. Di tanto in tanto Pari spostava la testa sul suo petto e Julien si chinava per darle un bacio sulla palpebra, sull'orecchio, sul naso.

«Dobbiamo dirlo a Maman.»

Julien si era irrigidito. Aveva piegato il giornale, si era tolto gli occhiali appoggiandoli sul bracciolo del divano.

«Deve sapere.»

«Immagino.»

«Tu "immagini"?»

«No, naturalmente hai ragione. Dovresti chiamarla. Ma sta' attenta. Non chiedere né il permesso né la sua benedizione. Diglielo e basta. E assicurati che le sia chiaro che non sei disposta a trattare.»

«Per te è facile parlare.»

«Be', forse. Ma ricorda che Nila è una donna vendicativa. Mi spiace dirlo, ma è per questo che abbiamo rotto. E quindi so benissimo che il tuo non è un compito facile.»

Pari aveva sospirato e chiuso gli occhi. Al solo pensiero sentiva una stretta allo stomaco.

Julien le aveva accarezzato la schiena. «Non fare la bambina.»

Pari aveva chiamato Maman il giorno dopo. Era già informata.

«Chi te l'ha detto?»

«Colette.»

Naturalmente, aveva pensato Pari. «Stavo per dirtelo.»

«Lo so. Infatti me lo stai dicendo. Una cosa così non può rimanere un segreto.»

«Sei arrabbiata?»

«Ha qualche importanza?»

Pari era alla finestra. Con un dito seguiva distrattamente il bordo di un vecchio posacenere sbeccato di Julien. Aveva chiuso gli occhi. «No, Maman.»

«Bene. Vorrei poter dire che non mi ha fatto male.»
«Se è così che ti senti, non era mia intenzione.»
«Su questo ci sarebbe non poco da ridire.»
«Perché mai avrei voluto ferirti, Maman?»
Maman aveva riso. Un suono cavo, sgradevole.
«A volte ti guardo e non mi rivedo in te. È ovvio che sia così, anzi, c'era da aspettarselo. Non so che razza di persona tu sia, Pari. Non so di che cosa sei capace, né cosa scorre nel tuo sangue. Per me sei un'estranea.»
«Non ti capisco.»
Ma sua madre aveva già riagganciato.

*Da* L'usignolo afghano, *intervista di Étienne Boustouler a Nila Wahdati, «Parallaxe», numero 84, pag. 38, inverno 1974.*

*E.B.*: Ha imparato il francese qui a Parigi?

*N.W.*: Me l'ha insegnato mia madre a Kabul quando ero piccola. Con me parlava solo francese. Mi dava lezione ogni giorno. Ho sofferto molto quando ha lasciato Kabul.

*E.B.*: È tornata in Francia?

*N.W.*: Sì. I miei genitori divorziarono nel 1939, quando avevo dieci anni. Ero figlia unica e per mio padre era fuori discussione lasciarmi andare con lei. Così rimasi a Kabul e lei partì per Parigi dove visse con sua sorella Agnès. Mio padre cercò di attutire la perdita tenendomi occupata con un insegnante privato, facendomi prendere lezioni di equitazione e di arte. Ma niente può sostituire una madre.

*E.B.*: Che ne è stato di lei?

*N.W.*: Oh, è morta quando i nazisti entrarono a Parigi. Non uccisero lei, ma Agnès. Mia madre è morta di polmonite. Mio padre non me lo disse se non dopo che gli alleati liberarono Parigi, ma allora lo sapevo già. Non so come, ma l'avevo capito.

*E.B.*: Deve essere stato difficile.

*N.W.*: È stato devastante. Amavo mia madre. Avevo progettato di vivere in Francia con lei dopo la guerra.

*E.B.*: Deduco che lei non andasse d'accordo con suo padre.

*N.W.*: C'erano degli screzi tra noi. Litigavamo molto, il che per lui era una novità. Non era abituato a sentirsi rispondere, certamente non da una donna. Discutevamo su tutto, su ciò che indossavo, su dove andavo, su ciò che dicevo, come lo dicevo, a chi lo dicevo. Ero diventata impudente e audace, e lui sempre più severo ed emotivamente austero. Eravamo come due avversari.

Ridacchia e stringe il nodo della bandana sulla nuca.

*N.W.*: E poi incominciai a innamorarmi. Spesso, in modo disperato, e con orrore di mio padre, del tipo d'uomo sbagliato. Una volta del figlio di un custode, un'altra di un impiegato statale di basso livello che gestiva delle questioni d'affari per mio padre. Passioni sconsiderate, stravaganti, destinate al disastro sin dall'inizio. Prendevo appuntamenti clandestini e sgusciavo fuori di casa e naturalmente qualcuno informava mio padre che ero stata vista per la strada da qualche parte. Gli dicevano che andavo a zonzo. Dicevano sempre così, "andavo a zonzo". Oppure sostenevano che era un modo per mettermi in mostra. Mio padre doveva mandare una squadra di soccorso per riportarmi a casa. Mi chiudeva a chiave in camera mia per giorni. Stando fuori dalla porta, mi accusava. *Tu mi umili. Perché mi umili in questo modo? Cosa devo fare con te?* E talvolta rispondeva a questa domanda con la cinghia, o con un pugno. Mi inseguiva per la camera. Immagino che pensasse di sottomettermi con la paura. A quel tempo scrivevo moltissimo, lunghe poesie scandalose, grondanti di passione adolescenziale. Piuttosto melodrammatiche e persino istrioniche, temo. Uccelli in gabbia e amanti imprigionati, cose del genere. Non ne vado fiera.

Ho l'impressione che la falsa modestia non sia una caratteristica di Nila Wahdati, e perciò posso solo ritenere che sia un giudizio sincero sulle sue poesie giovanili. Ma è anche drastico ed esagerato.

I suoi scritti di quel periodo sono sconvolgenti, anche in traduzione, soprattutto se si tiene conto dell'età che aveva quando furono composti. Sono commoventi, ricchi di fantasia, di emozioni, di capacità introspettiva e di grazia espressiva. Parlano con grande sensibilità di solitudine e di incontenibile dolore. Sono una cronaca delle sue delusioni, gli alti e i bassi dell'amore giovanile in tutto il suo splendore, le sue promesse e i suoi tranelli. Nelle sue poesie c'è spesso un senso di straordinaria claustrofobia, di un orizzonte che si sta restringendo, oltre all'impulso a lottare contro la tirannia della realtà, spesso rappresentata nelle sembianze di una sinistra figura maschile, incombente, che rimane senza nome. Un'allusione piuttosto trasparente al padre, si direbbe.

*E.B.*: Nelle sue poesie lei rompe con il ritmo, la rima e la metrica che, a quanto so, sono elementi imprescindibili della poesia classica farsi. Si affida a un libero fluire dell'immaginazione. Dà importanza a dettagli casuali, di poco conto. Questa è un'innovazione importante. Sarebbe corretto dire che se lei fosse nata in un paese più ricco, diciamo in Iran, sarebbe stata considerata quasi certamente un pioniere della letteratura?

Ha un sorriso ironico.

*N.W.*: Immagino di sì.

*E.B.*: Sono rimasto molto colpito da quanto lei ha detto prima. Che non è orgogliosa di quelle poesie. Ci sono nella sua opera poesie di cui si sente soddisfatta?

*N.W.*: Domanda spinosa, questa. Risponderei affermativamente se solo potessi tenerle separate dal processo creativo stesso.

*E.B.*: Intende tenere separato il fine dai mezzi?

*N.W.*: Vedo il processo creativo come un'impresa necessariamente truffaldina. Scavi sotto un bello scritto, Monsieur Boustouler, e vi troverà il disonore in tutte le sue forme. Creare significa vandalizzare le vite degli altri, trasformandoli in complici involontari e inconsapevoli. Rubi i loro desideri, ti appropri dei loro difetti, saccheggi i loro sogni, la loro sofferenza. Prendi ciò che non ti appartiene. Lo fai consapevolmente.

*E.B.*: E lei sapeva farlo molto bene.

*N.W.*: Non l'ho fatto per un'idea nobile, elevata dell'arte, ma perché non avevo altra scelta. La spinta era troppo potente. Se non l'avessi accolta, sarei impazzita. Mi chiede se sono orgogliosa. Trovo difficile pavoneggiarmi per qualcosa che è stato ottenuto con mezzi, a mio giudizio, moralmente discutibili. Lascio ad altri la decisione di esaltare o meno la mia poesia.

Finisce il suo vino e riempie il bicchiere con quanto è rimasto nella bottiglia.

*N.W.*: Quello che le posso dire, comunque, è che nessuno la esaltava a Kabul. Nessuno a Kabul mi considerava un pioniere, se non del cattivo gusto, della volgarità e di un'indole immorale. Mio padre più degli altri. Diceva che i miei scritti erano le farneticazioni di una puttana. Usava esattamente questa parola. Diceva che avevo rovinato il nome della famiglia al di là di ogni possibilità di riscatto. Diceva che l'avevo tradito. Non smetteva di chiedermi perché trovassi così difficile comportarmi in modo rispettabile.

*E.B.*: E lei cosa rispondeva?

*N.W.*: Gli rispondevo che non m'importava niente della sua idea di rispettabilità. Gli rispondevo che non avevo alcun desiderio di mettermi il guinzaglio con le mie stesse mani.

*E.W.*: Immagino che le sue risposte non facessero che recargli ulteriore dispiacere.

*N.W.*: Ovvio.

Esito a dirle quanto segue.

*E.B.*: Comprendo la rabbia di suo padre.

Solleva un sopracciglio.

*E.B.*: Suo padre era un patriarca, non crede? E lei rappresentava una sfida alla sua cultura, a tutto ciò che gli era caro. Lo era perché in un certo senso prospettava, sia nella vita sia negli scritti, nuovi orizzonti per le donne, perché avessero voce in capitolo sulla loro condizione, perché arrivassero a riappropriarsi di se stesse. Lei sfidava il monopolio che uomini come lui avevano da secoli. Diceva ciò che non poteva essere detto. Era una rivoluzione, la sua, anche se di una sola donna.

*N.W.*: E pensare che ho sempre creduto che il tema delle mie poesie fosse il sesso.

*E.B.*: In parte lo è, no?

Sfoglio i miei appunti e cito alcune poesie dichiaratamente erotiche, *Spine*, *Non fosse per l'attesa*, *Il cuscino*. Le confesso che non sono tra quelle che preferisco. Osservo che mancano di sottigliezza e di ambiguità. Sembra che siano state composte al solo scopo di scioccare e scandalizzare. Mi colpiscono in quanto accuse arrabbiate e polemiche contro i ruoli di genere in Afghanistan.

*N.W.*: Be', *ero* arrabbiata. Ero arrabbiata con l'idea che, in quanto donna, dovessi essere protetta dal sesso. Che dovessi essere protetta dal mio stesso corpo. Perché le donne sono emotivamente, moralmente e intellettualmente immature. Mancano di auto-controllo, capisce? Sono vulnerabili alle tentazioni fisiche. Sono delle ninfomani che devono essere tenute a freno, per paura che saltino nel letto del primo Ahmad o Mahmud.

*E.B.*: Mi perdoni se glielo dico, ma non era proprio questo che lei faceva?

*N.W.*: Solo per protesta, per contrastare quell'idea di donna.

Scoppia in una risata accattivante, piena di malizia e di sagace intelligenza. Mi chiede se voglio mangiare con lei. Dice che sua figlia recentemente le ha rifornito il frigorifero e inizia a preparare un panino al *jambon fumé,* che si rivelerà squisito. Ne prepara solo uno. Per sé stappa una nuova bottiglia di vino e accende un'altra sigaretta. Si siede.

*N.W.*: È d'accordo, Monsieur Boustouler, che, in nome di questa chiacchierata, dovremmo rimanere in buoni rapporti?

Le dico di sì.

*N.W.*: Allora mi faccia due favori. Mangi il suo panino e smetta di guardare il mio bicchiere.

Inutile dirlo, le sue parole soffocano sul nascere ogni mio desiderio di porle domande sul bere.

*E.B.*: Cos'è successo poi?

*N.W.*: Nel 1948, quando avevo diciannove anni, mi sono ammalata. È stata una cosa grave e non dirò altro. Mio padre mi portò a Delhi per farmi curare e rimase con me le sei settimane in cui i medici si diedero da fare per salvarmi. Sì, perché avrei anche potuto morire. Chissà, forse sarebbe stato meglio. La morte può essere una mossa determinante per la carriera di un giovane poeta. Al ritorno ero debole, chiusa in me stessa. Non me la sentivo di scrivere. Avevo scarso interesse per il cibo, per le chiacchiere o per il divertimento. Ero ostile alle visite. Volevo soltanto chiudere le tende e dormire di continuo, e in genere lo facevo. Finché un giorno mi alzai dal letto e lentamente ripresi la routine quotidiana, non più dello stretto necessario che una persona deve sobbarcarsi per rimanere in vita ed essere formalmente socievole. Ma io mi sentivo sminuita. Come se in India avessi lasciato una parte vitale di me stessa.

*E.B.*: Suo padre era preoccupato?

*N.W.*: Proprio il contrario. Si sentì incoraggiato. Pensava che l'aver guardato in faccia la morte mi avesse liberato dall'immaturità e dalla spregiudicatezza. Non capì che mi sentivo sperduta. Monsieur Boustouler, ho letto che, se vieni sepolto da una valanga e ti ritrovi sotto tutta quella neve, perdi completamente il senso dell'orientamento. Vuoi scavarti una via d'uscita, ma scegli la direzione sbagliata, e finisci per scavarti la tomba. Era così che mi sentivo, disorientata, sospesa in uno stato confusionale, senza bussola. E per di più incredibilmente depressa. E in questa condizione si è vulnerabili. Questo è probabilmente il motivo per cui l'anno successivo, il 1949, acconsentii quando Suleiman Wahdati chiese a mio padre la mia mano.

*E.B.*: Aveva vent'anni.

*N.W.*: Lui no.

Mi offre un altro panino, che rifiuto, e una tazza di caffè che accetto. Mentre mette a bollire l'acqua, mi chiede se sono sposato. Le dico di no e che dubito che mai mi sposerò. Si volta e mi guarda a lungo con un sorriso.

*N.W.*: Di solito me ne accorgo.

*E.B.*: Sorpresa!

*N.W.*: Forse è la botta che ho preso.

Indica la bandana.

*N.W.*: Non è un dettame della moda. Sono scivolata un paio di giorni fa, e mi sono lacerata la fronte. In ogni caso avrei dovuto capirlo. Parlo di lei. Per esperienza, gli uomini che capiscono le donne come mi pare le capisca lei, non vogliono quasi mai avere a che fare con loro su un altro piano.

Mi offre il caffè, accende una sigaretta e torna a sedersi.

*N.W.*: Ho una mia teoria sul matrimonio, Monsieur Boustouler. Quasi sempre nel giro di due settimane sai se funzionerà. È stupefacente quante persone rimangono incatenate per anni, anzi per decenni, in un incessante stato di reciproca delusione e falsa speranza, quando in realtà hanno già avuto la risposta in quelle due prime settimane. Per quanto mi riguarda, non ho neppure avuto bisogno di tutto quel tempo. Mio marito era un uomo gentile. Ma era troppo, troppo serio, distaccato e poco interessante. E poi, era innamorato dell'autista.

*E.B.*: Deve essere stato uno shock per lei.

*N.W.*: Be', di fatto questo complicò la situazione.

Fa un sorriso un po' triste.

*N.W.*: Mi spiaceva soprattutto per lui. Non poteva scegliere un momento o un posto peggiore per nascere così. Ebbe un ictus e morì quando nostra figlia aveva sei anni. A quel punto avrei potuto rimanere a Kabul. Possedevo la casa e i beni di mio marito. C'era un giardiniere e l'autista cui ho accennato prima. Sarebbe stata una vita facile. Ma feci le valigie e mi trasferii in Francia con Pari.

*E.B.*: E questa scelta, come ha detto prima, l'ha fatta per amore di sua figlia.

*N.W.*: Tutto ciò che ho fatto, Monsieur Boustouler, l'ho fatto per mia figlia, anche se lei non lo capisce, meno che mai lo apprezza. È capace di essere menefreghista all'inverosimile, mia figlia. Se solo fosse consapevole della vita che l'aspettava, non fosse stato per me.

*E.B.*: Vuol dire che sua figlia è una delusione per lei?

*N.W.*: Monsieur Boustouler, sono arrivata a credere che sia la mia punizione.

Un giorno del 1975 Pari torna nel suo piccolo appartamento e trova un pacchetto sul letto. È passato un anno da quando ha riportato a casa sua madre dal pronto soccorso, e nove mesi da quando ha lasciato Julien. Ora abita con una ragazza, di nome Zahia, che studia da infermiera, una giovane donna algerina con i capelli castani ricci e gli occhi verdi. È un tipo capace, con un carattere allegro, pacato. La convivenza è stata facile, ma ora Zahia si è fidanzata con Sami e alla fine del semestre progetta di andare a vivere con lui.

C'è un foglio di carta piegato accanto al pacchetto. *È arrivato questo per te. Passerò la notte da Sami. Arrivederci a domani. Je t'embrasse, Zahia.*

Pari strappa la carta del pacchetto. Dentro trova una rivista cui è pinzato un biglietto, scritto in una calligrafia familiare, aggraziata, quasi femminile. *È stato spedito a Nila e poi alla coppia che abita nel vecchio appartamento di Colette, e ora è stato inoltrato a me. Dovresti aggiornare il tuo recapito. Leggilo a tuo rischio e pericolo. Nessuno di noi due ne esce bene, temo. Julien.*

Pari butta la rivista sul letto e si prepara un'insalata di spinaci e un po' di couscous. Si mette il pigiama e mangia guardando la tv, un piccolo apparecchio in bianco e nero, preso a nolo. Guarda distrattamente le immagini dei profughi sud-vietnamiti trasportati in aereo nell'isola di Guam. Pensa a Colette, che ha manifestato per le strade contro la guerra nel Vietnam. Colette che ha portato una corona di dalie e margherite alla cerimonia commemorativa di Maman, che ha abbracciato e baciato Pari, che dal podio ha recitato in modo straordinario una poesia di Maman.

Julien non era presente alla funzione. Aveva telefonato dicendo con voce flebile che non gli piacevano le commemorazioni; le trovava deprimenti.

*E chi non le trova deprimenti?* aveva commentato Pari.

*Penso che sia meglio che io stia alla larga.*

*Fa' come vuoi*, aveva concluso Pari al telefono, tuttavia aveva pensato che l'assenza non l'avrebbe assolto. Così come la sua presenza non avrebbe assolto lei. Quanto siamo stati incauti. Sconsiderati. Dio mio. Pari aveva riappeso con la consapevolezza che la sua storia con Julien aveva rappresentato il colpo di grazia per

Maman. Aveva riappeso sapendo che, per il resto della vita, il senso di colpa l'avrebbe assalita nei momenti più impensati, che un terribile rimorso l'avrebbe afferrata di soppiatto, facendola soffrire sin nel profondo. Avrebbe dovuto combatterlo, ora e per il resto dei suoi giorni. Sarebbe stato come un rubinetto gocciolante al fondo della sua mente, un retro pensiero continuo.

Dopo cena fa il bagno e ripassa gli appunti dell'imminente esame. Guarda ancora un po' di tv, lava e asciuga i piatti, spazza il pavimento della cucina. Ma non serve. Non riesce a distrarsi. La rivista è sul letto, e sembra chiamarla, inesorabile come un ronzio a bassa frequenza.

Più tardi si infila l'impermeabile sopra il pigiama e va a fare una passeggiata giù per il Boulevard de la Chapelle, pochi isolati a sud della sua casa. L'aria è gelida e la pioggia sferza il marciapiedi e le vetrine dei negozi, ma l'appartamento non può contenere la sua inquietudine in questo momento. Ha bisogno del freddo, dell'aria umida, di stare all'aperto.

Quando era bambina, Pari ricorda, era tutta domande. *Ho dei cugini a Kabul, Maman? Ho delle zie e degli zii? E i nonni? Ho un grand-papa e una grand-maman? Come mai non ci vengono mai a trovare? E perché non ci andiamo noi? Almeno scriviamo loro una lettera.*

La maggior parte delle domande riguardava suo padre. *Qual era il suo colore preferito? Dimmi, Maman, nuotava bene? Conosceva molti giochi?* Ricorda che una volta suo padre l'aveva rincorsa per la stanza, facendola rotolare su un tappeto e facendole il solletico sotto i piedi e sulla pancia. Ricorda l'odore della sua saponetta alla lavanda e la sua fronte alta e lucida, le dita lunghe. I gemelli ovali di lapislazzuli, la piega dei pantaloni.

Vede ancora i granelli di polvere che avevano sollevato dal tappeto giocando assieme.

Quello che Pari aveva sempre voluto da sua madre era il collante per legare i brandelli sparsi dei suoi ricordi, per trasformarli in una narrazione coerente. Ma Maman non diceva mai molto. Nascondeva sempre i dettagli della sua vita personale e della loro vita familiare a Kabul. Teneva Pari lontana dal loro passato comune, tanto che Pari aveva smesso di chiedere.

E ora scopre che Maman aveva raccontato a questo giornalista, Étienne Boustouler, più di quanto non avesse mai confidato a sua figlia.

Ma era proprio così?

Pari ha letto tre volte l'intervista. E non sa cosa pensare, a cosa credere. Suona quasi tutto falso. Ci sono parti che sembrano una parodia. Un melodramma sinistro su belle fanciulle imprigionate, storie d'amore condannate all'infelicità, repressione continua, il tutto narrato in modo infervorato e spavaldo.

Pari si dirige a ovest, verso Pigalle, camminando in fretta, le mani infilate nelle tasche dell'impermeabile. Il cielo si sta rapidamente oscurando e la pioggia torrenziale che le sferza il viso si fa ancora più violenta e persistente, inonda le vetrine e annebbia i fari delle automobili. Pari non ricorda di aver mai incontrato quell'uomo, suo nonno, il padre di Maman, ha solo visto una sua fotografia mentre legge alla scrivania, ma dubita che fosse il cattivo che si attorciglia i baffi quale lo dipinge Maman. Pari è convinta di riuscire a leggere dietro la storia. Si è fatta delle idee proprie. Nella sua versione, il nonno è un uomo giustamente preoccupato del benessere di quella sua creatura auto-distruttiva, profondamente infelice, che non può fare a meno di rovinarsi la vita. È un uomo che soffre umiliazioni e ripetuti attacchi alla sua dignità, e tuttavia si schiera a fianco di sua figlia, la porta in India quando s'ammala, sta con lei per sei settimane. E a questo proposito, di cosa soffriva Maman? Cosa le hanno fatto in India, si chiede Pari, pensando alla sua cicatrice pelvica verticale. Pari aveva chiesto lumi a Zahia, che le aveva spiegato che il taglio cesareo è praticato in orizzontale.

E poi, quello che Maman ha detto all'intervistatore su suo marito, il padre di Pari. Era forse una calunnia? Era vero che aveva amato Nabi, l'autista? E in questo caso perché rivelare una cosa simile ora, dopo tutto quel tempo, se non per confondere, umiliare, e forse infliggere dolore? E se così fosse, a chi?

Quanto a se stessa, Pari non si meraviglia del trattamento poco lusinghiero che Maman le ha riservato, non dopo il suo rapporto con Julien, né si meraviglia della versione selettiva, addomesticata, del suo essere madre.

Menzogne?

E tuttavia...

Maman era una scrittrice dotata. Pari ha letto ogni parola che ha scritto in francese e ogni poesia che ha tradotto dal farsi. La forza e la bellezza della sua scrittura è innegabile. Ma, se il racconto che Maman aveva fatto della propria vita nell'intervista fosse stato menzognero, allora da dove venivano i pensieri e le immagini presenti nella sua opera? Qual era la fonte delle parole sincere, incantevoli, brutali e tristi? Sua madre era solo un'abile imbrogliona? Un mago con la penna al posto della bacchetta magica, capace di commuovere il pubblico evocando emozioni che lei stessa non aveva mai provato? Era mai possibile?

Pari non lo sa, non sa cosa pensare. E, forse, lo scopo vero di Maman era stato quello di toglierle il terreno sotto i piedi. Farle perdere di proposito l'equilibrio e mandarla a gambe all'aria, renderla un'estranea a se stessa, caricare sul suo animo il peso del dubbio, far vacillare tutto ciò che pensava di sapere della propria vita, farla sentire sperduta come se vagasse di notte in un deserto, circondata dall'oscurità e dall'ignoto, mentre la verità le sfugge come un unico esile raggio di luce in lontananza, che si accende e si spegne, che si dilegua inesorabilmente.

Forse questa è la punizione che le ha riservato Maman. Non solo per essersi messa con Julien, ma per averla sempre delusa. Pari, da cui forse si aspettava che l'aiutasse a mettere fine al bere, agli uomini, agli anni dissipati nel tentativo disperato di catturare la felicità. Tutti i vicoli ciechi imboccati e abbandonati. Ogni crisi di delusione lasciava Maman più snervata, più spaesata, mentre la felicità si faceva sempre più illusoria. *Cos'ero io, Maman?* pensa Pari. *Cosa ti aspettavi da me, mentre crescevo nel tuo utero, ammesso che sia stata concepita nel tuo utero? Un seme di speranza? Un biglietto per traghettarti dalle tenebre? Una pezza sullo strappo che portavi nel cuore? Se questo è vero, allora io non bastavo. Neanche lontanamente. Non ero un balsamo per il tuo dolore, solo un altro vicolo cieco, un altro fardello, e tu devi essertene accorta per tempo. Devi averlo capito. Ma cosa potevi fare? Non potevi andare all'agenzia dei prestiti su pegno e vendermi.*

Forse quell'intervista è stata l'ultimo scherno di Maman.

Pari si ripara dalla pioggia sotto il tendone di una brasserie, alcuni isolati a ovest dell'ospedale dove Zahia fa pratica. Accende una sigaretta. Dovrebbe chiamare Colette, pensa. Si sono sentite solo un paio di volte dalla commemorazione. Quando erano ragazze masticavano gomma sino a sentirsi dolere le mascelle, si sedevano davanti allo specchio della toilette di Maman, si spazzolavano i capelli e se li acconciavano a vicenda. Pari scorge, sull'altro lato della strada, una donna anziana con un berretto impermeabile di plastica che si trascina faticosamente sul marciapiedi seguita da un piccolo terrier marroncino. Non è la prima volta che, dalla nebbia indistinta dei ricordi di Pari, una nuvoletta rompe i ranghi e lentamente assume la forma di un cane. Non un giocattolino come questo, ma un grosso esemplare, sporco, peloso, con coda e orecchie mozze. Pari non è certa che sia un ricordo reale o un fantasma creato dalla sua mente o entrambe le cose. Una volta aveva chiesto a Maman se a Kabul avessero avuto un cane e Maman aveva detto: *Sai che non mi piacciono i cani. Non hanno il minimo rispetto di sé. Li prendi a calci e loro continuano ad amarti. È deprimente.*

Maman aveva detto anche qualcos'altro: *Non mi rivedo in te. Non so chi tu sia.*

Pari getta la sigaretta. Decide di telefonare a Colette, per proporle di incontrarsi per un tè. Vedere come va. Chi frequenta. Andare per vetrine come facevano un tempo.

Chissà se la sua amica ha ancora voglia di fare quel viaggio in Afghanistan.

Pari incontra Colette. Si vedono in un bar molto frequentato arredato in stile marocchino, tendaggi viola e cuscini arancio dappertutto, il suonatore di oud con i capelli ricci su una piccola pedana. Colette non è venuta da sola. Si è fatta accompagnare da un ragazzo. Si chiama Eric Lacombe. Insegna drammaturgia agli studenti del sesto e settimo anno al *lycée* nel XVIII arrondissement. Eric dice a Pari che si sono già conosciuti alcuni anni prima, a una manifestazione studentesca contro la caccia alle foche. Al primo momento Pari non riesce a ricordare, poi le torna in mente che lui era il tipo con cui Colette se l'era presa per la scarsa affluenza, quello che aveva aggredito dandogli pugni sul petto. Si siedono per terra su cuscini piumosi color mango e ordinano da bere. All'inizio Pari ha l'impressione che Colette e Eric siano una coppia, ma l'amica continua a tessere gli elogi del ragazzo e dopo un po' Pari capisce che l'ha portato per lei. L'imbarazzo che normalmente sentirebbe in una simile situazione si rispecchia, mitigandosi, nell'evidente disagio di Eric. Pari trova divertente e persino tenero il modo in cui questo ragazzo impacciato continua ad arrossire e a scuotere la testa, come per scusarsi. Mentre mangiano pane e *tapenade* di olive nere, Pari lo guarda con la coda dell'occhio. Difficile definirlo bello. Ha i capelli lunghi e lisci, legati con un elastico sulla nuca. Le mani sono piccole e la carnagione pallida. Il naso è affilato, la fronte troppo sporgente, il mento quasi assente, ma i suoi occhi brillano quando sorride e ha il vezzo di enfatizzare la fine di ogni frase con un'espressione di sorridente aspettativa, simile a un gioioso punto interrogativo. E benché la sua faccia non affascini Pari come un tempo quella di Julien, la sua espressione è molto più bonaria e, come Pari scoprirà poco dopo, è la versione esteriore dell'attenzione, della serena tolleranza, e dell'infinita modestia che Eric possiede.

Si sposano in una gelida giornata della primavera del 1977, alcuni mesi dopo che Jimmy Carter ha prestato giuramento come presidente degli Stati Uniti. Contro il parere dei suoi genitori, Eric vuole una piccola cerimonia civile senza invitati. Solo loro due e Colette come testimone. Dice che un matrimonio formale è un lusso che non si possono permettere. Suo padre, che è un ricco banchiere, si offre di accollarsi i costi. Eric, dopo tutto, è figlio unico. Offre il denaro, prima come regalo di nozze, poi come prestito. Ma Eric rifiuta e, benché non lo dica, Pari sa che lo fa per risparmiarle il disagio di una cerimonia in cui lei non avrebbe nessuno, non una famiglia seduta ad assistere, un padre che l'accompagni, dei parenti che versino per lei una lacrima di felicità.

Quando gli parla del suo progetto di andare in Afghanistan, Eric la capisce, come Julien non l'avrebbe mai capita, spingendosi fino a immaginare qualcosa che Pari non aveva mai ammesso apertamente neppure a se stessa.

«Pensi di essere stata adottata.»

«Verrai con me?»

Decidono di partire l'estate successiva, quando le scuole chiuderanno e Pari potrà prendersi una breve vacanza dal suo lavoro per il dottorato. Eric iscrive entrambi a un corso di farsi con un insegnante che ha trovato tramite la madre di un suo studente. Pari lo trova spesso sul divano con le cuffie sulle orecchie, il registratore sul petto, gli occhi chiusi per la concentrazione, che balbetta in farsi, con un forte accento francese, *grazie*, *salve*, *come stai*.

Alcune settimane prima dell'estate, mentre Eric sta studiando i prezzi dei voli e le sistemazioni alberghiere, Pari scopre di essere incinta.

«Possiamo andare comunque» dice Eric. «Anzi, dovremmo farlo.»

È Pari che decide di rinunciare. «Sarebbe da irresponsabili» dice. Abitano in un monolocale con il riscaldamento difettoso, le tubature che perdono, senza aria condizionata e con un assortimento di mobili raccattati sui marciapiedi.

«Questo non è un posto adatto a un bambino» dice.

Eric trova un secondo lavoro come insegnante di pianoforte, un lavoro cui per un breve periodo aveva pensato di dedicarsi prima di appassionarsi al teatro e, quando arriva Isabelle, la dolce Isabelle dalla carnagione chiara e dagli occhi color zucchero caramellato, si sono ormai trasferiti in un piccolo appartamento con due stanze da letto, non lontano dai Giardini del Luxembourg, grazie all'aiuto economico del padre di Eric, che questa volta hanno accettato, a condizione che si trattasse di un prestito.

Pari prende tre mesi di congedo. Passa le sue giornate con Isabelle ed è al settimo cielo. Ogni volta che la bambina le rivolge lo sguardo si sente avvolgere da un'aureola di luce. Quando Eric torna a casa la sera dal *lycée*, la prima cosa che fa è lasciar cadere giacca e cartella all'ingresso, poi si getta sul divano e a braccia tese fa schioccare le dita. «Dalla a me, Pari. Dalla a me.» Mentre fa saltellare Isabelle sul petto, Pari lo aggiorna su tutte le quisquilie della giornata, quanto latte ha bevuto la bambina, quanti sonnellini ha fatto, cosa hanno guardato insieme alla televisione, a quali giochi divertenti si sono dedicate, i nuovi mugolii in cui la bimba si è prodotta. Eric non si stanca mai di ascoltare.

Hanno rimandato il viaggio in Afghanistan. La verità è che Pari non sente più la stessa divorante urgenza di ricercare risposte e radici, grazie a Eric e alla sua presenza solidale che l'ha resa più equilibrata. E a Isabelle, che ha ricompattato il terreno sotto i suoi piedi, nonostante sia ancora cosparso di vuoti e buchi neri, di domande senza risposta, di tutte le cose che Maman le ha negato. Sono ancora tutte lì, ma Pari semplicemente non si strugge più come un tempo.

E anche l'antica sensazione che nella sua vita ci fosse un'assenza, la mancanza di qualcosa o di qualcuno di vitale, si è attenuata. Si manifesta ancora, di tanto in tanto, a volte con una virulenza che la coglie di sorpresa, ma meno frequentemente di un tempo. Pari non si è mai sentita così appagata, così felicemente ancorata.

Nel 1981, quando Isabelle ha tre anni, Pari, incinta da qualche mese di Alain, deve recarsi a Monaco per un convegno. Presenterà uno studio, di cui è coautrice, sull'uso delle forme modulari al di fuori della teoria dei numeri, nello specifico in topologia e in fisica teorica. Il suo intervento è accolto favorevolmente. Poi lei e alcuni altri accademici vanno a mangiare *pretzel* e *weisswurst*, innaffiati da una birra, in un bar rumoroso. Torna in albergo prima di mezzanotte e va a letto senza cambiarsi e senza lavarsi la faccia. Il telefono la sveglia alle due e mezza. È Eric che chiama da Parigi.

«Si tratta di Isabelle» dice. Ha la febbre. Le gengive si sono improvvisamente gonfiate e arrossate. Al minimo tocco sanguinano abbondantemente. «Quasi non si vedono i denti. Pari, non so cosa fare. Ho letto che potrebbe essere...»

Pari non vuole sentire altro. Vorrebbe dirgli di tacere, che lei non è in grado di ascoltare, ma è troppo tardi. Sente le parole "leucemia infantile" o forse ha detto linfoma, e in ogni caso qual è la differenza? Si siede sul bordo del letto, impietrita, ha un terribile mal di testa ed è coperta di sudore. È furiosa con Eric, che le ha vomitato addosso una cosa così orribile, nel cuore della notte, mentre lei è a settecento chilometri di distanza, impotente. È furiosa con se stessa per la sua stupidità. Offrirsi così, di sua volontà, a una vita di angoscia e di preoccupazioni. È stata una follia. Pura pazzia. La convinzione stupida e totalmente infondata, a dispetto di tutto, che un mondo fuori dal tuo controllo non ti toglierà la cosa che non puoi tollerare di perdere. La fiducia che il mondo non ti distruggerà. *È più di quanto possa sopportare*, pensa e se lo dice anche, sottovoce. In quel momento le sembra che non ci sia niente di più incosciente, di più irrazionale che decidere di diventare genitore.

E se una parte di lei pensa: *Dio aiutami, Dio perdonami*, un'altra parte di lei è furiosa con Isabelle, che le ha combinato una cosa simile, che la fa soffrire in quel modo.

«Eric. Eric. *Écoute-moi.* Ti richiamo. Adesso devo attaccare.»

Svuota la borsa sul letto, trova la piccola agenda marrone con i numeri di telefono. Chiama un numero di Lione. Colette con il marito Didier ora vive a Lione, dove ha aperto una piccola agenzia di viaggi. Didier sta studiando medicina. È lui che risponde al telefono.

«Sai che studio psichiatria, Pari, no?»

«Lo so. Lo so. Pensavo...»

Le fa qualche domanda. Isabelle ha perso peso? Ha sudori notturni? Strani ematomi, stanchezza, febbri croniche?

Alla fine dice che Eric il mattino dovrebbe portare la bambina dal dottore, ma che se ricorda correttamente quanto ha appreso nei corsi di medicina generale, gli sembra che si tratti di una gengistomatite acuta.

Pari stringe il ricevitore con tanta forza che le duole il polso. «Ti prego, Didier» dice con calma. «Spiegati meglio.»

«Scusami. Voglio dire che mi sembra la prima manifestazione di un herpes.»

«Un herpes?»

Poi Didier aggiunge le parole più belle che Pari abbia mai sentito in vita sua. «Penso che non sia niente di grave.»

Pari ha incontrato Didier solo due volte: una prima e una dopo il matrimonio con Colette. Ma in quel momento gli vuole veramente bene. Glielo dice, piangendo nel microfono. Gli dice che gli vuole bene, molte volte, e lui ride e le augura buona notte. Pari chiama Eric che porterà Isabelle dal dottor Perrin il mattino. Poi, con le orecchie che le fischiano, si stende sul letto e guarda le luci della strada che filtrano attraverso le persiane di legno verde. Pensa a quando ha dovuto essere ricoverata per una polmonite, all'età di otto anni, e Maman si rifiutava di tornare a casa, decisa a dormire su una sedia accanto al letto. Pari sente una nuova, inattesa e tardiva affinità con sua madre. Ha sentito spesso la sua mancanza negli ultimi anni. Al suo matrimonio, naturalmente, poi alla nascita di Isabelle e in una miriade di momenti casuali. Ma mai come in quella spaventosa, terribile notte, nella stanza d'albergo di Monaco.

Di ritorno a Parigi, il giorno dopo, dice a Eric che non dovranno avere più figli dopo Alain. Un altro figlio non farebbe che aumentare le possibilità di morire di crepacuore.

Nel 1985, quando Isabelle ha sette anni, Alain quattro e il piccolo Thierry due, Pari accetta l'offerta di insegnare in una prestigiosa università parigina. Per qualche tempo, com'era da aspettarsi, diventa la vittima di meschinità e rivalse accademiche, niente di strano dato che, a trentasei anni, è il più giovane professore del dipartimento, dove le donne sono solo due. Se la cava adottando un comportamento con cui Maman, immagina, non avrebbe mai potuto né voluto misurarsi. Non adula e non lusinga. Rifiuta il muro contro muro e non coltiva rancori. Avrà sempre chi la giudica con scetticismo, ma quando cade il muro di Berlino, anche i muri della sua vita accademica sono ormai caduti e, con il suo atteggiamento di buon senso e la sua disarmante disponibilità, si è conquistata la maggioranza dei colleghi. Si è creata molte amicizie, e non solo nel suo dipartimento, frequenta gli eventi universitari, le iniziative per il reperimento di fondi, gli eventuali aperitivi e le cene ufficiali. Eric l'accompagna a queste *soirées* e, quasi per gioco, si ostina a indossare la stessa cravatta di lana e il blazer di velluto a coste con le toppe ai gomiti. Gironzola per la stanza affollata, assaggiando gli antipasti, sorseggiando vino, con un'aria allegramente stupefatta e di tanto in tanto Pari lo agguanta, trascinandolo via da un gruppo di matematici prima che dica la sua sulle 3-varietà e sulle approssimazioni diofantee.

È inevitabile che a queste feste qualcuno chieda a Pari il suo punto di vista sulla situazione in Afghanistan. Una sera, un *visiting professor* di nome Chatelard, ormai un po' alticcio, domanda a Pari cosa succederà in Afghanistan quando i sovietici si saranno ritirati. «La sua gente vivrà in pace, *Madame le professeur*?».

«Non saprei» dice. «In pratica sono afghana solo di nome.»

«*Non mais, quand même*, lei avrà bene una sua idea.»

Sorride, cercando di tenere in scacco il senso di inadeguatezza che prova quando le fanno quel tipo di domande. «So solo ciò che leggo su "Le Monde". Come lei.»

«Ma lei è cresciuta in Afghanistan, *non*?»

«Ho lasciato il paese quando ero molto piccola. Ha visto mio marito? È quello con le toppe sui gomiti.»

È la verità. Segue le notizie, legge della guerra sui giornali, dell'Occidente che arma i mujahidin, ma l'Afghanistan non è più il suo primo pensiero. La casa le porta via molto tempo, il bell'appartamento in cui vivono ora, quattro stanze da letto a Guyancourt, una ventina di chilometri dal centro di Parigi. È situata su una collinetta, vicino a un parco con sentieri per passeggiare e laghetti. Eric scrive per il teatro ora, oltre a insegnare. Una delle sue opere, una divertente farsa politica, sarà messa in scena in autunno in un piccolo teatro vicino all'Hotel de Ville a Parigi e ha già ricevuto l'incarico di scriverne una seconda.

Isabelle è diventata un'adolescente taciturna, ma sveglia e seria. Tiene un diario e legge un romanzo alla settimana. Le piace Sinéad O'Connor. Ha belle dita lunghe e prende lezioni di violoncello. Tra qualche settimana suonerà la *Chanson triste* di Čaikovskij in un concerto. Dapprima aveva opposto resistenza a studiare il violoncello e Pari aveva preso qualche lezione con lei, in segno di solidarietà. Un'iniziativa che si era dimostrata inutile e inattuabile. Inutile, perché Isabelle in modo del tutto autonomo e rapido si era appassionata allo strumento e inattuabile, perché il violoncello procurava a Pari dei forti dolori alle mani. Da un anno si sveglia al mattino con le mani rigide e per mezz'ora, a volte un'ora, non riesce a piegare i polsi. Eric ha smesso di invitarla a farsi visitare, ma ora diventa insistente. «Hai solo quarantatré anni, Pari. Non è normale.» Così Pari ha preso un appuntamento con un medico.

Alain, il loro secondo figlio, ha un fascino furbesco, da monello. È ossessionato dalle arti marziali. È stato un neonato prematuro ed è ancora piccolo per i suoi undici anni, ma quello che gli manca in statura è compensato da passione e grinta. I suoi rivali si lasciano ingannare dalla corporatura minuta e dalle gambe sottili e finiscono per sottovalutarlo. Pari e Eric, quando sono a letto la sera, si sono spesso confidati il loro stupore di fronte alla ferrea volontà e alla incontenibile energia di Alain. Ma né Isabelle né Alain preoccupano Pari.

È Thierry a preoccuparla. Thierry, che in modo oscuro, primordiale, percepisce che è venuto al mondo inatteso, indesiderato, non invitato. Tende a mettere in atto silenzi punitivi e sguardi taglienti, a fare storie e a nicchiare ogni volta che Pari gli chiede qualcosa. La sfida senza motivo, se non quello di sfidarla. Certi giorni sembra sovrastato da una nube. Pari se ne accorge, quasi la vede. Si raccoglie, si gonfia, finché alla fine esplode, rovesciando un torrente di fremiti sulle guance, di pedate rabbiose sul pavimento, gesti che spaventano Pari e lasciano Eric a sorridere allibito e infelice. Pari istintivamente sa che Thierry, come il dolore alle articolazioni, sarà per lei un cruccio che durerà tutta la vita.

Spesso si chiede che tipo di nonna sarebbe stata Maman. Soprattutto con Thierry. Intuitivamente pensa che Maman si sarebbe dimostrata disponibile con lui. Forse avrebbe visto qualcosa di sé nel ragazzo, niente di biologico, ovvio, e questa è una certezza che Pari ha da tempo. I ragazzi sanno di Maman. Isabelle, in particolare, è curiosa. Ha letto alcune sue poesie.

«Mi piacerebbe averla conosciuta.»

«Deve essere stata una donna affascinante.»

«Penso che saremmo diventate amiche, lei e io. Non credi? Avremmo letto gli stessi libri. Avrei suonato il violoncello per lei.»

«Le sarebbe piaciuto moltissimo» dice Pari. «Di questo sono sicura.»

Pari non ha parlato ai ragazzi del suicidio. Forse un giorno verranno a saperlo, ma non da lei. Non sarà lei a piantare nella loro mente il seme del dubbio, l'idea che un genitore sia capace di abbandonare i propri figli, di dire loro: *Tu non mi basti.* A Pari, Eric e i figli sono sempre bastati. E le basteranno sempre.

Nell'estate del 1994, Pari e Eric portano i figli a Maiorca. È Colette a organizzare la vacanza attraverso la sua agenzia di viaggi, ora ben avviata. Colette e Didier li incontrano a Maiorca e stanno insieme per due settimane nella casa sul mare che hanno preso in affitto. Colette e Didier non hanno figli, semplicemente perché non ne vogliono. Per Pari è un buon momento. La sua artrite reumatoide è sotto controllo. Prende una dose settimanale di metotrexato che tollera bene. Per fortuna recentemente non ha dovuto assumere steroidi e di conseguenza ha smesso di soffrire d'insonnia.

«Per non parlare dei chili in più» dice a Colette. «È stata una tortura pensare che in Spagna avrei dovuto mettermi in costume da bagno.» Ride. «Ah, la vanità.»

Passano le giornate in giro per l'isola, raggiungono in macchina la costa nord-occidentale, non lontano dalle montagne della Sierra de Tramuntana, si fermano per passeggiare negli uliveti e nelle pinete. Mangiano *porcella*, dell'ottimo branzino e uno stufato di melanzane e zucchine chiamato *tumbet.* Thierry si rifiuta di assaggiare quei piatti per lui esotici e in ogni ristorante Pari deve chiedere al cuoco di cucinargli un piatto di semplici spaghetti al sugo di pomodoro, senza carne né formaggio. Su richiesta di Isabelle, che ha recentemente scoperto l'opera, assistono a una rappresentazione serale della *Tosca* di Giacomo Puccini. Per sopravvivere a questa ardua prova, Colette e Pari di nascosto si passano una fiaschetta d'argento di vodka a buon mercato. A metà del secondo atto sono brille e non possono fare a meno di ridere come scolarette di fronte all'interpretazione istrionica del cantante che interpreta Scarpia.

Un giorno, Pari, Colette, Isabelle e Thierry preparano un picnic e vanno in spiaggia, mentre Didier, Alain e Eric sono partiti già dal mattino presto per fare una camminata lungo la baia di Soller. Entrando nel negozio Pari scorge il proprio riflesso nel cristallo della vetrina. Di solito, soprattutto di recente, quando passa davanti a uno specchio, avvia un processo mentale automatico che la prepara a salutare la versione invecchiata di sé che vede riflessa. È un rituale che la protegge, attutisce lo shock. Ma ora viene colta di sorpresa e diventa vulnerabile alla realtà, non protetta dall'auto-inganno. Vede una donna di mezza età con una camicetta grigia, informe, e una gonna copricostume che non nasconde quanto sarebbe necessario la carne floscia sopra le ginocchia. Il sole mette in risalto i capelli grigi. E, nonostante l'eyeliner e il rossetto che definisce le labbra, ha una faccia su cui lo sguardo di un passante rimbalzerebbe, come su un'insegna stradale o su una cassetta delle lettere. È un attimo, non sufficiente a metterla in allarme, ma lungo abbastanza perché l'io delle sue illusioni scenda a patti con la realtà della donna che le restituisce lo sguardo dalla vetrina. Si sente ferita. Ecco cos'è la vecchiaia, pensa, seguendo Isabelle nel negozio, una serie di momenti casuali, maligni, che ti colgono quando meno te l'aspetti.

Più tardi, quando ritornano dalla spiaggia, scoprono che gli uomini sono già tornati a casa.

«Papà sta invecchiando» dice Alain.

Dietro il bar, Eric che sta mescolando una caraffa di sangria, alza gli occhi al cielo e scrolla le spalle, allegro.

«A un certo punto ho pensato persino di doverti portare in spalla.»

«Dammi un anno di tempo. Torniamo l'estate prossima e io ti sfido a una corsa intorno all'isola, *mon pote*.»

Non torneranno più a Maiorca. Una settimana dopo il ritorno a Parigi, Eric ha un infarto. Gli capita al lavoro, mentre sta parlando con un tecnico delle luci. Se la cava, ma sarà colpito da altri due attacchi cardiaci nel corso dei successivi tre anni, e l'ultimo si dimostrerà fatale. E così, all'età di quarantotto anni Pari si ritrova vedova come, a quanto le risulta, era accaduto a Maman.

Un giorno, all'inizio della primavera del 2010, Pari riceve una telefonata intercontinentale. La chiamata non arriva di sorpresa. Pari infatti ci si è preparata tutta la mattina. Prima di riceverla si assicura di essere sola nell'appartamento. Questo significa chiedere a Isabelle di andarsene prima del solito orario. Isabelle e suo marito, Albert, vivono a nord dell'Île-Saint-Denis, a pochi isolati dal piccolo appartamento di Pari. Isabelle viene a trovare la madre la mattina a giorni alterni, dopo aver accompagnato i bambini a scuola. Le porta una baguette e frutta fresca. Pari può ancora fare a meno di usare la sedia a rotelle, un'eventualità cui si sta preparando. Benché la malattia l'abbia costretta a un precoce pensionamento l'anno precedente, è ancora perfettamente in grado di andare al mercato da sola e di concedersi una passeggiata quotidiana. Sono le mani il punto dolente, le brutte mani distorte di cui fa gran fatica a servirsi, mani che nei giorni peggiori sembrano avere cocci di vetro nelle giunture. Pari porta sempre i guanti quando è fuori, per tenere le mani al caldo, ma soprattutto perché si vergogna delle nocche nodose, delle dita inguardabili, affette da quella che il dottore ha definito "deformità a collo di cigno", il mignolo sinistro perennemente flesso.

*Ah, la vanità*, dice a Colette.

Questa mattina Isabelle le ha portato dei fichi, qualche saponetta, il dentifricio e un contenitore con della zuppa di castagne. Albert pensa di inserirla nel menu del ristorante dove lavora come *sous-chef*. Mentre vuota le borse, Isabelle racconta a Pari del nuovo incarico che ha ricevuto. Ora scrive musica per alcuni spettacoli televisivi, per la pubblicità, e spera un giorno non lontano di comporre anche per il cinema. Dice che inizierà con una miniserie che al momento stanno girando a Madrid.

«Dovrai andarci?» chiede Pari. «A Madrid?»

«No. Il budget è troppo esiguo. Non copre le mie spese di viaggio.»

«Peccato. Avresti potuto stare da Alain.»

«Oh, ti immagini, Maman? Povero Alain. Non ha quasi lo spazio per distendere le gambe.»

Alain è consulente finanziario. Abita in un minuscolo appartamento a Madrid con la moglie Ana e i quattro figli. Spedisce regolarmente a Pari e-mail, fotografie e brevi videoclip dei ragazzi.

Pari chiede a Isabelle se ha notizie di Thierry. No,

non ne ha. Thierry è in Africa, nella parte orientale del Chad, dove lavora in un campo profughi del Darfur. Pari lo sa perché Thierry tiene saltuari contatti con Isabelle. È l'unica con cui parli. È così che Pari segue a grandi linee la vita del figlio, sa, per esempio, che è stato per qualche tempo in Vietnam. E che a vent'anni è stato brevemente sposato con una vietnamita.

Isabelle mette a bollire l'acqua e prende due tazze dall'armadietto.

«Questa mattina no, Isabelle. Anzi, devo chiederti di lasciarmi sola.»

Isabelle le rivolge uno sguardo offeso e Pari si rimprovera di non aver trovato un modo più gentile per dirglielo.

«Il fatto è che aspetto una telefonata e ho bisogno di essere sola.»

«Una telefonata? E da chi?»

«Te lo dirò dopo.»

Isabelle incrocia le braccia e sorride. «Hai trovato un amante, Maman?»

«Un amante? Sei cieca? Mi hai dato un'occhiata negli ultimi tempi?»

«Non vedo perché non potresti avere un amante, Maman.»

«Su, adesso vai. Poi ti spiegherò, promesso.»

«*D'accord, d'accord.*» Isabelle getta la tracolla sulla spalla, prende il cappotto e le chiavi. «Ma voglio che tu sappia che muoio dalla curiosità.»

L'uomo che chiama alle nove e mezza si chiama Markos Varvaris. Ha contattato Pari attraverso Facebook con questo messaggio in inglese: *Lei è la figlia della poetessa Nila Wahdati? Se sì, vorrei parlarle di qualcosa che la riguarda.* Pari aveva cercato il suo nome sul web e aveva scoperto che era un chirurgo plastico che lavorava per una organizzazione non-profit a Kabul. Ora, al telefono, la saluta in farsi, finché Pari lo interrompe.

«Monsieur Varvaris, mi spiace, ma non potremmo parlare in inglese?»

«Ah, naturalmente. Mi scusi. Pensavo che... Anche se, naturalmente, è giusto, lei ha lasciato l'Afghanistan quando era molto giovane, vero?»

«Proprio così.»

«Io stesso il farsi l'ho imparato qui. Direi che più o meno me la cavo. Vivo in Afghanistan dal 2002, poco dopo la cacciata dei talebani. Giorni di grande ottimismo, quelli. Sì, tutti pronti a ricostruire, a introdurre la democrazia e cose simili. Ora è una storia diversa. Ovviamente, ci prepariamo alle elezioni presidenziali, ma non ci facciamo illusioni.»

Pari ascolta con pazienza, mentre Markos Varvaris si dilunga sulla sfida logistica rappresentata dalle elezioni afghane, che, dice, saranno vinte da Karzai, e poi sulle preoccupanti incursioni dei talebani nel nord, la crescente intrusione islamista nei mezzi di comunicazione, oltre a qualche osservazione sulla sovrappopolazione di Kabul e sul costo delle abitazioni. Infine torna al punto di partenza e dice: «Abito in questa casa da anni ormai. Mi è stato detto che anche lei ha vissuto qui».

«Scusi?»

«Questa era la casa dei suoi genitori. Almeno così mi hanno fatto credere, in ogni caso.»

«Se non sono indiscreta, chi glielo ha detto?»

«Il padrone di casa. Si chiama Nabi. Dovrei dire si *chiamava* Nabi. È morto di recente, purtroppo. Se lo ricorda?»

Il nome le evoca un viso bello, giovane, con le basette e una massa compatta di capelli scuri pettinati all'indietro.

«Sì. Il nome, soprattutto. Faceva il cuoco in casa nostra e anche l'autista.»

«Già, l'uno e l'altro. Viveva in questa casa dal 1947, da sessantatré anni. È piuttosto incredibile, no? Ma, come ho detto, è mancato il mese scorso. Gli ero molto affezionato. Tutti gli volevano bene.»

«Capisco.»

«Nabi mi ha lasciato una nota che avrei dovuto leggere dopo la sua morte. Quando è mancato ho chiesto a un collega afghano di tradurla in inglese. In realtà è qualcosa di più di una nota, una vera e propria lettera, e molto importante anche. L'ho cercata, perché in parte il contenuto la riguarda e anche perché Nabi mi aveva chiesto esplicitamente di cercarla e di consegnargliela. Ho dovuto fare una piccola ricerca, ma sono riuscito a localizzarla. Grazie a internet.» Fa una breve risata.

Una parte di Pari vorrebbe interrompere la comunicazione. Istintivamente non dubita che qualunque rivelazione abbia messo per iscritto quel vecchio, quella persona appartenente al suo lontano passato, sia vera. Da molto tempo sa che Maman le ha mentito sulla sua infanzia. Ma anche se il terreno della sua vita è stato incrinato da una menzogna, ciò che Pari ha piantato su quel terreno si erge reale, robusto e inamovibile come una quercia gigante. Eric, i suoi figli, i suoi nipoti, la sua carriera, Colette. A che serve sapere dopo tutto questo tempo? Forse è meglio riagganciare.

Ma non lo fa. Con il cuore in tumulto e le mani sudate chiede: «Cosa c'è scritto nella lettera?».

«Be'. Come prima cosa Nabi sostiene di essere suo zio.»

«Mio zio.»

«Il fratello della sua matrigna, per essere precisi. E c'è dell'altro, molte altre cose, per la verità.»

«Monsieur Varvaris, lei ha questa nota? Questa lettera? Ce l'ha con sé?»

«Sì.»

«Forse me la potrebbe leggere. Le dispiace?»

«Vuol dire adesso?»

«Sì, se ha tempo. Posso richiamarla, voglio che la telefonata sia a mio carico.»

«Non è necessario, no. Ma è sicura?»

«*Oui*. Sono sicura, Monsieur Varvaris.»

Gliela legge. Tutta. E la lettura prende tempo. Quando ha finito, Pari lo ringrazia e gli dice che lo contatterà presto.

Terminata la telefonata, mette sul fuoco la caffettiera e va alla finestra. Davanti a lei si apre la vista familiare; sotto, lo stretto sentiero di ciottoli, più in là la farmacia, il negozietto di falafel all'angolo, la brasserie gestita da una famiglia basca.

Le tremano le mani. Poi le accade una cosa strana. Qualcosa di veramente notevole. Nella sua mente, si forma l'immagine di un'ascia che colpisce il terreno, da cui mprovvisamente esce gorgogliando il petrolio, nero, abbondante. E a lei sta capitando lo stesso, i ricordi evocati salgono dalle profondità, emergono in superficie. Guarda fuori dalla finestra in direzione della brasserie, ma ciò che vede sotto il tendone non è lo smilzo cameriere, grembiule nero legato in vita, che stende la tovaglia su un tavolo, ma un piccolo carretto rosso con le ruote che cigolano, che avanza sobbalzando sotto un cielo coperto di nubi, che corre sulla cresta dei monti e dentro gole riarse, su e giù per le colline color ocra che si stagliano contro il cielo per poi allontanarsi. Vede frutteti pieni di alberi, la brezza che muove le foglie e filari di viti tra le casupole dal tetto a terrazza. Vede i fili del bucato, le donne accucciate al torrente, le corde di un'altalena che stridono sotto un grande albero, un grosso cane che cerca di sfuggire alle angherie dei ragazzi del villaggio, un uomo dal naso di falco che scava un fossato, la camicia incollata alla schiena dal sudore e una donna velata china su un fuoco, intenta a cucinare.

Ma vede anche qualcos'altro, al margine di tutto questo, al bordo del suo campo visivo, un'ombra elusiva. Una figura. Allo stesso tempo morbida e dura. La morbidezza della mano che tiene la sua. La durezza delle ginocchia dove a volte posava la guancia. Cerca il suo viso, ma le sfugge, svanisce via ogni volta che si volge a guardarlo. Pari sente aprirsi un vuoto dentro di sé. C'è stata, in tutta la sua vita, una grande assenza. In qualche modo, ha sempre saputo.

«Fratello» dice, senza accorgersi che sta parlando ad alta voce. Senza accorgersi che sta piangendo.

Improvvisamente la sua lingua incespica sul verso di una canzoncina farsi.

*Conosco una fatina triste*
*Che una notte il vento ha portato via con sé.*

C'è un altro verso che forse viene prima, ne è certa, ma anche questo le sfugge.

Si siede. Deve sedersi, non ce la fa a restare in piedi in quel momento. Aspetta il caffè e pensa che quando sarà pronto ne berrà una tazza, poi forse fumerà una sigaretta e poi andrà in soggiorno a chiamare Colette, per vedere se la sua vecchia amica può organizzarle un viaggio a Kabul.

Ma per il momento rimane seduta. Chiude gli occhi e, mentre la caffettiera inizia a gorgogliare, vede sotto le palpebre chiuse dolci colline, un cielo alto e azzurro, il sole che tramonta dietro un mulino a vento, e catene di montagne che nella foschia si inseguono, una dietro l'altra, abbassandosi verso l'orizzonte.

*Sette*

# ESTATE 2009

«Tuo padre è un grand'uomo.»

Adel alzò gli occhi. Era l'insegnante, Malalai, che si era chinata per sussurrargli queste parole all'orecchio. Una donna grassoccia, di mezza età, con attorno alle spalle uno scialle viola ornato di perline, che gli sorrideva tenendo gli occhi chiusi.

«E tu sei un ragazzo fortunato.»

«Lo so» le rispose in un bisbiglio.

*Bene*, disse Malalai, muovendo solo le labbra.

Si trovavano sui gradini d'ingresso della nuova scuola femminile della città, un edificio rettangolare, verde chiaro, con il tetto a terrazza e ampie finestre, mentre il padre di Adel, il suo Baba jan, recitava una breve preghiera seguita da un discorso accalorato. Nel caldo torrido del mezzogiorno si era raccolta una folla di ragazzi, genitori e anziani, che tenevano gli occhi semichiusi per il sole, un centinaio di persone della cittadina di Shadbagh-e-Nau, la Nuova Shadbagh.

«L'Afghanistan è la madre di tutti noi» disse il padre di Adel, puntando il grosso indice verso il cielo. Il sole colpì il cerchio dorato del suo anello ornato da un'agata. «Ma è una madre dolente che soffre da tanto tempo. Ora, è vero che una madre ha bisogno dei suoi figli maschi per riprendersi. Sì, ma ha bisogno anche delle sue figlie. Altrettanto, se non di più!»

Queste parole suscitarono un fragoroso applauso e parecchi fischi e grida di approvazione. Adel scrutò i volti dei presenti. Guardavano rapiti suo padre, Baba jan, con le nere sopracciglia cespugliose e la barba folta, alto, forte e imponente, in piedi di fronte a loro, le spalle tanto larghe da riempire quasi completamente l'ingresso della scuola.

Suo padre continuò. Gli occhi di Adel incontrarono quelli di Kabir, una delle due guardie del corpo di Baba jan, impassibile al suo fianco, kalashnikov in mano. Adel vedeva la folla riflessa nelle lenti scure degli occhiali da aviatore di Kabir. Era basso, magro, quasi gracile e indossava abiti di colori sgargianti, lavanda, turchese, arancio, ma Baba jan diceva che era un falco e che sottovalutarlo era un errore che la gente commetteva a suo rischio e pericolo.

«Perciò vi dico, giovani figlie dell'Afghanistan» concluse Baba jan spalancando le lunghe braccia robuste in un gesto d'accoglienza. «Ora avete un dovere solenne. Apprendere, applicarvi, eccellere negli studi, per rendere orgogliosi non solo vostro padre e vostra madre, ma la madre comune a tutti noi. Il suo futuro è nelle vostre mani, non nelle mie. Vi chiedo di considerare questa scuola non come un mio dono. È semplicemente un edificio, ma il *vero* dono è custodito al suo interno, e siete voi. Voi siete il dono, giovani sorelle, non solo per me, per la comunità di Shadbagh-e-Nau, ma, e questa è la cosa più importante, per tutto il nostro paese! Che Dio vi benedica.»

Scoppiò un nuovo applauso. Parecchi gridarono: «Dio

benedica te, Comandante Sahib!». Baba jan con un largo sorriso alzò il pugno chiuso. Gli occhi di Adel si riempirono di lacrime d'orgoglio.

Malalai, l'insegnante, passò a Baba jan un paio di forbici. Un nastro rosso era stato teso davanti all'ingresso dell'aula. La folla mosse qualche passo avanti per vedere meglio, e Kabir fece cenno ad alcune persone di indietreggiare e ne allontanò un paio spingendole sul petto. Dalla folla si alzarono mani munite di cellulare per filmare il taglio del nastro. Baba jan prese le forbici, si fermò e rivolgendosi a Adel disse: «Ecco, figliolo, a te l'onore». E gli passò le forbici.

Il ragazzo lo guardò incredulo. «Io?»

«Avanti» disse Baba jan, strizzandogli l'occhio.

Adel tagliò il nastro, accompagnato da un grande applauso. Sentì il clic di qualche macchina fotografica, voci che gridavano: «*Allah-u-akbar!*».

Baba jan rimase sulla soglia mentre le studentesse in fila indiana entravano in classe. Erano ragazze tra gli otto e i quindici anni, indossavano il foulard bianco e l'uniforme nera a righine grigie, regalo di Baba jan. Adel le osservava mentre timidamente si presentavano una per una al Comandante, il quale, sorridendo affabilmente, dava loro colpetti sulla testa con qualche parola d'incoraggiamento. «Ti auguro successo, Bibi Mariam. Studia sodo, Bibi Homaira. Rendici orgogliosi di te, Bibi Ilham.»

Più tardi, accanto al Land Cruiser nero, Adel, sudando nella calura a fianco del padre, rimase a osservarlo mentre stringeva la mano ai locali. Con il rosario nella mano libera, Baba jan li ascoltava paziente, inchinandosi leggermente verso di loro, le sopracciglia aggrottate. Annuiva, attento a ciascuna persona, uomo o donna che fosse, che veniva a ringraziarlo, a offrire preghiere, a salutare. Molti approfittavano dell'occasione per chiedergli un favore: una madre con un figlio malato che aveva bisogno di essere visitato da un chirurgo di Kabul, un uomo cui serviva un prestito per aprire un negozio di ciabattino, un meccanico che chiedeva una nuova serie di attrezzi.

*Comandante Sahib, se potesse trovare nel suo cuore...*

*Non ho nessun altro cui rivolgermi, Comandante Sahib.*

Tranne i componenti della famiglia, Adel non aveva mai sentito nessuno rivolgersi a Baba jan se non con il titolo di "Comandante Sahib", anche se i russi se ne erano ormai andati da un pezzo e Baba jan non sparava un colpo da dieci anni e più. A casa, il soggiorno era disseminato di foto incorniciate dei suoi giorni da jihadista, foto che Adel si era impresso nella memoria: suo padre appoggiato al paraurti di una vecchia jeep impolverata, rannicchiato sulla torretta di un carro armato carbonizzato, orgogliosamente in posa con i suoi uomini, con la cartucciera a tracolla, accanto a un elicottero abbattuto. In un'altra foto pregava con la fronte sul suolo del deserto, con indosso un giubbotto e la bandoliera. Era molto più magro allora, il padre di Adel, e in tutte le foto sullo sfondo montagne e sabbia.

Baba jan era stato ferito due volte in battaglia dai russi. Aveva mostrato a Adel le cicatrici, una a sinistra, appena sotto la cassa toracica, segno di una ferita che gli era costata la cistifellea, e una a pochi centimetri dall'ombelico. Diceva di essere stato fortunato, tutto sommato. Aveva amici che avevano perso braccia, gambe, occhi, amici con la faccia ustionata. L'avevano fatto per il loro paese, diceva Baba jan, e l'avevano fatto per Dio. Questo era il senso del jihad, diceva. Il sacrificio.

Sacrificavi gli arti, la vista, persino la vita, e lo facevi con piacere. Il jihad ti assicurava diritti e privilegi, diceva, perché Dio provvede a fare in modo che chi sacrifica di più, giustamente ne raccolga anche la ricompensa.

*Sia in questa vita che nella prossima*, ripeteva Baba jan, indicando con il suo grosso indice prima la terra e poi il cielo.

Guardando le fotografie, Adel avrebbe voluto poter partecipare al jihad a fianco di suo padre in quei giorni avventurosi. Gli piaceva immaginarsi insieme a Baba jan mentre sparava agli elicotteri russi, faceva esplodere i carri armati, schivava le pallottole, viveva in montagna e dormiva nelle caverne. Padre e figlio, eroi di guerra.

C'era anche una grande fotografia incorniciata di Baba jan sorridente, accanto al presidente Karzai all'Arg, il palazzo presidenziale di Kabul. Questa foto era più recente, scattata nel corso di una piccola cerimonia durante la quale Baba jan aveva ricevuto un premio per la sua opera umanitaria a Shadbagh-e-Nau. Era un riconoscimento che Baba jan si era veramente meritato. La nuova scuola femminile era solo il suo ultimo progetto. Adel sapeva che un tempo in città le donne morivano regolarmente di parto. Ma ora non più, perché suo padre aveva aperto una grande clinica, gestita da due medici e tre ostetriche, il cui stipendio pagava di tasca propria. Tutti gli abitanti ricevevano cure mediche gratuite; tutti i bambini di Shadbagh-e-Nau erano vaccinati. Baba jan aveva inviato in tutta la città squadre di operai per localizzare le sorgenti dove scavare pozzi. Era stato Baba jan a portare finalmente in città l'elettricità a tempo pieno. Almeno una dozzina di aziende avevano aperto grazie ai suoi prestiti, che, come Adel aveva saputo da Kabir, raramente venivano restituiti.

Era convinto di quanto aveva detto all'insegnante. *Sapeva* di essere fortunato ad avere per padre un tale uomo.

Proprio mentre Baba jan stava finendo di stringere le mani, Adel scorse un uomo esile avvicinarsi a suo padre. Portava occhiali tondi con una montatura sottile, aveva una corta barba grigia e piccoli denti simili alla punta di un fiammifero bruciato. Dietro di lui c'era un ragazzo, suppergiù dell'età di Adel. I suoi grossi alluci sbucavano da due buchi simmetrici delle scarpe da ginnastica. Sulla testa i capelli arruffati formavano un groviglio compatto. I suoi jeans erano rigidi di polvere e per di più troppo corti. In compenso la T-shirt gli arrivava quasi alle ginocchia.

Kabir si piazzò tra il vecchio e Baba jan. «Ti ho già detto che questo non è il momento buono» disse.

«Voglio solo dire due parole al Comandante» replicò l'uomo.

Baba jan prese Adel per il braccio e lo fece salire con garbo sul retro del Land Cruiser. «Andiamo, figliolo. Tua madre ti aspetta.» Salì accanto a Adel e chiuse la portiera.

In macchina, mentre venivano chiusi i finestrini oscurati, Adel vide che Kabir diceva qualcosa al vecchio, ma non riuscì a sentire. Poi la guardia passò davanti al SUV e si sedette al volante, posando il suo kalashnikov sul sedile del passeggero, prima di avviare il motore.

«Cosa voleva?» chiese Adel.

«Niente d'importante» rispose Kabir.

Imboccarono la strada principale. Alcuni ragazzi che si trovavano tra la folla inseguirono il Land Cruiser per un breve tratto, prima che prendesse velocità. Kabir percorse la strada gremita di passanti, che divideva in due la città di Shadbagh-e-Nau, suonando spesso il clacson mentre s'infilava nel traffico. Tutti gli davano la precedenza. Alcuni salutavano con la mano. Adel osservava i marciapiedi affollati sui due lati, sfiorando con lo sguardo lo spettacolo familiare: le carcasse che pendevano dai ganci nelle macellerie; i fabbri che fissavano cerchioni di ferro alle ruote di legno, azionando a mano il mantice; i fruttivendoli che scacciavano le mosche da uva e ciliegie; il barbiere che, seduto sulla poltroncina di vimini sul marciapiedi, affilava il rasoio. Passarono davanti a botteghe del tè, negozi di kebab, un meccanico, una moschea, prima che Kabir girasse attorno alla grande piazza, al centro della quale c'era una fontana azzurra e un mujahid di pietra alto tre metri, lo sguardo rivolto a est, il turbante elegantemente avvolto sulla testa, un lanciarazzi sulla spalla. Baba jan aveva di persona commissionato la statua a uno scultore di Kabul.

A nord della strada principale sorgevano alcuni quartieri residenziali, per lo più con strade strette in terra battuta e piccole case con il tetto a terrazza, intonacate di bianco, giallo o azzurro. Su qualche tetto era installata una parabola satellitare. A molte finestre sventolava la bandiera afghana. Baba jan aveva detto a Adel che la maggior parte delle case e dei negozi era stata costruita negli ultimi quindici anni e anche grazie al suo intervento. Molti degli abitanti lo consideravano il fondatore di Shadbagh-e-Nau e Adel sapeva che gli anziani avevano proposto di dare alla città il suo nome, ma lui aveva declinato l'onore.

Da qui la strada principale correva verso nord per tre chilometri prima di arrivare a Shadbagh-e-Kohna, la Vecchia Shadbagh. Adel non aveva idea di come fosse il villaggio decenni prima. Quando Baba jan vi si era trasferito da Kabul con lui e sua madre, il vecchio villaggio era ormai sparito. Tutte le case erano state demolite e l'unico cimelio sopravvissuto era il mulino a vento in rovina. A Shadbagh-e-Kohna, Kabir lasciò la strada principale svoltando a sinistra in un'ampia carrozzabile sterrata, lunga meno di mezzo chilometro, che univa la strada principale al complesso residenziale circondato da mura alte una trentina di metri dove Adel viveva con i suoi genitori, l'unica costruzione di Shadbagh-e-Kohna, a parte il vecchio mulino. Adel vedeva ora le mura bianche, mentre il SUV avanzava sobbalzando sul viale. Sulla sommità delle mura correvano spirali di filo spinato.

La guardia in uniforme che sorvegliava l'ingresso principale del complesso fece il saluto militare e aprì il portone. Kabir entrò con il SUV all'interno delle mura, seguendo il sentiero di ghiaia che portava alla casa.

La villa era alta tre piani ed era dipinta di rosa squillante e verde turchese. Aveva altissime colonne, cornicioni a pagoda e vetri a specchio che scintillavano al sole. C'erano parapetti, una veranda con mosaici scintillanti e ampi balconi con balaustre tonde in ferro battuto. Dentro c'erano nove camere da letto e sette sale da bagno; talvolta, quando Adel e Baba jan giocavano a nascondino, il ragazzo girovagava per un'ora o più prima di trovare il padre. Tutti i piani d'appoggio dei bagni e della cucina erano in granito o marmo. Recentemente, con grande gioia di Adel, Baba jan aveva parlato di costruire una piscina nel seminterrato.

Kabir si fermò nel viale circolare fuori dal grande portone della casa. Spense il motore.

«Ci lasci soli un minuto?» disse Baba jan.
Kabir annuì e scese dalla macchina. Adel lo seguì con lo sguardo mentre saliva i gradini di marmo che conducevano al portone e suonava. Fu Azmaray, l'altra guardia del corpo – un individuo basso, tarchiato, dai modi spicci – ad aprirgli. I due uomini si scambiarono qualche parola, poi si fermarono sui gradini accendendo una sigaretta.

«Devi davvero partire?» chiese Adel. Suo padre sarebbe partito per il sud il mattino dopo, per ispezionare i suoi campi di cotone nella provincia di Helmand e incontrare gli operai della fabbrica che vi aveva costruito. Sarebbe rimasto lontano un paio di settimane, un lasso di tempo che a Adel sembrava interminabile.

Baba jan si voltò verso di lui. Con la sua mole, che occupava più di metà del sedile posteriore, faceva quasi scomparire Adel. «Vorrei non dover partire, figliolo.»

Adel fece cenno di sì con la testa. «Oggi sono stato orgoglioso. Sono stato orgoglioso di te.»

Baba jan appoggiò la sua pesante manona sul ginocchio di Adel. «Grazie, Adel. Lo apprezzo. Ma ti porto a queste cerimonie perché tu possa imparare, perché tu capisca che è importante per chi è fortunato, per le persone come noi, vivere all'altezza delle proprie responsabilità.»

«Vorrei soltanto che non dovessi sempre partire.»

«Anch'io, figliolo. Anch'io. Ma partirò soltanto domani mattina. Questa sera resterò a casa.»

Adel si guardò le mani.

«Ascolta,» disse suo padre a bassa voce «la gente di questa città ha bisogno di me, Adel. Ha bisogno del mio aiuto per avere una casa, per trovare un lavoro e guadagnarsi da vivere. Kabul ha i suoi problemi. Non può aiutarli. Dunque, se non li aiuto io, nessuno li aiuterà. E allora questa gente soffrirà.»

«Lo so» balbettò Adel.

Baba jan gli strinse affettuosamente il ginocchio. «Senti la mancanza di Kabul e dei tuoi amici, lo so. È stato duro adattarsi a questo posto, sia per te che per tua madre. Mi rendo conto che sono sempre in viaggio, ma non posso mancare ai miei appuntamenti e un sacco di gente avanza pretese sul mio tempo. Ma... guardami, figliolo.»

Adel guardò Baba jan negli occhi. Da sotto le sopracciglia cespugliose brillavano di una luce tenera.

«Per me nessuno è più importante di te, Adel. Tu sei mio figlio. Rinuncerei volentieri a tutto questo per te. Rinuncerei alla mia vita per te, figliolo.»

Adel aveva gli occhi umidi. Talvolta, quando Baba jan gli parlava in questo modo, Adel sentiva il cuore gonfiarsi, al punto che gli era difficile respirare. «Mi capisci?»

«Sì, Baba jan.»

«Mi credi?»

«Sì.»

«Bene. Allora da' un bacio a tuo padre.»

Adel gettò le braccia attorno al collo di Baba jan e suo padre lo tenne stretto a lungo. Adel ricordava che da piccolo, quando dava un colpetto sulla spalla del padre nel cuore della notte, ancora turbato da un brutto sogno, Baba jan spingeva indietro la coperta e lasciava che il bambino s'infilasse nel letto accanto a lui, lo abbracciava e lo baciava sulla testa finché Adel smetteva di tremare, scivolando nuovamente nel sonno.

«Forse ti porterò un regalino dall'Helmand.»

«Non è necessario» disse Adel con voce appena udibile. Aveva già più giocattoli di quanti ne potesse usare. E non c'era nessun giocattolo sulla terra che potesse compensare l'assenza di suo padre.

Quel giorno stesso, Adel stava appollaiato a metà della scala e spiava la scena che si svolgeva sotto di lui. Kabir aveva risposto a una scampanellata. Ora era appoggiato allo stipite con le braccia incrociate e bloccava l'ingresso mentre parlava con la persona fuori dalla porta. Adel vide che era il vecchio che si era presentato all'inaugurazione della scuola, la mattina, l'uomo occhialuto con i denti simili a fiammiferi bruciati. Alle sue spalle c'era ancora il ragazzo con i buchi nelle scarpe.

Il vecchio chiese: «Dov'è andato?».

Kabir rispose: «Al sud, per affari».

«Ho sentito dire che sarebbe partito domani.»

Kabir fece spallucce.

«Quanto tempo starà via?»

«Due, forse tre mesi. Chi lo sa?»

«Non è questo che ho sentito dire.»

«Stai mettendo a dura prova la mia pazienza, vecchio» lo avvertì Kabir stendendo le braccia lungo i fianchi.

«Lo aspetterò.»

«Non qui.»

«In strada, intendevo.»

Kabir si muoveva con impazienza. «Fa' come credi, ma il Comandante è un uomo molto occupato. Non so quando tornerà.»

Il vecchio si allontanò seguito dal ragazzo.

Kabir chiuse la porta.

Adel scostò la tenda del soggiorno e dalla finestra osservò il vecchio e il ragazzo che camminavano sul viale sterrato che collegava la residenza alla strada principale.

«Gli hai mentito» disse Adel.

«Fa parte del lavoro per cui sono pagato: proteggere tuo padre dalle sanguisughe.»

«Cosa vuole, dunque, dei soldi?»

«Qualcosa del genere.»

Kabir si sedette sul divano e si tolse le scarpe. Lo guardò e gli fece l'occhiolino. A Adel Kabir era simpatico, molto più di Azmaray, che era sgradevole e raramente gli rivolgeva la parola. Kabir giocava a carte con lui e lo invitava a guardare insieme i DVD. Era un appassionato di cinema. Possedeva una collezione di film che aveva comprato al mercato nero e ne guardava una dozzina alla settimana: iraniani, francesi, americani, e naturalmente Bollywood, per lui erano tutti la stessa cosa. E a volte, se la madre era in un'altra stanza e Adel prometteva di non dirlo a suo padre, Kabir toglieva il caricatore del suo kalashnikov e gli permetteva d'imbracciarlo, come un mujahid. Ora il kalashnikov era appoggiato alla parete accanto alla porta d'ingresso.

Kabir si sdraiò sul divano, appoggiando i piedi sul bracciolo, e incominciò a sfogliare un giornale.

«Avevano un'aria del tutto innocua» osservò Adel, lasciando andare la tenda e girandosi verso Kabir. Vedeva la fronte della guardia del corpo al di sopra del giornale.

«Allora avrei dovuto invitarli per il tè» bofonchiò Kabir. «Offrirgli anche il dolce.»

«Non scherzare.»

«Tutti hanno un'aria innocua.»

«Baba jan ha intenzione di aiutarli?»

«Probabile» sospirò Kabir. «Tuo padre è come un fiume per la sua gente.» Abbassò il giornale e sorrise. «Chi ha detto questa frase? Su, Adel. L'abbiamo visto il mese scorso.» Il ragazzo alzò le spalle e si avviò su per le scale.

«*Lawrence*» gridò Kabir dal divano. «*Lawrence d'Arabia*. E a dirle era Anthony Quinn.» E poi, nel momento in cui Adel raggiunse l'ultimo gradino: «Sono sanguisughe, Adel. Non abboccare. Spennerebbero tuo padre, se potessero».

Una mattina, un paio di giorni dopo che suo padre era partito per l' Helmand, Adel salì in camera dei suoi genitori. Dall'interno arrivava musica a tutto volume, martellante. Entrò e trovò sua madre in calzoncini corti e T-shirt, davanti al gigantesco schermo di una tv al plasma, che imitava i movimenti di un trio di bionde sudate, una serie di salti, flessioni, affondi e esercizi per gli addominali. La madre lo scorse nel grande specchio della toilette.

«Vuoi fare ginnastica con me?» gridò, ansimando per farsi sentire sopra la musica assordante.

«Mi metto a sedere qui» disse lui. Si lasciò scivolare sul pavimento coperto di moquette e osservò sua madre, che si chiamava Aria, attraversare la stanza e tornare indietro con una serie di balzi. La madre di Adel aveva mani e piedi delicati, il nasino all'insù, e un viso grazioso come le attrici dei film di Bollywood tanto amati da Kabir. Era sottile, agile e giovane: aveva solo quattordici anni quando era andata in sposa a Baba jan. Adel aveva anche un'altra madre più anziana e tre fratellastri maggiori, ma Baba jan li aveva sistemati a Jalalabad, nell'est del paese e Adel li vedeva più o meno una volta al mese quando il padre lo portava in visita. A differenza di sua madre e della matrigna, che non si amavano affatto, Adel e i suoi fratellastri andavano molto d'accordo. Quando si recava a Jalalabad lo accompagnavano nei parchi, nei bazar, al cinema, e ai tornei di *buzkashi.* Giocavano con lui a *Resident Evil* e sparavano agli zombi di *Call of Duty*, e lo facevano sempre giocare nella loro squadra di calcio nelle partite di quartiere. Gli sarebbe immensamente piaciuto che abitassero lì, vicino a lui.

Adel guardò sua madre stesa sulla schiena che alzava le gambe tenendole tese per poi abbassarle di nuovo, con una palla di plastica azzurra tra le caviglie nude.

La verità era che a Shadbagh Adel moriva di noia. Non si era fatto un solo amico nei due anni da che era arrivato. Non poteva andare in città in bicicletta, certamente non da solo, non con la sfilza di sequestri che si erano verificati dovunque nella regione, anche se di tanto in tanto se la svignava, per breve tempo, sempre rimanendo all'interno del perimetro del complesso. Non aveva compagni di scuola, perché Baba jan non gli permetteva di frequentare la scuola del quartiere. Per ragioni di sicurezza, diceva. Così, ogni mattina, l'insegnante si presentava a casa per le lezioni. Adel passava la maggior parte del tempo leggendo oppure tirando calci al pallone, da solo, o guardando film con Kabir, spesso gli stessi, più e più volte. Vagabondava ozioso per gli ampi corridoi dall'alto soffitto della loro immensa casa, per le grandi stanze vuote, oppure si sedeva alla finestra della sua stanza da letto al piano di sopra. Viveva in una casa favolosa, ma in un mondo chiuso. C'erano giorni in cui si sarebbe sparato dalla noia.

Sapeva che anche sua madre si sentiva terribilmente sola. Cercava di riempire le giornate con la routine, il mattino un po' di ginnastica, la doccia, la colazione, poi la lettura e il giardinaggio, e nel pomeriggio una soap opera indiana. Quando Baba jan era in viaggio, il che accadeva spesso, la mamma portava sempre una felpa grigia e scarpe da ginnastica, non si truccava e teneva i capelli raccolti in uno chignon sulla nuca. Apriva raramente lo scrigno dei gioielli dove custodiva tutti gli anelli, le collane e gli orecchini che Baba jan le portava da Dubai. A volte passava ore al telefono con la sua famiglia a Kabul. Solo quando sua sorella o i suoi genitori venivano in visita per qualche giorno, ogni due o tre mesi, Adel vedeva sua madre tornare in vita. Indossava un lungo abito con un disegno fantasia e scarpe con i tacchi alti e si truccava. Le brillavano gli occhi e la casa risuonava delle sue risate. Ed era in queste occasioni che Adel intravvedeva la persona che sua madre era stata un tempo.

Quando Baba jan era lontano, Adel e sua madre cercavano di confortarsi reciprocamente. Componevano puzzle e giocavano a golf o a tennis sulla Wii di Adel. Ma il passatempo preferito del ragazzo quando si trovava solo con la madre erano le costruzioni con gli stuzzicadenti. Su un foglio di carta lei faceva un disegno dell'edificio in tre dimensioni, completo di portico, tetto a doppio spiovente, con scale all'interno e pareti che separavano le diverse stanze. Costruivano come prima cosa le fondamenta, poi le pareti interne e le scale; ammazzavano ore applicando con cura la colla agli stuzzicadenti e mettendo ad asciugare le singole parti. La madre gli aveva detto che quando era giovane, prima di sposare Baba jan, aveva sognato di diventare architetto.

Era stato mentre erano impegnati nella costruzione di un grattacielo che gli aveva raccontato come lei e Baba jan si erano sposati.

*Di fatto doveva sposare la mia sorella maggiore.*

*Zia Nargis?*

*Sì. Eravamo a Kabul. Un giorno lui la vide per strada e questo gli bastò. Doveva sposarla. Il giorno successivo si presentò a casa nostra, lui e cinque dei suoi uomini. In pratica si autoinvitarono. Portavano tutti gli scarponi.* Scosse la testa e rise, come se fosse una cosa comica quella che Baba jan aveva fatto, ma non rise nel modo in cui rideva di solito quando trovava una cosa divertente. *Avresti dovuto vedere l'espressione dei tuoi nonni.*

Baba jan, i suoi uomini e i genitori della mamma si erano seduti in soggiorno. Lei era in cucina a preparare il tè mentre loro parlavano. C'era un problema, disse la mamma, perché sua sorella Nargis era già fidanzata, promessa a un cugino che viveva ad Amsterdam dove studiava ingegneria. Come avrebbero potuto rompere il fidanzamento? chiesero i suoi genitori.

*E poi entro io portando un vassoio con il tè e i dolci. Riempio le tazze e poso i dolci sul tavolo, tuo padre mi vede e mentre mi volto per uscire, dice: «Forse avete ragione. Non è giusto rompere un fidanzamento, ma se lei mi dice che anche questa è impegnata, allora dovrò pensare che non tenete minimamente a me». Poi scoppiò in una risata. Ed è stato così che ci siamo fidanzati.*

Prese un tubetto di colla.

*Ti piaceva?*

Fece una scrollatina di spalle. *A dire il vero più che altro mi faceva paura.*

*Ma adesso ti piace, giusto? Gli vuoi bene.*

*Naturalmente. Che domanda!*

*Non rimpiangi di averlo sposato.*

Posò la colla e aspettò qualche secondo prima di rispondere. *Guarda la nostra vita, Adel,* disse con calma. *Guardati attorno. Cosa dovrei rimpiangere?* Sorrise e gli tirò affettuosamente il lobo dell'orecchio. *E poi non avrei avuto te.*

La madre di Adel spense la tv e si sedette sul pavimento ansimando, asciugandosi con un telo il sudore che le colava dal collo.

«Perché non fai qualcosa per conto tuo questa mattina?» chiese distendendo la schiena. «Dopo la doccia farò colazione. E voglio chiamare i tuoi nonni. Non li sento da un paio di giorni.»

Adel si alzò con un sospiro.

Nella sua camera, in una diversa ala della casa, prese il pallone e si mise la maglia di Zidane che Baba jan gli aveva regalato per il suo ultimo compleanno, il dodicesimo. Quando scese a pianterreno trovò Kabir che sonnecchiava con un giornale steso sul petto a mo' di coperta. Prese una lattina di succo di mela dal frigorifero e uscì.

Percorse il sentiero di ciottoli che conduceva all'entrata principale del complesso. La garitta dove la sentinella armata faceva la guardia era vuota. Adel conosceva gli orari dei turni di guardia. Aprì con aria circospetta il cancello e uscì, chiudendolo alle spalle. Dopo un attimo ebbe l'impressione di respirare meglio da questo lato delle mura. Certi giorni la sua casa assomigliava troppo a una prigione.

S'incamminò all'ombra dell'alto muro, lontano dalla strada principale, verso la parte terminale del complesso, dove c'era il frutteto di cui Baba jan andava molto fiero. Filari paralleli di peri, meli, albicocchi, ciliegi, fichi e anche nespoli si stendevano per diversi ettari. Spesso, quando andavano a camminare nel frutteto, Baba jan se lo caricava sulle spalle e lui coglieva un paio di mele mature che addentavano sul posto. Fra la residenza e il frutteto c'era un terreno incolto quasi completamente vuoto, non fosse stato per una baracca dove i giardinieri tenevano gli attrezzi. C'era però anche un'altra cosa, il ceppo piatto di quello che, a quanto sembrava, doveva essere stato un vecchio albero gigante. Un giorno Baba jan aveva contato i suoi anelli e aveva concluso che l'albero probabilmente aveva visto passare l'esercito di Gengis Khan. Scuotendo tristemente la testa disse che chiunque avesse abbattuto quell'albero era stato un pazzo.

Era una giornata calda, il sole splendeva nel cielo di un turchino perfetto, come quello dei disegni che Adel colorava con i pastelli quando era piccolo. Posò la lattina di succo di mela sul ceppo e si esercitò a lanciare e riprendere la palla come un giocoliere. Il suo record personale era di sessantotto lanci senza lasciarla cadere a terra. L'aveva stabilito la primavera precedente e ora, a metà dell'estate, stava ancora cercando di migliorarlo. Adel aveva fatto ventotto lanci quando si rese conto che qualcuno lo stava osservando. Era il ragazzo che accompagnava il vecchio il quale, il mattino della cerimonia d'inaugurazione della scuola, aveva cercato di avvicinare Baba jan. Ora se ne stava accucciato all'ombra della baracca di mattoni.

«Cosa ci fai qui?» chiese Adel, cercando di imitare il tono arrogante di Kabir quando parlava con gli estranei.

«Mi riposo» rispose il ragazzo. «Non dirlo a nessuno.»

«Non dovresti essere qui.»

«Neanche tu.»

«Cosa?»

Il ragazzo ridacchiò. «Lascia perdere.» Stirò le braccia e si alzò. Adel cercò di sbirciare se aveva le tasche piene. Forse era venuto qui per rubare la frutta. Il ragazzo si avvicinò a Adel e con un piede sollevò il pallone, fece un paio di rapidi lanci in alto, poi con il tallone lo rispedì a Adel, che lo afferrò mettendolo sotto il braccio.

«Là sulla strada, dove il tuo gorilla ci ha detto di aspettare, non c'è un filo d'ombra. E in cielo neanche una nuvola a pagarla.»

Adel sentì il bisogno di difendere Kabir. «Non è un gorilla.»

«Be', si è premurato di mostrarci il suo kalashnikov, questo te lo posso assicurare.» Guardò senza scomporsi Adel, con un sorrisetto divertito sulle labbra. Poi sputò per terra. «Vedo che sei un fan del bufalo.»

Ci volle un attimo prima che Adel capisse a chi si riferiva. «Non puoi giudicarlo per l'unico errore che ha commesso. Era il migliore. Era il mago della metà campo.»

«Ho visto di meglio.»

«Davvero? Chi, per esempio?»

«Per esempio, Maradona.»

«Maradona?» disse Adel offeso. Aveva già avuto la medesima discussione con un suo fratellastro a Jalalabad. «Maradona imbrogliava. "Mano di Dio", ricordi?»

«Tutti imbrogliano e tutti mentono.»

Il ragazzo s'incamminò sbadigliando. Era alto più o meno come Adel, forse qualcosa in più e probabilmente aveva anche la sua stessa età, pensò Adel. Ma camminava come se fosse più vecchio, senza fretta e con l'aria di chi aveva già visto quanto c'era da vedere e non si faceva più sorprendere da niente.

«Mi chiamo Adel.»

«Gholam.» Si strinsero la mano. La stretta di Gholam era forte, il palmo secco e calloso.

«Quanti anni hai?»

Gholam alzò le spalle. «Tredici, credo, forse quattordici ormai.»

«Non sai quando è il tuo compleanno?»

Gholam sorrise. «Scommetto che tu il tuo lo sai. Scommetto che conti i giorni che mancano.»

«Non è vero» si difese Adel. «Cioè, non conto i giorni che mancano al mio compleanno.»

«Devo andare. Mio padre è da solo che aspetta.»

«Pensavo fosse tuo nonno.»

«Ti sbagliavi.»

«Facciamo una sfida. Un tiro a ciascuno» propose Adel.

«Vuoi dire come ai calci di rigore?»

«Cinque ciascuno... Vince chi ne segna di più.»

Gholam sputò di nuovo, guardò verso la strada e poi di nuovo Adel. Adel aveva notato che il mento del ragazzo era un po' troppo piccolo per la sua faccia e che davanti aveva due canini supplementari sovrapposti agli altri. Uno in particolare era malamente scheggiato e guasto. Il sopracciglio sinistro era diviso a metà da una breve cicatrice filiforme. Inoltre, puzzava. Ma Adel non parlava, né tanto meno giocava con un suo coetaneo da quasi due anni, se si escludevano le visite mensili a Jalalabad. Si preparò a una delusione, ma Gholam fece spallucce e disse: «Cazzo, perché no? Ma tiro prima io».

Come porta usarono due pietre poste a otto passi di distanza l'una dall'altra. Gholam fece i suoi cinque tiri. Segnò un punto, fece due tiri fuori porta, e Adel facilmente ne parò due. Come portiere Gholam era peggio che come calciatore. Adel riuscì a segnare quattro punti, ogni volta con una finta che induceva Gholam a lanciarsi nella direzione opposta a quella del tiro.

«Fanculo» disse Gholam, piegato in due con le mani sulle ginocchia.

«Rivincita?» Adel cercava di non gongolare, ma gli era difficile. Dentro di sé esultava.

Gholam acconsentì e il risultato fu ancora più clamorosamente impari. Riuscì a segnare un goal, ma Adel mise a segno tutti e cinque i suoi tiri.

«Basta, sono spompato» disse Gholam, alzando le braccia. Si trascinò verso il ceppo e vi si accasciò con un gemito. Adel, stringendo a sé il pallone, si sedette accanto a lui.

«Queste non mi aiutano di certo» disse Gholam pescando un pacchetto di sigarette dalla tasca dei jeans. Ne era rimasta una. L'accese sfregando il fiammifero una sola volta, aspirò soddisfatto e l'offrì a Adel, che era tentato di accettarla, non fosse stato che per impressionarlo, ma poi rifiutò, preoccupato che Kabir o sua madre gli sentissero addosso odore di fumo.

«Saggio» disse Gholam piegando indietro la testa.

Per un po' chiacchierarono pigramente di calcio e, con grande sorpresa di Adel, Gholam si rivelò un intenditore. Parlarono della loro partita preferita e si scambiarono racconti sui goal che li avevano colpiti di più. Ciascuno fece la lista di quelli che considerava i cinque calciatori migliori; era praticamente la stessa, solo che Gholam incluse Ronaldo il brasiliano, mentre Adel scelse Ronaldo il portoghese. Inevitabilmente finirono per parlare della finale del 2006 e del ricordo, doloroso per Adel, dell'incidente della testata. Gholam disse di aver guardato tutta la partita in mezzo alla folla che si era radunata davanti alla vetrina di un negozio di tv non lontano dal campo.

«Quale campo?»

«Quello in cui sono cresciuto in Pakistan.»

Disse a Adel che questa era la prima volta che veniva in Afghanistan. Aveva trascorso tutta la sua vita in Pakistan, nel campo profughi di Jalozai, dove era nato. Disse che Jalozai era come una città, un immenso dedalo di tende, di casupole di fango, di baracche con le pareti di plastica e di alluminio, in un labirinto di stretti viottoli cosparsi di spazzatura e di merda. Era una città nel ventre di una città ancora più grande. Gholam e i suoi fratelli, lui era il maggiore, erano cresciuti lì, in una casupola d'argilla con la madre, il padre, che si chiamava Iqbal, e la nonna paterna, Parwana. In questi viottoli avevano imparato a camminare e a parlare. Là erano andati a scuola. E lui aveva giocato a inseguire con un bastone cerchioni arrugginiti di vecchie biciclette, correndo per il campo con gli altri ragazzi rifugiati, finché il sole tramontava e la nonna lo richiamava in casa.

«Mi piaceva stare al campo. Avevo un sacco di amici e conoscevo tutti. E poi ce la cavavamo bene. Ho uno zio in America, il fratellastro di mio padre, lo zio Abdullah. Non l'ho mai conosciuto. Ma ci spediva soldi ogni tanto. Per noi erano una manna. Una vera manna.»

«Perché siete andati via?»

«Non potevamo far altro. I pakistani hanno chiuso il campo. Dicevano che gli afghani dovevano tornare in Afghanistan. E poi un giorno i soldi dello zio smisero di arrivare. Allora mio padre disse che tanto valeva che tornassimo a casa e ricominciassimo da capo, ora che i talebani si erano riversati sul lato pakistano del confine.

Disse che in Pakistan eravamo ospiti indesiderati. Ero veramente depresso.» Poi, indicando attorno a sé con un gesto della mano, aggiunse: «Questo per me è un paese straniero. E i ragazzi del campo, quelli che venivano dall'Afghanistan? Nessuno parlava bene di questo paese».

Adel avrebbe voluto dire che capiva come si sentiva Gholam. Avrebbe voluto dirgli quanto gli mancavano Kabul, i suoi amici e i suoi fratellastri di Jalalabad. Ma temeva che Gholam potesse ridere di lui. Quindi si limitò a osservare: «Be' qui *c'è* da annoiarsi mica male».

Gholam rise. «Non credo che intendessero questo.»

Adel ebbe l'impressione di essere stato redarguito.

Gholam fece un tiro ed espirò una serie di anelli. Insieme li osservarono alzarsi lentamente e fluttuare, per poi svanire.

«Mio padre ci diceva: "Aspettate, aspettate di respirare l'aria di Shadbagh, ragazzi, e di gustare la sua acqua". È nato qui, mio padre, e qui è cresciuto. Diceva: "Voi non avete mai bevuto un'acqua così fresca, così dolce, figlioli". Non faceva altro che parlarci di Shadbagh, che immagino non fosse altro che un piccolo villaggio quando lui viveva qui. Diceva che c'era un tipo d'uva che si coltivava solo a Shadbagh, in nessun'altra parte del mondo. Avresti pensato che stesse descrivendo il Paradiso.»

Adel gli chiese dove abitava adesso. Gholam gettò via il mozzicone della sigaretta, guardò il cielo, socchiudendo gli occhi per l'intensità della luce. «Conosci il campo vicino al mulino a vento?»

«Sì.»

Adel aspettò che continuasse, ma Gholam non continuò.

«Abiti in un campo?»

«Per il momento» borbottò Gholam. «Abbiamo una tenda.»

«Non hai una famiglia qui?»

«No. Sono morti o se ne sono andati. Be', mio padre ha uno zio a Kabul. O forse l'aveva. Chissà se è ancora vivo. Era il fratello della nonna, e lavorava per una ricca famiglia di Kabul. Ma penso che Nabi e mia nonna non si parlino da decenni, da cinquant'anni e più, credo. Sono praticamente degli estranei. Penso che, se mio padre si trovasse in cattive acque, si rivolgerebbe a lui. Ma vuole cavarsela da solo, qui. Questo è il suo paese.»

Passarono qualche minuto in silenzio, seduti sul ceppo, osservando le foglie del frutteto tremolare alle folate di vento caldo. Adel pensava a Gholam e alla sua famiglia che trascorrevano le notti in una tenda, con scorpioni e bisce che strisciavano tutt'attorno.

Non sapeva esattamente perché avesse finito per raccontare a Gholam il motivo per cui i suoi genitori avevano lasciato Kabul. C'erano molte ragioni e forse non sapeva quale scegliere. Forse l'aveva fatto perché Gholam non pensasse che conduceva un'esistenza spensierata solo perché viveva in una grande casa. Oppure si era trattato di una specie di bullismo da cortile scolastico. O ancora di una richiesta di solidarietà. O forse per ridurre la distanza tra loro. Non lo sapeva. Forse per tutte queste ragioni insieme. Né avrebbe saputo dire perché gli sembrava importante risultare simpatico a Gholam; capiva soltanto, anche se in modo confuso, che la ragione era più complessa del semplice fatto di essere spesso solo e di desiderare di avere un amico.

«Ci trasferimmo a Shahbagh perché qualcuno aveva

cercato di ucciderci a Kabul» disse. «Un giorno una motocicletta si fermò davanti a casa nostra e chi guidava crivellò la facciata di proiettili. Non è stato catturato. Ma grazie a Dio nessuno di noi fu colpito.»

Qualunque reazione si fosse aspettato, rimase deluso, perché Gholam non ne mostrò alcuna. Continuando a guardare il sole con gli occhi semichiusi disse: «Già, lo so».

«Lo sai?»

«Se tuo padre si gratta il naso, tutti lo vengono a sapere.»

Adel lo guardò appallottolare il pacchetto di sigarette vuoto e infilarlo nella tasca dei jeans.

«Non gli mancano *davvero* i nemici, a tuo padre» sospirò Gholam.

Adel lo sapeva. Baba jan gli aveva spiegato che alcuni dei mujahidin che avevano combattuto con lui contro i sovietici negli anni Ottanta erano diventati potenti e corrotti. Avevano tralignato, diceva. E, poiché lui non voleva partecipare alle loro imprese criminali, cercavano di scalzarlo, di infangare il suo nome, diffondendo voci false e offensive su di lui. Ecco perché Baba jan cercava sempre di tutelare il figlio: non permetteva che in casa entrassero i giornali, per esempio, e non voleva che Adel guardasse il telegiornale o navigasse in internet.

Gholam si piegò verso Adel e disse: «Si dice anche che coltiva mica male».

Adel fece spallucce. «Lo vedi da te. Qualche ettaro di frutteto. Be' anche i campi di cotone nell'Helmand, immagino, per la fabbrica.»

Gholam scrutò gli occhi di Adel, mentre un sorriso lento gli si apriva sulla faccia, mettendo in mostra il suo canino guasto. «Cotone. Sei un fenomeno. Non so cosa dire.»

Adel non capiva. Si alzò e fece qualche palleggio. «Vuoi la rivincita?»

«Ok. Vada per la rivincita.»

«Andiamo.»

«Solo che questa volta scommetto che non segni neanche un goal.»

Ora fu Adel a ridacchiare. «Quanto scommetti?»

«Semplice. La maglia di Zidane.»

«E se vinco io? Anzi *quando* vincerò io?»

«Se fossi in te non mi preoccuperei di questa eventualità.»

Fu una sfida veloce e brillante. Gholam, tuffandosi a destra e a sinistra, parò tutti i tiri di Adel. Togliendosi la maglia, Adel si sentì uno stupido a essersi lasciato portar via ciò che era legittimamente suo, forse il suo bene più prezioso. Gliela consegnò. Sentì le lacrime che gli pungevano pericolosamente gli occhi, ma a fatica le respinse.

Gholam ebbe almeno il tatto di non infilarsela in sua presenza. Mentre se ne andava si voltò con un sorriso. «Tuo padre non starà via per tre mesi, vero?»

«Domani ti sfiderò per riaverla» disse Adel. «La maglia.»

«Ci devo pensare.»

Gholam si diresse verso la strada principale. Giunto a metà, si fermò, ripescò dalla tasca il pacchetto di sigarette che aveva accartocciato e lo tirò oltre il muro della casa di Adel.

Ogni giorno per una settimana, dopo le lezioni del mattino, Adel prese il pallone e uscì dal complesso. Per due volte riuscì a sincronizzare le sue fughe con gli orari di ronda della guardia armata. Ma la terza volta fu intercettato dall'uomo, che non lo lasciò uscire. Adel rientrò in casa e tornò con un iPod e un orologio. Da quel momento la guardia lo lasciò uscire ed entrare di nascosto, purché non superasse il limite del frutteto. Quanto a Kabir e a sua madre, quasi non si accorgevano se Adel mancava per un'ora o due. Era uno dei vantaggi di vivere in una casa così grande.

Adel giocava da solo dietro la residenza, non lontano dal ceppo del campo incolto, nella speranza che Gholam prima o poi si facesse vivo. Non perdeva di vista il viale in terra battuta che portava alla strada principale, mentre lanciava e riprendeva il pallone senza lasciarlo cadere, oppure, seduto sul ceppo, osservava un caccia che attraversava il cielo lasciando la sua scia bianca, o ancora, annoiato, tirava sassi a caso. Dopo un po' raccoglieva il pallone e rientrava lentamente a casa.

Poi un giorno ricomparve Gholam con un sacchetto di carta.

«Dove ti eri cacciato?»

«Lavoro» disse Gholam.

Gli raccontò che lui e suo padre erano stati assoldati per qualche giorno per fabbricare mattoni. Gholam doveva mischiare la malta. Disse che aveva trasportato secchi d'acqua avanti e indietro, e trascinato sacchi di cemento e di sabbia che pesavano più di lui. Spiegò a Adel come mescolava la malta nella carriola, rimestando l'impasto con una zappa, più e più volte, aggiungendo acqua e poi sabbia finché la mistura acquisiva una consistenza omogenea che non si sgretolava. A quel punto spingeva la carriola dove lavoravano i muratori e ritornava in fretta a iniziare un nuovo impasto. Mostrò a Adel le vesciche sul palmo delle mani.

«Wow» esclamò Adel stupidamente, ma non era riuscito a escogitare una risposta diversa. L'unica esperienza di una forma di lavoro manuale l'aveva compiuta un pomeriggio di tre anni prima, quando aveva aiutato il giardiniere a piantare dei giovani meli nel cortile sul retro della casa di Kabul.

«Ho una sorpresa per te» annunciò Gholam. Infilò la mano nel sacchetto e gettò a Adel la maglia di Zidane.

«Non capisco» disse Adel, sorpreso, con cauto entusiasmo.

«L'altro giorno ho visto in città un ragazzo che portava la stessa maglia» disse Gholam, facendogli segno di lanciargli il pallone. Adel glielo tirò con un calcio e Gholam si mise a fare il giocoliere mentre gli raccontava la storia. «Ci crederesti? Mi avvicino e gli dico: "Ehi, questa è la maglia del mio amico". Mi guarda. Per farla breve, sistemiamo la questione in un vicolo. Alla fine è lui che prega *me* di prendere la maglia!» Afferrò il pallone al volo sorridendo a Adel. «Forse gliel'avevo venduta io un paio di giorni prima.»

«Ma non è giusto. Se gliel'avevi venduta era sua.»

«Cosa? Adesso non la vuoi? Dopo tutto quello che ho fatto per restituirtela? Non credere che sia stato solo io a menarlo. Anche lui mi ha piazzato qualche pugno di tutto rispetto.»

«Comunque...» borbottò Adel.

«E poi, ti avevo buggerato all'inizio e questo mi faceva stare male. Ora ti riprendi la tua maglia. E quanto a me...» Indicò i suoi piedi e Adel vide un nuovo paio di scarpe da tennis bianche e blu.

«E l'altro tizio, sta bene?»

«Sopravviverà. Adesso giochiamo o andiamo avanti a discutere?»

«Sei qui con tuo padre?»

«Oggi no. È in tribunale a Kabul. Dai, diamoci una mossa.»

Giocarono per un po', calciando il pallone avanti e indietro e rincorrendolo in tondo. Poi andarono a fare una passeggiata ed entrarono nel frutteto. Così Adel venne meno alla promessa fatta alla guardia. Mangiarono le nespole che coglievano dagli alberi e bevvero le lattine di Fanta fresca che Adel aveva preso di nascosto in cucina.

Ben presto iniziarono a vedersi quasi tutti i giorni. Giocavano al pallone, si rincorrevano tra i filari paralleli degli alberi da frutto. Chiacchieravano di sport, di cinema, e quando non avevano niente da dirsi, lasciavano che i loro occhi spaziassero sulla città di Shadbagh-e-Nau, sulle morbide colline lontane e, ancora più lontano, sulla catena montuosa avvolta nella foschia e anche questo a loro stava bene.

Ogni giorno Adel si svegliava con il desiderio di vedere Gholam sbucare di soppiatto sul viale terroso, di sentirlo parlare con la sua voce forte, sicura di sé. Spesso si distraeva durante le lezioni del mattino, la sua attenzione scemava quando pensava ai giochi che avrebbero fatto più tardi, ai racconti che si sarebbero scambiati. Temeva di perdere Gholam. Temeva che suo padre, Iqbal, non trovasse un lavoro continuativo a Shadbagh-e-Nau, o un posto dove abitare, e che Gholam dovesse trasferirsi in un'altra città, in un'altra parte del paese. Adel aveva cercato di prepararsi a questa eventualità, di corazzarsi contro l'addio che sarebbe seguito.

Un giorno, seduti sul ceppo, Gholam chiese: «Sei mai stato con una ragazza, Adel?».

«Vuoi dire...»

«Appunto, voglio dire quello.»

Adel sentì una vampata di calore alle orecchie. Per un attimo pensò di mentire, ma sapeva di essere trasparente per Gholam. Balbettò: «E tu?».

Gholam accese una sigaretta e ne offrì una a Adel. Questa volta Adel l'accettò, guardandosi alle spalle per essere sicuro che la guardia non stesse sbirciando da dietro l'angolo, o che Kabir non avesse deciso di uscire di casa. Fece un tiro e fu immediatamente scosso da un prolungato attacco di tosse che fece ridacchiare Gholam, costringendolo a battergli sulla schiena.

«Allora, sì o no?» chiese Adel, ansimando con gli occhi lacrimosi.

«Un mio amico, quando eravamo al campo» disse Gholam in tono da cospiratore «era più grande di me e mi portò in un bordello di Peshawar.»

Gli raccontò la storia. La stanza piccola, lercia. Le tende arancioni, le pareti piene di crepe, una sola lampadina che pendeva dal soffitto, il topo che aveva visto sfrecciare sul pavimento. Fuori il rumore dei risciò che scoppiettavano su e giù per la strada, il frastuono delle auto. La ragazza sul materasso, che finiva un piatto di *biryani*, masticava e lo guardava senza espressione. Anche in quella luce debole aveva notato che il suo viso era grazioso e che lei forse non era neppure più vecchia di lui. Dopo aver raccolto con un pezzo di *nan* piegato in due gli ultimi granelli di riso, respinse il piatto, si sdraiò e si pulì le dita nei pantaloni prima di tirarli giù.

Adel ascoltava affascinato, rapito. Non aveva mai avuto un amico così. Gholam conosceva il mondo persino più dei suoi fratellastri che erano di diversi anni più vecchi di lui. E gli amici di Adel, a Kabul? Erano tutti figli di tecnocrati e di funzionari ministeriali, e vivevano in modo molto simile al suo. Gholam gli aveva permesso di gettare l'occhio nella sua vita, un'esistenza piena di difficoltà, di situazioni imprevedibili, di stenti, ma anche d'avventura, una vita che non aveva niente a che vedere con la sua, anche se in pratica si svolgeva a un tiro di sputo da lui. Ascoltando le storie di Gholam, Adel a volte era colpito dalla disperante piattezza delle sue giornate.

«Allora, l'hai fatto o no?» chiese Adel. «Gliel'hai messo dentro?»

«No. Abbiamo bevuto una tazza di *chai* e abbiamo parlato di Rumi. Cosa credi?»

Adel arrossì. «Ti è piaciuto?»

Ma Gholam era già passato ad altro. Era spesso questo lo schema delle loro chiacchierate, Gholam sceglieva l'argomento di cui parlare, si gettava appassionatamente in un racconto che catturava Adel, ma poi perdeva interesse e lasciava in sospeso sia lui sia la storia.

Ora, invece di terminare il racconto che aveva iniziato, Gholam disse: «Mia nonna dice che una volta suo marito, mio nonno Sabur, le ha raccontato la storia di questo albero. Be', questo è successo molto tempo prima che fosse abbattuto, naturalmente. Mio nonno gliel'aveva raccontata quando erano tutti e due bambini. La storia diceva che, se avevi un desiderio, dovevi inginocchiarti davanti all'albero e sussurrarlo. E se l'albero era disposto a soddisfarlo, ti avrebbe lasciato cadere sulla testa esattamente dieci foglie».

«Non ho mai sentito questo storia.»

«Ovvio, come avresti potuto?»

Fu allora che Adel colse veramente il senso del racconto di Gholam. «Aspetta. È stato tuo nonno ad abbattere il nostro albero?»

Gholam lo guardò dritto negli occhi. «Il vostro albero? Non è vostro quest'albero.»

Adel batté le palpebre. «Cosa vuoi dire?»

Gholam ficcò lo sguardo ancora più profondamente negli occhi di Adel che, per la prima volta, non vide traccia dell'abituale buon umore del suo amico, del suo caratteristico sorrisetto o della sua allegria maliziosa. La sua faccia si era trasformata, la sua espressione si era fatta seria, sorprendentemente adulta.

«Quest'albero apparteneva alla mia famiglia, così come questa era la terra della mia famiglia. È nostra da generazioni. Tuo padre ha costruito il suo palazzo sulla nostra terra. Mentre eravamo in Pakistan durante la guerra.» Indicò il frutteto. «Qui c'erano le case della gente. Ma tuo padre le ha demolite con i bulldozer. Così come ha distrutto la casa dove era nato e cresciuto mio padre.»

Adel lo guardava allibito.

«Si è impossessato della nostra terra e ci ha costruito sopra quella...» a questo punto sogghignò indicando con il pollice il complesso, «...quella *roba* al posto della nostra casa.»

Con un senso di nausea e il cuore che batteva all'impazzata, Adel disse: «Pensavo fossimo amici. Perché mi racconti tutte queste bugie?».

«Ricordi quando ti ho imbrogliato e ti ho preso la maglia?» chiese Gholam arrossendo. «Tu eri sul punto di piangere. Non dire di no. Ti ho visto. Per una maglia. Una *maglia*. Immaginati come deve essersi sentita la mia famiglia, tornando dal Pakistan, quando siamo scesi dall'autobus e abbiamo trovato questa *cosa*. E il tuo gorilla con il vestito viola, che ci ordinava di non mettere piede sulla nostra terra.»

«Mio padre non è un ladro!» ribatté Adel. «Chiedi a chi vuoi a Shadbagh-e-Nau, chiedi cosa ha fatto per questa città.» Pensò a come Baba jan riceveva le persone nella moschea, seduto sul pavimento, la tazza di tè davanti a lui, il rosario in mano. Una coda solenne di persone si snodava dal suo cuscino all'ingresso, uomini con le mani infangate, vecchie sdentate, giovani vedove con bambini, tutti bisognosi, in attesa del proprio turno per chiedere un favore, un lavoro, un piccolo prestito per riparare il tetto o un canale d'irrigazione o per comprare il latte in polvere. Suo padre che ascoltava con infinita pazienza, come se ciascuna delle persone in fila fosse per lui quasi un membro di famiglia.

«Davvero? Allora come mi spieghi che mio padre sia in possesso dei documenti di proprietà» chiese Gholam. «Quelli che ha consegnato al giudice in tribunale.»

«Sono sicuro che se tuo padre parlasse a Baba...»

«Il tuo Baba non ha nessuna intenzione di parlare con lui. Non riconoscerà mai quello che ha fatto. Ci passa davanti in macchina come fossimo cani randagi.»

«Non siete cani» si difese Adel. Lottava per mantenere la voce calma. «Siete delle sanguisughe. Proprio come ha detto Kabir. Avrei dovuto saperlo.»

Gholam si alzò, fece un paio di passi, poi si fermò. «Adesso lo sai. Non ho niente contro di te. Tu sei solo un ragazzino ignorante. Ma la prossima volta che Baba va nell'Helmand chiedigli di portarti a vedere quella sua fabbrica. Vedi cosa si coltiva laggiù. Ti metto una pulce nell'orecchio. Non è cotone.»

---

Quella sera, prima di cena, Adel se ne stava nella vasca da bagno piena di acqua calda, saponosa. Dal pianterreno proveniva il suono della televisione; Kabir stava guardando un vecchio film di pirati. La rabbia che l'aveva dominato tutto il pomeriggio gli era passata, e ora pensava di essere stato troppo duro con Gholam. Una volta Baba jan gli aveva detto che, per quanto ci si desse da fare per i poveri, questi spesso parlavano male dei ricchi. Lo facevano soprattutto perché erano delusi dalla propria vita. Non c'era niente da fare. Era persino naturale. *E noi non dobbiamo fargliene una colpa, Adel*, aveva detto.

Adel non era così ingenuo da non sapere che il mondo era fondamentalmente ingiusto; gli bastava guardare dalla finestra della sua camera. Ma immaginava che per uno come Gholam, riconoscere questa verità non fosse di alcuna soddisfazione. Forse le persone come lui avevano bisogno di qualcuno su cui riversare la colpa, un obiettivo in carne e ossa, qualcuno che potessero facilmente indicare come responsabile delle loro sofferenze, qualcuno con cui prendersela. E forse Baba jan aveva ragione, quando diceva che la reazione giusta era cercare di capire, sospendere il giudizio. Addirittura rispondere con comprensione. Osservando le bollicine di sapone che salivano scoppiando in superficie, Adel pensava a suo padre, che costruiva scuole e cliniche pur sapendo che in città c'era gente che diffondeva pettegolezzi ingiuriosi nei suoi confronti.

Mentre si asciugava, sua madre fece capolino alla porta del bagno. «Scendi per cena?»

«Non ho fame.»

«Oh.» Entrò nel bagno e prese un telo di spugna dal

portasciugamani. «Vieni, siediti. Lascia che ti asciughi i capelli.»

«Lo faccio da solo.»

Alle sue spalle, la madre lo studiava nello specchio. «Ti senti bene, Adel?»

Adel fece spallucce. La madre gli posò una mano sulla spalla e lo guardò aspettandosi che il figlio strofinasse la guancia contro la sua mano. Ma lui non lo fece.

«Mamma, hai mai visto la fabbrica di Baba jan?»

Notò un attimo di esitazione nei movimenti della madre. «Naturalmente. Anche tu l'hai vista.»

«Non sto parlando delle fotografie. L'hai vista dal vero? Ci sei stata?»

«Certo che no» disse sua madre, piegando di lato la testa riflessa nello specchio. «L'Helmand non è un posto sicuro. Tuo padre non rischierebbe mai di metterci in pericolo.»

Dabbasso i cannoni bombardavano e i pirati lanciavano i loro gridi di guerra.

Tre giorni dopo, Gholam si ripresentò. Si avvicinò con passo rapido fermandosi davanti a Adel.

«Sono contento che tu sia venuto» disse Adel. «Ho qualcosa per te.» Dall'alto del ceppo prese il giaccone che portava con sé ogni giorno da quando avevano litigato. Era di pelle color cioccolata, foderato di montone con un cappuccio munito di una cerniera lampo che permetteva di attaccarlo o staccarlo. Lo diede a Gholam. «L'ho portato solo qualche volta. È un po' grande per me. A te dovrebbe andar bene.»

Gholam non si mosse. «Ieri abbiamo preso l'autobus per Kabul e siamo andati in tribunale» disse in tono piatto. «Indovina cosa ci ha detto il giudice? Ha detto che c'era stato un incidente. Un piccolo incendio. I documenti che dimostravano la proprietà di mio padre erano bruciati. Spariti. Distrutti.»

Adel lasciò cadere lentamente la mano che teneva il giaccone.

«E mentre ci diceva che ora non può farci più niente, senza quei documenti, sai cosa aveva al polso? Un orologio d'oro nuovo di zecca che non portava l'ultima volta che mio padre l'aveva incontrato.»

Adel lo guardò sconcertato.

Gholam lanciò uno sguardo al giaccone. Era uno sguardo tagliente, punitivo, studiato per infliggere vergogna. Fu efficace: Adel si fece piccolo, sentì che il giaccone che teneva in mano stava cambiando di significato, trasformandosi da offerta di pace in strumento di corruzione.

Gholam si voltò di scatto incamminandosi in fretta, a passi decisi, verso la strada lastricata.

La sera del giorno in cui tornò a casa, Baba jan diede una festa. Adel sedeva a fianco di suo padre in capo alla grande tovaglia stesa sul pavimento. Baba jan talvolta preferiva sedersi per terra e mangiare con le mani, soprattutto se gli ospiti erano suoi compagni degli anni del jihad. *Mi ricorda il tempo delle caverne*, scherzava. Le donne mangiavano al tavolo della sala da pranzo, con cucchiai e forchette, con la madre di Adel a capotavola. Adel sentiva il loro chiacchiericcio, che echeggiava sulle pareti di marmo. Una delle ospiti, una donna dai fianchi pesanti con i capelli tinti di rosso, era fidanzata con un amico di Baba jan. Quella sera aveva mostrato alla madre di Adel sul display della macchina fotografica digitale le foto del negozio di abiti da sposa che aveva visto a Dubai.

Durante il tè del dopo cena, Baba jan raccontò la storia della volta in cui la sua unità aveva teso un'imboscata a una colonna sovietica per impedire che entrasse in una valle, su nel nord. Tutti ascoltavano attentamente.

«Quando furono sotto tiro» disse Baba jan accarezzando distrattamente i capelli di Adel «aprimmo il fuoco. Colpimmo il veicolo in testa alla colonna, poi alcune jeep. Pensavo che si ritirassero o che cercassero di sfondare. Ma quei figli di puttana si fermarono, smontarono e aprirono il fuoco. Ci credereste?»

Un mormorio corse per la sala. Gli uomini scuotevano la testa increduli. Adel sapeva che almeno metà dei presenti erano ex mujahidin.

«Noi eravamo superiori per numero, forse tre a uno, ma loro avevano armi pesanti e in men che non si dica furono *loro* ad attaccare *noi*! Ad attaccare la nostra postazione nel frutteto. Ci sparpagliammo, dandocela a gambe. Io e questo Muhammad qualcosa, ci mettemmo a scappare insieme. Correvamo fianco a fianco in un campo di viti, non quelle sospese ai pali con il filo di ferro, ma quelle che la gente lascia crescere sul terreno. I proiettili volavano dappertutto e noi cercavamo di metterci in salvo, e improvvisamente inciampammo, finendo per terra. Mi rialzai in un secondo e ripresi a correre, ma non c'era segno di quel Muhammad qualcosa. Allora mi girai e mi misi a urlare: "Accidenti, alzati, stronzo che non sei altro!".»

Baba jan fece una pausa a effetto. Portò una mano alle labbra per impedirsi di scoppiare a ridere. «Ed ecco che quello salta in piedi e prende a correre e ci credereste? Quel pazzo figlio di puttana ha le braccia cariche d'uva! Una catasta di grappoli in ciascun braccio!»

Ci fu uno scoppio di risa. Anche Adel rise. Suo padre gli accarezzò la schiena e lo attirò a sé. Qualcuno iniziò a raccontare un'altra storia e Baba jan prese una sigaretta dal pacchetto accanto al suo piatto. Ma non fece in tempo ad accenderla che improvvisamente i vetri di una finestra della casa andarono in frantumi.

In sala da pranzo le donne si misero a strillare. Qualcosa di metallico, una forchetta, forse un coltello da burro, cadde rumorosamente sul pavimento di marmo. Gli uomini scattarono in piedi. Azmaray e Kabir si precipitarono nella sala con le pistole in pugno.

«È venuto dall'ingresso» disse Kabir. E proprio mentre pronunciava queste parole un altro vetro andò in pezzi.

«Aspetti qui, Comandante Sahib, diamo un'occhiata» disse Azmaray.

«Mai e poi mai» ringhiò Baba jan già sul piede di guerra. «Mica mi dovrò nascondere in casa mia.»

Si diresse verso l'atrio, seguito da Adel, Azmaray, Kabir e tutti gli ospiti maschi. Adel vide Kabir che raccoglieva un'asta di metallo che usavano in inverno per attizzare il fuoco nella stufa. Si accorse che sua madre correva per unirsi agli uomini, la faccia pallida e tirata. Arrivati nell'atrio, una pietra volò attraverso la finestra, e cocci di vetro si infransero sul pavimento. La donna con i capelli rossi, la promessa sposa, si mise a strillare. Fuori qualcuno urlava.

«Come diavolo hanno fatto a superare la guardia?» chiese qualcuno dietro a Adel.

«Comandante Sahib, no!» abbaiò Kabir. Ma il padre di Adel aveva già aperto la porta d'ingresso.

La luce stava scemando, ma era estate e il cielo era ancora inondato di un giallo paglierino. In lontananza,

Adel vide piccoli nuclei di luci, gli abitanti di Shadbagh-e-Nau si mettevano a tavola con la famiglia. Le colline che correvano all'orizzonte erano quasi nere e ben presto l'oscurità avrebbe riempito tutti gli anfratti. Ma non era ancora buio per avvolgere completamente nelle tenebre il vecchio che Adel vide, ai piedi della scalinata d'ingresso, con una pietra in ciascuna mano.

«Portalo di sopra» ordinò Baba jan, indicando Adel e rivolgendosi a sua madre che gli stava alle spalle. «Subito!»

Lei lo condusse di sopra spingendolo da dietro lungo il corridoio fin nella camera che condivideva con Baba jan. Accostò la porta, la chiuse a chiave, tirò le tende e accese la tv. Condusse Adel verso il letto e insieme si misero a sedere. Sullo schermo due arabi, vestiti con lunghe kurta e berretti di lana, stavano riparando un enorme camion.

«Cosa farà a quel vecchio?» chiese Adel. Non riusciva a smettere di tremare. «Mamma, cosa gli farà?»

Guardò sua madre e vide un'ombra passare sul suo viso e subito capì che qualunque cosa fosse uscita dalla bocca di sua madre, non sarebbe stata la verità.

«Gli parlerà» rispose lei con un tremito. «Chiunque sia la persona là fuori, cercherà di farla ragionare. È così che fa tuo padre. Ragiona con la gente.»

Adel scossa la testa. Piangeva, singhiozzava. «Cosa gli farà, mamma? Cosa farà a quel vecchio?»

Sua madre continuava a ripetere la stessa cosa, che tutto si sarebbe aggiustato, che tutto sarebbe finito nel modo migliore, che a nessuno sarebbe stato fatto del male. Ma più lo rassicurava, più Adel singhiozzava, finché, esausto, le cadde addormentato in grembo.

---

*Ex Comandante sfugge a un attentato.*

Adel lesse l'articolo nello studio di suo padre, sul computer. L'articolo definiva l'attentato "vigliacco" e l'attentatore come un ex profugo con «sospetti legami con i talebani». Nel corso della cronaca si diceva che il padre di Adel aveva dichiarato di aver temuto per la sicurezza della sua famiglia. *Soprattutto per mio figlio, un ragazzino innocente*, aveva detto. L'articolo non forniva il nome dell'attentatore, né dava notizie di che cosa gli fosse successo.

Adel spense il computer. Non gli era permesso usarlo ed entrare nello studio del padre era stato un atto di disubbidienza. Solo un mese prima non avrebbe osato. Tornò lentamente nella sua camera, si sdraiò sul letto e si mise a tirare una vecchia palla da tennis contro la parete. *Tum! Tum! Tum!* Dopo qualche minuto sua madre si affacciò alla porta e gli ordinò di smetterla, ma lui continuò. Lei indugiò per un attimo sulla soglia, prima di andarsene in silenzio.

*Tum! Tum! Tum!*

In superficie niente era cambiato. Un resoconto delle attività giornaliere di Adel avrebbe rivelato un ritorno al ritmo abituale. Si alzava ancora alla stessa ora, si lavava, faceva colazione con i suoi genitori, e studiava con il suo insegnante. Più tardi, pranzava e poi passava il pomeriggio bighellonando per casa, guardando film con Kabir, oppure giocando con i videogame.

Ma niente era più come prima. Era possibile che Gholam avesse aperto uno spiraglio, ma era stato Baba jan a spingere Adel a superare quella porta. Nel suo cervello avevano cominciato a muoversi degli ingranaggi dormienti. Si sentiva come se, da un giorno con l'altro avesse acquisito un sesto senso, del tutto nuovo, che gli permetteva di percepire cose che non aveva mai notato, cose che erano lì da anni, a fissarlo negli occhi. Vedeva, per esempio, che sua madre nascondeva dei segreti. Quando la guardava, li vedeva strisciare sulla sua faccia. Notava i suoi sforzi per nascondergli tutte le cose che sapeva, ma che teneva chiuse a chiave, sigillate, accuratamente sorvegliate, come lo erano loro due nell'enorme dimora. Per la prima volta la casa di suo padre gli appariva come la mostruosità, il sopruso, il monumento all'ingiustizia che rappresentava per chiunque altro, anche se era un giudizio che nessuno osava esprimere. Intuiva nell'ansia che la gente aveva di compiacere suo padre, il timore e la paura che erano all'origine del rispetto e della deferenza. Pensava che Gholam sarebbe stato fiero di lui per questa sua nuova consapevolezza. Per la prima volta Adel intuiva i meccanismi più generali che da sempre governavano la sua vita.

E delle verità terribilmente conflittuali che convivevano dentro un individuo. Non solo dentro suo padre, sua madre o Kabir.

Ma dentro se stesso.

Quest'ultima scoperta fu, in un certo senso, la più sorprendente. Le rivelazioni di quanto suo padre aveva fatto, prima in nome del jihad, poi di quello che aveva definito la giusta ricompensa del sacrificio, avevano lasciato Adel stordito. Almeno per qualche tempo. Dopo la sera in cui le pietre avevano fracassato le finestre, Adel aveva provato a lungo un dolore allo stomaco tutte le volte che suo padre metteva piede nella stanza dove lui si trovava. Quando lo sorprendeva che abbaiava al cellulare, o persino quando lo sentiva canticchiare in bagno, era come se la sua spina dorsale si accartocciasse e la gola si seccasse sino a fargli male. Quando suo padre gli dava il bacio della buonanotte, istintivamente avrebbe voluto respingerlo. Di notte era assalito dagli incubi. Sognava di trovarsi al margine del frutteto e di vedere un tramestio tra gli alberi, il bagliore di un'asta metallica che si alzava e si abbassava, il rumore del metallo che colpiva carne e ossa. Si svegliava da questi sogni con un urlo imprigionato in petto. Era squassato da scoppi di pianto nei momenti più impensati.

E tuttavia.

Si stava verificando anche qualcos'altro. La nuova consapevolezza non si era sbiadita con il passare dei giorni, ma lentamente aveva trovato compagnia. Ora era investito anche da una corrente interiore di segno opposto, che non si sostituiva alla prima, ma che rivendicava un proprio spazio accanto all'altra. Adel sentiva che una nuova, più inquietante parte di sé si stava risvegliando. Quella parte che nel corso del tempo avrebbe gradualmente, quasi impercettibilmente, accolto la sua nuova identità, al momento fastidiosa come un maglione di lana bagnata. Capiva che alla fine probabilmente avrebbe accettato lo stato delle cose, come aveva fatto sua madre. In un primo momento si era arrabbiato con lei: ma ora era più propenso al perdono. Forse aveva accettato la sua situazione per paura del marito. Oppure in cambio della vita di lusso che conduceva. Soprattutto, Adel sospettava, aveva accettato per la stessa ragione per cui l'avrebbe fatto lui: perché vi era stata costretta. Che scelta aveva? Adel non poteva sfuggire alla propria vita, così come Gholam non poteva sfuggire alla sua. La gente imparava a convivere con le cose più impensabili. E così avrebbe fatto lui. Questa era la sua vita. Questa era sua madre. Questo era suo padre. E questo era lui, anche se non ne era stato sempre consapevole.

Sapeva che non avrebbe più amato suo padre come in passato, quando dormiva felice, rannicchiato nel porto sicuro delle sue forti braccia. Questo sarebbe stato inconcepibile ora. Ma avrebbe imparato nuovamente ad amarlo, anche se in modo diverso, più complicato, più contorto. Adel sentiva che stava oltrepassando con un balzo la propria infanzia. Ben presto si sarebbe ritrovato adulto. E allora non ci sarebbe stato modo di tornare indietro, perché l'essere adulto era qualcosa di simile a ciò che suo padre una volta aveva detto a proposito dell'essere un eroe di guerra. Quando si diventa eroe, si muore eroe.

A letto, quella sera, Adel pensò che un giorno, forse quello successivo, o un altro ancora, o più avanti, nelle settimane che dovevano ancora arrivare, sarebbe uscito e avrebbe raggiunto il campo vicino al mulino a vento, dove Gholam gli aveva detto di essersi accampato con la sua famiglia. Pensava che l'avrebbe trovato vuoto. Si sarebbe fermato sul bordo della strada, immaginandosi Gholam, sua madre, i suoi fratelli, la nonna, tutta la famiglia, carica di bagagli legati con la corda, che camminavano in una fila disordinata lungo il bordo polveroso di una strada di campagna, in cerca di un posto dove fermarsi. Gholam ora era il capofamiglia. Avrebbe dovuto lavorare. Avrebbe passato la sua giovinezza a ripulire canali, scavare fossati, a fare mattoni e a mietere raccolti. Si sarebbe trasformato a poco a poco in uno di quegli uomini dalla faccia coriacea che Adel vedeva dietro l'aratro.

Adel pensò che, lì nel campo, sarebbe rimasto qualche minuto a osservare le colline e le montagne che sovrastavano la Nuova Shadbagh. E poi avrebbe preso dalla tasca l'oggetto che aveva trovato un giorno camminando nel frutteto, la parte sinistra di un paio di occhiali, spezzati al ponticello, la lente una ragnatela di incrinature, la stanghetta incrostata di sangue rappreso. Avrebbe gettato gli occhiali rotti in un fosso. Sospettava che, ritornando a casa, il sentimento prevalente sarebbe stato il sollievo.

## *Otto*

# Autunno 2010

Questa sera, rientrato dalla clinica, trovo un messaggio sulla segreteria del telefono fisso in camera mia. Lo ascolto mentre mi tolgo le scarpe e mi siedo alla scrivania. Mi dice che ha la febbre, che certamente se l'è presa da Mamá, poi chiede di me, di come va il lavoro a Kabul. Alla fine, un attimo prima di chiudere la comunicazione, dice: *Odie non fa che ripetere che tu non la chiami mai. Naturalmente con te starà zitta, perciò te lo dico io. Per amor di Dio, chiama tua madre. Idiota.*

Sorrido.

Thalia.

Tengo una sua foto sulla scrivania, quella che ho scattato molti anni fa, sulla spiaggia di Tinos, Thalia è seduta su uno scoglio, volta le spalle alla macchina fotografica. Ho incorniciato la foto, ma, se si guarda con attenzione, si vede ancora una macchia marrone scuro nell'angolo in basso a sinistra, regalo di un'italiana pazza che ha cercato di bruciarla molti anni fa.

Accendo il portatile e inserisco gli appunti sugli interventi chirurgici del giorno prima. La mia stanza è al primo piano, una delle tre camere da letto di questa casa dove vivo dal mio arrivo a Kabul nel 2002, e la scrivania è di fronte alla finestra che si affaccia sul giardino. Vedo i nespoli che ho piantato alcuni anni fa con il mio padrone di casa, Nabi. Vedo anche la casupola dove alloggiava, vicino al muro di recinzione, ora ridipinto. Dopo la sua morte, l'ho offerta a un giovane olandese che collabora con le scuole superiori locali come tecnico informatico. E un po' più in là, sulla destra, c'è la Chevrolet degli anni Quaranta di Suleiman Wahdati, ferma da decenni, rivestita di ruggine come un masso è rivestito di muschio. Al momento è coperta da una sottile pellicola di neve caduta ieri, la prima quest'anno, stranamente precoce. Quando Nabi è morto, per un attimo ho pensato di far trasportare la macchina in una delle discariche di Kabul, ma non ne ho avuto il cuore. Mi sembrava un elemento essenziale, legato al passato della casa, alla sua storia.

Finisco gli appunti e guardo l'ora. Sono già le 9.30. Le sette di sera in Grecia.

*Chiama tua madre. Idiota.*

Se voglio chiamare Mamá questa sera, non ho un minuto da perdere. Ricordo che in una delle sue mail Thalia ha scritto che Mamá va a letto sempre più presto. Faccio un profondo respiro e mi armo di coraggio. Alzo il ricevitore e compongo il numero.

Conobbi Thalia nell'estate del 1967, quando avevo dodici anni. Venne a Tinos con sua madre Madaline per fare visita a Mamá e a me. Mia madre, che si chiama Odelia, mi disse che erano anni, quindici per l'esattezza, che lei e la sua amica Madaline non si vedevano. Madaline aveva lasciato l'isola quando aveva diciassette anni e se n'era andata ad Atene, dove, almeno per un breve periodo, aveva avuto un modesto successo come attrice.

«Non mi meravigliai» disse Mamá «quando sentii dire che faceva l'attrice. Era bella. Tutti rimanevano sempre affascinati da Madaline. Lo vedrai da te quando la conoscerai.»

Chiesi a Mamá perché non me ne aveva mai parlato.

«Davvero? Sei sicuro che non l'abbia fatto?»

«Certo.»

«Avrei giurato il contrario.» Poi aggiunse: «Sua figlia. Thalia. Vacci piano con lei, perché ha avuto un incidente. È stata morsicata da un cane. Ha una cicatrice».

Mamá non disse altro, ma sapevo benissimo di non dover far conto su di lei per saperne di più. Tuttavia questa rivelazione mi intrigava, molto più del passato di Madaline come attrice di cinema e di teatro, e la mia curiosità era alimentata dal sospetto che la cicatrice dovesse essere vistosa, perché Thalia meritasse un trattamento di riguardo. Con un interesse un po' morboso, non vedevo l'ora di mettere gli occhi su quella cicatrice.

«Madaline e io ci siamo conosciute a messa quando eravamo piccole» mi raccontò Mamá. Immediatamente erano diventate inseparabili. Si tenevano per mano sotto il banco, durante l'intervallo, in chiesa, o mentre passeggiavano nei campi d'orzo. Avevano giurato di rimanere sorelle per tutta la vita. Si erano ripromesse di abitare a un passo l'una dall'altra. Anche se si fossero sposate, sarebbero rimaste vicine di casa e se uno dei mariti avesse voluto trasferirsi, allora avrebbero chiesto il divorzio. Ricordo che Mamá sorrideva con ironia mentre mi raccontava tutto questo, come per prendere le distanze da quella stupida esaltazione giovanile, da tutti quei giuramenti appassionati quanto assurdi. Ma vedevo sul suo viso anche una vena di muto risentimento, un'ombra di delusione che era troppo orgogliosa per ammettere.

Madaline allora era sposata con un riccone, molto più anziano di lei, un certo signor Andreas Gianakos, il quale anni prima era stato il produttore del suo secondo e anche ultimo film, a quanto risultò. Ora si occupava di edilizia e aveva una grossa impresa ad Atene. Recentemente avevano avuto un dissapore, un litigio, Madaline e il signor Gianakos. Mamá non mi disse niente di tutto questo; l'avevo saputo dalla lettura clandestina, affrettata e parziale, di una lettera che Madaline aveva inviato a Mamá, in cui la informava della sua intenzione di farci visita.

*Sta diventando faticoso, ti assicuro, stare con Andreas, i suoi amici di destra e la loro musica marziale. Me ne sto a bocca chiusa tutto il tempo. Non dico niente quando li sento esaltare i militari criminali che hanno fatto scempio della nostra democrazia. Dovessi profferire anche una sola parola di dissenso, sono certa che mi etichetterebbero come una comunista anarchica e a quel punto neppure l'influenza di Andreas mi salverebbe dalla galera. Forse non si darebbe neanche la pena di esercitarla, la sua influenza, voglio dire. A volte penso che il suo intento sia appunto quello di provocarmi in modo che mi condanni da sola. Oh, quanto mi manchi, mia cara Odie. Quanto mi manca la tua compagnia...*

Il giorno dell'arrivo delle nostre ospiti, Mamá si svegliò presto per mettere ordine. Vivevamo in una casetta sul fianco di una collina. Come molte case di Tinos era costruita in pietra imbiancata a calce e il tetto piatto era in tegole rosse a forma di rombo. La piccola camera che Mamá e io condividevamo al primo piano non aveva porta: la stretta tromba delle scale dava direttamente sulla cameretta, ma aveva una finestrella a ventaglio e un balconcino con una ringhiera in ferro battuto che arrivava alla vita, dal quale lo sguardo spaziava sui tetti delle altre case, sugli ulivi, le capre, i tortuosi vicoli di pietra e gli archi, e naturalmente sull'Egeo, azzurro e calmo nelle mattine d'estate, ma con le ochette bianche il pomeriggio, quando il *meltemi* soffiava da nord.

Quando ebbe finito di fare le pulizie, Mamá si mise quello che passava per il suo unico abito buono, quello che indossava ogni 15 agosto per la festa della *dormitio* nella chiesa della Panagia Evangelistria, quando i pellegrini da ogni parte del Mediterraneo giungevano a Tinos per pregare davanti all'icona incorniciata della chiesa. C'è una fotografia di mia madre così abbigliata, il lungo abito dimesso, color oro bruciato, con la scollatura tonda, il golf bianco striminzito, le calze lunghe, le scarpe nere. Mamá sembra il ritratto della vedova austera, il viso severo, le sopracciglia folte, il naso all'insù, in piedi e tutta d'un pezzo, l'espressione cupamente pia, come se fosse lei stessa una pellegrina. Anch'io sono presente nella foto, a fianco di mia madre, in piedi, rigido. Porto calzoni corti bianchi, camicia bianca e calze bianche arrotolate al ginocchio. Dal mio sguardo accigliato si capisce che ho avuto l'ordine di stare dritto, di non sorridere, e che la mia faccia è stata strigliata a dovere, i capelli pettinati con l'acqua, contro la mia volontà, ignorando le mie rimostranze. Si sente tra noi una corrente di reciproca insofferenza. Lo si vede dalla posa rigida, dal fatto che i nostri corpi quasi non si toccano.

O forse sono solo io che lo noto ogni volta che guardo quella foto, e l'ultima volta è stata due anni fa. Non posso fare a meno di osservare la diffidenza, lo sforzo, l'impazienza. Non posso fare a meno di vedere due persone che stanno assieme per un senso di dovere genetico, già condannate a stupirsi e deludersi reciprocamente, quasi costrette a sfidarsi di continuo.

Dalla finestra della camera di sopra, seguii con lo sguardo Mamá che si dirigeva verso il porto dove attraccava il traghetto, nella città di Tinos. Il foulard annodato sotto il mento, affrontava di petto l'azzurra giornata di sole. Era una donna sottile dalle ossa minute, con il corpo di una ragazzina, ma quando la vedevi arrivare facevi bene a cederle il passo. Ricordo che mi accompagnava a scuola ogni mattina; ora mia madre è in pensione, ma allora insegnava. Per strada non mi teneva mai per mano. Le altre madri tenevano per mano i loro figli, Mamá no. Sosteneva di dovermi trattare come tutti gli altri scolari. Camminava a passo di carica davanti a me, tenendo chiuso con la mano il collo del golf e io cercavo di non rimanere indietro, arrancando sui suoi passi, il cestino del pranzo in mano. In classe mi sedevo sempre in fondo. Ricordo mia madre alla lavagna, il modo in cui inchiodava un alunno indisciplinato con una sola occhiata micidiale, simile a una pietra lanciata con la fionda, che centrava l'obiettivo con precisione chirurgica. Sapeva spaccarti in due con un solo sguardo torvo, oppure con un improvviso silenzio.

Mamá credeva nella fedeltà sopra ogni altra cosa, anche a costo del sacrificio. Soprattutto a costo del sacrificio. Credeva anche che fosse sempre meglio dire la verità, nuda e cruda, senza enfasi, e quanto più la verità era sgradevole, tanto prima andava detta. Non tollerava le persone senza spina dorsale. Era, anzi è, una donna con una volontà di ferro, una donna che non chiede scusa, con cui è meglio non dover discutere, anche se io non ho mai capito veramente, neppure adesso, se il suo carattere sia un dono di Dio o se l'abbia adottato per necessità, visto che suo marito era morto nemmeno un anno dopo il matrimonio, lasciandola del tutto sola a crescermi.

Mi addormentai di sopra poco dopo che Mamá era uscita, ma mi svegliai di soprassalto sentendo risuonare una voce femminile squillante. Mi misi a sedere ed eccola, tutta rossetto e cipria, profumo e curve morbide, la pubblicità di una compagnia aerea che mi sorrideva attraverso la veletta del suo cappellino. In piedi nel mezzo della stanza, con un miniabito verde elettrico, valigia di pelle ai piedi, i capelli castani e le lunghe braccia, che mi sorrideva con il viso raggiante e parlava con la voce scoppiettante di allegria, padrona di sé.

«Dunque tu sei il piccolo Markos di Odie! Non mi aveva detto che eri così bello! Oh, le assomigli moltissimo, gli occhi, sì, hai gli stessi occhi, sono sicura che te l'hanno già detto. Avevo una tale voglia di vederti. Tua madre e io, noi, be', Odie te l'avrà detto, puoi immaginare che gioia è per me vedere voi due, conoscere te, Markos, Markos Varvaris! Bene. Io sono Madaline Gianakos e sono felice di conoscerti.»

Si tolse un guanto di raso color crema che le arrivava al gomito, un genere che avevo visto solo sulle riviste, indossato per una soirée da eleganti signore che fumavano sulla scalinata di un teatro dell'opera, o che scendevano da una macchina nera scintillante, il viso illuminato dai flash. Dovette tirare più volte la punta di ciascun dito prima che il guanto si sfilasse, poi inchinandosi leggermente mi diede la mano.

«Piacere» disse. La sua mano era morbida e fresca, nonostante il guanto. «E questa è mia figlia Thalia. Tesoro, saluta Markos Varvaris.»

Era sulla soglia della stanza accanto a sua madre, che mi guardava con uno sguardo inespressivo, una ragazzina smilza, con la carnagione pallida e i capelli lisci. Oltre a questo non saprei che altro dire. Non ricordo il colore del vestito che indossava quel giorno, ammesso che portasse un vestito, o quali scarpe avesse, e se si era messa i calzini, o l'orologio, una collana, un anello o un paio di orecchini. Non saprei dire, perché se tu fossi al ristorante e qualcuno improvvisamente si spogliasse, saltasse su un tavolo e incominciasse a fare il giocoliere con i cucchiai da dessert, non solo lo guarderesti, ma sarebbe la sola cosa che *potresti* guardare. La maschera che copriva la parte inferiore del viso della ragazza ebbe su di me questo effetto. Cancellò la possibilità di osservare altro.

«Thalia, saluta, tesoro. Non essere maleducata.»

Mi parve di scorgere un debole cenno della testa.

«Ciao» risposi, la lingua come carta vetrata. C'era un tremito nell'aria. Una corrente. Mi sentivo carico di qualcosa che era un misto di eccitazione e di paura, qualcosa che esplodeva dentro di me avvitandosi a spirale. La guardavo con gli occhi sbarrati e me ne rendevo conto, ma non potevo smettere, non potevo strappare il mio sguardo da quella maschera di stoffa azzurra, i quattro lacci che la legavano alla nuca, la stretta fessura orizzontale sulla bocca. Capii immediatamente che non avrei sopportato di vedere quello che si nascondeva dietro. E che allo stesso tempo non aspettavo altro. La mia vita non avrebbe potuto riprendere il suo corso naturale, il suo ritmo, il suo ordine, finché non avessi visto di persona cosa si celava di così terribile, di così spaventoso che io e gli altri dovessimo esserne protetti.

La possibilità che la maschera avesse forse il compito di tutelare Thalia da noi, mi sfuggiva. Almeno nello stato di panico e di eccitazione causato da quel primo incontro.

Madaline e Thalia salirono al primo piano per disfare i bagagli, mentre Mamá in cucina impanava le fette di sogliola per la cena. Mi ordinò di preparare una tazza di *ellenikós kafés* per Madaline, cosa che feci e poi mi chiese di portarglielo di sopra, cosa che feci, su un vassoio con un piattino di *pasteli.*

A distanza di tanti decenni, sento la vergogna che mi inonda come un liquido caldo, appiccicoso, al ricordo di cosa accadde dopo. Ancor oggi rivedo la scena cristallizzata come una fotografia. Madaline fuma in piedi davanti alla finestra della camera da letto e guarda il mare attraverso un paio di occhiali scuri, una mano sul fianco, le gambe incrociate alle caviglie. Il suo cappellino è posato sulla toilette. Sopra la toilette c'è uno specchio e nello specchio c'è Thalia, seduta sul bordo del letto, che mi volge la schiena. È piegata in avanti, sta facendo qualcosa, forse si sta slacciando le stringhe delle scarpe e vedo che si è tolta la maschera. È posata accanto a lei sul letto. Cerco invano di fermare i brividi freddi che mi percorrono la schiena; ma il tremito delle mie mani fa tintinnare la tazza di porcellana sul piattino, il rumore fa sì che la testa di Madaline si volti verso di me, e Thalia alzi lo sguardo. Colgo il suo riflesso nello specchio.

Il vassoio mi sfuggì di mano. Schianto di porcellana in frantumi, liquido bollente che si rovescia e il frastuono del vassoio che rotola giù per le scale. Seguì subito il caos, io a quattro zampe che vomitavo sui cocci di porcellana, Madaline che esclamava: «Santo cielo. Santo cielo» e Mamá che correva di sopra urlando: «Cosa è successo? Cosa hai fatto, Markos?».

*Un cane l'ha morsicata*, mi aveva informato Mamá, avvertendomi dell'incidente. *Ha una cicatrice.* Il cane non aveva morsicato la faccia di Thalia, l'aveva *mangiata*. E forse c'erano parole adatte a descrivere quello che vidi nello specchio quel giorno, ma "cicatrice" certamente non era la parola giusta.

Ricordo le mani di Mamá che mi afferrarono per le spalle, mi tirarono su, rigirandomi: «Cos'hai? Cosa diavolo ti prende?». E ricordo il suo sguardo che si levò sopra la mia testa. E rimase pietrificato. Le parole le morirono in bocca. Impallidì. Le mani le caddero dalle mie spalle. E poi fui testimone della cosa più straordinaria che avessi mai visto, assolutamente impensabile, più ancora che se avessi visto re Costantino presentarsi alla nostra porta vestito da clown: una sola lacrima, gonfia, sul ciglio dell'occhio destro di Mamá.

«Allora, com'era?» chiede Mamá.

«Chi?»

«Chi? La francese. La nipote del tuo padrone di casa, la professoressa di Parigi.»

Sposto il ricevitore sull'altro orecchio. Mi stupisce che si ricordi. Da sempre ho l'impressione che le parole che dico a Mamá svaniscano nell'aria inascoltate, come se tra noi ci fossero dei disturbi elettrostatici, una cattiva ricezione. Talvolta, quando la chiamo da Kabul come in questo momento, ho la sensazione che lei, zitta zitta, abbia posato la cornetta e se ne sia andata via, che io stia parlando al nulla attraverso i continenti, anche se percepisco la presenza di mia madre in linea, e il suo respiro mi arriva all'orecchio. Altre volte, le parlo di quello che ho visto alla clinica. Per esempio, le racconto di un padre che ha portato un ragazzo coperto di sangue, con schegge conficcate nelle guance, un orecchio staccato di netto, un'altra vittima dei giochi nella strada sbagliata, nel momento sbagliato del giorno sbagliato. Poi, senza preavviso, un *ploc* sonoro, e la voce di Mamá improvvisamente distante e attutita, l'eco di passi e di qualcosa che viene trascinato sul pavimento e io mi blocco, aspetto che torni, cosa che alla fine avviene. Sempre con il respiro un po' affannato mi spiega, *Le ho detto che stavo benissimo in piedi, gliel'ho detto chiaramente, ho detto: «Thalia vorrei restare in piedi alla finestra e guardare l'acqua giù in basso mentre parlo con Markos». Ma lei dice: «Ti stancherai, Odie, devi sederti». Poi la vedo che trascina la poltrona, questa grossa cosa di pelle che mi ha comprato l'anno scorso, fino alla finestra. Mio Dio, com'è forte. Tu la poltrona non l'hai vista, naturalmente. Be', è ovvio.* Poi esala un sospiro di finta esasperazione e mi chiede di continuare il mio racconto, ma a quel punto io sono troppo disorientato per farlo. Il risultato è che mi sento come se mi avesse vagamente rimproverato e ciò che è peggio, mi sento di meritarlo, colpevole come sono di torti passati sotto silenzio, di offese che non mi sono mai state ufficialmente imputate. Anche se riprendo a parlare, la mia storia sembra meno interessante alle mie stesse orecchie. Non è paragonabile al dramma della poltrona di Thalia.

«Come hai detto che si chiama?» chiede Mamá. «Pari qualcosa, no?»

Ho raccontato a Mamá di Nabi, che era un mio caro

amico. Ne conosce la vita solo a grandi linee. Sa che nel testamento ha lasciato la casa di Kabul a sua nipote, Pari, che è cresciuta in Francia. Ma non ho parlato a Mamá di Nila Wahdati, della sua fuga a Parigi dopo l'ictus che aveva colpito suo marito, dei decenni che Nabi ha vissuto prendendosi cura di Suleiman. Quella parte della storia conteneva troppi parallelismi che avrebbero potuto ritorcersi contro di me come boomerang. Come leggere ad alta voce il proprio atto d'accusa.

«Pari. Sì. È stata simpatica. E affettuosa. Tenuto conto che è un accademico.»

«Cosa hai detto che è, un chimico?»

«*Matematico*» dico, chiudendo il coperchio del portatile. Ha ricominciato a nevicare leggermente, minuti fiocchi che volteggiano nel buio, battendo contro la finestra.

Racconto a Mamá della visita di Pari Wahdati la fine della scorsa estate. È stata veramente deliziosa. Delicata, snella, capelli grigi, con una grossa vena blu su ciascun lato del lungo collo, sorriso cordiale e incisivi con la finestrella. Sembrava un po' fragile, più vecchia della sua età. Affetta da una brutta artrite reumatoide. Le mani nodose, in particolare, per il momento ancora funzionanti, ma un giorno non più, e lei lo sa. Mi ha fatto pensare a Mamá e al *suo* giorno che verrà.

Pari Wahdati era rimasta una settimana con me nella casa di Kabul. Appena arrivata da Parigi le avevo fatto fare un giro della villa. L'aveva vista per l'ultima volta nel lontano 1955 e sembrava stupita di ricordare con precisione il luogo, la disposizione generale dei locali, i due gradini tra il soggiorno e la sala da pranzo dove, a metà mattina, si sedeva a leggere i suoi libri in una striscia di sole. Si era stupita che nella realtà la casa fosse più piccola di come se la ricordava. Quando l'avevo accompagnata di sopra, sapeva quale fosse stata la sua camera da letto, anche se al momento è occupata da un mio collega tedesco che lavora per il Programma Alimentare Mondiale. Ricordo che le era mancato il respiro quando aveva scorto il piccolo armadio nell'angolo della stanza, uno dei pochi cimeli della sua fanciullezza, come scriveva Nabi nella lettera che mi aveva lasciato prima di morire. Si era accovacciata, facendo scorrere le dita sulla pittura gialla, ormai squamata, sulle giraffe e sulle scimmie dalla lunga coda dipinte sulle porte, quasi svanite. Quando aveva alzato gli occhi su di me, avevo notato che erano umidi. Mi aveva chiesto, molto timidamente e con mille scuse, se fosse possibile spedirlo a Parigi. Si era offerta di pagare per il trasporto. Era la sola cosa di tutta la casa che desiderasse avere. L'avevo rassicurata che per me sarebbe stato un piacere accontentarla.

Alla fine, oltre all'armadio che io avevo spedito alcuni giorni dopo la sua partenza, Pari Wahdati era tornata in Francia solo con gli album dei disegni di Suleiman Wahdati, la lettera di Nabi e alcune poesie di sua madre Nila, che Nabi aveva conservato. Durante il suo soggiorno la sola richiesta che mi aveva fatto era stata di accompagnarla a Shadbagh, perché voleva vedere il villaggio dove era nata e dove sperava di trovare il fratellastro Iqbal.

«Immagino che venderà la casa, ora che è sua.»

«In realtà mi ha detto che posso rimanere finché voglio. Gratis.»

Posso quasi vedere Mamá che stringe le labbra con scetticismo. È un'isolana. Diffida delle motivazioni degli abitanti della terraferma, guarda con sospetto le loro azioni apparentemente dettate da benevolenza. Questa è stata una delle ragioni per cui da ragazzo decisi che avrei lasciato Tinos alla prima occasione che mi si fosse presentata. Ogni volta che sentivo quel genere di discorsi, venivo preso da una sorta di scoramento.

«Come procede la piccionaia?» chiedo per cambiare discorso.

«Ho dovuto interrompermi. Mi distruggeva.»

Mamá, su mia insistenza, era stata visitata da un neurologo di Atene sei mesi prima, dopo che Thalia mi aveva detto che rovesciava gli oggetti e li lasciava cadere di continuo. L'aveva accompagnata Thalia. Dopo la visita del neurologo Mamá era stata presa da un attivismo maniacale. È stata Thalia a informarmi. Ha fatto imbiancare la casa, aggiustare le perdite d'acqua, ha convinto Thalia ad aiutarla a costruire un nuovo ripostiglio al piano di sopra, persino a sostituire le tegole incrinate del tetto, ma, grazie al cielo, Thalia è riuscita a farla smettere. Ora la piccionaia. Mi figuro Mamá con le maniche arrotolate, martello in mano, il sudore che le cola lungo la schiena, che batte chiodi e sabbia tavole di legno, in una sfida continua nei confronti dei propri neuroni alla deriva. Per strizzarne fuori quanto c'è di buono, finché è ancora in tempo.

«Quando torni a casa?»

«Presto.» *Presto* era stata la mia risposta anche l'anno precedente, quando mi aveva posto la medesima domanda. Sono passati due anni dalla mia ultima visita a Tinos.

Una breve pausa. «Non aspettare troppo. Vorrei vederti prima che mi attacchino al polmone d'acciaio.» Ride. È una vecchia abitudine, questo scherzare e fare dello spirito alla faccia della sfortuna, questo suo spregio del minimo accenno di autocommiserazione. Ha l'effetto paradossale, e calcolato, lo so, di ridimensionare e nello stesso tempo di aggravare la disgrazia.

«Vieni per Natale, se puoi. Prima del quattro di gennaio, a ogni buon conto. Thalia dice che quel giorno ci sarà un'eclissi di sole sulla Grecia. L'ha letto in internet. Potremmo guardarla assieme.»

«Ci proverò, Mamá.»

Fu come svegliarsi un mattino e scoprire che in casa era entrata una belva feroce. Non mi sentivo sicuro da nessuna parte. La incontravo in ogni angolo, che si aggirava furtiva, che mi seguiva, senza smettere di tamponarsi la guancia con il fazzoletto per asciugare il rivolo di saliva che le usciva ininterrottamente dalla bocca. Le piccole dimensioni della nostra casa rendevano impossibile sfuggirle. Mi spaventava soprattutto l'ora dei pasti, quando dovevo sopportare lo spettacolo di Thalia che alzava il bordo della maschera per portare il cibo alla bocca con il cucchiaio. A quella vista, al rumore che produceva mangiando, mi si rivoltava lo stomaco. Frammenti di cibo masticato a metà le cadevano di continuo con un *ciac* infradiciato nel piatto, sulla tavola, e persino sul pavimento. Era costretta ad assumere i liquidi, persino la minestra, con una cannuccia, e sua madre ne teneva una scorta nella borsa. Quando succhiava il brodo faceva strani gorgoglii, il liquido le macchiava sempre la maschera, per gocciolarle sulla mascella e lungo il collo. La prima volta chiesi di alzarmi da tavola e Mamá mi lanciò uno sguardo feroce. E così mi esercitai a non guardare e a non sentire, ma non era facile. Entravo in cucina e la trovavo seduta immobile mentre Madaline le stendeva la pomata sulla guancia per prevenire l'irritazione. Incominciai a seguire un calendario mentale, un conto alla rovescia delle quattro settimane che Madaline e Thalia avrebbero trascorso con noi, come mi aveva detto Mamá.

Avrei voluto che Madaline fosse venuta da sola. Lei mi piaceva proprio. Ci sedevamo, noi quattro, nel cortiletto quadrato davanti alla porta della casa e Madaline sorseggiava caffè fumando una sigaretta dopo l'altra, i tratti del viso ombreggiati dal nostro ulivo e da una cloche di paglia dorata che avrebbe dovuto sembrare assurda e tale sarebbe sembrata su chiunque altro, su Mamá, per esempio. Ma Madaline era una di quelle persone dall'eleganza innata, una specie di dote genetica come quella di muovere le orecchie. Madaline era una fonte inesauribile di aneddoti, con lei la conversazione non languiva mai. Una mattina ci raccontò dei suoi viaggi, ad Ankara, per esempio, dove aveva passeggiato lungo le rive dell'Enguri Su e aveva sorseggiato tè verde spruzzato di *raki*, poi la volta in cui lei e il signor Gianakos erano andati in Kenia dove, a dorso di elefante, avevano passeggiato tra le acacie spinose e si erano persino seduti con i locali a mangiare una farinata di granoturco e riso al cocco.

Le storie di Madaline risvegliavano in me un'antica irrequietezza, l'impulso che avevo sempre sentito di gettarmi a capofitto nel mondo, di essere audace. Al confronto la mia vita a Tinos sembrava di una banalità mortificante. Vedevo il mio futuro come un'interminabile distesa priva di avvenimenti, e questo bastò perché trascorressi la maggior parte della mia fanciullezza ad agitarmi, sentendomi una controfigura, un delegato di me stesso, come se il mio vero io risiedesse altrove, in attesa di riunirsi un giorno con quest'altro io più oscuro, vuoto. Mi sentivo come un naufrago. Un esiliato in patria.

Madaline raccontò che ad Ankara aveva visitato un luogo detto Kuğulu Park e aveva ammirato i cigni che scivolavano sull'acqua. Diceva che l'acqua era abbagliante.

«Sto farneticando» osservò ridendo.

«Non è vero» la rassicurò Mamá.

«È una vecchia abitudine. Parlo troppo. Da sempre. Ricordi quanto ci costavano le mie chiacchiere in classe? Non era mai colpa tua, Odie. Tu eri così responsabile e studiosa.»

«Sono interessanti le tue storie, come è interessante la tua vita.»

Madaline alzò gli occhi al cielo. «Lascia perdere. Secondo i cinesi un commento del genere porta sfortuna.»

«Ti è piaciuta l'Africa?» chiese Mamá a Thalia.

Thalia premette il fazzoletto sulla guancia e non rispose. Ne fui contento. Parlava in modo stranissimo. C'era qualcosa di biascicato nelle sue parole, uno strano miscuglio di pronuncia blesa e gargarismi.

«A Thalia non piace viaggiare» disse Madaline spegnendo la sigaretta. Lo disse come fosse una verità incontestabile. Non era il caso di guardare Thalia per avere una conferma o una smentita. «Viaggiare non le dice niente.»

«Neanche a me» disse Mamá rivolgendosi a Thalia. «Mi piace stare a casa. Forse non ho mai avuto una ragione sufficiente per lasciare Tinos.»

«Io invece non ho mai trovato una ragione sufficiente per rimanere qui» disse Madaline. «Tranne te, naturalmente.» Posò la mano sul polso di Mamá. «Sai qual era la mia paura più terribile quando me ne sono andata? La mia preoccupazione più grande? Come potrò tirare avanti senza Odie? Giuro. Il solo pensiero mi paralizzava.»

«Mi sembra che te la sia cavata benissimo» disse Mamá lentamente, staccando a fatica lo sguardo da Thalia.

«Tu non capisci» disse Madaline e io mi resi conto che chi non capiva ero io, perché lei guardava me negli occhi. «Non ce l'avrei fatta senza tua madre. Lei mi ha salvato.»

«*Adesso* sì, stai farneticando» disse Mamá.

Thalia alzò la testa. Guardava con gli occhi semichiusi. Un jet, alto e silenzioso nel cielo azzurro, stava segnando la sua traiettoria con una sola, lunga striscia bianca.

«È da mio padre che Odie mi ha salvato» disse Madaline.

Non sapevo se stesse ancora rivolgendosi a me. «Era una di quelle persone malvagie per natura. Aveva gli occhi in fuori, il collo corto, largo, con un porro scuro dietro. E i pugni come mattoni. Quando tornava a casa, mi bastava il rumore dei suoi scarponi in corridoio, il tintinnio delle chiavi, il suo canticchiare. Quando si infuriava, soffiava dal naso e serrava gli occhi, come fosse sprofondato nei pensieri, poi si strofinava la faccia e diceva: *Va bene, ragazzina, va bene* e sapevi che la tempesta stava per scoppiare, e niente l'avrebbe fermata. Nessuno poteva aiutarti. A volte bastava che si strofinasse la faccia o soffiasse attraverso i baffi e io vedevo nero.

Da allora ne ho incrociati altri di uomini così. Mi piacerebbe poter dire diversamente. Ma purtroppo è la verità. E ho imparato che, se scavi un po', scopri che sono tutti uguali, chi più chi meno. Alcuni sono più raffinati, lo ammetto. Possono persino avere del fascino e tu ci puoi cascare. Ma in realtà sono tutti ragazzini infelici che sguazzano nella loro stessa rabbia. Si sentono vittime. Non hanno ricevuto quello che si meritavano. Nessuno li ha amati abbastanza. Naturalmente si aspettano che sia tu ad amarli. Vogliono essere coccolati, cullati, rassicurati. Ma è un errore accontentarli. Non sono in grado di accettare ciò che ricevono, ciò di cui hanno più bisogno. La conclusione è che ti odiano. Ma è un tormento senza fine, perché non riescono a odiarti quanto meriti, e l'infelicità, le scuse, le promesse, l'abiura, lo squallore, tutto questo non finisce mai. Il mio primo marito era così.»

Ero sconvolto. Nessuno aveva mai parlato in modo così esplicito in mia presenza, certamente non Mamá. Nessuno che conoscessi aveva mai messo a nudo la propria disgrazia in questo modo. Mi sentivo imbarazzato per Madaline e nello stesso tempo provavo ammirazione per la sua sincerità.

Quando aveva accennato al suo primo marito, avevo notato che sulla sua faccia era calata un'ombra, una passeggera allusione a qualcosa di oscuro, di punitivo, di offensivo, in contrasto con le sue risate vivaci, le prese in giro e il suo ampio vestito arancione a fiori. Ricordo di aver pensato che doveva essere stata una brava attrice per camuffare la delusione e la sofferenza sotto quella vernice di allegria. Come una maschera, pensai, e tra me e me mi congratulai per l'acume del paragone.

Diventato adulto, l'episodio perse un po' della sua chiarezza. Ripensandoci, c'era qualcosa di affettato nel modo in cui aveva fatto una pausa dopo aver accennato al suo primo marito, lo sguardo basso, il respiro affannoso, il leggero tremito delle labbra, proprio mentre l'atmosfera era carica della sua grande energia, degli scherzi, del fascino vivace e temerario, del modo in cui persino le sue insolenze andavano a segno con dolcezza, paracadutate con una risata o una rassicurante strizzatina d'occhio. Forse entrambi gli atteggiamenti erano studiati oppure non lo era né l'uno né l'altro. Mi divenne indistinguibile ciò che era recitazione da ciò che era realtà, e questo mi faceva ritenere Madaline un'attrice infinitamente più *interessante.*

«Quante volte sono venuta qui di corsa, Odie?» chiese Madaline di nuovo allegra, con una risata. «I tuoi poveri genitori. Ma questa casa era il mio porto. Il mio rifugio. Una piccola isola all'interno dell'isola più grande.»

Mamá disse: «Eri sempre la benvenuta».

«È stata tua madre a porre fine ai pestaggi, Markos. Non te l'ha mai raccontato?»

Dissi di no.

«Non mi meraviglio. Odelia Varvaris è così.»

Mamá stava srotolando il bordo del grembiule sulle ginocchia, lisciandolo, con un'espressione persa in un sogno a occhi aperti.

«Una sera sono venuta qui. La lingua sanguinante, la tempia dove mancava una ciocca di capelli, l'orecchio che ancora risuonava per i colpi ricevuti. Quella volta mi aveva veramente conciata. Ero ridotta in uno stato pietoso!» Da come Madaline raccontava l'episodio, avresti potuto pensare che stesse descrivendo un pranzo luculliano o un bel romanzo. «Tua madre non chiede niente perché sa. È naturale che sappia. Si limita a guardarmi a lungo, mentre me ne sto in piedi tremebonda. E dice, lo ricordo ancora: *Adesso basta.*

Dice: *Adesso andiamo a fare una visitina a tuo padre, Maddie.* E io la supplico di lasciar perdere. Avevo paura che ci avrebbe ammazzate tutte e due. Ma sai com'è tua madre quando si mette in testa qualcosa.»

Dissi che lo sapevo e Mamá mi guardò con la coda dell'occhio.

«Non mi diede retta. E il suo sguardo! Sono sicura che conosci quello sguardo. Esce, ma non prima di aver preso il fucile da caccia di suo padre. Per tutta la strada io continuo a pregarla di tornare indietro, le dico che in fondo non mi ha fatto tanto male. Ma lei non ascolta. Arriviamo alla porta ed ecco mio padre, sulla soglia, e Odie alza la canna e spingendola contro il suo mento dice: *Fallo ancora e ti sparo in faccia con questo fucile.*

Mio padre è allibito e per un attimo non riesce a spiccicare parola. E vuoi sapere la cosa più divertente, Markos? Guardo per terra e vedo una piccola pozza, una pozza di, be', non è difficile da indovinare, una piccola pozza che si sta allargando lentamente sul pavimento, in mezzo ai suoi piedi nudi.»

Madaline tirò indietro i capelli e, facendo scattare l'accendino per l'ennesima volta, disse: «E questo, caro mio, è esattamente come sono andate le cose».

Non era il caso che aggiungesse altro. Sapevo che era la verità. In quella storia riconoscevo la lealtà semplice e assoluta di Mamá, la sua determinazione indefettibile. La sua generosità, il suo bisogno di riparare le ingiustizie, di essere il guardiano del gregge oppresso. E sapevo che era vero dal gemito che uscì dalla bocca chiusa di Mamá, quando Madaline accennò all'ultimo dettaglio. Disapprovava. Probabilmente lo trovava di cattivo gusto e non solo per ovvie ragioni. Dal suo punto di vista, le persone, anche se si erano comportate in modo deplorevole in vita, meritavano un minimo di dignità nella morte. Soprattutto se erano membri della famiglia.

Mamá cambiando posizione ripeté: «Allora, se non ti piace viaggiare, Thalia, cosa ti piace?».

Tutti gli occhi si rivolsero a Thalia. Madaline aveva parlato per un certo tempo e ricordo di aver pensato, mentre eravamo lì seduti nel cortile punteggiato di chiazze di sole, che, se Thalia era stata dimenticata, era stato perché sua madre aveva la straordinaria capacità di attirare l'attenzione, risucchiando ogni cosa nel suo vortice. Presi in considerazione anche la possibilità che si fossero adattate a queste dinamiche per necessità, la figlia taciturna eclissata dalla madre egocentrica, una sorta di routine in cui gli altri si concentravano unicamente su di lei, come se il narcisismo di Madaline potesse essere un atto di bontà, di protezione materna.

Thalia borbottò qualcosa.

«Un po' più forte, tesoro» suggerì Madaline.

Thalia si schiarì la voce con un brontolio catarroso: «La scienza».

Notai per la prima volta il colore dei suoi occhi, verde come un pascolo inviolato, la sfumatura scura e profonda dei suoi capelli e notai che aveva una carnagione perfetta, come sua madre. Mi chiesi se era stata graziosa un tempo, forse bella come Madaline.

«Racconta della meridiana, tesoro.»

Thalia scrollò le spalle.

«L'estate scorsa ha costruito una meridiana» spiegò Madaline. «Nel cortile sul retro. Senza che nessuno l'aiutasse. Non Andreas, e certamente nemmeno io.» Ridacchiò.

«Equatoriale o orizzontale?» chiese Mamá.

Un lampo di sorpresa accese gli occhi di Thalia. Una sorta di reazione a scoppio ritardato. Come uno che in una città straniera camminasse in una strada affollata e gli giungesse all'orecchio un frammento di conversazione nella sua lingua. «Orizzontale» disse con quel suo strano biascichio.

«Cosa hai usato come gnomone?»

Gli occhi di Thalia si fermarono su Mamá. «Ho tagliato una cartolina.»

Fu la prima volta che mi accorsi di come avrebbe potuto essere il rapporto tra quelle due.

«Quando era piccola faceva a pezzi i suoi giocattoli» disse Madaline. «Le piacevano i giocattoli meccanici, quelli con dentro dei congegni strani. Non che ci giocasse, vero, tesoro? No, li rompeva, tutti quei giocattoli costosi, li squarciava appena glieli regalavamo. Mi arrabbiavo da impazzire. Ma Andreas, devo dargliene atto, Andreas diceva di lasciarla fare, perché era segno di una mente curiosa.»

«Se ti fa piacere, possiamo costruirne una insieme» disse Mamá. «Una meridiana, voglio dire.»

«So già come si fa.»

«Sii educata, tesoro» disse Madaline allungando una gamba e poi piegandola di nuovo, come se stesse stirandosi prima di eseguire una danza. «Zia Odie vuole solo esserti di aiuto.»

«Forse potremmo costruire qualcos'altro» suggerì Mamá.

«Oh! Oh!» disse Madaline in tono concitato, espirando in fretta volute di fumo. «Non posso credere di non avertelo ancora detto, Odie. Ci sono notizie. Indovina.»

Mamá alzò le spalle.

«Riprendo a fare l'attrice! Nel cinema. Mi è stato offerto un ruolo da protagonista in una importante produzione. Ci crederesti?»

«Congratulazioni» disse Mamá senza entusiasmo.

«Ho con me il copione. Te lo farei leggere, Odie, ma temo che non ti piaccia. Se me lo stroncassi ne sarei distrutta, te lo dico sinceramente. Non lo sopporterei. Incominciamo le riprese in autunno.»

La mattina dopo, fatta colazione, Mamá mi prese in disparte. «Allora, cosa c'è, cos'hai?»

Le dissi che non capivo cosa volesse da me.

«Faresti meglio a smetterla. È un comportamento da stupido. Non è degno di te.» Aveva un modo speciale di guardarmi, con gli occhi socchiusi e la testa piegata di lato, giusto un po'. Ancora oggi funziona.

«Non ce la faccio, Mamá. Non obbligarmi.»

«Posso sapere perché, esattamente?»

Mi uscì prima che potessi frenarmi: «È un mostro».

Mamá strinse le labbra. Non mi guardò con rabbia, ma con uno sguardo sconfortato, come se l'avessi prosciugata di ogni linfa. Era uno sguardo di rassegnazione assoluta. Come uno scultore che alla fine getta mazzuolo e scalpello di fronte a un blocco recalcitrante che non prenderà mai la forma da lui immaginata.

«È una persona cui è capitata una disgrazia terribile. Chiamala ancora così e vedrai. Dillo un'altra volta e vedrai cosa ti succede.»

Un po' più tardi, eccoci, Thalia e io, che camminavamo lungo il sentiero acciottolato, fiancheggiato sui due lati da muri di pietra. Feci di tutto per restare qualche passo davanti a lei, in modo che i passanti o peggio ancora un mio compagno di scuola non pensassero che eravamo assieme, cosa che ovviamente era palese. Speravo almeno che la distanza tra di noi mettesse in evidenza il mio fastidio e la mia contrarietà. Mi era di sollievo il fatto che lei non facesse sforzi per stare al passo con me. Incrociavamo contadini bruciati dal sole, con l'aria stanca, che rincasavano dal mercato. I loro asini faticavano sotto il peso delle ceste di vimini con i prodotti invenduti, gli zoccoli che battevano sul sentiero. Li conoscevo quasi tutti, ma, a testa bassa, non li guardavo.

Andammo alla spiaggia. Ne scelsi una che conoscevo, con scogli scoscesi, sapendo che non sarebbe stata affollata come le altre, come Agios Romanos, per esempio. Arrotolai i pantaloni e saltai da uno scoglio all'altro, scegliendone uno vicino al punto dove le onde si infrangevano per poi ritrarsi. Tolsi le scarpe e immersi i piedi in una piccola pozza di acqua bassa che si era formata dentro un cerchio di pietre. Un gambero solitario mi sgusciò tra le dita. Scorsi Thalia alla mia destra che si sistemava su uno scoglio non lontano da me.

Rimanemmo seduti senza parlare per molto tempo, osservando il mare che rumoreggiava contro gli scogli. Una folata di vento pungente mi sferzò le orecchie, spruzzandomi in faccia il profumo del sale. Un pellicano si librava ad ali spiegate sull'acqua verde-azzurra. Due donne se ne stavano fianco a fianco, con l'acqua alle ginocchia, tenendo sollevata la gonna. A occidente potevo godere della vista dell'isola, la dominante bianca delle case e dei mulini a vento, il verde dei campi di orzo, il marrone opaco dei monti frastagliati dai quali scaturivano le sorgenti. Mio padre era morto su uno di quei monti. Lavorava in una cava di marmo verde e un giorno, quando mia madre era incinta di sei mesi, era scivolato da una scogliera facendo un salto di cinquanta metri. Mamá diceva che si era dimenticato di fissare l'imbragatura.

«Dovresti smetterla.»

Stavo tirando sassi a una lattina e la sua voce mi fece sussultare. Sbagliai mira. «E a te che ti frega?»

«Dovresti piantarla di darti tutte queste arie. Non credere che io mi diverta.»

Il vento le scompigliava i capelli e lei si tratteneva la maschera con una mano. Chissà se ogni giorno viveva con la paura che una folata di vento gliela strappasse e lei dovesse rincorrerla a viso scoperto. Rimasi in silenzio. Tirai un altro sasso e sbagliai mira di nuovo.

«Sei un idiota» disse.

Dopo un po' si alzò e io rimasi dov'ero. Poi vidi che lasciava la spiaggia e ritornava sulla strada, così mi misi le scarpe e la seguii.

Quando rientrammo, Mamá era in cucina a tritare *okra* e Madaline, seduta vicino a lei, si dipingeva le unghie, fumando una sigaretta e gettando la cenere in un piattino. Provai un moto di orrore quando mi resi conto che il piattino apparteneva al servizio di porcellana che Mamá aveva ereditato da sua nonna. Era l'unica cosa di valore che possedesse, il servizio di porcellana, e non lo tirava quasi mai giù dallo scaffale, il più alto, vicino al soffitto, dove lo custodiva.

Tra un tiro e l'altro Madaline si soffiava sulle unghie e parlava di Pattakos, Papadopoulos e Makarezos, i tre colonnelli che avevano organizzato il colpo di stato militare, quello stesso anno ad Atene. Diceva di conoscere un drammaturgo, «un uomo molto, molto caro», come l'aveva definito, che era stato imprigionato con l'accusa di essere un sovversivo comunista.

«Il che è assurdo, semplicemente assurdo. Sai cosa fanno ai prigionieri per farli parlate, quelli dell'ESA?» Aveva preso a mormorare, come se in casa si nascondesse la polizia militare. «Ti mettono una canna nel didietro e aprono l'acqua al massimo. È vero, Odie. Te lo giuro. Immergono degli stracci nelle cose più schifose, negli escrementi umani, e li ficcano in bocca alla gente.»

«È orribile» disse Mamá senza scomporsi.

Mi chiedevo se si stesse già annoiando di Madaline. Il torrente di chiacchiere politiche, il racconto delle feste cui aveva partecipato con il marito, i poeti, gli intellettuali e i musicisti con cui aveva brindato a champagne, l'elenco dei viaggi che aveva fatto all'estero, inutili e insensati. Mentre pontificava sul pericolo nucleare, la sovrappopolazione, l'inquinamento, Mamá le dava corda, sorridendo ai suoi racconti con un'espressione ironicamente divertita, ma io sapevo che non le andava giù tutta quell'enfasi. Probabilmente pensava che a Madaline interessasse solo mettersi in mostra. Forse provava imbarazzo per lei.

È questo che guasta, che inquina la bontà di Mamá, i suoi salvataggi e i suoi atti di coraggio. Il fatto di farti sentire sempre in debito. Le richieste, gli obblighi che lei ti addossa. Il modo in cui usa le sue azioni come moneta di scambio, con le quali baratta la fedeltà e l'ubbidienza. Ora capisco perché Madaline se n'è andata tanti anni fa. La corda che ti salva dall'inondazione può diventare un cappio attorno al collo. Tutti finiscono per deludere Mamá, a partire da me. Il debito non può mai essere risarcito, non nel modo che Mamá si aspetta. Il suo premio di consolazione è l'amara soddisfazione di tenere il coltello per il manico, di sentirsi libera di emettere verdetti dall'alto della sua posizione strategica, perché è sempre lei cui è stato fatto il torto.

Mi rattrista, in quanto mi rivela la sua condizione di bisogno, la sua angoscia, la paura della solitudine, il terrore di essere lasciata sola, di essere abbandonata. E cosa dice di me il fatto che, pur sapendo tutto questo di mia madre, pur essendo a conoscenza di cosa ha bisogno, tuttavia l'abbia rinnegata, deliberatamente e ostinatamente, avendo cura, per la maggior parte di questi trent'anni, di frapporre tra noi un oceano, un continente, o possibilmente entrambi?

«Non hanno il senso dell'ironia, quelli della Giunta» stava dicendo Madaline «a calpestare la gente come fanno. E proprio in Grecia! La culla della democrazia. Ah, eccovi! Com'è andata? Cosa avete combinato voi due?»

«Abbiamo giocato sulla spiaggia» disse Thalia.

«Era bello? Vi siete divertiti?»

«Ce la siamo spassata un sacco» rispose Thalia.

Gli occhi di Mamá passarono scettici da me a Thalia, poi di nuovo a me, ma Madaline era raggiante e applaudiva in silenzio. «Bene! Ora che non devo preoccuparmi che voi due andiate d'accordo, Odie e io possiamo stare un po' per conto nostro. Che ne dici, Odie? Abbiamo ancora tante cose da raccontarci!»

Mamá sorrise eroicamente e prese un cavolo dallo scaffale.

Da quel momento Thalia e io fummo lasciati liberi di fare quello che volevamo. Avremmo dovuto esplorare l'isola, giocare sulla spiaggia, divertirci come ci si aspetta che si divertano i bambini. Mamá ci preparava un panino ciascuno e dopo colazione uscivamo insieme.

Quando non eravamo più in vista, spesso ci separavamo. In spiaggia io facevo una nuotata o toglievo la camicia e mi sdraiavo su uno scoglio, mentre Thalia raccoglieva conchiglie e cercava di far saltare i ciottoli sull'acqua, cosa che non le riusciva mai per via delle onde troppo grosse. Andavamo a fare passeggiate seguendo i sentieri che si snodavano tra i vigneti e i campi di orzo, con gli occhi fissi sulla nostra ombra, ciascuno immerso nei propri pensieri. In genere gironzolavamo senza una meta. A quel tempo Tinos non aveva ancora sviluppato un'industria turistica. Era un'isola agricola, gli abitanti vivevano delle proprie mucche, delle capre, degli ulivi e del grano. Finivamo per annoiarci, ci fermavamo da qualche parte a mangiare il nostro panino, in silenzio, all'ombra di un albero o di un mulino a vento e, tra un boccone e l'altro, guardavamo i dirupi, le distese di arbusti spinosi, le montagne, il mare.

Un giorno mi incamminai a caso verso la città. Vivevamo sulla costa sud-occidentale dell'isola e la città di Tinos era solo pochi chilometri più a sud. In città c'era un negozietto di rigattiere, gestito da un vedovo dalla faccia larga che si chiamava signor Roussos. In vetrina trovavi sempre di tutto, da una macchina da scrivere degli anni Quaranta a un paio di scarponi da lavoro in pelle, da una banderuola a un vecchio trespolo per piante in vaso, e poi candele gigantesche, una croce o un gorilla d'ottone e, naturalmente, copie dell'icona della Panagia Evangelistria. Si dilettava anche di fotografia e aveva una camera oscura improvvisata nel retro del negozio. Quando ogni agosto i pellegrini arrivavano a Tinos per vedere l'icona, il signor Roussos vendeva loro rullini fotografici e per quattro soldi sviluppava le loro foto nella sua camera oscura.

Un mese prima avevo visto in vetrina una macchina fotografica, dentro la sua custodia consunta di pelle rosso ruggine. Un paio di volte alla settimana nel mio gironzolare finivo al negozio, guardavo sognante la macchina fotografica e mi immaginavo in India, la custodia appesa alla spalla, che scattavo foto alle risaie e ai campi di tè, come quelle che avevo visto sul «National Geographic». Avrei fotografato il cammino degli Incas. A dorso di cammello, su un vecchio camion coperto di polvere, a piedi, avrei sfidato la calura pur di arrivare a vedere la Sfinge e le Piramidi e le avrei fotografate per poi vedere le mie foto pubblicate su riviste dalla carta patinata. Furono queste fantasie a spingermi quella mattina verso la vetrina del signor Roussos, nonostante quel giorno il negozio fosse chiuso, e a rimanere fuori con la fronte appiccicata al vetro, sognando a occhi aperti.

«Che modello è?»

Mi scostai e colsi il riflesso di Thalia nella vetrina. Si tamponò la guancia sinistra con il fazzoletto.

«La macchina fotografica.»

Alzai le spalle.

«Sembra una C3 Argus.»

«Come fai a saperlo?»

«Da trent'anni è la migliore 35 millimetri al mondo» disse con una punta di supponenza. «In realtà non è un granché. È brutta, sembra un mattone. Dunque vuoi fare il fotografo? Da grande, intendo. Così dice tua madre.»

«Te l'ha detto lei?» Mi voltai.

«E con questo?»

Feci spallucce. Mi imbarazzava sapere che Mamá aveva parlato di questo con Thalia. Mi chiedevo come glielo avesse detto. Era capace di sfoderare dal suo arsenale un modo scherzosamente grave per parlare di cose che giudicava frivole o bizzarre. Sapeva mettere a nudo la pochezza delle tue aspirazioni davanti ai tuoi stessi occhi. *Markos vuole andare in giro a piedi per il mondo e catturarlo con il suo obiettivo.*

Thalia si sedette sul marciapiedi e si coprì le ginocchia con la gonna. Faceva caldo e il sole mordeva la pelle come se avesse i denti. In giro non c'era quasi anima viva, tranne una coppia di anziani che si trascinava rigida su per la strada. Il marito, Demis qualcosa, portava un basco grigio e una giacca di tweed marrone troppo pesante per la stagione. Aveva gli occhi sbarrati con lo sguardo fisso tipico dei vecchi, come se fossero perennemente terrorizzati da quella mostruosa sorpresa che è la vecchiaia; solo molti anni dopo, studiando medicina, mi venne il sospetto che fosse affetto dal morbo di Parkinson. Incrociandoci, salutarono con la mano e io ricambiai il saluto. Vidi che notarono Thalia, fermandosi un attimo prima di riprendere il loro cammino.

«Hai una macchina fotografica?» chiese Thalia.

«No.»

«Hai mai fatto una fotografia?»

«No.»

«E vuoi fare il fotografo?»

«Lo trovi strano?»

«Un po'.»

«Quindi se avessi detto che volevo fare il poliziotto, avresti pensato che anche questo fosse strano perché non ho mai schiaffato le manette ai polsi di nessuno.»

Vidi che il suo sguardo si era addolcito e capii che, se avesse potuto, avrebbe sorriso. «Be', sei un idiota in gamba» commentò. «Ti avviso. Non parlare della macchina fotografica in presenza di mia madre, altrimenti te la compra. È molto ansiosa di rendersi gradita.» Tamponò nuovamente la guancia con il fazzoletto. «Ma dubito che Odelia approverebbe. Immagino che tu lo sappia.»

Fui impressionato e anche un po' disorientato da quanto avesse capito in così poco tempo. Forse era la maschera, il vantaggio di stare nascosti, la possibilità di sorvegliare, osservare, scrutare gli altri in tutta libertà.

«Probabilmente ti ordinerebbe di restituirla.»

Sospirai. Era vero. Mamá non avrebbe ammesso un risarcimento così facile, meno che mai se comportava un esborso di denaro.

Thalia si alzò e si spolverò il sedere per togliere la polvere. «Senti un po', ce l'hai una scatola a casa?»

Madaline stava sorseggiando un bicchiere di vino con Mamá in cucina, mentre Thalia e io, al piano di sopra, dipingevamo una scatola da scarpe con dei pennarelli neri. La scatola apparteneva a Madaline e conteneva un nuovo paio di scarpe di pelle con il tacco alto, ancora avvolte nella carta velina.

«Chissà dove pensava di metterle.»

Sentivo Madaline, dabbasso, che stava parlando di una lezione di recitazione in cui l'insegnante le aveva chiesto di fingere di essere una lucertola immobile su una pietra. Seguì uno scoppio di risa, il suo.

Finimmo la seconda mano e Thalia disse che avremmo dovuto stenderne una terza per essere sicuri di non aver lasciato dei vuoti. Il nero doveva essere uniforme e impeccabile.

«Una macchina fotografica non è altro che questo: una

scatola nera con un foro per far entrare la luce, e qualcosa per assorbirla. Dammi l'ago.»

Le passai un ago da cucito di Mamá. Ero scettico, per non dire altro, sull'eventualità che questa macchina fotografica fatta in casa funzionasse. Come era possibile che bastasse così poco, una scatola da scarpe e un ago? Ma Thalia si era buttata in questo progetto con tale entusiasmo e fiducia che dovetti mettere in conto che, magari, avrebbe funzionato. Mi costrinse anche ad ammettere tra me e me che sapeva cose che io ignoravo.

«Ho fatto dei calcoli» disse, forando con precisione la scatola con l'ago. «In mancanza di obiettivo non possiamo praticare il foro stenopeico sul lato corto, la scatola è troppo lunga. Ma la larghezza è appena sufficiente. Il punto è praticare il foro della dimensione giusta; ho calcolato che dovrebbe essere grosso modo di 0,6 millimetri. Ecco fatto. Adesso abbiamo bisogno di un otturatore.»

Al piano di sotto Madaline aveva abbassato il tono di voce, che era diventata un mormorio convulso. Non sentivo quello che diceva, ma capivo che parlava più lentamente di prima, scandendo le parole e la immaginavo piegata in avanti, i gomiti sulle ginocchia, che guardava Mamá dritto negli occhi, senza battere le ciglia. Nel corso degli anni sono arrivato a riconoscere questo tono di voce da vicino. Quando le persone parlano così, probabilmente stanno confessando qualcosa, rivelando una catastrofe, implorando l'ascoltatore. È il pezzo forte dei militari che bussano alla porta annunciando la morte di un soldato, degli avvocati che magnificano i meriti di una causa ai clienti, dei poliziotti che fermano le automobili alle tre del mattino, dei mariti che tradiscono. Quante volte l'ho usato io stesso, qui all'ospedale di Kabul? Quante volte ho condotto intere famiglie in una stanza tranquilla, li ho fatti sedere, ho preso una sedia per me, racimolando la forza necessaria a dare loro la notizia con quello stesso tono, paventando la conversazione che sarebbe seguita?

«Parla di Andreas» disse Thalia con indifferenza. «Ci scommetterei. Hanno litigato di brutto. Passami lo scotch e le forbici.»

«Com'è? Oltre a essere ricco, voglio dire?»

«Chi, Andreas? Normale. Viaggia un sacco. Quando è a casa, invita sempre gente. Persone importanti, ministri, generali, quel tipo di persone. Bevono vicino al caminetto e parlano tutta la sera, soprattutto di affari e di politica. Dalla mia stanza li sento. Quando Andreas ha invitati, devo rimanere al piano di sopra. Non mi è permesso scendere. Ma lui mi fa regali. Paga un insegnante che viene a casa. E mi parla in modo abbastanza gentile.»

Fissò con lo scotch un rettangolo di cartone che avevamo dipinto di nero sopra il foro stenopeico.

Dabbasso la situazione era calma. Mi immaginavo la scena come a teatro. Madaline che piangeva in silenzio, stropicciando distrattamente il fazzoletto come fosse un pezzo di plastilina, Mamá, non di grande aiuto, con lo sguardo severo e un sorrisino tirato, come se avesse qualcosa di acido in bocca. Mamá non sopporta che qualcuno pianga in sua presenza. Non può quasi guardare gli occhi gonfi, i visi spudoratamente imploranti. Considera il pianto un segno di debolezza, una richiesta plateale di attenzione e si rifiuta di accondiscendere. Le riesce impossibile essere di conforto. Crescendo, ho imparato che la consolazione non era nelle sue corde.

È convinta che il dolore dovrebbe essere privato, non esibito. Una volta, da piccolo, le avevo chiesto se avesse pianto quando mio padre era caduto ed era morto.

*Al funerale? Voglio dire, sulla sua tomba.*

*No, non ho pianto.*

*Non eri triste?*

*Il mio dispiacere non riguardava nessuno tranne me.*

*Piangeresti se morissi io, Mamá?*

*Speriamo di non doverlo mai scoprire.*

Thalia afferrò la scatola della carta fotografica e disse: «Prendi la torcia».

Entrammo nel ripostiglio di Mamá, chiudemmo accuratamente la porta e ci infilammo sotto alcuni asciugamani per impedire qualunque infiltrazione di luce. Una volta sprofondati nel buio, Thalia mi chiese di accendere la torcia che avevamo coperto con diversi strati di cellophane rosso. Nel lucore rossastro tutto ciò che vedevo di lei erano le dita sottili che tagliavano un foglio di carta fotografica e lo incollavano all'interno della scatola da scarpe di fronte al foro stenopeico. Avevamo comprato la carta nel negozio del signor Roussos il giorno prima. Quando ci eravamo accostati al banco, il signor Roussos aveva sbirciato Thalia da sopra gli occhiali e aveva chiesto: *È una rapina?* Thalia gli aveva puntato contro l'indice alzando il pollice come il cane di una pistola.

Ora chiuse il coperchio della scatola e coprì il forellino con l'otturatore. Al buio disse: «Domani scatterai la prima fotografia della tua carriera!». Non capii se mi stesse prendendo in giro oppure no.

Scegliemmo la spiaggia. Sistemammo la scatola su uno scoglio piatto e l'assicurammo con una corda; Thalia disse che nell'aprire l'otturatore non avremmo dovuto fare il benché minimo movimento. Venne vicino a me e guardò sopra la scatola, come si guarda in un mirino.

«È uno scatto perfetto» disse.

«Non proprio. Dobbiamo avere un soggetto.»

Mi guardò e capì cosa volevo dire. «Non ci pensare.»

Ci mettemmo a discutere e alla fine acconsentì, ma a condizione che non si vedesse la sua faccia. Si tolse le scarpe, si arrampicò sulle rocce, a qualche passo dalla macchina fotografica, usando le braccia come la corda di un funambulo. Poi si sedette, rivolta a occidente, in direzione di Syros e Kythnos. Sollevò i capelli in modo che coprissero i lacci che tenevano ferma la maschera sulla nuca e si voltò verso di me.

«Ricordati,» gridò «conta sino a ventuno.»

Tornò a guardare il mare.

Mi chinai e sbirciai sopra la scatola, guardando la schiena di Thalia, la costellazione di scogli attorno a lei, frustati dal groviglio di alghe simili a serpenti morti, un piccolo rimorchiatore in lontananza, la risacca che batteva sulla costa scoscesa per poi ritirarsi. Sollevai l'otturatore dal foro stenopeico e incominciai a contare.

*Uno... due... tre... quattro... cinque...*

Siamo a letto. Sullo schermo della tv un duo di fisarmonicisti, ma Gianna ha spento l'audio. Il sole del mezzogiorno filtra attraverso le imposte, in strisce di luce che cadono sui resti della pizza margherita che avevamo ordinato al servizio in camera. Ci è stata servita da un uomo alto e magro, con i capelli scuri impeccabilmente pettinati all'indietro, in giacca bianca e cravatta nera. Sul suo carrello c'era un calice con dentro una rosa rossa. Aveva sollevato con gesto teatrale il coperchio di metallo a cupola sopra la pizza, facendo con la mano un movimento a semicerchio, come un prestigiatore che si rivolge al pubblico dopo che il coniglio si è materializzato nel cilindro.

Sparpagliate sul letto in mezzo alle lenzuola sgualcite ci sono le fotografie che ho mostrato a Gianna, le foto dei miei viaggi nell'ultimo anno e mezzo. Belfast, Montevideo, Tangeri, Marsiglia, Lima, Teheran. Le porgo le foto della comune di Copenhagen di cui avevo fatto brevemente parte, insieme a beatnik danesi dalle T-shirt strappate e berrettini di lana, i quali si erano creati una comunità autogestita in una ex base militare.

*Tu dove sei?* Chiede Gianna. *Non ci sei mai nelle foto.*

*Preferisco stare dietro l'obiettivo*, dico. È vero. Ho scattato centinaia di foto, ma non compaio mai in nessuna di loro. Ordino sempre una doppia stampa quando lascio il rullino da sviluppare. Una la conservo io, l'altra la spedisco a Thalia.

Gianna mi chiede come mi finanzio i viaggi e le spiego che me li pago con il denaro che ho ereditato. È vero solo in parte, perché l'eredità è di Thalia, non mia. A differenza di Madaline, che per ovvie ragioni nel testamento di Andreas viene ignorata, Thalia no. Mi aveva regalato metà del suo denaro, con il quale avrei dovuto mantenermi durante l'università.

*Otto... nove... dieci...*

Gianna si solleva sui gomiti e si allunga sul letto sopra di me, i piccoli seni che mi accarezzano la pelle. Prende il pacchetto di sigarette e ne accende una. L'ho conosciuta il giorno prima in piazza di Spagna. Ero seduto sulla scalinata che unisce la piazza alla chiesa in cima al colle. Si era avvicinata dicendomi qualcosa in italiano. Non era diversa dalle tante ragazze carine, apparentemente sfaccendate che avevo visto bighellonare nelle chiese e nelle piazze di Roma. Fumavano, parlavano a voce alta e ridevano un sacco. Scossi la testa, *Sorry?* Sorrise con un *Ah!* e poi con un inglese dal forte accento italiano chiese: *Lighter? Cigarette.* Scossi la testa e a mia volta con il mio inglese dal forte accento greco le dissi che non fumavo. Lei sorrise. Aveva occhi luminosi e irrequieti. Il sole della tarda mattina creava un'aureola attorno all'ovale del suo viso.

Mi appisolo per un momento, ma sono svegliato da lei che mi dà dei colpetti nelle costole.

*La tua ragazza?* chiede. Ha trovato la foto di Thalia sulla spiaggia, quella che avevo scattato anni prima con la nostra macchina fotografica rudimentale. *Your girlfriend?*

*No.*

*Tua sorella?*

*No.*

*Tua cugina? Your cousin, sì?*

Scuoto la testa.

Studia ancora un po' la foto, facendo rapidi tiri della sigaretta. No, dice con asprezza e, con mia sorpresa, addirittura con rabbia. *Questa è la tua ragazza! Your girlfriend. Penso di sì, sei un bugiardo!* E poi, cosa da non credere, prende l'accendino e dà fuoco alla fotografia.

*Quattordici... quindici... sedici... diciassette...*

Più o meno a metà della strada che porta alla fermata, mi rendo conto di aver perso la fotografia. Dico loro che devo tornare indietro. Non ho scelta, devo proprio tornare. Alfonso, un *huaso* segaligno e taciturno che ci accompagna come guida nel nostro giro in Cile, guarda in modo interrogativo Gary. Gary è americano. È il leader del nostro trio. Ha i capelli biondicci e le guance butterate di segni lasciati dall'acne. La sua è una faccia che parla di una vita dura. È di umore schifoso, reso ancora peggiore dalla fame, dalla mancanza di alcol e da una brutta irritazione cutanea al polpaccio sinistro che si è procurato il giorno prima strisciando contro un cespuglio di *litre*. Li avevo incontrati entrambi in un affollato bar di Santiago, dove, dopo una mezza dozzina di giri di *piscolas*, Alfonso aveva proposto di fare un'escursione a piedi alla cascata di Saltos de Apoquindo, dove suo padre lo accompagnava da ragazzo. Eravamo partiti il giorno dopo e ci eravamo accampati per la notte ai margini della cascata. Avevamo fumato erba, lo scroscio dell'acqua nelle orecchie, e sopra di noi un cielo immenso, fitto di stelle. Ora stavamo tornando faticosamente verso San Carlos de Apoquindo per prendere la corriera.

Gary spinge indietro la larga tesa del suo cappello di *cordobán* e si asciuga la fronte con il fazzoletto. *Sono tre ore di cammino, Markos*, dice.

*¿Tres horas, hágale comprender?*, gli fa eco Alfonso.

*Lo so.*

*E hai intenzione di tornare comunque?*

*Sì.*

*Per una foto?*, chiede Alfonso.

Faccio cenno di sì con la testa. Non dico altro, perché non capirebbero. Non sono certo di capire nemmeno io.

*Lo sai che ti perderai*, dice Gary.

*È probabile.*

*Allora, buona fortuna, amigo*, mi augura Gary, dandomi la mano.

*Es un gringo loco*, conclude Alfonso.

Rido. Non è la prima volta che mi danno del greco picchiatello. Ci stringiamo la mano. Gary sistema le cinghie del suo zaino e tutti e due s'incamminano per il sentiero lungo le pieghe della montagna e Gary, senza voltarsi, mi saluta ancora una volta con la mano, prima di sparire dietro una curva a gomito. Io percorro la strada in senso inverso. Mi ci vogliono quattro ore, perché, come aveva previsto Gary, mi perdo davvero. Quando arrivo dove ci eravamo accampati sono ormai sfinito. Cerco dappertutto, tiro calci agli arbusti, scruto in mezzo alle rocce, e mentre rovisto a vuoto sento che la paura inizia a impossessarsi di me. Poi proprio mentre mi sto rassegnando al peggio, scorgo una macchia bianca in un gruppo di cespugli su un pendio poco ripido. Trovo la fotografia incuneata in un groviglio di rovi. La recupero e cerco di ripulirla, gli occhi gonfi di lacrime di sollievo.

*Ventitré... ventiquattro... venticinque...*

A Caracas dormo sotto un ponte. A Bruxelles in un ostello della gioventù. A volte, quando sono in vena di scialare, affitto una camera in un albergo decente, faccio lunghe docce calde, mi rado e mangio in accappatoio davanti a un televisore a colori. Le città, le strade, i paesaggi, le persone che incontro incominciano a confondersi nella mente. Mi dico che la mia è una ricerca. Ma sempre più spesso mi sembra di aggirarmi senza meta, in attesa che qualcosa mi accada, qualcosa che cambierà tutto e verso cui tende tutta la mia vita.

*Trentaquattro... trentacinque... trentasei...*

Il mio quarto giorno in India. Scendo barcollando per una strada sterrata, in mezzo a mucche vagabonde, con il mondo che mi traballa sotto i piedi. È tutto il giorno che vomito. Ho la pelle gialla come lo zafferano e ho l'impressione che mani invisibili mi stiano scuoiando. Quando non ce la faccio più a camminare, mi sdraio a lato della strada. Un vecchio sull'altro lato sta rimestando qualcosa in un calderone d'acciaio. Accanto a lui c'è una gabbia e dentro la gabbia c'è un pappagallo rosso e azzurro. Un ambulante dalla carnagione scura mi passa davanti spingendo un carretto pieno di bottiglie verdi, vuote. Questa è l'ultima cosa che ricordo.

*Quarantuno... quarantadue...*

Mi sveglio in una grande camerata. L'aria, resa irrespirabile dal calore, puzza di melone marcio. Sono sdraiato su un letto di metallo a una piazza, con un fondo duro, una sorta di piattaforma senza molle coperta da un materasso non più spesso di un libro in edizione tascabile. La stanza è piena di letti come il mio. Vedo braccia emaciate che penzolano dalle sponde, gambe scheletriche, scure, che sbucano da lenzuola luride, bocche aperte, sdentate. Sul soffitto ventilatori inoperosi. Pareti coperte di macchie di muffa. La finestra accanto a me lascia entrare l'aria calda, appiccicosa e il sole mi ferisce gli occhi. L'infermiere, un musulmano corpulento, mi guarda in cagnesco, annunciandomi che potrei morire d'epatite.

*Cinquantacinque... cinquantasei... cinquantasette...*

Chiedo di poter avere il mio zaino. *Quale zaino?* dice Gul con indifferenza. Ho perso tutto: gli abiti, il denaro, i libri, la macchina fotografica. Questo è quanto ti ha lasciato il ladro, dice Gul nel suo inglese cantilenante, indicando la finestra accanto a me. È la fotografia. La prendo. Thalia, i capelli che fluttuano nella brezza, l'acqua che ribolle di schiuma, i piedi nudi sullo scoglio, la distesa ondosa dell'Egeo davanti a lei. Infilo la foto tra il vetro e il telaio della finestra.

*Sessantasei... sessantasette... sessantotto...*

Il ragazzo nel letto accanto al mio ha la faccia di un vecchio, macilenta, scavata, scarnita. Ha il basso ventre gonfio per un tumore grosso come una palla da bowling. Ogni volta che un infermiere lo tocca in quel punto strizza gli occhi e spalanca la bocca in un lamento muto, angoscioso. Ora un infermiere sta cercando di fargli ingoiare le pillole, ma il ragazzo sbatte la testa da una parte all'altra, emettendo un rumore di gola simile al legno quando viene raschiato. Alla fine l'infermiere gli apre a forza la bocca e gli ficca dentro le pillole. Quando esce, il ragazzo si gira lentamente verso di me. Ci guardiamo attraverso lo spazio che divide i nostri letti. Una piccola lacrima spunta dal ciglio e scivola sulla sua guancia.

*Settantacinque... settantasei... settantasette...*

La sofferenza, la disperazione in questo luogo è come un'onda. Nasce da ogni letto, si infrange contro le pareti ammuffite e ti ripiomba addosso. Ti ci puoi annegare. Dormo un sacco. Quando non dormo mi gratto. Prendo le pillole che mi danno e che mi fanno dormire di nuovo. Altrimenti guardo la strada trafficata, la luce che scivola sulle tende dei bazar, sulle botteghe del tè nei vicoli laterali. Osservo i ragazzini che giocano a biglie sui marciapiedi, fiancheggiati da rigagnoli fangosi, le vecchie sedute sulla soglia, gli ambulanti con il tradizionale *dhoti*, accoccolati sulle stuoie, che grattano noci di cocco e vendono ghirlande di calendule. Qualcuno dall'altra parte della stanza lancia un urlo lacerante. Mi appisolo.

*Ottantatré... ottantaquattro... ottantacinque...*

Vengo a sapere che il ragazzo si chiama Manar. Il nome significa "luce che guida". Sua madre era una prostituta e suo padre un ladro. Viveva con i suoi zii che lo picchiavano. Nessuno sa esattamente cosa lo stia ammazzando, solo che lui sta morendo. Nessuno viene a trovarlo e quando morirà, tra una settimana, un mese, due al massimo, nessuno verrà a reclamarne il cadavere. Nessuno lo piangerà. Nessuno lo ricorderà. Morirà dove è vissuto, negli interstizi. Quando dorme mi ritrovo a osservarlo: le tempie scavate, la testa troppo grossa per le sue spalle, la cicatrice scura sul labbro inferiore dove, come mi ha riferito Gul, il magnaccia di sua madre aveva l'abitudine di spegnere la sigaretta. Cerco di parlargli in inglese, poi utilizzando le poche parole di urdu che conosco, ma lui si limita a sbattere stancamente le palpebre. A volte, intrecciando le mani, proietto sulla parete ombre di animali nella speranza di suscitare un suo sorriso.

*Ottantasette... ottantotto... ottantanove...*

Un giorno Manar mi indica qualcosa in direzione della finestra. Seguo il suo dito e alzo la testa, ma non vedo altro che un lembo di cielo azzurro in mezzo alle nuvole, i bambini che giocano per strada con l'acqua che sgorga da una pompa, un autobus che sputa gas di scarico. Poi mi rendo conto che sta indicando la foto di Thalia. La sfilo e gliela passo. La porta vicino alla faccia, tenendola per l'angolo bruciacchiato e la fissa a lungo. Mi chiedo se sia il mare ad attirarlo. Mi chiedo se abbia mai assaggiato l'acqua salata, o se abbia mai provato un senso di vertigine guardando la risacca che si ritira dai suoi piedi. O forse, pur non vedendo il viso di Thalia, la sente in qualche modo simile a sé, una persona che sa cos'è il dolore. Mi restituisce la foto. Scuoto la testa. *Tienila*, dico. Un'ombra di diffidenza gli attraversa la faccia. Sorrido e, non ne sono sicuro, ma mi sembra che mi restituisca il sorriso.

*Novantadue... novantatré... novantaquattro...*

Riesco a sconfiggere l'epatite. Strano, ma non capisco se Gul sia contento oppure deluso dal fatto che io gli abbia dimostrato di essersi sbagliato. Ma quando gli dico se posso rimanere come volontario, lo prendo decisamente in contropiede. Drizza la testa, aggrottando le sopracciglia. Alla fine mi fa parlare con un capoinfermiere.

*Novantasette... novantotto... novantanove...*

Il locale delle docce puzza di urina e di zolfo. Ogni mattina vi porto Manar, tenendo tra le braccia il suo corpo nudo, attento a non fargli male; una volta ho visto un volontario che lo portava sulla spalla come fosse un sacco di riso. Lo metto a sedere delicatamente sulla panca e aspetto che riprenda fiato. Lavo il suo corpo fragile con l'acqua calda. Manar sta sempre seduto tranquillo, paziente, le mani sulle ginocchia, la testa china. È come un vecchio spaventato. Gli passo la spugna insaponata sul torso, sulle vertebre, sulle scapole che spuntano come pinne di pescecane. Lo riporto a letto e gli do le pillole. Il massaggio ai piedi e ai polpacci lo calma, perciò inizio a strofinarli piano, prendendomi tutto il tempo necessario. Si addormenta sempre con la foto di Thalia infilata a metà sotto il cuscino.

*Centouno... centodue...*

Faccio lunghe passeggiate per la città, senza meta, solo per tenermi lontano dall'ospedale, dal respiro collettivo dei malati e dei moribondi. Al tramonto cammino per le strade polverose, con i muri coperti di graffiti, passo davanti a bancarelle con la tettoia in lamiera, addossate le une alle altre, incrocio ragazzine che portano sulla testa ceste piene di letame, donne coperte di fuliggine, che fanno bollire stracci in immense tinozze di alluminio. Penso molto a Manar mentre gironzolo nel ginepraio di vicoletti, Manar che aspetta di morire in quella stanza piena di vite spezzate, come la sua. Penso molto a Thalia, seduta sullo scoglio, che guarda il mare. Sento qualcosa che dal profondo mi tira in giù, sballottandomi come una corrente sotterranea. Voglio lasciarmi andare, voglio farmi catturare, rinunciare ai miei punti di riferimento, sgusciar fuori dalla persona che sono, abbandonarmi tutto alle spalle, come un serpente che si libera della sua vecchia pelle.

Non dico che Manar mi abbia cambiato la vita. Non è così che è andata. Mi trascino per il mondo per un altro anno in modo inconcludente prima di trovarmi a un tavolo d'angolo in una biblioteca di Atene, intento a compilare la domanda d'iscrizione alla facoltà di medicina. Fra Manar e la domanda ci sono le due settimane passate a Damasco, di cui non ho praticamente nessun ricordo se non quello delle facce sorridenti di due donne con gli occhi pesantemente truccati e con un dente d'oro ciascuna. O i tre mesi al Cairo, nel seminterrato di un caseggiato fatiscente gestito da un padrone di casa fumatore d'hashish. Spendo i soldi di Thalia scorrazzando per l'Islanda in corriera, aggregandomi a un gruppo di punk a Monaco. Nel 1977 mi rompo un gomito durante una manifestazione antinucleare a Bilbao.

Ma nei momenti di tranquillità, nei lunghi viaggi sul retro di un pullman o sul pianale di un camion, la mia mente torna sempre a Manar. Pensare a lui, all'angoscia dei suoi ultimi giorni, alla mia impotenza di fronte alla sua fine, rende tutto ciò che ho fatto, tutto ciò che voglio fare, inconsistente come le piccole promesse in cui ci impegniamo prima di addormentarci, e che, quando ci svegliamo, sono già dimenticate.

*Centodiciannove... Centoventi.*

Abbasso l'otturatore.

---

Una sera alla fine di quell'estate, vengo a sapere che Madaline sarebbe partita per Atene lasciando Thalia con noi, almeno per qualche tempo.

«Solo per qualche settimana» ci assicurò.

Stavamo cenando, noi quattro, con un piatto di minestra di fagioli bianchi che Mamá e Madaline avevano preparato assieme. Lanciai un'occhiata a Thalia per capire se ero il solo cui Madaline annunciava la notizia. A quanto pareva era così. Thalia con tutta calma si stava infilando cucchiaiate di minestra in bocca, alzando un po' la maschera a ogni viaggio del cucchiaio. A quel punto il suo modo di parlare e di mangiare non mi infastidiva più, almeno non più di quanto mi infastidisse vedere un vecchio che mangiava con una dentiera malferma, come avrebbe fatto Mamá a distanza di anni.

Madaline promise che avrebbe mandato a prendere Thalia una volta finito di girare il film che avrebbe dovuto essere pronto molto prima di Natale.

«Vi porterò tutti ad Atene» disse con il viso atteggiato alla sua abituale allegria. «E andremo all'inaugurazione insieme! Non sarà magnifico, Markos? Ve lo immaginate, noi quattro, tutti in ghingheri, che percorriamo il tappeto rosso per entrare al cinema?»

Dissi di sì, anche se non riuscivo a immaginarmi Mamá vestita con un abito elegante che entrava disinvolta in un locale, tanto meno in un cinema.

Madaline ci spiegò che tutto avrebbe funzionato alla perfezione, che Thalia avrebbe ripreso gli studi alla riapertura della scuola tra un paio di settimane, a casa nostra, naturalmente, con Mamá. Disse che ci avrebbe inviato cartoline, lettere e foto del set. Continuò a parlare, ma io non ascoltavo più. Quello che provavo era un immenso sollievo, vertigini vere e proprie. La mia paura della fine dell'estate, così vicina, era come un groppo allo stomaco che si stringeva ogni giorno di più, mentre cercavo di corazzarmi per affrontare l'imminente addio. Ogni mattina mi svegliavo con l'ansia di incontrare Thalia a colazione, di sentire il suono bizzarro della sua voce. Quasi rinunciavamo a mangiare per correre ad arrampicarci sugli alberi, inseguirci nei campi di orzo, penetrare tra gli steli lanciando grida di guerra, facendo scappare le lucertole ai nostri piedi. Ammassavamo immaginari tesori nelle grotte, scoprivamo i posti dell'isola dove si sentiva l'eco migliore, la più sonora. Con la nostra macchina facevamo foto ai mulini a vento, alle piccionaie e le portavamo a sviluppare al signor Roussos che ci permise persino di entrare nella sua camera oscura e ci spiegò l'uso dei diversi rivelatori, dei fissatori e dei lavaggi.

La sera dell'annuncio, Madaline e Mamá bevvero una bottiglia di vino in cucina, mentre Thalia e io eravamo di sopra a giocare una partita di *tavli*. Thalia era nella posizione *mana* e aveva già mosso metà delle sue pedine nella casa base.

«Ha un amante» disse Thalia scuotendo i dadi.

Feci un salto. «Chi?»

«Chi, mi chiedi. E chi, secondo te?»

Nel corso dell'estate avevo imparato a leggere le espressioni degli occhi di Thalia, che ora mi guardava come se fossimo sulla spiaggia e io chiedessi dov'era il mare. Cercai di recuperare rapidamente. «So di chi parli» dissi con le guance in fiamme. «Voglio dire chi è il suo... be'. Quello che hai detto tu...» Avevo dodici anni. Il mio vocabolario non comprendeva parole come "amante".

«Non indovini? Il regista.»
«Stavo giusto per dirlo.»
«Elias. È un tipo assurdo. Ha i capelli impomatati come negli anni Venti. Ha anche un paio di baffi sottili. Immagino che creda di essere irresistibile, invece è ridicolo. Naturalmente pensa di essere un grande artista. Anche la mamma ne è convinta. Dovresti vederla quando è con lui, tutta timida e sottomessa, che gli si inchina davanti e lo vizia come se fosse un genio. Non capisco come faccia a non rendersene conto.»
«Zia Madaline lo sposerà?»
Thalia fece spallucce. «Quanto a uomini ha un gusto pessimo. *Pessimo.*» Scosse i dadi con aria pensierosa. «Tranne che per Andreas, penso. Lui è simpatico. Abbastanza, almeno. Ma naturalmente lo sta piantando. Perde la testa solo per dei bastardi.»
«Vuoi dire uomini come tuo padre?»
Aggrottò le sopracciglia. «Mio padre era uno straniero che ha incontrato mentre era in viaggio per Amsterdam. In una stazione ferroviaria, durante un temporale. Sono stati assieme un solo pomeriggio. Non ho idea di chi sia, e neanche lei del resto.»
«Oh. Ricordo una cosa che ha detto a proposito del suo primo marito. Ha raccontato che beveva. Ho pensato che si trattasse di tuo padre.»
«Be', quello era Dorian» disse Thalia. «Anche lui era un bel tipo.» Spostò un'altra pedina nella sua casa base. «La picchiava. In un batter d'occhio passava dalla cortesia alla collera. Come il tempo, quando cambia all'improvviso. Era così. Passava la giornata a bere e non faceva altro che bighellonare per casa. Quando era ubriaco non ricordava più niente. Per esempio lasciava aperto il rubinetto dell'acqua e allagava la casa. Ricordo che una

volta ha dimenticato di spegnere la stufa e per poco non ha mandato tutto a fuoco.»

Ammonticchiò le pedine una sopra l'altra con grande cura perché non cadessero.

«La sola cosa che Dorian amava veramente era Apollo. Tutti i ragazzi del quartiere erano terrorizzati da Apollo. L'avevano visto in pochi, ma tutti l'avevano sentito abbaiare, e tanto bastava. Dorian lo teneva legato a una catena in fondo al cortile. Gli dava da mangiare grandi pezzi di agnello.»

Thalia non mi disse altro. Ma io mi immaginai il resto senza difficoltà. Dorian che era morto e il cane, dimenticato da tutti, che vagava libero per il cortile. Una porta rimasta aperta.

«Quanti anni avevi?» chiesi piano.

«Cinque.»

Poi le feci la domanda a cui avevo pensato dall'inizio dell'estate. «Non c'è qualcosa che... Voglio dire, non possono fare...»

Thalia distolse di colpo lo sguardo. «Per favore, non farmi questa domanda» disse con tristezza e nella sua voce sentii un dolore profondo. «Parlarne mi sfinisce.»

«Scusami.»

«Un giorno te lo racconterò.»

In seguito, infatti, me lo raccontò. L'intervento chirurgico andato male, la catastrofica infezione della ferita, subentrata dopo l'operazione, che le aveva provocato un'insufficienza renale ed epatica, le aveva corroso la pelle nuova che era servita al trapianto, obbligando i chirurghi a rimuovere non solo quel lembo, ma anche quanto rimaneva della guancia e di parte della mandibola. Le complicazioni l'avevano tenuta in ospedale per quasi tre mesi. Era stata in punto di morte, in teoria avrebbe dovuto morire. Dopo di che si era rifiutata di rimettersi nelle mani dei medici.

«Thalia, mi spiace anche per quello che è successo il primo giorno che ci siamo visti.»

Alzò su di me gli occhi, che erano tornati a brillare del solito luccichio divertito. «È giusto che ti spiaccia. Ma lo sapevo già, prima che riempissi di vomito il pavimento.»

«Sapevi cosa?»

«Che sei un idiota.»

Madaline partì due giorni prima dell'inizio della scuola. Indossava un abito aderente senza maniche color crema, che fasciava la sua figura snella, occhiali da sole con la montatura di corno, e un foulard di seta bianco annodato stretto per trattenere i capelli. Era vestita come se temesse che qualche parte di sé potesse staccarsi, come se cercasse di tenersi assieme. Al porto di Tinos, dove avrebbe preso il traghetto, ci abbracciò tutti. Tenne Thalia stretta a lungo, posando le labbra sulla testa della figlia in un bacio prolungato, ininterrotto. Non si tolse gli occhiali da sole.

Sentii che le sussurrava: «Abbracciami anche tu».

Thalia rimase rigida, ma ubbidì.

Quando il traghetto si allontanò rollando e lasciando una scia d'acqua mulinante, pensavo che Madaline si sarebbe affacciata per salutarci con la mano e mandarci baci. Invece si affrettò a raggiungere la prua e a prendere posto, senza più voltarsi.

Quando arrivammo a casa, Mamá ci ordinò di sederci. In piedi davanti a noi disse: «Thalia, voglio che tu sappia che in questa casa non devi più portare quella maschera. Non per me e nemmeno per lui. Mettila solo se vuoi. Non ho nient'altro da dire su questa faccenda».

Fu allora che capii, con improvvisa lucidità, ciò che Mamá aveva già compreso. Che la maschera era servita a Madaline. Per risparmiare a *lei* imbarazzo e vergogna.

Per molto tempo Thalia non si mosse e non parlò. Poi lentamente alzò le mani, slegò i lacci dietro la testa e si tolse la maschera. La guardai dritto in faccia. Provai l'impulso involontario di ritrarmi, come capita quando si sente un rumore improvviso, ma rimasi immobile. Non abbassai gli occhi. Mi feci un dovere di non battere le palpebre.

Mamá disse che non sarei andato a scuola sino al ritorno di Madaline, in modo che Thalia non rimanesse da sola. Ci impartiva le sue lezioni la sera dopo cena e ci assegnava i compiti da eseguire il mattino mentre lei era a scuola. Sembrava fattibile, almeno in teoria.

Ma studiare, soprattutto in assenza di Mamá, si dimostrò quasi impossibile. La notizia della deturpazione di Thalia si diffuse in tutta l'isola, e la gente continuava a bussare alla porta, mossa dalla curiosità. Avresti pensato che improvvisamente dall'isola fossero scomparsi la farina, l'aglio, persino il sale, e la nostra casa fosse l'unico posto dove era ancora possibile trovarli. Non si sforzavano nemmeno di mascherare il loro scopo. Sin dalla porta, frugavano con lo sguardo lo spazio dietro le mie spalle. Poi allungavano il collo, si alzavano in punta di piedi. La maggior parte dei curiosi non erano neppure vicini di casa. Percorrevano a piedi chilometri per una tazza di zucchero. Naturalmente non li facevo mai entrare. Mi dava una certa soddisfazione chiuder loro la porta in faccia. Ma mi sentivo triste, abbattuto, consapevole del fatto che, se fossi rimasto a Tinos, la mia vita sarebbe stata profondamente influenzata da queste persone. Alla fine sarei diventato come loro.

I ragazzi erano anche peggio e molto più temerari. Ogni giorno ne sorprendevo uno che armeggiava fuori o si arrampicava sul muro di cinta. Mentre lavoravamo Thalia mi batteva la matita sulla spalla, oppure faceva un cenno con il mento, io mi giravo e vedevo una faccia, talvolta più di una, contro il vetro della finestra. La situazione divenne così insopportabile che fummo costretti a trasferirci al piano di sopra e a chiudere tutte le tende. Un giorno aprii la porta a un ragazzo che avevo conosciuto a scuola, Petros, e a tre suoi amici. Mi offrì una manciata di monete per poter dare una sbirciatina. Dissi di no, dove credeva di essere, al circo?

Alle fine dovetti dirlo a Mamá. Un'ondata di rossore le salì al viso. Strinse i denti.

Il mattino dopo trovammo pronti sul tavolo i nostri libri e due panini. Thalia capì prima di me e si accartocciò come una foglia. Arrivata l'ora di uscire, diede corso alle sue proteste.

«Zia Odie, no.»

«Dammi la mano.»

«No, ti prego.»

«Coraggio, dammela.»

«Non voglio andare.»

«Faremo tardi.»

«Non costringermi, zia Odie.»

Mamá la prese per le mani e la tirò su dalla sedia, si chinò su di lei e la fissò con quello sguardo che conoscevo così bene. «Thalia» disse, cercando di essere dolce, ma risoluta: «Io non mi vergogno di te».

Partimmo, tutti e tre, Mamá in testa. Con le labbra contratte procedeva come stesse avanzando contro un vento impetuoso, a passetti veloci. La immaginai avviarsi con la stessa determinazione, molti anni prima, verso la casa del padre di Madaline, fucile in mano.

La gente ci guardava allibita a bocca aperta mentre passavamo per i viottoli tortuosi. Alcuni si fermavano per fissarci e ci indicavano a dito. Io cercavo di distogliere lo sguardo. Erano una macchia confusa di facce pallide e bocche aperte ai margini del mio campo visivo.

Nel cortile della scuola, i ragazzi ci fecero ala lasciandoci passare. Sentii una ragazza che strillava. Mamá procedeva in mezzo a loro come una palla da bowling tra i birilli, quasi trascinando Thalia. La spinse energicamente verso un angolo del cortile dove c'era una panca. Salì sulla panca, aiutò Thalia a salire a sua volta e poi suonò tre volte il fischietto. Il cortile sprofondò nel silenzio.

«Questa è Thalia Gianakos» disse Mamá con voce stentorea. «Da oggi...» Si fermò. «Chiunque pianga, la smetta prima che gli dia una buona ragione per farlo. Dunque, da oggi Thalia frequenterà questa scuola. Mi aspetto che tutti voi la trattiate con gentilezza come detta la buona educazione. Se mi giunge alle orecchie che qualcuno la deride, troverò il colpevole e avrà motivo di dispiacersene. Sapete che lo farò. Non ho altro da aggiungere a questo proposito.»

Scese dalla panca tenendo per mano Thalia e si diresse verso l'aula.

Da quel giorno Thalia non portò più la maschera, né in pubblico né a casa.

Quell'anno, un paio di settimane prima di Natale ricevemmo una lettera da Madaline. Le riprese avevano subìto ritardi inaspettati. Dapprima il direttore della fotografia – Madaline scrisse DDF e Thalia dovette spiegare l'acronimo a me e a Mamá – era caduto da un'impalcatura e si era rotto un braccio in tre punti. Poi il cattivo tempo aveva complicato tutte le riprese esterne.

*Così ci ritroviamo un po' in stallo, come si dice. Non sarebbe una cosa del tutto negativa, perché ci darebbe il tempo di limare il copione, se non volesse anche dire che non riusciremo a vederci come avevo sperato. Sono addoloratissima, miei cari. Mi mancate tanto, ma soprattutto tu, Thalia, amore mio. Non posso che contare i giorni che ci separano dalla primavera, quando le riprese saranno terminate e potremo stare di nuovo assieme. Vi porto tutti e tre nel cuore ogni minuto di ogni giorno.*

«Non tornerà» disse Thalia tranquilla, restituendo la lettera a Mamá.

«Certo che tornerà!» ribattei costernato. Mi voltai verso Mamá aspettando che dicesse qualcosa, almeno una parola d'incoraggiamento. Ma Mamá ripiegò la lettera, la posò sul tavolo e con calma mise a bollire l'acqua per il caffè; ricordo di aver pensato che era stata scortese a non consolare Thalia, pur essendo convinta che Madaline non sarebbe tornata. Ma non sapevo, non ancora almeno, che loro due si erano già capite, forse meglio di quanto io avessi mai capito entrambe. Mamá rispettava troppo Thalia per offrirle conforto. Non l'avrebbe insultata con false rassicurazioni.

Arrivò la primavera con tutto il suo rigoglio, la sua vegetazione lussureggiante, e se ne andò. Ricevemmo una sola cartolina da Madaline e una lettera che sembrava scribacchiata in fretta, nella quale ci informava di ulteriori difficoltà sul set, questa volta dovute ai produttori che minacciavano di tirarsi indietro a causa di tutti i ritardi. In questa lettera, a differenza della precedente, non ci diceva quando sarebbe tornata.

In un caldo pomeriggio d'inizio estate, era il 1968, Thalia e io andammo alla spiaggia con una ragazza di nome Dori. Thalia viveva con noi da un anno ormai e la sua faccia non attirava più mormorii e sguardi inquisitori. Era ancora attorniata, e lo sarebbe sempre stata, da un'aura di curiosità, ma anche questa andava dissipandosi. Ora aveva amici suoi, Dori tra gli altri, che non erano turbati dal suo aspetto, amici con cui pranzava, spettegolava, giocava dopo la scuola, faceva i compiti. Contro ogni previsione non era più un caso speciale e devo ammettere con una certa ammirazione che gli isolani l'avevano accettata come una di loro.

Quel pomeriggio avevamo deciso di fare il bagno, ma l'acqua era ancora troppo fredda e avevamo finito per sdraiarci sugli scogli e appisolarci. Quando Thalia e io tornammo a casa, trovammo Mamá in cucina a pelar carote. Sul tavolo c'era un'altra lettera che non era stata aperta.

«È del tuo patrigno» disse Mamá.

Thalia prese la lettera e andò di sopra. Passò del tempo prima che scendesse. Lasciò cadere il foglio sul tavolo, si sedette, prese un coltello e una carota.

«Vuole che torni a casa.»

«Capisco» disse Mamá. Mi parve di aver colto nella sua voce un leggerissimo tremito.

«Non a casa, per l'esattezza. Dice di aver contattato una scuola privata in Inghilterra. Potrei iscrivermi lì il prossimo autunno. Pagherebbe lui, ha detto.»

«E zia Madaline?» chiesi.

«Se n'è andata. Con Elias. Se la sono svignata.»

«E il film?»

Mamá e Thalia si scambiarono uno sguardo poi alzarono simultaneamente gli occhi su di me, allora capii ciò che loro sapevano da sempre.

Una mattina del 2002, più di trent'anni dopo, mentre mi preparo per trasferirmi da Atene a Kabul, mi capita di leggere il necrologio di Madaline sul giornale. Il suo cognome ora è Kouris, ma riconosco sul viso dell'anziana donna il familiare sorriso dagli occhi brillanti e più di una traccia della sua bellezza giovanile. Il trafiletto sotto la foto dice che in gioventù era stata per qualche tempo un'attrice, prima di fondare una propria compagnia teatrale all'inizio degli anni Ottanta. Aveva ottenuto gli elogi della critica per diverse produzioni, in particolare per *Lungo viaggio verso la notte* di Eugene O'Neill, *Il gabbiano* di Čechov e *Fidanzamenti* di Dimitrios Mpogris che erano rimasti a lungo in cartellone. Il necrologio aggiunge che era diventata famosa tra gli artisti per l'impegno in istituzioni benefiche, il suo spirito, lo stile, le feste lussuose e la sua determinazione a scommettere su drammaturghi esordienti. È morta dopo aver lottato a lungo contro un enfisema, ma non parla né di marito né di figli. Sono sbalordito anche dal fatto di venire a sapere che era vissuta ad Atene per oltre vent'anni, in una casa a non più di sei isolati da dove abitavo io a Kolonaki.

Poso il giornale. Mi stupisco di provare un pizzico di acredine verso questa donna che non vedo da oltre trent'anni. Sento un moto di rifiuto per come se l'è cavata. Mi ero sempre immaginato una vita tumultuosa, sconsiderata, duri anni di sfortuna, alti e bassi, cadute, rimpianti e storie sentimentali incaute e disperate. L'avevo vista come una persona capace di autodistruggersi, probabilmente dandosi all'alcol e morendo di una morte precoce, di quelle che la gente definisce sempre *tragiche*. Parte di me aveva persino pensato alla possibilità che, conscia di questo, Madaline avesse portato Thalia a Tinos per risparmiarla, per salvarla dai disastri che sapeva non sarebbe stata in grado di evitare a sua figlia. Ma ora mi figuro Madaline come Mamá l'ha sempre vista: Madaline, la cartografa, che si mette a tavolino e con calma traccia la mappa del proprio futuro, dai cui confini esclude con determinazione la figlia impegnativa. E ci era riuscita, in modo spettacolare, almeno secondo questo necrologio e il suo circostanziato resoconto di una vita raffinata, colma di successi, di decoro, di rispetto.

Sento di non poterlo accettare. Il successo, l'averla fatta franca. È troppo. Dov'è lo scotto, la punizione meritata?

Tuttavia, mentre ripiego il giornale un dubbio fastidioso si insinua nella mia mente. Una vaga sensazione di aver giudicato Madaline con asprezza. In fondo non eravamo neppure tanto diversi, lei e io. Non avevamo tutti e due sognato la fuga, un nuovo mondo, una nuova identità? Ciascuno di noi due alla fine non aveva forse tolto gli ormeggi, tagliando le ancore che ci vincolavano? Ci rido sopra, mi dico che non siamo affatto simili, anche se ho la percezione che la rabbia che nutro verso di lei possa mascherare la mia invidia, perché Madaline è riuscita a realizzare il suo progetto molto meglio di me.

Butto via il giornale. Se Thalia verrà a saperlo, non sarà certo da me.

Mamá raccolse dal tavolo le bucce delle carote, spingendole con un coltello in una ciotola. Trovava odioso sprecare il cibo. Con quelle bucce avrebbe fatto della marmellata.

«Ti aspetta una decisione importante, Thalia» annunciò Mamá.

Thalia mi sorprese, rivolgendosi a me: «Cosa faresti tu, Markos?».

«Oh, so benissimo cosa farebbe *lui*» disse subito Mamá.

«Io andrei» risposi a Thalia, guardando in faccia Mamá e prendendomi la soddisfazione di recitare il ruolo del ribelle, quale lei pensava io fossi. Naturalmente avevo detto quello che pensavo. Non potevo credere che Thalia avesse la minima esitazione. Io avrei colto l'occasione al volo. Una scuola privata. A Londra.

«Dovresti rifletterci» disse Mamá.

«Già fatto» disse Thalia esitante. Poi, incontrando gli occhi di Mamá aggiunse, ancora più titubante: «Ma non voglio darlo per scontato».

Mamá posò il coltello. Sentii un debole sospiro. L'aveva trattenuto? Comunque il suo viso dall'espressione stoica non tradì nessun segno di sollievo. «La risposta è sì, naturalmente. Sì.»

Thalia posò la mano sul polso di Mamá, seduta dall'altra parte del tavolo. «Grazie, zia Odie.»

«Lo dirò una volta sola» commentai. «È un errore. Entrambe state facendo un errore.»

Si voltarono verso di me.

«Tu vorresti che andassi a Londra, Markos?» mi chiese Thalia.

«Sì. Mi mancherai terribilmente, e lo sai. Ma non puoi rinunciare a una scuola privata. Dopo andresti all'università. Potresti diventare un ricercatore, uno scienziato, un professore, un inventore. Non è questo che vuoi? Sei la persona più intelligente che conosca. Potresti fare tutto quello che vuoi.»

Mi fermai.

«No, Markos» disse Thalia con amarezza. «Non è vero.»

Lo disse con tale assoluta convinzione da zittire ogni possibilità di replica.

Molti anni dopo, quando iniziai la mia formazione di chirurgo plastico, compresi una cosa che quel giorno in cucina non avevo capito, mentre incoraggiavo Thalia a lasciare Tinos per il pensionato in Inghilterra. Imparai che il mondo non vede la tua anima, che non gliene importa un accidente delle speranze, dei sogni e dei dolori che si nascondono oltre la pelle e le ossa. Era così: semplice, assurdo e crudele. I miei pazienti lo sapevano. Capivano che gran parte di ciò che erano dipendeva, o poteva dipendere, dalla simmetria della loro struttura ossea, dallo spazio tra gli occhi, dalla lunghezza del mento, dalla punta del naso, se il naso si univa alla fronte con un angolo ideale o meno.

La bellezza è un dono gigantesco, immeritato, dato a caso, stupidamente.

Scelsi così la mia specializzazione per riparare alle disuguaglianze di persone come Thalia, per rettificare, con ogni intervento del mio bisturi, un'ingiustizia arbitraria, per opporre una piccola resistenza a un mondo vergognoso e crudele, un mondo in cui il morso di un cane poteva derubare una bambina del suo futuro, renderla un paria, un oggetto di scherno.

Almeno questo è quello che mi racconto. Suppongo che ci fossero altre ragioni per cui scelsi di specializzarmi in chirurgia plastica. Il denaro, per esempio, il prestigio, la posizione sociale. Dire che la mia scelta fu determinata solo da Thalia sarebbe troppo semplicistico, per quanto l'idea possa piacere, un po' troppo superficiale e ragionevole. Se ho imparato qualcosa a Kabul, è che il comportamento umano è incoerente, imprevedibile e non si preoccupa di comode simmetrie. Ma trovo conforto nell'idea che ci sia una trama, che il racconto della mia vita abbia preso forma, come una fotografia nella camera oscura, una forma che lentamente emerge e ribadisce il bene che ho sempre voluto vedere in me stesso. Questa storia mi dà forza.

Ho passato metà della mia formazione ad Atene, cancellando rughe, correggendo palpebre, raddrizzando mascelle, rimodellando nasi malfatti. E ho trascorso l'altra metà facendo ciò che *veramente* volevo fare, vale a dire viaggiare per il mondo, in Centro America, nell'Africa sub-sahariana, in Asia meridionale e in Estremo Oriente, intervenendo sui bambini, aggiustando labbri leporini e gole lupine, asportando tumori facciali, correggendo le lesioni che sfigurano un viso. La mia attività ad Atene non era altrettanto gratificante, ma era ben pagata e mi consentiva il lusso di prendere permessi per settimane e per mesi da dedicare al mio lavoro di volontario.

Poi, all'inizio del 2002, ricevetti nel mio studio una telefonata di una donna che conoscevo. Si chiamava Amra Ademovic. Era un'infermiera bosniaca. Ci eravamo conosciuti alcuni anni prima a un convegno a Londra, avevamo avuto una piacevole storia durata un fine settimana, che entrambi avevamo considerato senza prospettive, ma eravamo rimasti in contatto e ci era capitato di rivederci in qualche incontro mondano. Mi disse che lavorava per una organizzazione non-profit a Kabul, che cercava un chirurgo plastico infantile che potesse intervenire su labbri leporini, lesioni facciali dovute a schegge, a proiettili, insomma, cose del genere. Acconsentii su due piedi. Intendevo rimanere a Kabul per tre mesi. Arrivai nella tarda primavera del 2002. Non me ne sono più andato.

Thalia viene a prendermi al traghetto. Porta un foulard verde di lana e un cappotto pesante, rosa spento, sopra un golf e i jeans. Ha i capelli lunghi, sciolti sulle spalle, con la scriminatura nel mezzo. Sono bianchi, ed è questo particolare, non la faccia mutilata, che mi impressiona quando la vedo, cogliendomi quasi impreparato. Non che mi sorprenda, Thalia ha cominciato ad avere i capelli bianchi quando era poco più che trentenne e alla fine del decennio successivo i suoi capelli erano bianchi come la neve. So che anch'io sono cambiato, la pancia che s'ingrossa ostinatamente, la stempiatura altrettanto inarrestabile, ma il declino del nostro corpo avviene per gradi, in modo impercettibile quanto insidioso. Vedere Thalia con i capelli bianchi è una sconcertante prova del suo progressivo, inevitabile avvicinarsi alla vecchiaia, e, per associazione, del mio.

«Avrai freddo» dice, stringendosi il foulard alla gola. È una tarda mattina di gennaio, il cielo è coperto e grigio. Le foglie avvizzite degli alberi frusciano nella brezza fresca.

«Non sai cosa sia il freddo finché non vieni a Kabul» dico, prendendo la valigia.

«Cosa preferisci, dottore, prendere l'autobus o fare una passeggiata? Scegli tu.»

«Andiamo a piedi.»

Ci dirigiamo verso nord. Attraversiamo la città di Tinos. Le barche a vela e gli yacht all'ancora nel porto interno. I chioschi che vendono cartoline e T-shirt. Ai tavolini rotondi davanti ai bar la gente beve il caffè, legge il giornale, gioca a scacchi. I camerieri stanno apparecchiando per il pranzo. Ancora un paio d'ore e dalle cucine si diffonderà l'odore di pesce.

Thalia si butta a raccontare la storia del nuovo villaggio di bungalow imbiancati a calce che gli operatori immobiliari stanno costruendo a sud della città, con vista su Mykonos e l'Egeo. Saranno occupati da turisti o da ricchi residenti estivi che vengono a Tinos dagli anni Novanta. Dice che i bungalow avranno una piscina esterna e un centro benessere.

Da anni, nelle mail che mi manda, mi fa la cronaca dei cambiamenti che stanno trasformando Tinos. Gli alberghi sulla costa con le antenne satellitari e l'accesso dial-up, i night-club, i bar, le taverne, i ristoranti, i negozi che cucinano per i turisti, i taxi, gli autobus, le folle, le donne straniere in topless sulle spiagge. I contadini ora usano i pick-up al posto degli asini, almeno quelli che sono rimasti. La maggior parte ha lasciato Tinos molto tempo fa, benché alcuni adesso tornino per vivere sull'isola la loro vita da pensionati.

«Odie non è per niente contenta» dice Thalia riferendosi alle trasformazioni in corso. Mi ha scritto anche di questo: della diffidenza degli isolani nei confronti dei nuovi venuti e dei cambiamenti che questi stanno importando.

«Non mi sembra che a te il cambiamento dispiaccia.»

«Non ha senso brontolare per ciò che è inevitabile» poi aggiunge: «Odie dice: "Be', capisco che *tu* dica questo, Thalia. Mica sei nata qui, tu"». Ride di cuore. «Dopo quarantaquattro anni a Tinos, pensavo di aver conquistato il diritto di cittadinanza. Ma eccoti servito.»

Anche Thalia è cambiata. Ha addosso il cappotto, ma indovino che si è irrobustita sui fianchi, è diventata grassottella, non in modo flaccido, ma vigoroso. Esibisce un'aria di sfida cordiale, ha un modo malizioso, provocatorio di commentare le cose che faccio e che, sospetto, lei ritiene un po' sciocche. Il luccichio negli occhi, questa nuova risata cordiale, il perpetuo rossore sulle guance, nel complesso fanno pensare alla moglie di un contadino. Una donna assolutamente genuina, la cui sana cordialità rimanda a un'autorevolezza e a una durezza corroboranti, che sarebbe da stolti mettere in discussione.

«Come vanno gli affari? Lavori ancora?»

«Saltuariamente. Conosci la situazione.» Tutti e due scuotiamo la testa. A Kabul avevo seguito le notizie sulle misure di austerità. Avevo visto sulla CNN gruppi di giovani greci mascherati che tiravano sassi alla polizia fuori dal parlamento, poliziotti in tenuta antisommossa che sparavano gas lacrimogeni, facendo roteare i manganelli.

Thalia non ha una vera e propria attività. Prima dell'era digitale era essenzialmente una donna tuttofare. Andava a casa della gente e saldava i transistor nei televisori, sostituiva i condensatori di segnale nelle vecchie radio a valvole. Veniva chiamata per riparare il termostato difettoso del frigorifero, per sigillare tubi che perdevano. I clienti la pagavano come potevano. E se non potevano permettersi di pagarla, lei il lavoro lo faceva lo stesso. *In realtà non ho bisogno di soldi*, mi aveva detto. *Lo faccio perché mi diverte. Mi entusiasma ancora smontare le cose e vedere il loro funzionamento interno.* Attualmente manda avanti un'agenzia freelance di tecnologia informatica, costituita solo da lei. È un'autodidatta in tutto quello che fa. Chiede tariffe economiche per aggiustare i PC, modifica i parametri IP, corregge i programmi che non rispondono, i rallentamenti, gli avvii e gli aggiornamenti non riusciti. Più di una volta l'ho chiamata disperato da Kabul perché mi desse una mano a sbloccare il mio IBM.

Arrivati a casa di mia madre, per un momento ci fermiamo in cortile vicino al vecchio ulivo. Vedo segni tangibili della recente frenesia di Mamá, i muri ridipinti, la colombaia mezza finita, un martello e una scatola di chiodi aperta appoggiata su una tavola di legno.

«Come sta?»

«Oh, scorbutica come sempre. È per questo che ho fatto installare questa.» Indica l'antenna satellitare appollaiata sul tetto. «Guardiamo le soap opera straniere. Quelle arabe sono le migliori, o le peggiori, il che è praticamente la stessa cosa. Cerchiamo di indovinare la trama. Così non mi sta troppo addosso.» Entra in casa come un bolide. «Bentornato. Ti preparo qualcosa da mangiare.»

È strano ritrovarmi di nuovo qui. Vedo alcuni oggetti che non conosco, come la poltrona di pelle grigia in soggiorno e il tavolino di vimini bianco accanto al televisore. Ma tutto il resto è più o meno dove è sempre stato. Il tavolo di cucina, ora coperto da una tovaglia di plastica con un disegno di melanzane e pere; le sedie di bambù con lo schienale dritto; la vecchia lampada a olio con il paralume di vetro e il camino con la mensola sagomata, nero di fumo; la fotografia di me e Mamá, io con la camicia bianca, Mamá con il suo abito buono, ancora appesa su una parete del soggiorno; il servizio di porcellana sullo scaffale in alto.

Tuttavia, mentre poso la valigia, mi sembra che tra me e tutto ciò che vedo si sia spalancato un vuoto. I decenni di vita trascorsi da mia madre qui con Thalia, per me sono grandi spazi oscuri. Io ero assente. Assente durante tutti i pasti che Mamá e Thalia hanno condiviso a questo tavolo, estraneo alle risate, ai momenti di noia, ai litigi, alle malattie, alla lunga sequela di rituali di cui si compone la vita. Entrare nella casa della mia infanzia mi disorienta un po', è come leggere la fine di un romanzo iniziato tanto tempo fa e poi abbandonato.

«Ti vanno delle uova?» chiede Thalia che si sta già infilando il grembiule con la pettorina e versa l'olio in una casseruola. In cucina si muove con sicurezza, da padrona.

«Certo. Dov'è Mamá?»

«Dorme. Ha avuto una notte tormentata.»

«Le do una rapida occhiata.»

Pesca una frusta dal cassetto. «Se la svegli, farai i conti con me, dottore.»

Salgo i gradini in punta di piedi. La camera è buia. Un'unica striscia di luce, lunga e sottile, penetra dalle tende accostate, tagliando in due il letto di Mamá. L'aria è carica di malattia. Non è precisamente un odore, è piuttosto una presenza fisica. Ogni medico la conosce. La malattia permea la camera come un vapore. Mi fermo per un attimo sulla soglia, lasciando che i miei occhi si abituino all'oscurità, rotta solo da un rettangolo di luce colorata che muta di continuo sulla toilette, vicino a quello che immagino essere il lato del letto occupato da Thalia, un tempo il mio. È uno di quei display digitali per proiettare le fotografie. A una risaia e a un gruppo di case di legno con il tetto coperto di tegole grigie si sostituisce un bazar affollato con delle capre scuoiate appese ai ganci, poi un uomo dalla carnagione scura accovacciato vicino a un fiume fangoso, colto mentre si lava i denti con l'indice.

Accosto una sedia e mi siedo al capezzale di Mamá. Osservandola ora che i miei occhi si sono assuefatti sento qualcosa che affonda dentro di me. Sono impressionato da quanto mia madre si sia rimpicciolita. Il pigiama a fiori sembra troppo largo per le sue spalle esili, per il suo petto appiattito. Non mi interessa il modo in cui dorme, con la bocca aperta e con gli angoli piegati in giù come se stesse facendo un brutto sogno. Non mi piace vedere che la dentiera le si è spostata nel sonno. Le palpebre tremano leggermente. Rimango lì per un po'. Cosa ti aspettavi, mi chiedo e ascolto il ticchettio dell'orologio sulla parete, e il rumore metallico della spatola di Thalia contro la casseruola che proviene dalla cucina. Faccio l'inventario dei piccoli dettagli della vita di Mamá presenti nella camera. Lo schermo piatto della tv fissato alla parete, il PC in un angolo; sul comodino lo schema di un Sudoku interrotto, sulla pagina gli occhiali a mo' di segnalibro; il telecomando tv; una fiala di gocce per gli occhi; un tubetto di crema agli steroidi e un altro contenente l'adesivo per la dentiera, una boccetta di pillole, e sul pavimento un paio di pantofole civettuole color ostrica. Un tempo non le avrebbe mai portate. Accanto, un sacchetto aperto di pannoloni. Non riesco a mettere assieme questi oggetti con mia madre. Li rifiuto. Mi guardano come cose che appartengono a un estraneo. A una persona indolente, innocua. Qualcuno con cui non potresti mai arrabbiarti.

Al di là del letto le immagini sul display digitale continuano a cambiare. Ne osservo qualcuna e all'improvviso un lampo mi squarcia la memoria. Queste foto le conosco, le ho scattate io tempo fa, quando... Cosa facevo allora? Me ne andavo in giro per il mondo, suppongo. Ricordo che le facevo sempre stampare in doppia copia e una la inviavo a Thalia. E lei le ha conservate per tutti questi anni. Thalia. Mi sento invadere da un sentimento di affetto, dolce come il miele. Lei è stata la mia vera sorella, la mia vera Manar da sempre.

Sento che mi chiama.

Mi alzo senza far rumore. Mentre sto per uscire qualcosa attira la mia attenzione. Uno scritto incorniciato, appeso alla parete sotto l'orologio. Non riesco a distinguere con chiarezza nel buio. Apro il cellulare e approfitto della sua luce per dare un'occhiata. È un articolo della *Associated Press* sull'agenzia non-profit per cui lavoro a Kabul. Ricordo l'intervista. Il giornalista era un tizio gradevole, un americano di origini coreane con una leggera balbuzie. Avevamo condiviso un piatto di *kabuli*, il pilaf afghano di riso integrale, uva sultanina e agnello. C'è anche una foto di gruppo. Io con alcuni ragazzini, Nabi in ultima fila, impalato con le mani dietro la schiena e quell'atteggiamento severo e al tempo stesso timido e dignitoso che spesso gli afghani assumono in fotografia, poi Amra con Roshi, la sua figlia adottiva. Tutti i bambini sorridono.

«Markos.»

Chiudo il cellulare e scendo.

Thalia mi mette davanti un bicchiere di latte e un piatto fumante di uova su un letto di pomodori. «Non preoccuparti. Il latte è già zuccherato.»

«Te lo sei ricordato.»

Si siede senza darsi la pena di togliere il grembiule. Appoggia i gomiti sul tavolo e mi osserva mentre mangio, tamponando di tanto in tanto la guancia sinistra con il fazzoletto.

Ricordo tutte le volte che ho cercato di convincerla a lasciarmi intervenire sulla sua faccia. Le spiego che le tecniche chirurgiche hanno fatto grandi passi avanti dagli anni Sessanta e che avrei potuto, non dico sistemare al cento per cento la sua faccia, ma almeno migliorarla in modo significativo. Thalia ha sempre rifiutato, con mio immenso stupore. *Questa sono io*, mi ha detto. Una risposta insipida, insoddisfacente, avevo pensato allora. Che cosa significava veramente? Non riuscivo a capire. Avevo pensieri ingenerosi di prigionieri, ergastolani che avevano paura di lasciare la prigione, terrorizzati all'idea di ottenere la libertà condizionale, impauriti dal cambiamento, dall'eventualità di affrontare una nuova vita fuori dal filo spinato e dalle garitte delle guardie.

La mia offerta a Thalia è valida ancora oggi. So che non l'accetterà. Ma ora la capisco. Aveva ragione: lei *è* così, è questa persona. Non posso fingere di sapere cosa dov'essere stato guardarsi ogni giorno allo specchio, vedere quella faccia, provare orrore per la sua spaventosa devastazione e trovare la forza di accettarla. L'immensa tensione, lo sforzo, la pazienza. L'accettazione che ha preso forma lentamente, nel corso di anni, come le rocce di una scogliera, scolpite dal maglio delle maree. Erano bastati pochi minuti perché il cane riducesse la faccia di Thalia in quello stato, mentre a lei era stata necessaria una vita intera per accettarla come parte della propria identità. Non mi avrebbe permesso di alterarla con il bisturi. Sarebbe stato come sovrapporre una nuova ferita a quella antica.

Affondo la forchetta nelle uova, sapendo che ne sarà

contenta, anche se non ho una gran fame. «Che bontà, Thalia.»

«Allora, sei eccitato?»

«Scusa?»

Si volta e apre un cassetto del bancone di cucina. Recupera un paio di occhiali scuri con le lenti rettangolari. Basta un attimo, poi mi torna in mente. L'eclissi.

«Ah, naturalmente.»

«In un primo momento pensavo che avremmo guardato l'eclissi attraverso il foro stenopeico. Ma poi ho saputo da Odie che saresti venuto e allora mi sono detta: "Be', facciamo le cose come si deve".»

Parliamo un po' dell'eclissi prevista per il giorno dopo. Thalia dice che inizierà il mattino e sarà totale verso mezzogiorno. Ha verificato più volte le previsioni del tempo ed è stata felice di scoprire che il cielo sarà sereno, senza nuvole.

Mi chiede se voglio altre uova. Le rispondo di sì e lei mi racconta del nuovo internet café che è stato aperto dove un tempo c'era il negozio del signor Roussos.

«Di sopra ho visto le fotografie. Anche l'articolo.»

Raccoglie con la mano le briciole che ho lasciato sul tavolo e le getta alle sue spalle, nel lavandino di cucina. «Ah. È stato facile scannerizzarle e caricarle. Il difficile è stato dividerle per paese. Ho dovuto impegnarmi un bel po', perché tu non hai mandato una riga di spiegazione, solo le fotografie. Lei ha voluto che fossero raggruppate per paese, su questo è stata perentoria. Impossibile discutere.»

«Ma di chi stai parlando?»

Sospira. «Di Odie, naturalmente. E di chi altro?»

«È stata sua l'idea?»

«Già, anche dell'articolo. È stata lei a trovarlo in rete.»

«Mamá mi ha cercato sulla rete?»

«Mi pento di averglielo insegnato. Adesso non la smette più.» Ridacchia. «Ti controlla ogni giorno. Stai attento, hai uno stalker cibernauta, Markos Varvaris.»

Mamá scende nel primo pomeriggio. Indossa un accappatoio blu e le pantofole che ormai detesto. Ha i capelli in ordine. Sono contento di vedere che sembra muoversi normalmente mentre scende le scale e spalanca le braccia per abbracciarmi con un sorriso assonnato.

Ci sediamo al tavolo per prendere il caffè.

«Dov'è Thalia?» chiede, soffiando per raffreddarlo.

«È uscita a comprare dei dolci per domani. È tuo, Mamá?» chiedo indicando il bastone contro la parete, dietro la poltrona nuova. Non l'avevo notato quando ero entrato il mattino.

«Oh, lo uso pochissimo. Solo nei giorni peggiori. E per fare lunghe passeggiate. E anche in questo caso lo porto con me per scrupolo» dice in tono troppo sbrigativo, per cui capisco che si affida al bastone molto più di quanto mi vuole lasciar credere. «Sei tu che mi preoccupi. Con tutte le notizie che arrivano da quel terribile paese. Thalia non vuole che le ascolti. Dice che mi agitano.»

«Ci sono molti brutti momenti, ma in genere la gente vive la propria vita. E io sto molto attento, Mamá.» Naturalmente evito di raccontarle della sparatoria avvenuta nella guesthouse dall'altra parte della strada, o della recente ondata di attacchi agli operatori umanitari stranieri, e non le dico che quando dichiaro che sto attento, mi riferisco alla 9 mm che ho preso la precauzione di portare con me quando sono in giro in macchina per la città, cosa che probabilmente non dovrei affatto permettermi.

Mamá beve un sorso di caffè. Non insiste. Non sono sicuro che sia un buon segno. Non so se si sia distratta, se si sia chiusa in se stessa come fanno i vecchi, o se per tatto non voglia mettermi alle strette costringendomi a mentire o a rivelare cose che non farebbero che allarmarla.

«Ci sei mancato a Natale.»

«Non potevo allontanarmi, Mamá.»

Fa cenno di sì con la testa. «Ma adesso sei qui ed è quello che conta.»

Bevo un sorso di caffè. Quando ero piccolo, io e Mamá facevamo colazione a questo tavolo ogni mattina, in silenzio, quasi con solennità, prima di incamminarci insieme verso la scuola, scambiandoci solo poche parole.

«Sai, Mamá, mi preoccupo anche per te.»

«Non ce n'è bisogno. So benissimo badare a me stessa.» Un guizzo dell'antico orgoglio, della perenne sfida, come un debole barlume nella nebbia.

«Ma per quanto tempo ancora?»

«Finché posso.»

«E quando non potrai più, cosa succederà allora?» Non voglio sfidarla. È una domanda sincera, perché non so quale sarà il mio ruolo e neppure se ne avrò uno.

Mi guarda serena. Poi aggiunge un cucchiaino di zucchero al suo caffè, mescolando lentamente. «È buffo, Markos, ma alla maggior parte della gente capita il contrario. Credono di vivere in nome di ciò che vogliono. Ma in realtà si fanno guidare da ciò di cui hanno paura, da quello che non vorrebbero assolutamente.»

«Non ti seguo, Mamá.»

«Be', prendi te, per esempio. La tua partenza, la vita che ti sei costruito. Avevi paura di rimanere confinato qui. Temevi che non ti avrei lasciato andare. Oppure prendi Thalia. È rimasta qui perché non voleva più che la guardassero a quel modo.»

La osservo gustare il suo caffè, in cui versa un altro cucchiaino di zucchero. Ricordo ancora come mi sentivo da ragazzo quando cercavo di discutere con lei. Parlava in modo da non lasciare adito a replica, buttandomi addosso la verità senza preamboli, spiattellandomela in faccia. Avevo sempre la peggio, prima ancora di aver aperto bocca, e questo mi era sempre sembrato ingiusto.

«E tu, Mamá? Di cosa hai paura? Che cosa non vuoi?»

«Essere di peso.»

«Non capiterà, vedrai.»

«Oh, in questo hai ragione, Markos.»

Questo commento criptico mi riempie di inquietudine. La mia mente corre alla lettera che Nabi mi ha dato a Kabul, la sua confessione postuma. Al patto che Suleiman Wahdati aveva stretto con lui. Non posso fare a meno di chiedermi se Mamá non abbia stretto un patto analogo con Thalia, se abbia scelto Thalia perché la liberi quando arriverà il momento. So che Thalia potrebbe farlo. Ora è forte e sarebbe pronta a salvare Mamá.

Mamá studia il mio viso. «Tu hai la tua vita e il tuo lavoro, Markos» dice in tono più dolce, aggiustando il corso della conversazione, come se avesse spiato nella mia mente e vi avesse scorto la mia preoccupazione. La dentiera, i pannoloni, le pantofole mi hanno indotto a sottovalutarla. Con me tiene ancora il coltello dalla parte del manico, e sarà così per sempre. «Non voglio esserti di peso.»

Una bugia, questa sua ultima affermazione, ma è una

bugia benintenzionata. Non peserebbe certo su di me. Lo sa benissimo, come lo so io. Io non vivo qui, sono lontano migliaia di chilometri. Il lavoro, con tutti i suoi aspetti sgradevoli e faticosi, ricadrebbe su Thalia. Ma Mamá mi include, riconoscendomi un merito che non mi sono guadagnato, anzi che non ho neppure cercato di guadagnarmi.

«Non saresti di peso» dico senza convinzione.

Mamá sorride. «Parlando del tuo lavoro, immagino che tu sappia che non ero per niente d'accordo quando hai deciso di recarti in quel paese.»

«Lo sospettavo, sì.»

«Non capivo perché volessi andarci. Perché volessi rinunciare a tutto, alla carriera, al denaro, alla casa ad Atene, a tutto ciò per cui avevi lavorato per ficcarti in quel luogo violento.»

«Avevo i miei motivi.»

«Lo so.» Porta la tazza alle labbra e la posa senza bere. «I complimenti non sono la cosa che mi riesce meglio» dice lentamente, quasi con timidezza, «ma quello che sto cercando di dirti è che alla fine hai fatto la cosa più giusta. Sono orgogliosa di te, Markos.»

Mi fisso le mani, sconcertato. Sento che le sue parole penetrano nel profondo. Mi ha colto impreparato. Non ero pronto a sentire quelle parole, né alla luce tenera dei suoi occhi mentre le pronunciava. Annaspo alla ricerca di una possibile risposta.

«Grazie, Mamá» riesco a balbettare.

Non so dire altro. Restiamo per qualche minuto in silenzio, l'atmosfera è densa di imbarazzo, ma anche della consapevolezza di tutto il tempo perduto, delle occasioni sciupate.

«Volevo chiederti una cosa» dice Mamá.

«Cosa?»

«James Parkinson. George Huntington. Robert Graves. John Down. E Lou Gehrig, quello a cui viene associata la mia patologia. Come è possibile che gli uomini abbiano colonizzato anche il nome delle malattie?»

Ci guardiamo perplessi, poi lei ride e rido anch'io. Anche se dentro sto andando in pezzi.

La mattina dopo siamo seduti all'aperto sulle sedie a sdraio. Mamá indossa un parka grigio e una sciarpa pesante. Le gambe sono avvolte in una coperta di lana per ripararle dal freddo intenso. Sorseggiamo un caffè sbocconcellando le cotogne al forno aromatizzate alla cannella che Thalia ha comprato per festeggiare. Guardiamo il cielo con gli occhiali scuri per ammirare l'eclissi. Il sole mostra una piccola morsicatura nel bordo superiore, un po' simile al logo del portatile Apple che Thalia apre costantemente per spedire le sue osservazioni a un forum sul web. Lungo tutta la strada la gente si è sistemata sui marciapiedi e sui tetti per osservare lo spettacolo. Alcuni hanno portato la famiglia all'altra estremità dell'isola dove la Società Astronomica Ellenica ha installato dei telescopi.

«A che ora raggiunge il picco?»

«Verso le dieci e mezza» risponde Thalia. Solleva gli occhiali e verifica l'ora. «Ancora un'oretta.» Si sfrega le mani per l'eccitazione e scrive qualcosa sulla tastiera.

Le osservo, Mamá con gli occhiali scuri, le mani dalle vene azzurre allacciate sul petto, Thalia, che batte sui tasti, i capelli bianchi che sfuggono dal berretto.

*Hai fatto la cosa più giusta.*

La sera prima, a letto, avevo pensato a quello che mi aveva detto Mamá e i miei pensieri avevano finito per fermarsi su Madaline. Ricordavo come, da ragazzo, mi macerassi sulle cose che Mamá non faceva e che invece vedevo fare dalle altre mamme, come tenermi per mano per la strada, prendermi sulle ginocchia, leggermi una storia per farmi addormentare, darmi il bacio della buona notte. Era la verità, ma per tanti anni non avevo visto una verità più grande, che era rimasta sepolta sotto le mie rimostranze, ignorata e non apprezzata. La consapevolezza che mia madre non mi avrebbe mai abbandonato. Questo era il suo dono, la certezza assoluta che mai e poi mai mi avrebbe fatto ciò che Madaline aveva fatto a Thalia. Era mia madre e non mi avrebbe mai abbandonato. Questo fatto l'avevo semplicemente accettato, dandolo per scontato. Né l'avevo mai ringraziata, come non ringraziavo il sole di brillare nel cielo.

«Guarda!» esclama Thalia.

Attorno a noi, per terra, sulle pareti, sui nostri abiti, si sono materializzate piccole falci di luce. Il sole a forma di falce brilla attraverso le foglie del nostro ulivo. Ne scopro una che brilla nella mia tazza di caffè, un'altra danza sulle stringhe delle mie scarpe.

«Fammi vedere le mani, Odie. Svelta!» dice Thalia.

Mamá apre le mani con i palmi rivolti verso l'altro. Thalia prende dalla tasca un ritaglio di vetro quadrato. Lo tiene sopra le mani di Mamá. Improvvisamente, minuscoli arcobaleni a forma di falce tremolano sulla pelle aggrinzita delle sue mani. Mia madre rimane a bocca aperta.

«Guarda, Markos!» esclama Mamá sorridendo senza ombra d'imbarazzo, gioiosa come una scolaretta. Non l'ho mai vista sorridere in modo così spontaneo, così candido.

Rimaniamo seduti tutti e tre, a guardare i piccoli arcobaleni che tremolano sulle mani di Mamá e io mi sento invadere dalla tristezza e da un antico dolore; sono due artigli che mi afferrano alla gola.

*Alla fine hai fatto la cosa più giusta.*

*Sono orgogliosa di te, Markos.*

Ho cinquantacinque anni. È tutta la vita che aspetto di sentire queste parole. È troppo tardi per noi? Abbiamo dilapidato troppe cose per troppo tempo, Mamá e io? Una parte di me pensa che sia meglio continuare come abbiamo sempre fatto, comportandoci come se non sapessimo di essere incompatibili. Sarebbe una soluzione meno dolorosa, forse migliore di questa offerta tardiva. Intravedo in modo oscuro e incerto come avrebbe potuto essere tra noi. Ma questo non produrrà altro che rimpianto, mi dico, e a che serve il rimpianto? Non ci restituisce niente del passato. Quello che è andato perduto è irrecuperabile.

Tuttavia, quando mi dice: «Non è meraviglioso, Markos?» le rispondo: «Sì, Mamá. È meraviglioso» e mentre sento qualcosa che si spalanca dentro di me, stringo la mano di mia madre nella mia.

## *Nove*

# Inverno 2010

Quando ero bambina condividevo con mio padre un rituale serale. Io recitavo le mie ventuno *bismallah*, lui mi rimboccava le coperte; solo allora si sedeva al mio fianco e con il pollice e l'indice strappava dalla mia testa i brutti sogni. Le sue dita saltavano dalla fronte alle tempie, frugando pazientemente dietro le mie orecchie, poi sulla nuca e, per ogni incubo di cui mondava il mio cervello, faceva un *ploc* come quando si stappa una bottiglia. Infilava i sogni, uno per uno, dentro un sacco invisibile che teneva in grembo e che serrava stretto tirando una funicella. Poi perlustrava l'aria alla ricerca dei bei sogni che dovevano sostituire quelli brutti che aveva catturato. Lo osservavo mentre, con la testa leggermente china, aggrottava la fronte e i suoi occhi vagavano da un punto all'altro della stanza, come se si sforzasse di sentire una musica lontana. Trattenevo il respiro, aspettando il momento in cui la faccia di mio padre si sarebbe aperta in un sorriso, e lui avrebbe esclamato: *Ah, eccone uno*, per poi lasciare che il sogno atterrasse nelle sue mani a coppa come un petalo che si stacca da un albero e cade volteggiando lentamente. Allora con dolcezza, con estrema dolcezza – mio padre diceva che tutte le cose buone della vita sono fragili e svaniscono facilmente – posava le mani sul mio viso, le strofinava sulla fronte perché vi penetrasse la felicità.

*Cosa sognerò questa notte, Baba?* chiedevo.

*Ah! questa notte. Be', questa notte è speciale*, diceva sempre, prima di raccontarmi il sogno. Inventava una storia lì per lì. In uno dei sogni che mi regalava io ero la pittrice più famosa del mondo. In un altro ero la regina di un'isola incantata e avevo un trono volante. Mi aveva regalato persino un sogno in cui si parlava del mio dolce preferito, la gelatina di frutta. Io, con un colpo di bacchetta magica, avevo il potere di trasformare qualsiasi cosa in gelatina di frutta: il bus della scuola, l'Empire State Building, tutto l'oceano Pacifico, se ne avessi avuto voglia. Più di una volta ho salvato la terra dalla distruzione, agitando la mia bacchetta magica davanti a un meteorite che stava per colpirla. Baba non parlava molto di suo padre, ma mi diceva che aveva ereditato da lui la bravura nel raccontare storie. Diceva che quando lui era bambino, suo padre, se era dell'umore giusto, lo faceva sedere di fronte a sé, cosa che non capitava spesso, e gli raccontava fiabe popolate di *jinn*, di fate e di *div*.

A volte ci scambiavamo i ruoli. Baba chiudeva gli occhi e io, partendo dalla fronte, gli passavo le mani sulla faccia, sulle guance non rasate e sui baffi ispidi.

*E allora, qual è il mio sogno stasera?*, mi sussurrava prendendomi le mani. E il suo viso si apriva in un sorriso, perché già sapeva quale sogno gli avrei regalato. Era sempre lo stesso. Nel sogno lui e la sua sorellina sotto un melo si abbandonavano a un sonnellino pomeridiano. Il sole caldo sulle guance, la luce che inondava l'erba, e, in alto, le foglie e grappoli di fiori.

Ero figlia unica e per questo ero spesso sola. Dopo la mia nascita, i miei genitori, che si erano conosciuti in Pakistan quando erano entrambi sulla quarantina, avevano deciso di non tentare la sorte una seconda volta. Ricordo che guardavo con invidia tutti i ragazzini del vicinato e i miei compagni di scuola che avevano un fratellino o una sorellina. Ero sbalordita dal modo brusco in cui alcuni si trattavano, dimentichi di quanto fossero fortunati. Sembravano cani selvatici. Si pizzicavano, si picchiavano, si spintonavano, si tradivano in tutti i modi possibili. E poi ci ridevano sopra e non si rivolgevano la parola. Io non capivo. Ho passato gran parte della mia fanciullezza morendo dalla voglia di avere una sorella. Il mio *vero* desiderio era di avere una gemella, qualcuno che piangesse accanto a me nella culla, che dormisse vicino a me, che succhiasse il latte della mamma insieme a me. Qualcuno da amare totalmente e perdutamente e nel cui viso potessi sempre ritrovare me stessa.

E così la sorellina di Baba, Pari, era diventata la mia compagna segreta, invisibile a tutti tranne che a me. Era *mia* sorella, quella che da sempre desideravo e che i miei genitori non mi avevano dato. La vedevo nello specchio del bagno, quando, una accanto all'altra, ci lavavamo i denti il mattino. Poi ci vestivamo e lei mi seguiva a scuola, si sedeva vicino a me in classe, guardava la lavagna dritto davanti a sé, e in ogni momento potevo scorgere con la coda dell'occhio il nero dei suoi capelli e il candore del suo profilo. La portavo con me in cortile a giocare durante l'intervallo, sentivo la sua presenza dietro di me quando sfrecciavo giù dallo scivolo o quando mi dondolavo da una parallela all'altra. Dopo la scuola, quando disegnavo seduta al tavolo di cucina, anche lei si metteva a scarabocchiare pazientemente accanto a me, oppure guardava fuori dalla finestra finché terminavo i miei disegni e allora correvamo fuori a giocare alla corda e le nostre ombre saltellavano in sintonia su e giù sul cemento.

Nessuno sapeva dei miei giochi con Pari. Neppure mio padre. Lei era il mio segreto.

A volte, quando eravamo sole, chiacchieravamo senza tregua mangiando dell'uva. Parlavamo di giocattoli, dei cereali più buoni, dei cartoni animati che preferivamo, dei compagni di scuola che non ci piacevano, degli insegnanti cattivi. Il nostro colore preferito era il giallo, ci piaceva lo stesso gelato al gusto di ciliegia, lo stesso programma televisivo e cioè la serie di Alf, ed entrambe da grandi avremmo voluto diventare delle artiste. Naturalmente immaginavo che fossimo una il ritratto dell'altra, visto che eravamo gemelle. A volte mi sembrava di vederla, di *vederla* sul serio, al margine del mio campo visivo. Cercavo di farle il ritratto e ogni volta disegnavo gli stessi occhi verde chiaro, uno leggermente diverso dall'altro, proprio come i miei, gli stessi capelli scuri e ricci, le stesse sopracciglia lunghe che quasi si toccavano in centro. Se qualcuno mi faceva delle domande rispondevo che era il mio ritratto.

Conoscevo il racconto di come mio padre avesse perso sua sorella, così come conoscevo le storie del Profeta che mia madre mi aveva raccontato e che avrei riascoltato quando i miei genitori mi avrebbero iscritta alla scuola domenicale della moschea di Hayward. Tuttavia, nonostante la conoscessi a memoria, ogni sera pretendevo di riascoltare la storia di Pari, catturata in tutta la sua drammaticità. Forse dipendeva dal fatto che avevamo lo stesso nome. Forse era questa la ragione per cui sentivo tra noi un legame oscuro, avvolto di mistero, ma non per questo meno reale. Ma c'era dell'altro. Mi sentivo in *contatto* con lei, come se anch'io fossi stata segnata da quello che le era accaduto. Eravamo legate, lo sentivo, da un meccanismo invisibile, in modi che non riuscivo pienamente a capire e che andavano al di là del nome, al di là dei legami familiari, come se insieme completassimo un puzzle.

Ero certa che se avessi ascoltato attentamente la sua storia, questa mi avrebbe rivelato qualcosa che riguardava me.

*Pensi che a tuo padre sia dispiaciuto il fatto di averla dovuta vendere?*

*Alcune persone nascondono molto bene la loro infelicità, Pari. Lui era così. Non l'avresti mai detto guardandolo, ma era un uomo duro. Eppure penso di sì, penso che dentro di sé fosse infelice.*

*E tu?*

Mio padre sorrideva e chiedeva: *Perché dovrei essere infelice, visto che ho te?* Ma, anche se ero piccola, vedevo la tristezza impressa sul suo viso, come una voglia indelebile.

Quando ne parlavamo, nella mia mente prendeva corpo una fantasia. Nel mio sogno a occhi aperti, io risparmiavo il più possibile i miei soldini, non spendevo un solo dollaro né in caramelle né in adesivi, in attesa che il mio salvadanaio, che aveva la forma di una sirena seduta su uno scoglio, fosse pieno, e a quel punto l'avrei rotto, avrei preso tutti i soldi e sarei partita alla ricerca della sorellina del mio papà, dovunque fosse, e quando l'avessi trovata l'avrei comprata a mia volta per portarla a casa da Baba. Così avrei reso mio padre felice. Non c'era niente che desiderassi di più al mondo, quanto riuscire a liberarlo dalla sua tristezza.

*Allora qual è il mio sogno stasera?* chiedeva Baba.
*Lo sai già.*
Un altro sorriso. *Sì, lo so.*
*Baba?*
*Sì?*
*Era brava tua sorella?*
*Era perfetta.*
Mi dava un bacio sulla guancia e mi sistemava la coperta sotto il mento. Un attimo dopo aver spento la luce, si fermava sulla soglia.
*Era perfetta*, diceva. *Come te.*
Aspettavo che chiudesse la porta, prima di sgusciare fuori dal letto, prendere un altro cuscino e posarlo accanto al mio. Ogni sera mi addormentavo sentendo battere nel mio petto due cuori gemelli.

Controllo l'ora quando imbocco la superstrada all'entrata di Old Oakland Road. Sono già le dodici e mezza. Mi ci vorranno almeno quaranta minuti per arrivare all'aeroporto di San Francisco, se non incontrerò incidenti o lavori stradali sulla 101. Per fortuna il suo è un volo internazionale, il che la costringerà a passare dalla dogana e forse questo mi darà un po' più di tempo. Passo sulla corsia di sinistra e accelero.
Ricordo una conversazione che ho avuto con Baba circa un mese fa. Un piccolo miracolo, uno scambio simile a una effimera bollicina di normalità, come una piccola sacca d'aria sul fondo freddo e buio dell'oceano. Ero in ritardo con il pranzo; lui dalla poltrona a sdraio aveva girato la testa verso di me e, con il tono più garbato, aveva osservato che ero geneticamente programmata a non essere puntuale. *Come tua madre, che Dio conceda pace all'anima sua.*

*Ma poi*, aveva continuato con un sorriso, come volesse rassicurarmi, *una persona deve pur avere almeno un difetto.*

*Allora è questo il difetto di cui Dio mi ha dotata?* gli avevo chiesto posando sulle sue ginocchia il piatto di riso e fagioli. *L'abitudine alla pigrizia?*

*E l'ha fatto proprio contro voglia, aggiungerei.* Baba mi aveva preso le mani tra le sue. *Solo perché eri troppo vicina alla perfezione.*

*Be', se vuoi sarò felice di confessartene altri.*

*Allora li tieni nascosti, vero?*

*Oh, ne ho un sacco. Pronti a essere messi in libertà. Per quando sarai vecchio e indifeso.*

*Sono già vecchio e indifeso.*

*Adesso vuoi che ti compatisca.*

Giocherello con la radio, cambiando stazione di continuo e passando da un dibattito alla musica country, al jazz, a un altro dibattito. Poi spengo. Sono inquieta e nervosa. Prendo il cellulare sul sedile del passeggero, chiamo casa e lascio il telefono acceso in grembo.

«Pronto?»

«*Salam*, Baba. Sono io.»

«Pari?»

«Sì, Baba. A casa tutto bene? Come va con Héctor?»

«È un ragazzo meraviglioso. Ha cucinato le uova e le abbiamo mangiate su una fetta di pane tostato. Dove sei?»

«In macchina.»

«Vai al ristorante? Non sei di turno oggi?»

«No, sto andando all'aeroporto, Baba. A prendere una persona.»

«Va bene. Dirò a tua madre di pensare lei al pranzo» dice. «Potrebbe portare qualcosa dal ristorante.»

«Va bene, Baba.»

Con mio grande sollievo non la nomina più. Ma ci sono giorni che non demorde. *Perché non mi dici dov'è, Pari? È all'ospedale per essere operata? Non dirmi bugie! Perché tutti mi dicono bugie? È partita? È in Afghanistan? Allora ci vado anch'io! Vado a Kabul e non sarai tu a fermarmi.* Andiamo avanti così, Baba che annaspa, sconvolto, e io che gli propino bugie, e cerco di distrarlo con la sua collezione di cataloghi del fai da te o con qualche programma televisivo. A volte funziona, ma altre volte non abbocca ai miei trucchi. Si tormenta finché scoppia in lacrime. Un attacco isterico. Si dà manate in testa e si dondola avanti e indietro sulla poltrona, singhiozzando, con le gambe che gli tremano, finché non gli do un sedativo. Aspetto che gli si annebbi la vista e allora crollo sul divano, esausta, senza fiato, anch'io sull'orlo del pianto. Guardo la porta d'ingresso con una gran voglia di uscire e vorrei semplicemente varcare la soglia e camminare senza fermarmi, in cerca di libertà. E poi Baba si lamenta nel sonno e io torno di colpo alla realtà, oppressa dai sensi di colpa.

«Posso parlare con Héctor, Baba?»

Sento che la cornetta passa di mano. Sullo sfondo il clamore di una folla che ride, il pubblico di un gioco tv, e infine un applauso.

«Salve, ragazza.»

Héctor Juarez abita di fronte a noi. Siamo vicini di casa da molti anni, ma solo recentemente siamo diventati amici. Viene da noi un paio di volte alla settimana e insieme mangiamo schifezze e guardiamo il peggio della televisione, per lo più dei reality show, fino a tardi. Mangiucchiamo pizza fredda e scuotiamo la testa, affascinati dalle pagliacciate che vediamo sullo schermo. Héctor ha un passato di marine, di stanza nel sud dell'Afghanistan. Un paio d'anni prima era stato gravemente ferito da un rudimentale ordigno esplosivo. Quando alla fine era tornato a casa, tutte le persone dell'isolato erano andate ad accoglierlo. I suoi genitori avevano appeso nel cortile davanti a casa uno striscione con la scritta *Bentornato Héctor*, contornata da palloncini e da una profusione di fiori. Era scoppiato un grande applauso quando i suoi genitori avevano parcheggiato davanti a casa. Molti vicini avevano preparato torte. La gente lo ringraziava per il servizio reso al paese. Dicevano: *Sii forte. Che Dio ti benedica.* Cesar, il padre di Héctor, qualche giorno dopo era venuto a casa nostra e insieme avevamo costruito una rampa per la sedia a rotelle, uguale a quella che lui aveva costruito a casa di Héctor, che conduceva alla porta d'ingresso su cui sventolava la bandiera americana. Ricordo che, mentre lavoravamo alla rampa, avevo sentito il bisogno di chiedere scusa a Cesar per quello che era capitato a Héctor nel paese di mio padre.

«Salve» dico. «Volevo sapere come vanno le cose.»

«Tutto bene qui» dice Héctor. «Abbiamo mangiato. Abbiamo guardato *Il prezzo è giusto*. In questo momento stiamo morendo di paura con *Wheel.* Poi passeremo a qualcos'altro.»

«Oh, mi spiace.»

«Di cosa, *mija*? Ci stiamo divertendo, vero, Abe?»

«Grazie d'avergli cucinato le uova.»

Héctor abbassa un po' la voce. «Erano delle frittelle, per dire la verità. Gli sono piaciute da matti: ne ha mangiate quattro.»

«Ti sono veramente grata.»

«Ehi, sai che mi piace molto il tuo nuovo quadro?

Quello del ragazzo con il cappello buffo. Me l'ha mostrato Abe. Era tutto orgoglioso. E anch'io, accidenti! Come si fa a non essere orgogliosi?»

Sorrido e cambio corsia per lasciare passare uno che mi sta alle calcagna. «Mi sa che adesso so cosa regalarti a Natale.»

«Ricordami perché non possiamo sposarci» chiede Héctor. Sento in sottofondo le proteste di Baba e Héctor che ride allontanando la cornetta. «Sto scherzando, Abe. Non prendertela. Sono uno storpio, lo so.» Poi a me: «Tuo padre ha tirato fuori il pashtun che è in lui».

Gli ricordo di dare a Baba le pillole che deve prendere a fine mattina e chiudo la comunicazione.

È come vedere la fotografia di un personaggio radiofonico, non è mai come te lo sei figurato nella fantasia, ascoltando la sua voce mentre guidi. Per prima cosa è vecchia. O piuttosto anziana. Naturalmente questo lo sapevo. Avevo fatto i miei conti, arrivando alla conclusione che doveva essere sulla sessantina. Solo che è difficile conciliare questa donna sottile con i capelli grigi con la bambina che mi ero sempre figurata, una bambina di tre anni con i capelli scuri, ricci e le lunghe sopracciglia che quasi si toccano. Ed è più alta di come me l'ero immaginata; lo capisco anche se è seduta su una panca vicino a un chiosco di panini e si guarda attorno intimidita, come se si sentisse sperduta. Ha le spalle strette e una corporatura delicata, un viso gradevole, i capelli tirati indietro, stretti da un fermacapelli all'uncinetto. Porta orecchini di giada, jeans sbiaditi, una lunga maglia di lana color salmone e una sciarpa gialla avvolta attorno al collo con un'eleganza disinvolta, europea. Nella sua ultima mail mi aveva detto che avrebbe indossato quella sciarpa, perché potessi riconoscerla subito.

Non mi ha ancora visto, e io indugio un momento in mezzo ai viaggiatori che spingono il carrello con i bagagli, gli autisti degli hotel che tengono in mano il cartello con il nome del cliente. Con il cuore in tumulto penso: *È lei. Questa è lei. È veramente lei.* Poi i nostri occhi si incontrano e dall'espressione che si fa strada sul suo viso capisco che mi ha riconosciuta. Mi saluta con la mano.

Mi avvicino alla panca. Lei sorride, a me tremano le ginocchia. Ha lo stesso sorriso di Baba, non fosse per una fessura larga come un grano di riso tra i due incisivi superiori, un sorriso che le raggrinza un po' la faccia sulla sinistra e le fa quasi chiudere gli occhi, mentre la testa le si inclina leggermente all'indietro. Si alza e io noto le mani, le giunture nodose, le dita che si piegano in modo strano all'altezza della prima falange, il bozzo al polso della grossezza di un cece. Sento una stretta allo stomaco, pensando a quanto dev'essere doloroso.

Ci abbracciamo e lei mi dà un bacio sulle guance. La sua pelle è morbida come velluto. Poi mi allontana tenendomi le mani sulle spalle e mi guarda in faccia come stesse valutando un dipinto. C'è un velo di lacrime sui suoi occhi, che però sprizzano felicità.

«Mi scuso di essere in ritardo.»

«Niente! Finalmente, che piacere vederti! Sono così contenta.» *Niante! Finalmante, che piascere vederrti!* L'accento francese è più forte ora che non al telefono.

«Anch'io sono contenta. Hai fatto un buon viaggio?»

«Ho preso una pillola altrimenti sapevo di non riuscire a dormire. Sono così felice ed eccitata che starei sveglia tutto il tempo.» Non mi abbandona con gli occhi, sorridendomi estasiata – come se temesse che l'incantesimo si possa spezzare se distoglie lo sguardo – finché l'altoparlante prega i passeggeri di avviarsi al controllo bagagli a mano e a quel punto la sua faccia si rilassa un po'.

«Abdullah sa già che sto arrivando?»

«Gli ho detto che avrei portato a casa un'ospite.»

Una volta sedute in macchina, le lancio delle occhiate furtive. È una cosa bizzarra. C'è qualcosa di stranamente illusorio nel fatto che Pari Wahdati sia seduta nella mia macchina, a pochi centimetri da me. Un momento la vedo con assoluta chiarezza: la sciarpa gialla attorno al collo, i capelli corti e leggeri, la verruca color caffè sotto l'orecchio sinistro, e un momento dopo i suoi tratti sono avvolti in una sorta di foschia come se la scrutassi attraverso lenti smerigliate. Tra i due attimi provo una sensazione di vertigine.

«Stai bene?» mi chiede allacciando la cintura di sicurezza.

«Continuo a pensare che potresti svanire all'improvviso.»

«Scusa?»

«È un po'... incredibile» dico con una risatina nervosa. «Il fatto che tu esista veramente. Che tu sia davvero qui.»

Annuisce, sorridendo. «Anche per me. Anche per me è strano. Sai, in vita mia non ho mai incontrato nessuno che portasse il mio nome.»

«Neanche io.» Giro la chiave dell'accensione. «Parlami dei tuoi figli.»

Mentre esco dal parcheggio mi racconta tutto, chiamando i figli per nome come se li conoscessi da una vita, come se fossimo cresciuti assieme, avessimo condiviso picnic e campeggi, e le vacanze estive assieme in posti di mare dove avevamo infilato conchiglie per farne collane e ci eravamo reciprocamente sepolti sotto la sabbia.

Mi sarebbe piaciuto che fosse andata così.

Mi racconta che suo figlio Alain, «tuo cugino» aggiunge, e sua moglie Ana hanno avuto il quinto figlio, una bambina, e si sono trasferiti a Valencia dove hanno comprato una casa. «*Finalement* lasceranno quell'odioso appartamento di Madrid!» Sua figlia maggiore, Isabelle, che scrive musica per la televisione, ha avuto l'incarico di comporre la colonna sonora per il suo primo film importante. E il marito di Isabelle, Albert, è diventato capocuoco in un prestigioso ristorante parigino.

«Avevi un ristorante, no? Me l'hai detto in una mail.»

«Be', era dei miei genitori. È sempre stato il sogno di mio padre avere un ristorante. Io davo loro una mano. Ma ho dovuto venderlo qualche anno fa. Dopo che la mamma è morta e Baba non c'è più con la testa.»

«Mi spiace.»

«Non è il caso. Non ero tagliata per lavorare in un ristorante.»

«Immagino. Sei un'artista.»

Incidentalmente la prima volta che ci eravamo parlate, quando mi aveva chiesto cosa facevo, le avevo accennato al mio sogno di frequentare una scuola d'arte.

«In realtà sono quella che viene definita una trascrizionista.»

Mi ascolta con grande attenzione mentre le spiego che lavoro per una azienda che elabora i dati di cinquecento compagnie che gestiscono grandi patrimoni. «Scrivo moduli. Opuscoli, ricevute, liste di clienti, liste di indirizzi e-mail, cose del genere. La cosa indispensabile è saper scrivere a macchina. E lo stipendio non è male.»

«Capisco.» Ci pensa, poi chiede: «Ti interessa questo lavoro?».

Siamo dirette verso sud e ora stiamo passando da Redwood City. Le dico di guardare fuori dal suo finestrino: «Vedi quell'edificio? Quello con l'insegna azzurra?».

«Sì.»

«È là che sono nata.»

«*Ah bon?*» Guarda fuori. «Sei fortunata.»

«Perché?»

«A sapere da dove vieni.»

«Non credo di averci mai fatto caso.»

«*Bah*, certo che no. Ma è importante saperlo. Conoscere le proprie radici. Sapere dove hai cominciato a formarti come persona. Altrimenti la vita finisce per sembrarti irreale. Come un puzzle. *Vous comprenez?* Come se ti mancasse l'inizio di una storia e ora che ti ritrovi a metà cerchi di capire.»

Immagino che sia così che Baba si sente ora. I vuoti di memoria hanno reso la sua vita un enigma. Ogni giorno è una storia di confusione, un rebus da risolvere.

Viaggiamo in silenzio per qualche chilometro.

«Se trovo il mio lavoro interessante? Un giorno sono tornata a casa e ho trovato aperto il rubinetto della cucina. Il pavimento era coperto di cocci di vetro e il gas era rimasto acceso. È stato così che ho capito che non potevo più lasciarlo solo. E dal momento che non potevo permettermi una persona che lo assistesse a tempo pieno, ho cercato un lavoro che potessi fare a casa. Il mio interesse non c'entrava granché.»

«E la scuola d'arte può aspettare.»

«Per forza.»

Temo che tra un po' mi dirà quanto è fortunato Baba ad avere una figlia come me, ma sono contenta e grata che si limiti ad annuire mentre i suoi occhi scorrono sui segnali stradali della superstrada. Altre persone, però, soprattutto gli afghani, non fanno che sottolineare quanto è fortunato Baba, e che benedizione sono per lui. Parlano di me con ammirazione. Mi fanno passare per una santa, la figlia che ha eroicamente rinunciato a una vita brillante di agi e di privilegi per rimanere in famiglia a occuparsi di suo padre. *Prima la madre*, dicono, con la voce che risuona di sincera comprensione. *Tutti quegli anni a farle da infermiera. Che disastro. Ora il padre. Certo non è mai stata una gran bellezza, ma aveva un corteggiatore. Un americano, un tipo solare. Avrebbe potuto sposarlo. Ma non l'ha fatto. Le cose che ha sacrificato per loro. Ogni genitore dovrebbe avere una figlia così.* Si complimentano per il mio buon umore. Si meravigliano del mio coraggio e della mia nobiltà d'animo, come si fa con chi ha sconfitto una deformità fisica, o un grave difetto di parola.

Ma non mi riconosco in questa versione della storia. Per esempio, qualche mattina scorgo Baba seduto sul bordo del letto che mi osserva con quei suoi occhi lacrimosi, aspettando impaziente che gli infili i calzini sui piedi dalla pelle secca e macchiata, e brontolando il mio nome con espressione infantile. Raggrinza il naso in un modo che lo fa assomigliare a un piccolo roditore spaurito e io mi irrito quando fa quella faccia. Mi irrito perché è ridotto così. Ce l'ho con lui perché i confini della mia esistenza si sono ristretti, perché è a causa sua che si stanno inutilmente consumando i migliori anni della mia vita. Ci sono giorni in cui vorrei solo liberarmi di lui, della sua petulanza e della sua dipendenza. Non sono per niente una santa.

Prendo l'uscita della Tredicesima Strada. Dopo qualche chilometro imbocco il vialetto di Beaver Creek Court e spengo il motore.

Pari guarda dal finestrino la nostra casa a un piano, la porta del garage con la vernice scrostata, le cornici decorate delle finestre, i due orridi leoni di pietra a guardia della porta d'ingresso. Non ho avuto il cuore di disfarmene, perché Baba li ama, anche se dubito che si accorgerebbe della loro mancanza. Abitiamo in questa casa dal 1989, cioè da quando avevo sette anni. Prima eravamo in affitto poi, nel '93, Baba l'ha comprata. La mamma è morta qui, una mattina di sole la vigilia di Natale, in un letto da ospedale che avevamo allestito per lei nella camera degli ospiti, dove ha passato gli ultimi tre mesi della sua vita. Mi aveva chiesto di sistemarla in quella stanza per via della vista. Diceva che la tirava su di morale. Stava sdraiata in quel letto, le gambe gonfie e grigie, e passava le giornate guardando fuori dalla finestra quello scampolo di serenità, il giardino davanti a casa con la bordura di aceri giapponesi che lei stessa aveva piantato anni prima, l'aiuola a forma di stella, il prato diviso da uno stretto sentiero di ciottoli, e, in lontananza, le basse colline che a mezzogiorno, quando il sole le illuminava in pieno, si rivestivano d'oro smagliante e intenso.

«Sono molto agitata» dice Pari a voce bassa.

«È comprensibile. Dopo cinquantotto anni.»

Si guarda le mani intrecciate sul grembo. «Non ricordo quasi niente di lui. Ciò che porto con me non sono la sua faccia o la sua voce, ma la sensazione che nella mia vita sia sempre mancato qualcosa. Una presenza cara... Ah, non saprei dire. Tutto qui.»

Faccio segno di sì con la testa. Preferisco non confessarle quanto la capisco. Sono a un passo dal chiederle se non abbia mai avuto sentore della mia esistenza.

Gioca con le frange della sciarpa. «Pensi che si possa ricordare di me?»

«Vuoi la verità?»

Studia la mia faccia. «Sì, certo.»

«Direi di no e forse è meglio così.» Penso a cosa aveva detto il dottor Bashiri, che è stato per molto tempo il medico curante dei miei genitori. Ha detto che a Baba serve disciplina, ordine. Le sorprese ridotte al minimo. *Un senso di prevedibilità.*

Apro la portiera. «Ti spiace rimanere in macchina un minuto? Mando a casa il mio amico, poi potrai incontrare Baba.»

Pari si copre gli occhi con una mano e io non aspetto di vedere se sta per piangere.

Quando avevo undici anni, tutte le ultime classi delle elementari che frequentavo si recarono in gita di studio all'acquario di Monterey Bay. Per tutta la settimana prima di quel venerdì, i miei compagni non avevano parlato d'altro, in biblioteca, mentre giocavano ai quattro cantoni durante l'intervallo. Erano esaltati all'idea di quanto si sarebbero divertiti dopo la chiusura dell'acquario al pubblico, liberi di correre in pigiama tra le vasche, in mezzo ai pesci martello, le razze, i draghi di mare e i calamari. La nostra insegnante, Mrs Gillespie, ci disse che avrebbero predisposto qua e là nell'acquario dei punti di ristoro dove gli studenti avrebbero potuto scegliere tra panini al burro d'arachidi o con l'hamburger e il formaggio. *Come dessert biscotti al cioccolato o gelato alla vaniglia*, disse. La sera gli studenti si sarebbero infilati nel loro sacco a pelo, ascoltando gli insegnanti che leggevano loro le storie della buona notte, poi sarebbero scivolati nel sonno in mezzo a cavallucci marini, sardine e squali leopardo che nuotavano tra grandi alghe ondeggianti. Già dal giovedì l'aspettativa aveva elettrizzato l'atmosfera della classe. Persino i soliti disturbatori facevano di tutto per comportarsi bene, per paura che una qualche marachella potesse costare loro la gita.

Per me era un po' come vedere un film emozionante con l'audio spento. Mi sentivo lontana da tutta quella allegria, tagliata fuori dall'atmosfera di festa, come mi capitava ogni dicembre quando i miei compagni di classe a casa avrebbero trovato l'albero di Natale, le calze che pendevano dai caminetti e piramidi di regali. Dissi a Mrs Gillespie che non sarei andata in gita. Quando mi chiese perché, le risposi che la gita di studio cadeva in corrispondenza di una festività musulmana. Non ero sicura che mi avesse creduto.

La sera della gita rimasi a casa con i miei genitori e guardammo *La signora in giallo.* Cercai di concentrarmi sul film e di non pensare alla gita, ma continuavo a distrarmi. Immaginavo i miei compagni in quel momento, in pigiama, torcia in mano, la fronte contro il vetro della gigantesca vasca delle anguille. Sentivo una stretta allo stomaco e mi muovevo inquieta sul divano. Baba, spaparanzato sull'altro divano, si gettò un'arachide tostata in bocca e ridacchiò a una battuta di Angela Lansbury. Vicino a lui sorpresi la mamma che mi osservava, pensosa, il viso scuro, ma quando i nostri occhi s'incrociarono, i suoi tratti si rasserenarono subito e sorrise, un sorriso furtivo, intimo, che io, ingoiando il mio dispiacere, mi sforzai di ricambiare. Quella notte sognai di essere sulla spiaggia, immersa nell'acqua sino alla vita, un'acqua dalle mille sfumature – verde, azzurro, giada, zaffiro, smeraldo, turchese – che mi ondeggiava attorno ai fianchi. Ai miei piedi scivolavano torme di pesci, come se l'oceano fosse il mio acquario privato. Mi sfioravano le dita e mi solleticavano le caviglie, un'infinità di mille lampi di colore che sfrecciavano scintillanti sul fondo di sabbia bianca.

Quella domenica Baba mi fece una sorpresa. Tenne chiuso il ristorante, cosa che non faceva quasi mai, e mi accompagnò in macchina all'acquario di Monterey. Parlò in modo eccitato per tutto il tragitto. Quanto ci saremmo divertiti. Che voglia aveva di vedere tutti i pesci, gli squali in particolare. Cosa avremmo mangiato a mezzogiorno? Mentre parlava mi ricordai di quando da piccola lui mi accompagnava allo zoo per bambini di Kelly Park e agli attigui giardini giapponesi per vedere le carpe ornamentali. Ci divertivamo a dare un nome a tutti i pesci e io stringevo la sua mano pensando che per tutta la vita non avrei mai avuto bisogno di nessun altro.

All'acquario, vagai da brava in mezzo alle vasche e feci del mio meglio per rispondere alle domande di Baba sui diversi tipi di pesci che riconoscevo. Ma il posto era troppo illuminato e troppo rumoroso e davanti ai pesci più interessanti c'erano troppi visitatori. Era tutto diverso dalle mie fantasie su come sarebbe stato. La visita fu una lotta. Fingere di divertirmi mi aveva sfinito. Sentivo che stava per venirmi il mal di stomaco, quando finalmente, dopo esserci trascinati in giro per un'ora, ce ne andammo. Durante il viaggio di ritorno Baba continuava a guardare dalla mia parte con aria preoccupata, come se fosse sul punto di dire qualcosa. Sentivo i suoi occhi indagatori. Finsi di dormire.

L'anno successivo, alle medie, le ragazze della mia età mettevano già l'ombretto e il lucidalabbra. Andavano ai concerti dei Boyz II Men, ai balli scolastici, e si davano appuntamento al parco dei divertimenti di Great America dove sulle montagne russe strillavano come matte. Le mie compagne di classe si misuravano con il basket e il *cheerleading*. La ragazza che era seduta dietro di me a lezione di spagnolo, con la carnagione pallida e lentigginosa, faceva parte della squadra di nuoto e un giorno, appena suonata la campanella, mentre riordinavamo i banchi, mi chiese, come se niente fosse, perché non ci provavo anch'io. Non poteva capire. I miei genitori si sarebbero scandalizzati se avessi indossato un costume da bagno in pubblico. Non che io ci tenessi, anche perché mi vergognavo terribilmente del mio corpo. Ero sottile dalla vita in su, ma ero robusta in modo sproporzionato dalla vita in giù, come se la forza di gravità avesse trascinato tutto il peso in basso. Sembravo messa assieme da un bambino alle prese con uno di quei giochi da tavolo in cui si mischiano le varie parti anatomiche e poi le si combinano in modo da far ridere. La mamma diceva che era una questione di ossatura. Diceva che anche sua madre aveva avuto la stessa corporatura. Alla fine smise di commentare, rendendosi conto, immagino, che a una ragazza non faceva piacere essere descritta come una con le ossa grosse.

Insistetti con Baba perché mi permettesse di far parte della squadra di pallavolo, ma lui mi prese tra le braccia, stringendomi la testa tra le mani. Chi mi avrebbe accompagnato agli allenamenti? argomentava. Chi mi avrebbe portato alle partite? *Oh, mi piacerebbe che fossimo ricchi come i genitori dei tuoi amici, Pari, ma dob-*

*biamo guadagnarci da vivere, tua madre e io. Non voglio tornare a campare di sussidi pubblici. Capisci, vero, amore? So che capisci.*

Nonostante dovesse guadagnarsi da vivere, Baba trovava il tempo di accompagnarmi sino a Campbell per il corso di farsi. Ogni martedì pomeriggio, dopo la scuola, mi recavo a lezione e, come un pesce costretto a risalire la corrente, cercavo di guidare la penna da destra a sinistra, contro la natura stessa della mia mano. Pregai Baba di farmi smettere, ma lui si rifiutò. Mi diceva che in seguito avrei apprezzato il regalo che mi stava facendo. Diceva che se la cultura fosse stata una casa, la lingua era la chiave della porta che permetteva di accedere a tutte le stanze. Senza conoscerla si finiva male, privi di una casa o di un'identità legittima.

Poi c'erano le domeniche, quando, con il foulard di cotone bianco, mi lasciava alla moschea di Hayward per le lezioni di Corano. La stanza dove studiavo con una dozzina di altre ragazze afghane era molto piccola, priva di aria condizionata, e puzzava di biancheria sporca. Aveva delle finestre strette, situate in alto, come le finestre di una cella. La nostra insegnante era la moglie di un droghiere di Fremont. A me piacevano soprattutto le storie della vita del Profeta, che trovavo interessanti, come avesse trascorso la fanciullezza nel deserto, come l'angelo Gabriele gli fosse apparso in una caverna e gli avesse ordinato di recitare i versetti, come tutti coloro che lo incontravano rimanessero colpiti dalla gentilezza e luminosità del suo viso. Ma l'insegnante passava la maggior parte del tempo a scorrere la lunga lista di tutte le cose che, da virtuose ragazze musulmane, dovevamo evitare a tutti i costi, per non essere corrotte dalla cultura occidentale: innanzitutto i ragazzi, ma anche la musica rap, Madonna, *Melrose Place*, i calzoncini corti, il ballo, nuotare in piscina, il *cheerleading*, l'alcol, il bacon, i peperoni, gli hamburger di carne non *halal* e una caterva di altre cose. Seduta sul pavimento, sudavo per il gran caldo, mi si addormentavano i piedi e desideravo solo di togliermi il foulard, ma naturalmente non era possibile all'interno della moschea. Alzavo gli occhi alle finestre dove si scorgevano solo delle sottili strisce di cielo. Morivo dalla voglia di uscire e di lasciare che il vento fresco mi accarezzasse il viso. Quando ero all'aria aperta avevo l'impressione che qualcosa mi si schiudesse nel petto e sentivo con sollievo che il fastidioso nodo che mi opprimeva andava sciogliendosi.

Ma la sola fuga possibile era allentare le redini della fantasia. Ogni tanto mi ritrovavo a pensare a Jeremy Warwick, in classe con me a matematica. Aveva occhi azzurri impassibili e una pettinatura afro del tipo che a volte si fanno i ragazzi bianchi. Era riservato e riflessivo. Suonava la chitarra in un gruppo di dilettanti. Allo spettacolo annuale della scuola avevano suonato una versione piuttosto cupa di *House of the Rising Sun.* In classe sedevo quattro banchi dietro a lui, alla sua sinistra. A volte mi immaginavo che ci baciassimo, la sua mano che mi teneva la nuca, la sua faccia così vicina alla mia da eclissare il mondo intero. Mi sentivo invadere da una sensazione di calore come se qualcuno mi stesse strofinando dolcemente una piuma sul ventre e sulle gambe. Naturalmente non sarebbe mai potuto accadere. Tra Jeremy e me, un *noi* non era possibile. E comunque, ammesso che avesse anche il più vago sentore della mia esistenza, non l'aveva mai dato a vedere. Il che andava bene lo stesso. Così potevo fingere che la sola ragione per cui non potevamo fidanzarci era che io non gli piacevo.

Durante l'estate lavoravo nel ristorante dei miei genitori. Da ragazzina mi piaceva pulire i tavoli, aiutare ad apparecchiare, piegare i tovaglioli, infilare una gerbera rossa nel vasetto rotondo al centro di ciascun tavolo. Mi illudevo di essere indispensabile all'impresa familiare, che senza di me a garantire saliere e pepaiole piene, il ristorante sarebbe andato a catafascio.

Quando frequentavo la scuola superiore mi sembrava ormai che le mie giornate alla Abe's Kabob House si trascinassero lunghe e calde. Gran parte dello splendore che gli oggetti del ristorante avevano avuto nella mia infanzia era sfumato. Il vecchio distributore di acqua tonica che ronzava in un angolo, le tovaglie sintetiche, le tazze di plastica macchiate, i nomi ridicolmente ingenui dei piatti del menu plastificato – *Kebab della Carovana*, *Pilaf del Passo Khyber*, *Pollo della Via della Seta* –, il manifesto in una brutta cornice della ragazza afghana del «National Geographic», quella con i famosi occhi verdi. Come se fosse stato prescritto che tutti i ristoranti afghani dovessero avere quegli occhi che ti scandagliavano dalla parete. Accanto al manifesto Baba aveva appeso un mio quadro a olio dei minareti di Herat che avevo dipinto quando frequentavo il settimo anno. Ricordo quanto mi fossi sentita fiera e importante quando vedevo i clienti che mangiavano il loro kebab di agnello sotto la mia opera d'arte.

A mezzogiorno, mentre la mamma e io facevamo la spola tra il fumo speziato della cucina e i tavoli dove servivamo impiegati, addetti ai servizi pubblici e poliziotti, Baba stava alla cassa. Baba, con la sua camicia bianca macchiata d'unto, il ciuffo di peli grigi che spuntava dal primo bottone aperto, gli avambracci robusti e pelosi. Baba che salutava gioviale e raggiante ogni cliente che entrava. *Salve, signore! Salve signora! Benvenuti alla Abe's Kabob House. Io sono Abe. Come posso servirvi?* Io mi vergognavo e non capivo come non si rendesse conto che sembrava fare il verso al personaggio dell'amicone mediorientale mezzo scemo di una brutta sit-com. E poi a ogni pasto che servivo c'era lo spettacolino di Baba che suonava la vecchia campanella d'ottone. Era cominciato per gioco, suppongo, suonare la campanella che Baba teneva appesa sulla parete dietro la cassa. Ogni tavolo che veniva servito era salutato da un caloroso scampanellio. I clienti abituali vi erano abituati, quasi non lo sentivano più, i clienti nuovi invece pensavano facesse parte del fascino eccentrico del luogo, anche se ogni tanto qualcuno si lamentava.

*Ho capito che sei stufa di suonare la campanella*, aveva detto Baba una sera. Era il terzo trimestre del mio ultimo anno di scuola superiore. Eravamo in macchina fuori dal ristorante, dopo l'orario di chiusura, e aspettavamo la mamma che aveva dimenticato le sue pillole contro l'acidità ed era corsa indietro per prenderle. Baba aveva un'espressione lugubre. Era stato di pessimo umore tutto il giorno. Sull'aiuola spartitraffico cadeva una leggera pioggerella. Era tardi e il parcheggio era deserto, tranne un paio di macchine nel parcheggio del Kentucky Fried Chicken, e un pick-up fermo fuori dalla tintoria, con dentro due tizi, le spirali di fumo delle loro sigarette che uscivano dai finestrini.

*Era più divertente quando non dovevo farlo per forza.*

*È sempre così*, aveva replicato con un sospiro.

Ricordavo come mi piaceva quando, da piccola, Baba mi sollevava in alto tenendomi sotto le ascelle e mi lasciava suonare la campanella. Quando mi rimetteva a terra ero felice e orgogliosa.

Baba aveva acceso il riscaldamento e aveva incrociato le braccia.

*Ce n'è di strada per arrivare a Baltimora.*

*Puoi prendere l'aereo e venirmi a trovare quando vuoi*, avevo detto tutta allegra.

*Prendere l'aereo quando voglio*, aveva ripetuto con una punta di derisione. *Pari, io per vivere cucino kebab.*

*Allora verrò io a trovare te.*

Baba mi aveva guardato con occhi avviliti. La sua tristezza era come l'oscurità che si stava addensando fuori dai finestrini.

Ogni giorno per un mese avevo verificato la cassetta delle lettere con il cuore che si gonfiava di speranza ogni volta che il furgone della posta si fermava davanti a casa. Prendevo la corrispondenza, chiudevo gli occhi e pensavo: *Questa potrebbe essere la volta buona*. Aprivo gli occhi e frugavo tra tagliandi, fatture e volantini vari. Poi, il martedì della settimana prima, strappata la busta, avevo letto le parole che tanto aspettavo. *Abbiamo il piacere di informarla...*

Ero saltata in piedi gridando. Un urlo vero, che quasi mi lacerava la gola e mi aveva fatto venire le lacrime agli occhi. Quasi nello stesso tempo mi era passata per la mente un'immagine: è la sera dell'inaugurazione di una mia mostra, io con un abito semplice, nero ed elegante, circondata da collezionisti e critici severi, che sorrido e rispondo alle loro domande, mentre capannelli di ammiratori si fermano davanti alle mie tele e i camerieri in guanti bianchi si muovono silenziosi per la galleria, versando vino, offrendo piccole tartine di salmone con erba cipollina e spiedini di asparagi avvolti in pasta sfoglia. Avevo provato uno di quegli improvvisi accessi di euforia che ti fanno venir voglia di abbracciare gli sconosciuti e ballare con loro, abbandonandoti a irresistibili volteggi.

*Sono preoccupato per tua madre*, aveva detto Baba.

*Vi telefonerò tutte le sere, prometto. Lo sai che lo farò.*

Baba aveva annuito. Le foglie degli aceri all'ingresso del parcheggio frusciavano a ogni improvvisa folata di vento.

*Hai ripensato a quello di cui abbiamo discusso?*

*Parli del college?*

*Solo per un anno, forse due. Giusto per darle il tempo di abituarsi all'idea. Poi potresti sempre ripresentare domanda.*

Un improvviso accesso di rabbia mi aveva scosso con un lungo brivido. *Baba, hanno valutato i voti dei miei test e il mio libretto scolastico, hanno esaminato il mio portfolio e il loro giudizio delle mie opere è tale che non solo hanno accolto la mia domanda, ma mi hanno anche offerto una borsa di studio. Questo è uno dei migliori istituti d'arte degli Stati Uniti. Non è una scuola che si possa rifiutare. Non ci sarà un'altra occasione come questa.*

*È vero*, aveva detto, raddrizzandosi sul sedile. Aveva soffiato sulle mani a coppa per scaldarle. *Capisco. E naturalmente sono felice per te.* Leggevo sulla sua faccia la lotta che stava sostenendo. E anche la sua paura. Non solo la paura *per* me e per cosa avrebbe potuto capitarmi a cinquemila chilometri da casa. Ma paura *di* me, di perdermi. Del potere che avevo di renderlo infelice con la mia assenza, di spezzare, se volevo, il suo cuore vulnerabile, come un doberman che si fionda su un gattino.

Mi era tornata in mente sua sorella. Ma a quel punto, il mio legame con Pari, la cui presenza un tempo era stata come un palpito profondo dentro di me, si era allentato da un pezzo. Pensavo a lei raramente. Con il passare degli anni l'avevo messa da parte, così come ero diventata troppo grande per il mio pigiama preferito o gli animali di peluche da cui una volta non mi sarei separata. Ma ora il mio pensiero tornava a lei e ai legami che ci univano. Se ciò che aveva subìto era come un'onda che si era infranta lontano da riva, allora era la risacca di quell'onda che ora lambiva le mie caviglie, ritraendosi dai miei piedi.

Baba si era schiarito la gola guardando, fuori dal finestrino, il cielo buio e la luna coperta dalle nubi, gli occhi umidi dall'emozione.

*Tutto mi parlerà di te.*

Dal tono tenero, leggermente angosciato con cui aveva pronunciato queste parole avevo capito che mio padre era una persona ferita, che il suo amore per me era sincero, immenso ed eterno come il cielo, e che avrebbe gravato su di me per sempre. Era quel tipo di amore che prima o poi ti avrebbe inchiodato a una scelta: o ti liberavi con una lacerazione o rimanevi e sopportavi la sua intransigenza, anche se ti torchiava sino a farti rimpicciolire.

Dal sedile posteriore ormai immerso nel buio avevo allungato la mano per dargli una carezza. Baba vi aveva appoggiato la guancia.

*Perché ci impiega tanto?* aveva mormorato.

*Sta chiudendo a chiave.* Mi sentivo esausta. Avevo visto la mamma che correva verso la macchina. La pioggerella era diventata un acquazzone.

Un mese dopo, un paio di settimane prima del volo che mi avrebbe portato a est, in visita al campus, la mamma era andata dal dottor Bashiri per dirgli che le pillole antiacido non erano servite a ridurre il dolore allo stomaco. Le aveva prescritto un'ecografia, a seguito della quale le avevano trovato un tumore grosso come una noce nell'ovaio sinistro.

«Baba?»

È accasciato sulla poltrona a sdraio, immobile, piegato in avanti. Porta i pantaloni della tuta, gli stinchi coperti da uno scialle di lana a quadri. Sopra la camicia di flanella abbottonata sino al collo indossa il golf che gli ho comprato un anno fa. È così che si ostina a portare la camicia, con il colletto abbottonato, il che gli dà un aspetto fragile, da adolescente, rassegnato alla vecchiaia. Oggi ha la faccia leggermente gonfia e sulla fronte gli spiovono ciocche spettinate di capelli bianchi. Sta guardando *Chi vuol essere milionario?* con un'espressione malinconica, perplessa. Quando lo chiamo, i suoi occhi indugiano sullo schermo, come se non mi avesse sentito, poi li distoglie a fatica e mi guarda contrariato. Ha un piccolo orzaiolo sulla palpebra inferiore dell'occhio sinistro. Avrebbe bisogno di radersi.

«Baba, posso togliere l'audio per un secondo?»

«Sto guardando.»

«Lo so. Ma è venuto qualcuno a trovarti.» Gli avevo già parlato della visita di Pari Wahdati il giorno prima e ancora questa mattina. Ma non gli chiedo se si ricorda. Ho imparato da tempo a non metterlo alle strette, so che questo lo imbarazza e lo costringe a mettersi sulla difensiva, rendendolo talvolta aggressivo.

Prendo il telecomando sul bracciolo della poltrona e spengo l'audio, pronta ad affrontare le sue rimostranze. La prima volta che si era impuntato, ero convinta che fosse una finta, una sorta di messinscena. Questa volta mi consola che Baba si limiti a protestare soffiando dal naso.

Faccio cenno a Pari di entrare: sta aspettando in corridoio sulla soglia del soggiorno. Lentamente viene verso di noi e io avvicino una sedia alla poltrona di Baba. È agitata, un fascio di nervi, lo vedo. Siede ritta sull'orlo della sedia, pallida, piegata in avanti, con le ginocchia unite, le mani allacciate e un sorriso così tirato da sbiancarle le labbra. Tiene gli occhi incollati su Baba, come se avesse i momenti contati e volesse memorizzare il suo viso.

«Baba, questa è l'amica di cui ti ho parlato.»

Guarda la donna dai capelli grigi che gli sta di fronte. Recentemente ha un modo di osservare le persone che dà sui nervi e che non tradisce nessuna emozione, anche quando le fissa negli occhi. Sembra assente, chiuso in se stesso, come se desiderasse guardare altrove e il suo sguardo si fosse posato su di loro per caso.

Pari si schiarisce la gola. Ma anche così, quando parla la sua voce trema. «Salve, Abdullah. Mi chiamo Pari. Sono molto felice di vederti.»

Baba annuisce lentamente. Mi sembra di vedere l'incertezza e la confusione che gli scorrono sul viso, come ondate di spasmi muscolari. I suoi occhi vagano da me a Pari. Apre la bocca in un mezzo sorriso forzato, come fa quando pensa che gli si stia giocando un tiro.

«Che strano accento» dice infine.

«Vive in Francia. Baba, devi parlare in inglese. Non capisce il farsi.»

Baba fa cenno di sì con la testa. «Dunque vivi a Londra?» chiede a Pari.

«Baba.»

«Cosa?» si volta di scatto verso di me. Poi capisce e fa una risatina imbarazzata prima di passare all'inglese. «Vivi a Londra?»

«A Parigi. Vivo in un piccolo appartamento a Parigi.» Pari non stacca gli occhi da lui.

«Mi sarebbe sempre piaciuto portare mia moglie a Parigi. Sultana, così si chiamava. Che riposi in pace. Diceva sempre: *Abdullah, portami a Parigi. Quando mi porti a Parigi?*

In realtà, alla mamma non piaceva viaggiare. Non vedeva perché avrebbe dovuto abbandonare le comodità e l'intimità della sua casa per affrontare i disagi di un viaggio aereo e trascinarsi le valigie. Non aveva nessun senso dell'avventura gastronomica: la sua idea di cibo esotico era il pollo all'arancia del take-away cinese in Taylor Street. È incredibile come a volte Baba la evochi con fantastica precisione, ricordando, per esempio, che salava il cibo facendo saltare i grani di sale dal palmo della mano, oppure la sua abitudine di interrompere l'interlocutore quando parlava al telefono, cosa che non succedeva mai di persona, mentre altre volte è incredibilmente impreciso. Immagino che la mamma stia svanendo dalla sua mente, il suo viso si stia ritirando tra le ombre, il ricordo di lei si riduca ogni giorno che passa, scorrendo via come sabbia da un pugno. La mamma si sta trasformando in un fantasma, una conchiglia vuota che Baba si sente costretto a riempire di dettagli fittizi, di tratti del carattere inventati, come se un ricordo falso fosse comunque meglio di niente.

«È una bella città» dice Pari.

«Forse ce l'accompagnerò. Ma al momento ha il cancro. Quello che viene alle donne, come si dice, il cancro...»

«Alle ovaie» concludo.

Lo sguardo di Pari passa veloce da me a Baba.

«Più di ogni altra cosa le piacerebbe salire sulla torre Eiffel. L'hai vista?»

«La torre Eiffel?» Pari Wahdati ride. «Oh, sì. Tutti i giorni. Non posso proprio evitare di vederla.»

«Sei salita? Fino in alto?»

«Sì. Lassù è meraviglioso. Ma soffro di vertigini, perciò per me non è sempre facile. Ma sulla sommità in una bella giornata di sole si può scorgere a oltre sessanta chilometri di distanza. Naturalmente a Parigi il tempo spesso non è bello e non c'è il sole.»

Baba fa un brontolio. Pari, incoraggiata, continua a parlare della torre, quanti anni ci sono voluti per costruirla, spiega che non sarebbe dovuta rimanere a Parigi dopo l'Esposizione Universale del 1889, ma non sa leggere gli occhi di Baba, come me. Il suo sguardo non esprime altro che indifferenza. Pari non si rende conto di averlo perso, che i suoi pensieri hanno già cambiato direzione, come foglie trasportate dal vento. Si accosta a lui. «Sapevi, Abdullah, che la torre deve essere ridipinta ogni sette anni?»

«Come hai detto che ti chiami?» chiede Baba.

«Pari.»

«Questo è il nome di mia figlia.»

«Sì, lo so.»

«Avete lo stesso nome. Voi due avete lo stesso nome.

Capita.» Tossisce e distrattamente gratta un piccolo strappo sul bracciolo della poltrona di pelle.

«Abdullah, posso farti una domanda?»

Baba alza le spalle.

Pari mi guarda, come per chiedermi il permesso. Con la testa le faccio cenno di continuare. Si china in avanti. «Perché hai scelto questo nome per tua figlia?»

Baba sposta lo sguardo verso la finestra, mentre con l'unghia continua a graffiare lo strappo sul bracciolo della poltrona.

«Ti ricordi, Abdullah, perché le hai dato questo nome?»

Baba scuote la testa. Si stringe il golf alla gola. Le labbra sono quasi immobili mentre sottovoce incomincia a canticchiare, un balbettio ritmico cui ricorre sempre quando è in preda all'angoscia, alla ricerca disperata di una risposta, quando tutto si confonde nell'indeterminatezza ed è travolto da una folata di pensieri sconnessi, nell'attesa spasmodica che l'oscurità si diradi.

«Abdullah? Che cos'è questo motivo?» chiede Pari.

«Niente» borbotta.

«No, la canzoncina che stai cantando... cos'è?»

Mi guarda spaesato. Non lo sa.

«È come una ninnananna» intervengo. «Ricordi, Baba? dicevi d'averla imparata da bambino. Dicevi d'averla imparata da tua madre.»

«Va bene.»

«Vuoi cantarmela?» chiede Pari con un nodo alla gola. «Per favore, Abdullah, me la canti?»

Abbassa la testa scuotendola lentamente.

«Coraggio, Baba» lo sollecito dolcemente. Poso la mano sulla sua spalla ossuta. «Prova.»

In modo esitante, con lo sguardo abbassato e un tono di voce alto e tremebondo, Baba canta gli stessi due versi diverse volte:

*Ho incontrato una fatina triste*
*Seduta all'ombra di una betulla.*

«Sostiene che ci fosse un altro verso» dico a Pari, «ma che se l'è dimenticato.»

Pari Wahdati, coprendosi la bocca, scoppia in un'improvvisa risata che ha il suono di un grido gutturale, profondo. «*Ah, mon Dieu*» sussurra. Alza la mano e canta in farsi:

*Conosco una fatina triste*
*Che una notte il vento ha portato via con sé.*

La fronte di Baba si copre di rughe. Per un breve attimo ho l'impressione di scoprire un barlume di luce nei suoi occhi. Ma poi il suo sguardo torna a spegnersi e il suo viso ancora una volta ritorna tranquillo. Scuote la testa. «No, no. Non mi sembra proprio che le parole siano queste.»

«Oh, Abdullah!» esclama Pari.

Sorridendo con gli occhi pieni di lacrime, Pari prende le mani di Baba tra le sue. Bacia il dorso di ciascuna mano e le porta alle guance. Lui sorride, ora anche i suoi occhi sono umidi. Pari mi guarda battendo le palpebre per respingere lacrime di felicità e capisco che pensa di essersi aperta un varco, di aver evocato il suo fratello perduto, grazie a quella magica canzoncina, come il genio di un racconto di fate. Pensa che lui la riconosca chiaramente adesso. Capirà ben presto che Baba sta solo reagendo al suo tocco caldo e alla sua dimostrazione d'affetto. È puro istinto animale, nient'altro. Lo so con dolorosa chiarezza.

---

Alcuni mesi prima che il dottor Bashiri mi passasse il numero di telefono di un ricovero, la mamma e io avevamo fatto una gita sulle montagne di Santa Cruz, trascorrendo il fine settimana in un albergo. Alla mamma non piacevano i viaggi lunghi, ma di tanto in tanto facevamo una breve spedizione, io e lei, prima che si ammalasse seriamente. Baba si occupava del ristorante e io e la mamma andavamo a Bodega Bay, a Sausalito o a San Francisco, dove ci fermavamo sempre in un albergo vicino a Union Square. Ci sistemavamo in stanza, chiedevamo che i pasti ci fossero serviti in camera e guardavamo i film sui canali a pagamento. Poi scendevamo al porto, la mamma abboccava a tutte le trappole per turisti, compravamo il gelato, guardavamo i leoni marini che saltavano dentro e fuori dall'acqua, non lontano dal molo. Per la strada lanciavamo monete nelle custodie aperte dei chitarristi e negli zaini dei mimi e delle figure immobili dipinte con lo spray. Visitavamo sempre il Museo d'Arte Moderna dove, tenendole un braccio attorno alla vita, le mostravo le opere di Rivera, Kahlo, Matisse, Pollock. Oppure andavamo al cinema nel primo pomeriggio, cosa che la mamma adorava, e vedevamo due o tre film; quando uscivamo era ormai buio e avevamo gli occhi stanchi, le orecchie rintronate e le dita che puzzavano di popcorn.

Con la mamma la vita era più facile, lo era sempre stata. Meno complicata, meno pericolosa. Non dovevo stare in guardia di continuo. Non dovevo badare a quello che dicevo per timore di infliggere una ferita. Svignarmela da sola con lei in quei fine settimana era come accoccolarmi in una morbida nube, e per un paio di giorni tutto ciò che mi aveva sempre preoccupato recedeva fin quasi a sparire, diventando comunque irrilevante.

Festeggiavamo la fine di un altro ciclo di chemio, che sarebbe stato anche l'ultimo. L'hotel era magnifico e isolato. C'era una spa, un centro benessere, una sala giochi con un grande schermo tv e un tavolo da biliardo. La nostra camera era una capannuccia con un portico in legno da cui si vedeva la piscina, il ristorante e un intero bosco di sequoie che si ergevano dritte verso le nubi. Alcuni alberi erano così vicini che avresti potuto distinguere le diverse sfumature del pelo dello scoiattolo che sfrecciava sul tronco. Il mattino dopo il nostro arrivo la mamma mi svegliò dicendo: *Svelta, Pari, vieni a vedere*. C'era un daino che mangiucchiava i cespugli fuori dalla finestra.

Avevo spinto la sua sedia a rotelle lungo i sentieri del giardino. *Devo essere uno spettacolo*, aveva detto la mamma. Parcheggiata la sedia vicino alla fontana, mi ero seduta su una panchina accanto a lei con il sole che ci scaldava il viso e insieme eravamo rimaste a osservare i colibrì che saettavano tra i fiori finché la mamma si era addormentata e allora l'avevo riportata nella nostra capanna.

La domenica pomeriggio avevamo preso il tè con i croissant sulla terrazza del ristorante, che era una grande sala dal soffitto a volta, arredata con scaffali di libri, un acchiappasogni su una parete e un vero camino in pietra. A un livello inferiore un uomo con la faccia da derviscio e una ragazza dai capelli biondi e lisci giocavano una letargica partita di ping pong.

*Dobbiamo fare qualcosa per queste sopracciglia*, aveva detto la mamma. Indossava il cappotto invernale sopra il maglione e il berretto di lana viola che aveva lavorato a maglia un anno e mezzo prima, quando, come diceva lei, si era dato inizio alle danze.

*Posso disegnarle con la matita*, le avevo detto.

*Allora voglio che siano melodrammatiche.*

*Come quelle di Elizabeth Taylor in Cleopatra?*

Aveva sorriso debolmente e aveva bevuto un piccolo sorso di tè. *Perché no?* Il sorriso approfondiva le rughe apparse di recente sul suo viso. *Quando ho conosciuto Abdullah, vendevo abiti sul marciapiedi di una strada di Peshawar. Mi disse che avevo delle sopracciglia meravigliose.*

La coppia del ping pong aveva posato le racchette. Ora erano appoggiati al parapetto di legno e si passavano la sigaretta guardando il cielo, che era limpido e luminoso, non fosse che per qualche nuvola sfrangiata. La ragazza aveva lunghe braccia ossute.

*Ho letto sul giornale che oggi c'è una fiera di oggetti d'arte e di artigianato a Capitola. Se te la senti, possiamo dare un'occhiata. Potremmo anche fermarci per cena, se vuoi.*

*Pari?*

*Sì.*

*Voglio dirti una cosa.*

*Ti ascolto.*

*Abdullah ha un fratello in Pakistan. Un fratellastro.*

Mi ero voltata di scatto verso di lei.

*Si chiama Iqbal. Ha dei figli. Vive in un campo profughi vicino a Peshawar.*

Avevo posato la tazza iniziando a parlare, ma la mamma mi aveva interrotto.

*Te lo sto dicendo, no? È questo che conta. Tuo padre ha le sue ragioni. Sono certa che potrai capirle, con il tempo. La cosa importante è che ha un fratellastro e che gli invia del denaro per dargli una mano.*

Mi aveva detto che da anni ormai Baba inviava a questo Iqbal – in qualche modo mio zio, avevo pensato con una stretta allo stomaco – mille dollari ogni tre mesi; scendeva alla Western Union e spediva il denaro a una banca di Peshawar.

*Perché me lo dici proprio adesso?*

*Perché penso che devi saperlo, anche se lui non è d'accordo. Inoltre presto dovrai occuparti tu della situazione economica della famiglia e quindi l'avresti comunque scoperto.*

Voltando la testa avevo visto un gatto che, con la coda ritta, si accostava guardingo alla coppia del ping pong. La ragazza lo aveva accarezzato e il gatto in un primo momento si era irrigito, ma poi si era accovacciato sulla ringhiera, lasciando che la ragazza gli passasse le mani sulle orecchie e sul dorso. La mia mente annaspava. Avevo dei parenti che non vivevano negli Stati Uniti.

*Sarai tu a tenere la contabilità ancora per molto tempo, mamma.* Avevo fatto del mio meglio per mascherare il tremito della voce.

Era seguito un silenzio pesante. Poi aveva ripreso a parlare più lentamente e a voce più bassa, come quando ero piccola e dovevamo andare alla moschea per un funerale e lei si accoccolava accanto a me e pazientemente mi spiegava che dovevo togliermi le scarpe all'ingresso, che dovevo stare zitta durante le preghiere, senza muovermi, senza lamentarmi e che dovevo andare in bagno adesso per evitare di doverci andare dopo.

*No, non sarò io a occuparmene. Inutile illudersi. Quando arriverà il momento, dovrai essere pronta.*

Tirai un respiro profondo, con un nodo che mi stringeva la gola. Da qualche parte aveva preso a funzionare una sega elettrica, il crescendo del suo lamento in violento contrasto con il silenzio del bosco.

*Tuo padre è come un bambino. Sgomento all'idea di essere abbandonato. Senza di te, Pari, perderebbe la strada e non saprebbe più tornare indietro.*

Mi ero costretta a guardare gli alberi, un fiotto di luce solare cadeva sulle foglie piumose, sulla corteccia ruvida dei tronchi. Avevo messo la lingua tra gli incisivi morsicandola con forza. Gli occhi mi si erano inondati di lacrime, mentre la bocca si riempiva del sapore metallico del sangue.

*Un fratello.*

*Sì.*

*Ho molte domande da farti.*

*Fammele stasera. Quando non sarò così stanca. Ti dirò tutto quello che so.*

Avevo fatto segno di sì con la testa e avevo ingollato il resto del tè ormai freddo. A un tavolo vicino una coppia di mezza età si scambiava le pagine di un giornale. La donna, capelli rossi e viso aperto, ci stava osservando in silenzio al di sopra della pagina, i suoi occhi passavano da me alla faccia grigia di mia madre e al suo berretto, alle mani cosparse di lividi, agli occhi infossati e al sorriso da teschio. Quando avevo incrociato il suo sguardo aveva sorriso, giusto un attimo, come se condividessimo un intimo segreto e io avevo capito che anche a lei era toccata la stessa esperienza.

*Allora, mamma, cosa pensi della fiera? Te la senti di andare?*

Lo sguardo della mamma si era fermato su di me. I suoi occhi sembravano troppo grandi per la sua testa e la sua testa troppo grande per le sue spalle.

*Potrei comprarmi un cappello nuovo*, aveva detto.

Gettato il tovagliolo, avevo scostato la mia sedia e ero girata intorno al tavolo. Poi avevo tolto il freno della sedia a rotelle, iniziando a spingerla.

*Pari.*

*Sì?*

La mamma aveva rovesciato la testa all'indietro per guardarmi. Il sole filtrava tra le foglie degli alberi e le illuminava il viso con scaglie puntiformi di luce. *Lo sai che Dio ti ha dato una grande forza, vero? Sai che ti ha creata forte e buona?*

Non c'è modo di comprendere come funzioni la mente umana. Di tutte le migliaia e migliaia di momenti che ho condiviso con la mamma, questo è quello che brilla nel modo più luminoso, quello che vibra con la risonanza più intensa in fondo al mio cuore: lei che mi guarda, il viso alzato, e tutti quegli accecanti puntini di luce che scintillano sulla sua pelle. Lei che mi chiede se so che Dio mi ha creata forte e buona.

Dopo che Baba si è addormentato sulla poltrona a sdraio, Pari gli chiude delicatamente la cerniera del golf e tira su lo scialle per coprirgli il petto. Gli infila dietro l'orecchio una ciocca ribelle di capelli, e rimane a osservarlo per un po' mentre dorme. Anche a me piace guardarlo quando dorme, perché in quei momenti non si vede che è malato. Con gli occhi chiusi, sparisce l'espressione vacua, lo sguardo assente, spento, e Baba sembra simile all'uomo che è sempre stato. Da addormentato sembra più vigile, più presente, come se qualcosa del suo antico io si fosse di nuovo intrufolato dentro di lui. Mi chiedo se Pari, guardandolo ora mentre riposa, possa immaginarsi com'era, come rideva.

Passiamo dal soggiorno in cucina. Prendo il bollitore dall'armadietto e lo riempio d'acqua.

«Voglio mostrarti alcune foto» dice Pari con entusiasmo. È seduta al tavolo, intenta a sfogliare un album di fotografie che ha pescato dalla valigia.

«Temo che il caffè non sia all'altezza dello standard parigino» dico versando l'acqua nella caffettiera.

«Ti assicuro che non sono una fanatica del caffè.» Si è tolta la sciarpa gialla, si è infilata gli occhiali e ora è tutta concentrata sulle immagini.

Quando la caffettiera comincia a gorgogliare, mi siedo al tavolo accanto a lei. «*Ah oui. Voilà.* Ecco» dice. Gira l'album spingendolo verso di me. Indica con dei colpetti una foto. «Ecco il posto. Dove tuo padre e io siamo nati. E anche nostro fratello Iqbal.»

Quando Pari mi aveva chiamata per la prima volta da Parigi, aveva accennato al nome di Iqbal, portandolo forse come prova, per convincermi che non aveva mentito sulla propria identità. Ma già sapevo che era tutto vero. Lo sapevo dal primo momento che avevo alzato il ricevitore, quando aveva pronunciato il nome di mio padre e aveva chiesto se era la sua famiglia quella con cui si era messa in contatto. Le avevo detto: *Sì, chi parla?* E lei aveva risposto: *Sono sua sorella.* Il cuore aveva preso a battermi con violenza. Avevo cercato una sedia su cui abbandonarmi, mentre il mondo attorno a me sprofondava in un silenzio assoluto. Era stato uno shock, sì, una sorta di scena madre, un evento drammatico, di quelli che si verificano raramente nella vita reale. Ma su un altro piano, un piano più fragile, che sfidava la razionalità, e la cui essenza si sarebbe disintegrata, se solo avessi provato a dargli voce, non mi sorprendeva che mi avesse chiamato. Come se mi fossi aspettata per tutta la vita che, attraverso un qualche disegno misterioso, una coincidenza, o forse semplicemente per opera del caso, del destino, o comunque si voglia chiamarlo, ci saremmo trovate, lei e io. Ero uscita con il telefono portatile nel cortile sul retro e mi ero seduta su una sedia vicino all'orto dove avevo continuato a coltivare i peperoni e le zucche giganti che aveva piantato mia madre. Sentivo il calore del sole sulla nuca mentre con mani tremanti accendevo una sigaretta.

*So chi sei*, avevo detto. *Lo so da sempre.*

C'era stato silenzio all'altro capo della linea, ma avevo avuto l'impressione che avesse allontanato la bocca dal microfono e stesse piangendo lacrime silenziose.

Avevamo parlato per quasi un'ora. Le avevo detto che sapevo cosa le era successo, le avevo raccontato di come avevo obbligato mio padre a raccontarmi la sua storia per farmi addormentare. Pari aveva detto che lei stessa ignorava quello che le era successo e che sarebbe probabilmente morta senza conoscerlo se non fosse stato per una lettera che il fratello della sua matrigna, Nabi, aveva lasciato a Kabul prima di morire, nella quale, tra l'altro, aveva narrato nel dettaglio gli avvenimenti della fanciullezza di Pari. La lettera era stata affidata a un uomo di nome Markos Varvaris, un chirurgo che lavorava a Kabul, che l'aveva cercata e l'aveva trovata a Parigi. Durante l'estate Pari era andata a Kabul e aveva incontrato Markos Varvaris che le aveva organizzato una visita a Shadbagh.

Verso la fine della conversazione avevo avuto l'impressione che si stesse facendo forza prima di dire: *Bene, penso di essere pronta. Posso parlare con lui adesso?*

A quel punto avevo dovuto dirglielo.

Avvicino l'album delle fotografie e scruto la foto che

Pari mi sta indicando. Vedo un maniero protetto da alte mura di un bianco abbagliante, sormontate da filo spinato. O piuttosto l'idea tragicamente distorta di cosa sia una residenza signorile, un edificio alto tre piani, rosa, verde, giallo, bianco, con parapetti, torrette, cornicioni a mo' di pagoda, mosaici e vetri a specchio da grattacielo. Uno spaventoso monumento al kitsch, che sconfina nel grottesco.

«Mio Dio» esclamo.

«*C'est affreux, non?*» dice Pari. «È orribile. Gli afghani chiamano queste residenze narco-palazzi. Questa appartiene a un noto criminale di guerra.»

«Ed è tutto quanto rimane di Shadbagh?»

«Del vecchio villaggio, sì. Questo edificio e molti ettari di alberi da frutto, come si dice... *Des vergers*.»

«Dei frutteti.»

«Sì.» Fa scorrere le dita sulla foto del grande palazzo. «Mi piacerebbe sapere dove si trovava esattamente la nostra vecchia casa, in rapporto a questo narco-palazzo. Sarei felice di conoscere il luogo esatto.»

Mi racconta della nuova Shadbagh, una vera e propria città con scuole, una clinica, un quartiere commerciale, persino un piccolo hotel, che è stata costruita a tre chilometri dal vecchio villaggio. La città sorgeva là dove Pari, con l'aiuto di un traduttore, aveva cercato il suo fratellastro. L'avevo saputo nel corso della nostra prima, interminabile, conversazione telefonica: nessuno in città sembrava conoscere Iqbal, finché Pari si era imbattuta in un suo vecchio amico d'infanzia, il quale aveva scoperto che si era accampato con la famiglia su un terreno incolto vicino al vecchio mulino a vento. Iqbal gli aveva raccontato che quando era in Pakistan riceveva del denaro dal fratello maggiore che viveva nel nord della California. *Allora gli chiesi*, aveva soggiunto Pari al telefono, *se Iqbal gli avesse detto il nome di quel fratello e il vecchio aveva risposto che si chiamava Abdullah. E allora il resto non è stato così difficile. Voglio dire, trovare te e tuo padre.*

*Chiesi anche al vecchio dove fosse Iqbal ora e il vecchio mi disse che non lo sapeva. Però sembrava molto agitato e, mentre mi dava questa risposta, aveva distolto lo sguardo. E così temo che a Iqbal sia successo qualcosa di brutto.*

Sfoglia altre pagine e mi mostra le fotografie dei suoi figli, Alain, Isabelle e Thierry, e altre istantanee dei suoi nipotini alle feste di compleanno, mentre posano in costume da bagno sul bordo di una piscina. Poi quelle del suo appartamento a Parigi, con le pareti azzurro pastello e le tapparelle bianche abbassate, gli scaffali di libri. Il suo caotico ufficio all'università dove aveva insegnato matematica, prima che l'artrite reumatoide la costringesse al pensionamento.

Continuo a sfogliare le pagine dell'album, mentre Pari completa le foto con delle didascalie verbali: la sua vecchia amica Colette, Albert, il marito di Isabelle, suo marito Eric, che era un drammaturgo ed era morto d'infarto nel 1997. Mi soffermo su una foto che li raffigura, incredibilmente giovani, seduti su dei cuscini color arancio in una specie di ristorante, lei con una camicetta bianca, lui con una T-shirt e i capelli lunghi e lisci, raccolti a coda di cavallo.

«La sera che ci siamo conosciuti» dice Pari. «È stato un incontro combinato.»

«Aveva una faccia simpatica.»

«Sì. Quando ci siamo sposati ho pensato che avremmo avuto tanto tempo per stare insieme. Dentro di me pensavo: Trent'anni, forse quaranta. Cinquanta, se siamo fortunati. Perché no?» Fissa la foto, perduta nei suoi pensieri, poi con un pallido sorriso continua: «Ma il tempo è come il fascino. Non ne hai mai quanto vorresti». Spinge l'album verso di me e beve un sorso di caffè. «E tu? Non ti sposi?»

Faccio spallucce e volto un'altra pagina. «C'è stata una prova generale.»

«Che cosa intendi con prova generale?»

«Che sono stata lì lì per farlo. Ma non siamo mai arrivati alla fase dell'anello.»

Non è vero. È stata una storia penosa e ingarbugliata. Persino ora, il solo ricordo mi procura una leggera fitta di dolore.

Pari abbassa la testa. «Scusami. Sono stata molto indiscreta.»

«No. Non preoccuparti. Lui ha trovato una donna più bella e... con meno obblighi di me, penso. A proposito di bellezza, chi è questa?»

Indico una donna straordinariamente bella, con lunghi capelli scuri e grandi occhi. Nella foto tiene in mano una sigaretta con aria annoiata, il gomito appoggiato al fianco, la testa sollevata in modo noncurante, ma il suo è uno sguardo di sfida, penetrante.

«Questa è Maman. Mia madre, Nila Wahdati. O meglio, quella che pensavo fosse mia madre.»

«È splendida.»

«Lo era. Si è suicidata. Nel 1974.»

«Mi spiace.»

«*Non, non.* Non è il caso.» Passa distrattamente il pollice sulla foto. «Maman era elegante e piena di talento. Era colta e molto convinta delle proprie opinioni, che non si peritava di elargire sempre a chiunque.

Ma era anche profondamente triste. Mi ha messo in mano una pala e per tutta la vita mi ha detto: *Riempi i buchi della mia anima, Pari.*»

Credo di capire, in parte.

«Ma non ne ero capace. E poi mi sono rifiutata. Mi sono comportata in modo sconsiderato, incosciente.» Torna a sedersi tenendo le spalle curve, con le mani bianche in grembo. Riflette un attimo prima di dire: «*J'aurais dû être plus gentille*. Avrei dovuto essere più considerata. Non ci si pente mai dell'attenzione che diamo agli altri. Se uno si comporta così, da vecchio non dovrà rimproverarsi di non essere stato sufficientemente buono con qualcuno». Per un attimo ha un'espressione afflitta. È come una scolaretta inerme. «Non sarebbe stato così difficile essere più gentile» dice con stanchezza. «Più simile a te.»

Con un sospiro triste chiude l'album delle fotografie. Dopo un attimo di silenzio dice quasi con allegria: «*Ah bon*. Vorrei farti una domanda».

«Prego.»

«Mi puoi far vedere qualcuno dei tuoi quadri?»

Ci scambiamo un sorriso.

Pari rimane con noi un mese. Il mattino facciamo colazione insieme in cucina. Caffè e pane tostato per lei, yogurt per me e uova fritte sul pane per Baba, il suo cibo preferito da un po' di tempo. Ero preoccupata che mangiare tutte quelle uova gli avrebbe alzato il livello di colesterolo, e ne avevo parlato al dottor Bashiri durante una delle sue visite, ma lui, con uno di quei suoi sorrisi a labbra strette, mi aveva detto: *Oh di questo non mi preoccuperei.* E le sue parole mi avevano sollevato, almeno sino a quando, qualche minuto dopo, nell'aiutare Baba ad allacciare la cintura di sicurezza, avevo pensato che forse quello che in realtà il dottor Bashiri aveva voluto dire era che ormai quello non era certo il problema più rilevante.

Dopo colazione mi ritiro nel mio ufficio, che coincide con la mia camera da letto, e Pari tiene compagnia a Baba mentre lavoro. Su sua richiesta le ho scritto l'orario dei programmi tv che gli piacciono, a che ora deve dargli le pillole di metà mattina, quali sono gli spuntini che preferisce e quando è probabile che ne faccia richiesta. È stata un'idea di Pari che io mettessi tutto questo per iscritto.

*Potresti fare un salto in camera mia a chiedermelo.*

*Non voglio disturbarti. E poi voglio sapere tutto di lui.*

Non le dico che non riuscirà mai a conoscerlo come lei desidera. Tuttavia le insegno alcuni trucchi. Per esempio, se Baba incomincia ad agitarsi, di solito, ma non sempre, riesco a calmarlo, per ragioni che ancora mi sfuggono, mettendogli subito davanti un catalogo dei prodotti ordinabili per posta oppure un opuscolo pubblicitario di mobili in saldo. Ne tengo una nutrita scorta sia degli uni che degli altri.

*Se vuoi che faccia un pisolino, sintonizzati sul canale delle previsioni del tempo o su un qualsiasi programma di golf. E non fargli mai vedere dei programmi di cucina.*

*Perché no?*

*Non so perché, ma lo agitano.*

Dopo pranzo usciamo tutti e tre per una passeggiata. Stiamo fuori poco, sia perché Baba si stanca presto, sia per via dell'artrite di Pari. Baba ha uno sguardo circospetto, cammina sul marciapiedi tra me e Pari, ansimante, barcollando, con il suo vecchio berretto dalla tesa corta, il golf di lana e i mocassini foderati di lana. C'è una scuola media dietro l'angolo, con un campo di calcio mal tenuto e in fondo un piccolo campo giochi dove porto spesso Baba. Incontriamo sempre un paio di giovani madri, con le carrozzine parcheggiate accanto, un bambino che gattona nel recinto della sabbia, e di tanto in tanto una coppia di adolescenti che hanno marinato la scuola e ora gironzolano pigramente e fumano. Guardano raramente Baba, gli adolescenti, e quando i loro occhi lo intercettano hanno un'espressione di fredda indifferenza o persino di sottile fastidio, come se mio padre fosse responsabile di aver permesso alla vecchiaia e al decadimento di aggredirlo.

Un giorno, interrompo il lavoro e, nell'andare in cucina a farmi un altro caffè, trovo i due che stanno guardando un film. Baba sulla poltrona a sdraio, i mocassini che spuntano da sotto lo scialle, la testa china in avanti, la bocca leggermente aperta, le sopracciglia aggrottate per la concentrazione o per lo smarrimento. E Pari, seduta accanto a lui, le mani intrecciate in grembo, le gambe incrociate alle caviglie.

«Chi è questa?» chiede Baba.

«È Latika.»

«Chi?»

«Latika, la bambina degli slum. Quella che non è riuscita a saltare sul treno.»

«Non sembra una bambina.»

«È vero, ma sono passati tanti anni» spiega Pari. «Ora è più grande, capisci?»

Un giorno, la settimana prima, al campo giochi, eravamo seduti su una panchina del parco, tutti e tre, e Pari aveva chiesto: *Abdullah, ti ricordi che da ragazzo avevi una sorellina?*

Non aveva terminato la frase che Baba aveva cominciato a piangere. Pari gli aveva preso la testa fra le mani e l'aveva stretta a sé, ripetendo più e più volte: *Mi spiace, mi spiace tanto.* Poi, presa dal panico, gli aveva asciugato le guance con le mani, ma Baba continuava a singhiozzare in modo così violento da rischiare di soffocare.

«E sai chi è questo, Abdullah?»

Baba borbotta qualcosa.

«È Jamal. Il ragazzo del quiz televisivo.»

«Non è vero» dice Baba in modo sgarbato.

«Perché?»

«Sta servendo il tè!»

«Sì, ma questo è accaduto prima. È un episodio del passato. Un...»

*Flashback*, mormoro dentro la mia tazza di caffè.

«Il quiz si svolge adesso, Abdullah. Il tè, Jamal lo serviva prima.»

Baba batte le palpebre con aria vacua. Sullo schermo, Jamal e Salim sono seduti su un grattacielo di Mumbai, i piedi che dondolano nel vuoto.

Pari lo osserva, come se aspettasse il momento in cui un lampo di comprensione sarebbe balenato nei suoi occhi. «Senti, Abdullah. Se un giorno dovessi vincere un milione di dollari, cosa faresti?» gli chiede.

Baba fa delle smorfie, movendosi inquieto, poi si allunga ancora di più sulla poltrona a sdraio.

«Io so cosa farei» dice Pari.

Baba la guarda con indifferenza.

«Se vincessi un milione di dollari, comprerei una casa in questa strada. Così saremmo vicini, tu e io, e ogni giorno verrei qui e guarderemmo insieme la tv.»

Baba sorride.

Ma solo qualche minuto dopo, io sono già tornata nella mia stanza, ho messo gli auricolari e sto battendo sulla tastiera, sento un forte rumore di vetri rotti e Baba che grida qualcosa in farsi. Mi strappo gli auricolari e mi precipito in cucina. Vedo Pari contro la parete dove è installato il microonde, che si protegge il mento con le mani e Baba, con gli occhi spiritati, che la picchia sulla spalla con il bastone. Un mucchietto di frammenti di vetro, avanzi di bicchieri rotti, brilla ai loro piedi.

«Mandala via di qui!» grida Baba, quando mi vede. «Voglio che questa donna se ne vada da casa mia!»

«Baba!»

Pari è impallidita. I suoi occhi sono pieni di lacrime.

«Metti giù quel bastone, per amor del cielo. E non muoverti. Ti taglierai i piedi.»

Riesco a strappargli il bastone di mano, ma solo dopo una dura lotta.

«Voglio che questa donna se ne vada! È una ladra!»

«Cosa dice?» mi chiede Pari con aria infelice.

«Mi ha rubato le pillole!»

«Sono sue, Baba.» Gli poso una mano sulla spalla e lo accompagno fuori dalla cucina. Sento che trema. Quando passiamo davanti a Pari, per poco non l'aggredisce di nuovo e io devo trattenerlo. «Adesso basta, Baba. Quelle pillole sono sue, non tue. Le prende per le mani.» Mentre lo accompagno verso la sua poltrona afferro al volo dal tavolino uno dei suoi cataloghi.

«Non mi fido di quella donna» dice Baba, lasciandosi cadere sulla poltrona. «Tu non capisci, ma io sì. Io so riconoscere i ladri!» Ansima mentre mi strappa di mano il catalogo e prende a sfogliarlo come un matto. Poi lo sbatte sulle ginocchia e mi guarda inarcando le sopracciglia. «E per di più è una maledetta bugiarda.

Sai cosa mi ha detto quella donna? Sai cosa mi ha detto? Che è mia sorella! *Mia sorella!* Aspetta che Sultana senta questa storia.»

«Va bene, Baba. Glielo diremo insieme.»

«È una pazza.»

«Lo diremo alla mamma, ci rideremo sopra e poi butteremo questa pazza fuori casa. Ora rilassati, Baba. Va tutto bene. Ecco.»

Accendo il canale delle previsioni del tempo e mi siedo accanto a lui, gli accarezzo la spalla finché smette di tremare e il suo respiro torna calmo. In meno di cinque minuti si appisola.

Tornata in cucina trovo Pari sul pavimento con la schiena appoggiata alla lavastoviglie. È scossa e si asciuga gli occhi con un fazzoletto di carta.

«Mi spiace immensamente. È stata un'imprudenza da parte mia.»

«Non preoccuparti» la tranquillizzo cercando sotto il lavandino la paletta e lo scopino. Sparse sul pavimento, in mezzo ai cocci di vetro, trovo delle piccole pillole rosa e arancio. Le raccolgo una per una e spazzo via i vetri dal linoleum.

«*Je suis une imbecille.* Volevo dirgli tante cose. Ho pensato che forse se gli avessi detto la verità... non so cosa avessi in mente.»

Getto i vetri rotti nel bidone della spazzatura. Mi inginocchio, scosto il collo della camicia di Pari e controllo la spalla su cui Baba l'ha picchiata. «Ti verranno dei lividi. E parlo per esperienza, te l'assicuro.» Mi siedo sul pavimento accanto a lei.

Apre la mano e io ci verso dentro le pillole. «Gli capita spesso di essere così?»

«Ci sono giornate in cui è arrabbiato come un cane.»

«Non hai mai pensato di cercare un aiuto professionale?»

Sospiro. Negli ultimi tempi ho pensato molto all'inevitabile mattino quando mi sveglierò in una casa vuota, mentre Baba, rannicchiato in un letto sconosciuto, fisserà il vassoio della colazione che gli verrà offerto da un estraneo. Baba che, accasciato dietro il tavolo di una sala comune, si addormenta di botto.

«Lo so. Ma non è ancora il momento. Voglio prendermi cura di lui il più a lungo possibile.»

Pari sorride e si soffia il naso. «Lo capisco.»

Non ne sono sicura. Non le dico tutta la verità. La racconto a malapena a me stessa. Cioè che ho paura di essere libera, nonostante lo desideri spesso. Paura di ciò che mi succederà, di quello che farò di me stessa quando Baba non ci sarà più. Per tutta la vita sono vissuta come un pesce in un acquario, dentro la frontiera rassicurante di una vasca di vetro, dietro una barriera tanto impenetrabile quanto trasparente. Sono libera di osservare il mondo che balugina all'esterno e di immaginare di farne parte, se mi fa piacere. Ma da sempre vivo come una reclusa, accerchiata dai rigidi, inflessibili confini dell'esistenza che mio padre ha costruito per me, dapprima coscientemente, quando ero una ragazza, e poi involontariamente ora che si va spegnendo di giorno in giorno. Penso di essermi abituata alla vasca di vetro e sono terrorizzata all'idea che, quando si romperà, quando sarò sola, precipiterò nell'ignoto che mi si spalancherà davanti, impotente, sperduta, annaspando nel tentativo di respirare.

La verità che raramente ammetto è che da sempre ho bisogno del peso di Baba sulle spalle.

Perché avrei così prontamente rinunciato al mio sogno di frequentare una scuola d'arte, quasi senza opporre resistenza quando Baba mi aveva chiesto di non andare a Baltimora? Perché ho lasciato Neal, l'uomo con cui ero fidanzata qualche anno fa? Era proprietario di una piccola azienda per l'installazione di pannelli solari. Aveva un viso quadrato, segnato, che mi era piaciuto dal primo momento che l'avevo visto alla Abe's Kabob House, quando gli avevo chiesto cosa voleva ordinare e lui aveva alzato gli occhi dal menu e mi aveva sorriso. Era paziente, cordiale, di buon carattere. Non è vero quello che ho detto a Pari. Neal non mi ha lasciata per una donna più bella. Sono io che ho sabotato il nostro rapporto. Persino quando mi promise di convertirsi all'Islam, di prendere lezioni di farsi, io trovai altri impedimenti, altri pretesti. Finii per essere terrorizzata e tornai di corsa negli anfratti familiari, nelle nicchie e negli interstizi della mia vita domestica.

Accanto a me, Pari lentamente si alza. La osservo lisciarsi il vestito stropicciato e di nuovo mi chiedo stupita per quale miracolo sia qui, a qualche centimetro da me. «Voglio farti vedere una cosa» dico.

Mi alzo e vado nella mia camera. Una delle conseguenze di non aver mai lasciato la casa dei genitori è che nessuno ha mai fatto un radicale repulisti nella tua vecchia stanza, ha portato i giocattoli a una vendita di beneficenza o ha regalato gli abiti che sono diventati piccoli. So che per essere una donna vicina ai trent'anni, conservo troppe reliquie di quando ero bambina, la maggior parte stipate in una grande cassa ai piedi del letto. Alzo il coperchio. Dentro ci sono vecchie bambole, il pony rosa con la criniera che potevo pettinare, i libri illustrati, tutti i biglietti d'auguri di compleanno e di San Valentino che avevo preparato per i miei genitori alle elementari con sopra fagioli bianchi, lustrini e stelline luccicanti. L'ultima volta che abbiamo parlato, Neal e io, prima di rompere, lui mi ha detto: *Non posso aspettarti, Pari. Non starò ad aspettare che tu cresca.*

Chiudo il coperchio e torno in soggiorno dove Pari si è sistemata sul divano di fronte a Baba. Mi siedo accanto a lei.

«Ecco» dico, passandole una pila di cartoline.

Prende gli occhiali dal tavolino e toglie l'elastico che raccoglie le cartoline. Guardando la prima aggrotta la fronte. È una foto di Las Vegas, del Caesars Palace di notte, tutto uno scintillio di luci. Gira la cartolina e legge ad alta voce lo scritto.

*21 luglio 1992*

*Cara Pari,*
*non puoi immaginarti il caldo che fa qui. Oggi Baba si è scottato quando ha posato la mano sul cofano della macchina che abbiamo noleggiato! La mamma ha dovuto mettergli del dentifricio sulla vescica. Nel Caesars Palace ci sono soldati romani con spade, elmi e cappe rosse. Baba voleva che la mamma si lasciasse fotografare con loro, ma lei si è rifiutata. Io invece l'ho fatto e ti mostrerò la foto quando torno a casa. Questo è tutto per il momento. Mi manchi. Vorrei che tu fossi qui.*

*Pari.*

*P.S. Mentre ti scrivo sto mangiando uno stupendo gelato ricoperto di panna montata.*

Passa alla cartolina successiva. Il castello Hearst. Legge sottovoce. *Questo tipo aveva uno zoo privato! Bello, no? Canguri, zebre, antilopi, cammelli battriani (quelli con due gobbe!).* Poi a una di Disneyland, Topolino con il cappello da mago che agita la bacchetta magica. *La mamma ha fatto un urlo quando l'impiccato è caduto dal soffitto! Avresti dovuto sentirla!* E il lago Tahoe. La Jolla Cove, Big Sur. 17-Mile Drive. Muir Woods. *Mi manchi. Ti saresti divertita. Vorrei che fossi qui.*

*Vorrei che fossi qui.*

Pari si toglie gli occhiali. «Scrivevi cartoline a te stessa?»

Scuoto la testa. «A te.» Rido. «Non è imbarazzante?»

Pari posa le cartoline sul tavolino e si stringe a me. «Raccontami.»

Mi guardo le mani e faccio girare l'orologio attorno al polso. «Fingevo che fossimo sorelle gemelle, tu e io. Nessuno ti vedeva tranne me. Ti dicevo tutto, tutti i miei segreti. Per me tu eri reale, e sempre vicina. Mi sentivo meno sola perché c'eri tu. Come se fossi il mio doppio. Capisci cosa intendo?»

Un sorriso si accende nei suoi occhi. «Sì.»

Mi immaginavo che fossimo due foglie, portate dal vento a distanza di chilometri, e tuttavia legate dal profondo groviglio delle radici dell'albero dal quale eravamo cadute.

«Per me era il contrario» dice Pari. «Tu dici che sentivi una presenza, io invece intuivo soltanto un'assenza. Un dolore vago, senza una fonte. Ero come il paziente che non sa spiegare al medico dove gli fa male, sa solo dire che gli fa male.» Posa la sua mano sulla mia e per un minuto restiamo entrambe in silenzio.

Dalla sua poltrona Baba si lamenta e si agita.

«Mi spiace davvero» dico.

«Di cosa?»

«Che ci siamo trovate troppo tardi.»

«Ma ci siamo trovate, no?» dice con la voce rotta dall'emozione. «E lui è così adesso. Pazienza. Sono felice lo stesso. Ho trovato una parte di me che avevo perduto.» Mi stringe la mano. «E ho trovato te, Pari.»

Le sue parole fanno riaffiorare i miei desideri infantili. Ricordo che quando mi sentivo sola sussurravo il suo nome, il *nostro* nome, e, trattenendo il respiro aspettavo un'eco, certa che un giorno avrebbe risposto. Sentendo Pari che pronuncia il mio nome ora, in questo soggiorno, è come se tutti gli anni che ci hanno diviso si sovrapponessero l'uno sull'altro, più e più volte, come se il tempo si ripiegasse su se stesso, riducendosi a una fotografia, o una cartolina, e riportando la reliquia più luminosa della mia fanciullezza a sedere accanto a me, a tenermi la mano e a pronunciare il mio nome. Il nostro nome. Sento che qualcosa si muove per ritrovare il proprio posto. Qualcosa che si è spezzato tanto tempo fa e che ora si sta ricomponendo. E sento un dolce rollio in petto, il palpito attutito di un altro cuore che ricomincia a battere accanto al mio.

Sulla poltrona Baba si mette seduto sostenendosi sui gomiti. Si strofina gli occhi, ci guarda. «Che cosa state complottando, ragazze?»

Sorride.

Un'altra ninnananna. Questa parla del ponte di Avignone. Pari canticchia a bocca chiusa il motivo, poi mi recita i versi:

*Sur le pont d'Avignon,*
*L'on y danse, l'on y danse,*
*Sur le pont d'Avignon*
*L'on y danse tout en rond.*

«Maman me l'ha insegnata quando ero piccola» dice stringendo il nodo della sciarpa al sopraggiungere di una violenta folata di vento. È una giornata gelida, ma il cielo è turchino e il sole forte. Colpisce gli argini grigio metallo del Rodano e si frange sulla sua superficie in piccole scaglie lucenti. «Tutti i bambini francesi conoscono questa canzoncina.»

Siamo sedute su una panchina di fronte all'acqua. Mentre Pari traduce le parole, io guardo ammirata la città al di là del fiume. Avendo scoperto da poco la mia storia, sono intimorita nel trovarmi in un luogo così impregnato di storia, tutta documentata, conservata. È un miracolo. Tutto ciò che riguarda questa città è miracoloso. Mi meravigliano la limpidezza dell'aria, il vento che si abbatte sul fiume, scaraventando l'acqua contro i ciglioni di pietra, la pienezza opulenta della luce il cui brillio sembra provenire da ogni direzione. Dalla panchina del parco vedo i vecchi contrafforti che circondano il centro dell'antica città e l'intrico delle sue strade strette e tortuose, la torre occidentale della cattedrale, la statua dorata della Vergine Maria che scintilla sulla sommità.

Pari mi racconta la storia del ponte. Nel XII secolo, un giovane pastore che sosteneva di aver ricevuto dagli angeli l'ordine di costruire un ponte sul fiume, aveva dimostrato la verità della sua affermazione sollevando un masso enorme e scagliandolo nell'acqua. Mi racconta dei barcaioli del Rodano che erano saliti sul ponte per onorare il loro patrono, san Nicola. E di tutte le piene che nel corso dei secoli hanno corroso gli archi facendoli crollare. Dice queste cose in fretta, con la medesima energia nervosa che aveva dimostrato il mattino quando mi aveva accompagnato in visita al palazzo gotico dei papi. Si era tolta le cuffie dell'audioguida per indicarmi un affresco, toccandomi il gomito per attirare la mia attenzione su un interessante intaglio, una vetrata colorata, o sui costoloni che si intersecavano sopra la nostra testa.

All'esterno del Palazzo dei Papi, Pari aveva parlato quasi senza prendere fiato, snocciolando i nomi di tutti i santi, i papi e i cardinali, mentre passeggiavamo nella piazza della cattedrale fra nugoli di colombi, turisti, ambulanti africani con le loro tuniche variopinte che vendevano braccialetti e orologi taroccati, il musicista occhialuto seduto sulla cassetta di mele, che suonava *Bohemian Rhapsody* sulla sua chitarra elettrica. Non era stata così loquace quando era venuta in visita negli Stati Uniti e mi sembra una tattica dilatoria, come se stesse girando attorno alla cosa che le preme di fare, che faremo assieme, e tutte queste parole fungessero da ponte.

«Ma tra poco vedrai un vero ponte. Quando saranno arrivati tutti, andremo insieme al Pont du Gard. Lo conosci? No? *Oh là là. C'est vraiment merveilleux*. L'hanno costruito i romani nel I secolo per portare l'acqua dalle fontane di Eure a Nîmes. Cinquanta chilometri! È un capolavoro d'ingegneria, Pari.»

Sono in Francia da quattro giorni, da due ad Avignone. Pari e io abbiamo preso il TGV in una Parigi gelida, nuvolosa, e siamo scese dal treno sotto un cielo limpido, un vento tiepido e un coro di cicale che frinivano su ogni albero. Alla stazione, in una confusione pazzesca ero riuscita a stento a tirar giù il mio bagaglio e saltare dal treno un attimo prima che le porte si chiudessero con un sibilo alle mie spalle. Prendo un appunto mentale: racconterò a Baba che, altri tre secondi, e sarei finita a Marsiglia.

*Come sta?* aveva chiesto Pari a Parigi durante la corsa in taxi dall'aeroporto Charles De Gaulle al suo appartamento.

*Sempre più vicino alla meta*, dico.

Baba vive in una casa di riposo, adesso. Quando ero andata per la prima volta a vedere com'era il posto e la direttrice, Penny, una donna alta, fragile con i capelli ricci biondo-rossi, mi aveva fatto fare un giro, avevo pensato, non è così male.

Poi l'avevo ripetuto ad alta voce. *Non è così male.*

Il posto era pulito, con le finestre che si affacciavano su un giardino dove, mi aveva detto Penny, prendevano il tè ogni mercoledì alle 16.30. L'atrio profumava leggermente di cannella e di pino. Il personale, che ora conosco per nome, sembrava cortese, paziente, competente. Mi ero immaginata delle vecchie con la faccia devastata e i peli sul mento, che sbavavano e parlavano da sole, incollate allo schermo della televisione. Ma la maggior parte dei residenti non erano tanto vecchi. Molti non erano neppure in sedia a rotelle.

*Pensavo peggio.*

*Davvero?* Aveva detto Penny con una gradevole risata professionale.

*Scusi, non intendevo offenderla.*

*Non c'è di che. Siamo consapevoli dell'idea che la maggior parte delle persone ha di questi luoghi. Naturalmente,* aveva aggiunto con una punta di sobria prudenza, *questa è la zona residenziale assistita. Giudicando da quanto mi ha detto di suo padre, non sono sicura che si troverebbe bene qui. Immagino che il reparto che si prende cura di chi ha perso la memoria sarebbe più adatto a lui. Eccoci.*

Aveva aperto la porta usando un badge. La sezione chiusa a chiave non profumava di cannella o di pino.

Mi si era rivoltato lo stomaco e il primo istinto era stato quello di girare i tacchi e andarmene. Penny mi aveva messo una mano sul braccio, stringendolo e guardandomi con grande tenerezza. Era stata una lotta continuare la visita, distrutta com'ero da un immenso senso di colpa.

La mattina prima di partire per l'Europa ero andata a trovare Baba. Avevo attraversato l'atrio dell'area residenziale assistita e avevo salutato Carmen, che viene dal Guatemala e lavora al centralino. Poi ero passata dalla sala comune dove un pubblico di residenti stava ascoltando un quartetto d'archi di studenti di scuola superiore in abito nero, dalla sala polifunzionale con i suoi computer, scaffali di libri e giochi di domino e avevo superato il giornale murale con il suo dispiegamento di informazioni e annunci. *Sapevi che la soia può ridurre il tasso di colesterolo? Non dimenticare i Puzzle e l'Ora di meditazione questo martedì mattina alle 11!*

Ero entrata nel reparto chiuso a chiave. Da questa parte della porta non si prende il tè in giardino e non si gioca a bingo. Nessuno qui inizia la sua giornata con il tai chi. Ero entrata nella stanza di Baba, ma lui non c'era. Il letto era stato rifatto, la tv spenta e sul comodino c'era un mezzo bicchiere d'acqua. Mi ero sentita un po' sollevata. Detesto trovare Baba sdraiato sul fianco nel letto d'ospedale, la mano infilata sotto il guanciale, gli occhi infossati che mi guardano vacui.

Lo avevo trovato nella sala di ricreazione, sprofondato nella sedia a rotelle, vicino alla finestra che si apre sul giardino. Indossava il pigiama di flanella e il suo solito berretto. Il grembo era coperto da quello che Penny chiama il "grembiule dinamico", un arnese dotato di fettucce che Baba può intrecciare e di bottoni che gli piace allacciare e slacciare. Penny dice che questa attività gli mantiene le dita agili.

Gli avevo dato un bacio sulla guancia e avevo avvicinato una sedia. Era stato rasato e pettinato con cura. La sua faccia profumava di saponetta.

*Domani è il grande giorno. Andrò a Parigi a trovare Pari. Ti ricordi che te l'avevo detto?*

Baba aveva battuto le palpebre. Ancora prima del colpo apoplettico aveva iniziato a chiudersi, a cadere in lunghi silenzi, ad assumere un'aria sconsolata. Dopo l'ictus la sua faccia è diventata una maschera, la bocca perpetuamente bloccata in un sorrisino storto, garbato, che non sale mai agli occhi. Da allora non ha detto una sola parola. A volte le sue labbra si schiudono e ne esce un suono rauco, l'esalazione di un respiro, una sorta di *Aaaah*, con un risvolto interrogativo alla fine che sembra denotare sorpresa, come se le mie parole avessero avuto l'impatto di una piccola rivelazione.

*Ci incontriamo a Parigi e poi prenderemo il treno per Avignone. È una città nel sud della Francia. È là che sono vissuti i papi nel* XIV *secolo. Così faremo del turismo. Ma la cosa straordinaria è che Pari ha parlato ai suoi figli della mia visita e loro verranno a trovarci.*

Baba non aveva smesso di sorridere, come sorrideva quando Héctor era venuto a trovarlo la settimana prima, o come quando gli ho mostrato la mia domanda d'iscrizione al College of Arts and Humanities dello stato di California.

*Tua nipote Isabelle e suo marito Albert hanno una casa di campagna in Provenza, vicino a Les Baux. L'ho cercata online, Baba. È una città incredibile. È costruita sui picchi di calcare della catena delle Alpilles. Lassù si possono visitare le rovine di un antico castello medievale e si può ammirare la pianura piena di frutteti. Farò un sacco di fotografie e te le mostrerò al mio ritorno.*

Vicino a noi una vecchia in accappatoio spostava soddisfatta i pezzi di un puzzle da una parte all'altra. Al tavolo accanto un'altra donna con vaporosi capelli bianchi stava cercando di sistemare forchette, cucchiai e coltelli del burro nel cassetto delle posate. Sul grande schermo tv appeso in un angolo, due tipi stavano litigando, i loro polsi bloccati insieme da un paio di manette.

Baba aveva detto *Aaaah.*

*Alain, uno dei tuoi nipoti, e sua moglie Ana verranno dalla Spagna con i loro cinque figli. Non conosco tutti i loro nomi, ma sono sicura che li imparerò. E poi, e questa è la cosa che rende Pari veramente felice, verrà anche un altro tuo nipote, Thierry, il suo figlio minore. Non lo vede da anni. Non si parlano. Lavora in Africa, ma prenderà un permesso e ci raggiungerà. Sarà dunque una grande riunione di famiglia.*

Prima di lasciarlo l'avevo baciato ancora sulla guancia. Ero rimasta qualche istante con la faccia contro la sua, ricordando quando Baba veniva a prelevarmi al giardino d'infanzia e andavamo insieme da Denny a prendere la mamma alla fine della sua giornata di lavoro. Ci sedevamo in un chiosco aspettando che lei timbrasse il cartellino e io mangiavo la pallina di gelato che il padrone non mancava di offrirmi e mostravo a Baba i disegni che avevo fatto a scuola quel giorno. Lui li osservava pazientemente, facendo segno di sì con la testa, assorto in un'analisi attenta.

Baba aveva reagito con quel suo sorrisetto.

*Ah, per poco dimenticavo.*

Mi ero chinata recitando il nostro consueto rituale di

saluto, facendo scivolare la punta delle dita dalle guance, alla fronte rugosa, fino alle tempie, sopra i capelli grigi che andavano diradandosi e le piccole spelature dietro le orecchie, strappando dalla sua testa man mano tutti i brutti sogni. Poi avevo aperto il sacco immaginario, lasciandovi cadere gli incubi e avevo stretto la funicella.

*Ecco fatto.*

Baba aveva emesso un suono gutturale.

*Sogni d'oro, Baba. Ci vediamo tra due settimane.* Avevo pensato che non eravamo mai stati lontani così a lungo.

Mentre mi allontanavo avevo avuto la chiara impressione che Baba mi stesse osservando, ma quando mi ero voltata per accertarmene, teneva la testa china e stava giocherellando con i bottoni del suo grembiule dinamico.

Pari sta ora parlando della casa di Isabelle e di Albert. Mi ha mostrato le foto. È un bella fattoria provenzale in pietra che hanno restaurato, sulle colline del Luberon, all'esterno, con alberi da frutto e un pergolato sulla porta d'ingresso e, all'interno, mattonelle di cotto e travi a vista.

«Nella foto non si vede, ma c'è un panorama fantastico sui monti di Vaucluse.»

«Ci staremo tutti? Siamo in tanti per una fattoria.»

«*Plus on est de fous, plus on rit*» dice. «Come si dice, tanti è bello!»

«Più si è più si sta allegri.»

«*Ah voilà. C'est ça.*»

«E i bambini, dove saranno...?»

«Pari?»

«Sì?»

Fa un lunghissimo sospiro. «Adesso me lo puoi dare.»
Apro la borsa che ho posato ai miei piedi.

Immagino che avrei dovuto trovarlo mesi fa quando ho portato Baba alla casa di riposo. Ma quando stavo preparando i suoi bagagli, avevo preso la valigia che stava sopra le altre due nello sgabuzzino in corridoio ed ero riuscita a ficcarci dentro tutti i suoi vestiti. Alla fine mi ero fatta forza e avevo sgomberato la stanza da letto dei miei genitori. Avevo strappato la vecchia carta da parati e ridipinto le pareti. Avevo portato fuori il loro grande letto matrimoniale, la toilette di mia madre con lo specchio ovale, svuotato l'armadio con gli abiti di mio padre, le camicette e i vestiti della mamma, ancora nelle custodie di plastica. Avevo impilato tutto in garage, pronto per essere portato con un paio di viaggi a una vendita di beneficenza. Avevo trasportato la mia scrivania nella loro camera che ora uso come ufficio e come studio, quando in autunno cominceranno le lezioni. Avevo svuotato anche la cassa ai piedi del mio letto, buttando in un sacco dell'immondizia tutti i miei giocattoli, gli abiti di quando ero bambina, i sandali e le scarpe da tennis logore. Non sopportavo più di vedere i biglietti d'auguri per le varie occasioni, compleanni, giornate della mamma e del papà, che avevo preparato per i miei genitori. Non potevo dormire la notte, sapendo che erano là, ai miei piedi. Era troppo doloroso.

Mentre svuotavo lo sgabuzzino in corridoio, mentre tiravo fuori le altre due valigie per sistemarle in garage, avevo sentito un tonfo. Aperta la cerniera della valigia da cui era venuto il rumore vi avevo trovato un pacchetto, avvolto in carta da pacchi. Sopra era stata fissata con del nastro adesivo una busta, sulla quale erano scritte in inglese le parole: *Per mia sorella Pari*. Avevo subito riconosciuto la scrittura di Baba che mi era familiare da quando lavoravo alla Abe's Kabob House e raccoglievo le ordinazioni che lui scribacchiava accanto alla cassa.

Ora passo il pacchetto a Pari. Non l'ho aperto.

Lo posa sulle ginocchia, lo fissa facendo scorrere le mani sulle parole scarabocchiate sulla busta. Dall'altra parte del fiume incominciano a suonare le campane delle chiese. Su uno scoglio che spunta dall'acqua un uccello sta beccando le interiora di un pesce morto.

Pari fruga nella borsa, rovistando nel suo contenuto. «*J'ai oublié mes lunettes*. Ho dimenticato gli occhiali.»

«Vuoi che te lo legga io?»

Cerca di strappare la busta dal pacchetto, ma oggi non è una buona giornata per le sue mani e dopo qualche tentativo finisce per passarmelo. Stacco la busta e la apro. Spiego il foglio infilato dentro.

«È scritto in farsi.»

«Ma tu lo sai leggere, no?» dice Pari con le sopracciglia aggrottate per la tensione. «Puoi tradurmelo.»

«Sì» rispondo, sentendo nascere dentro di me un piccolo sorriso di gratitudine, anche se tardiva, per tutti i martedì pomeriggio che Baba mi aveva accompagnato a Campbell per la lezione di farsi. Penso a lui, consunto e smarrito, che procede in un deserto, lasciando dietro di sé il sentiero su cui si sono depositati i minuti frammenti scintillanti che la vita gli ha strappato.

Tengo stretto il biglietto. Tra violente folate di vento leggo a Pari le tre frasi scarabocchiate.

*Mi dicono che devo guadare acque dove presto annegherò. Prima di immergermi, lascio questo sulla spiaggia per te. Prego che tu lo possa trovare, sorella, perché tu sappia cosa c'era nel mio cuore quando sono finito sott'acqua.*

C'è anche una data. Agosto 2007. «Nell'agosto del 2007 gli è stata diagnosticata la sua malattia.» Tre anni prima che Pari mi contattasse.

Pari si asciuga gli occhi con la mano. Una giovane coppia passa su un tandem, davanti la ragazza, bionda, colorito roseo, magra, dietro il ragazzo con la carnagione color caffè e i capelli da rasta. Sull'erba, a pochi passi da noi, un'adolescente con una corta gonna di pelle nera parla al cellulare, tenendo al guinzaglio un minuscolo terrier nero come il carbone.

Pari mi passa il pacchetto. Glielo apro. Dentro c'è una vecchia scatola da tè, sul coperchio l'immagine sbiadita di un indiano barbuto che indossa una lunga tunica rossa. Tiene con entrambe le mani una tazza di tè fumante, come fosse un'offerta. Il vapore del tè è quasi svanito e il rosso della tunica si è schiarito sino a diventare rosa. Apro la chiusura e alzo il coperchio. Dentro, la scatola è zeppa di piume di tutti i colori, di tutte le forme. Penne corte, verde intenso; penne lunghe color zenzero con il calamo nero; una piuma color pesca, probabilmente appartenente a un'anatra selvatica, con una spruzzatina di viola; piume brune punteggiate di macchie scure lungo le lamine interne, una piuma di pavone verde con un grande occhio sulla punta.

Mi volto verso Pari. «Hai idea di cosa significhi?»

Con un tremito del mento Pari scuote lentamente la testa. Prende la scatola e scruta il contenuto. «No» dice. «Solo che quando ci siamo persi, Abdullah e io, lui ha sofferto molto più di me. Io sono stata quella fortunata, perché ero protetta dalla mia tenera età. *Je pouvais oublier.* Ancora potevo permettermi il lusso di dimenticare. Lui no.» Prende una piuma e se la passa sul polso, osservandola, forse nella speranza che possa prendere vita e volar via. «Non so cosa significhi questa piuma, non ne conosco la storia. Ma so che significa che Abdullah ha continuato a pensarmi in tutti questi anni, a ricordarsi di me.»

Le passo un braccio attorno alla spalla e lei piange in silenzio. Osservo gli alberi inondati di sole, il fiume che scorre davanti a noi, sotto il ponte, il Pont Saint-Bénezet, quello di cui parla la canzoncina. È un ponte a metà, poiché rimangono solo quattro delle arcate originali. Si interrompe in mezzo al fiume, come se tentasse di riunirsi all'altra riva, ma non ne avesse la forza.

Quella notte, in albergo, sono a letto, sveglia, e guardo le nubi che si addossano alla grande luna che vedo dalla nostra finestra. In strada un ticchettio di tacchi sull'acciottolato. Risate e chiacchiericcio. Alcuni motorini passano rombando. Dal ristorante sull'altro lato della strada proviene il tintinnio dei bicchieri sui vassoi. Le note di un pianoforte arrivano vagando nell'aria.

Mi volto e osservo Pari che dorme accanto a me in perfetto silenzio. Alla luce il suo viso appare pallido. Vedo Baba nei suoi lineamenti, giovane, pieno di speranza, felice, com'era nella sua natura, e so che lo ritroverò ogniqualvolta guarderò lei. È carne della mia carne. E presto conoscerò i suoi figli e i figli dei suoi figli; il mio sangue scorre anche nelle loro vene. Non sono sola. Un'improvvisa felicità mi prende alla sprovvista. La sento serpeggiare dentro di me e i miei occhi si inumidiscono di gratitudine e di speranza.

Mentre guardo Pari dormire, penso al gioco che Baba e io facevamo la sera, a letto. La cattura dei brutti sogni e il dono di quelli belli. Ricordo il sogno che gli donavo. Attenta a non svegliare Pari, allungo la mano e la poso delicatamente sulla sua fronte. Anch'io chiudo gli occhi.

È un pomeriggio assolato. Pari e Baba sono tornati bambini, fratello e sorella, piccoli, forti, con gli occhi limpidi. Sono sdraiati in un prato di erba alta, all'ombra di un melo sfolgorante di fiori. L'erba è tiepida sotto la loro schiena e il sole, guizzando attraverso il tripudio di fiori, scende caldo sul loro viso. Riposano assonnati, appagati, fianco a fianco, la testa di lui appoggiata su una spessa radice, quella di lei sul cuscino che lui le ha preparato ripiegando la giacca. Con gli occhi semichiusi lei osserva un merlo appollaiato su un ramo. Folate di aria fresca filtrano attraverso le foglie.

Si volge per osservarlo, il suo fratellone, il suo fedele alleato, ma il viso di lui è troppo vicino e non riesce a vederlo per intero. Vede solo la curva della fronte dove prende forma il naso e si incurvano le ciglia. Ma non le importa. Le basta essergli vicino, stare con lui, suo fratello, e mentre il sonno lentamente la trascina lontano, si sente immersa in un'onda di calma assoluta. Chiude gli occhi e si assopisce, serena, lì, dove tutto è limpido, radioso, racchiuso in un unico istante.

# *Ringraziamenti*

Un paio di annotazioni pratiche prima di esprimere i miei ringraziamenti. Shadbagh è un luogo di fantasia, anche se è possibile che esista in Afghanistan un villaggio con questo nome. Se esiste, io non ci sono mai stato. La ninnananna di Pari, in particolare il riferimento alla «fatina triste», è ispirata a una poesia della grande poetessa persiana Forough Farrokhzad, morta nel 1963. Infine, il titolo del romanzo si ispira alla deliziosa poesia di William Blake, *Il canto della nutrice*.

Voglio ringraziare Bob Barnett e Deneen Howell per avermi sostenuto e guidato in modo meraviglioso nella scrittura di questo libro. Grazie, Helen Heller, David Grossman, Jody Hotchkiss.

Grazie a Chandler Crawford, per l'entusiasmo, la pazienza e i consigli. Molte grazie alla schiera di amici di Riverhead Books: Jynne Martin, Kate Stark, Sarah Stein, Leslie Schwartz, Craig D. Burke, Helen Yentus, e a molti altri che non ho citato per nome, ma ai quali sono profondamente grato per aver collaborato alla realizzazione di questo libro. Ringrazio il mio meraviglioso copy editor, Tony Davis, che si è prodigato ben oltre il suo dovere professionale.

Devo particolare gratitudine a Sarah McGrath, la mia straordinaria editor, per il suo acume, le sue doti d'immaginazione, i suoi suggerimenti discreti e per aver collaborato in mille modi alla riuscita di questo romanzo. Mai il processo di editing mi è risultato altrettanto piacevole, Sarah.

Infine, ringrazio Susan Petersen Kennedy e Geoffrey Kloske, per la loro stima e l'incrollabile fiducia in me come scrittore.

Grazie e *tashakor* a tutti i miei amici e a tutte le persone della mia famiglia che mi sono sempre state vicine e mi hanno sopportato senza demordere con pazienza e gentilezza. Come sempre, ringrazio la mia stupenda moglie, Roya, non solo per aver letto con competenza le varie versioni di questo romanzo, ma anche per aver portato avanti la nostra vita quotidiana senza la benché minima rimostranza, perché io potessi scrivere. Senza di te, Roya, questo libro sarebbe morto sin dal primo capoverso della prima pagina. Ti amo.